S. FISCHER

Charlotte McConaghy

Wo die Wölfe sind

Roman

Aus dem Englischen
von Tanja Handels

S. FISCHER

Aus Verantwortung für die Umwelt hat sich der S. Fischer Verlag zu einer nachhaltigen Buchproduktion verpflichtet. Der bewusste Umgang mit unseren Ressourcen, der Schutz unseres Klimas und der Natur gehören zu unseren obersten Unternehmenszielen.

Gemeinsam mit unseren Partnern und Lieferanten setzen wir uns für eine klimaneutrale Buchproduktion ein, die den Erwerb von Klimazertifikaten zur Kompensation des CO_2-Ausstoßes einschließt.

Weitere Informationen finden Sie unter:
www.klimaneutralerverlag.de

FSC
www.fsc.org
MIX
Papier aus verantwortungsvollen Quellen
FSC® C083411

Deutsche Erstausgabe
Erschienen bei S. FISCHER
Die Originalausgabe erschien 2021 unter dem Titel
»Once There Were Wolves« bei Flatiron, New York.

Dieses Werk wurde im Auftrag von FLATIRON BOOKS
durch die Literarische Agentur Thomas Schlück GmbH,
30161 Hannover, vermittelt.

Satz: Dörlemann Satz, Lemförde
Druck und Bindung: CPI books GmbH, Leck
Printed in Germany
ISBN 978-3-10-397100-2

For my little one

Ein wildes Tier und nur das eine heult des Nachts im Walde.

– Angela Carter

1

Wir waren acht Jahre alt, da schnitt mein Vater mich auf, von der Kehle bis zum Bauch.

Sein Arbeitsschuppen lag mitten im Wald, in der Wildnis British Columbias, es war staubig dort, und es stank nach Blut. Er hatte Tierhäute zum Trocknen aufgehängt, sie streiften uns an der Stirn, als wir zwischen ihnen hindurchkrochen. Ich schauderte schon damals, während Aggie, direkt vor mir, durchtrieben grinste, sie war so viel mutiger als ich. Ganze Sommer über hatte ich wissen wollen, was in diesem Schuppen vor sich ging, aber jetzt wollte ich plötzlich nur noch weg.

Er hatte einen Hasen gefangen, und obwohl er uns mit durch den Wald pirschen ließ, hatte er uns den eigentlichen Akt des Tötens immer vorenthalten.

Aggie konnte es nicht abwarten, und in ihrer Hast trat sie gegen ein Fass mit Salzlake, ihr Fuß tat einen dumpfen, hallenden Schlag, den auch ich am Fuß spürte. Dad blickte auf und seufzte. »Wollt ihr das wirklich sehen?«

Aggie nickte.

»Seid ihr denn auch darauf vorbereitet?«

Sie nickte wieder.

Ich sah den pelzigen Hasen und die vielen Messer. Das Tier rührte sich nicht mehr; es war schon tot.

»Dann kommt mal hier rüber.«

Wir stellten uns rechts und links neben ihn, unsere Nasen reichten gerade über den Arbeitstisch. Von hier aus sah ich die vielen schönen Farben des Hasenfells, Rostbraun und dunkles Orange, warmes Creme und Grau und Weiß und Schwarz. Ein Kaleidoskop aus Farben, nur dazu da, nahm ich an, das Tier unsichtbar zu machen und vor genau diesem Schicksal zu bewahren. Armer Hase.

»Versteht ihr, warum ich das tue?«, wollte Dad von uns wissen.

Wir nickten beide. »Für ein nachhaltiges Leben«, sagte Aggie.

»Und was heißt das? Inti?«

»Wir jagen nur, was wir wirklich brauchen, und geben dem Ökosystem etwas zurück, außerdem bauen wir unser Essen selber an und leben so eigenständig, wie wir können«, sagte ich.

»Genau. Und darum erweisen wir diesem Lebewesen jetzt auch die Ehre und danken ihm dafür, dass es uns nährt.«

»Vielen Dank«, wiederholten Aggie und ich folgsam. Ich hatte den Eindruck, dem Hasen war unsere Dankbarkeit herzlich egal. Im Stillen leistete ich betrübt Abbitte. Aber dabei kribbelte es die ganze Zeit in meinem Bauch, tief drinnen. Ich wollte weg. Das hier war Dads Reich, die Felle, die Messer und das Blut, dieser Geruch, der ihn ständig umgab, es war immer schon sein Reich gewesen, und wenn es nach mir ging, sollte das auch so bleiben; mir kam es vor, als hätten wir die Tür zu einem dunkleren Ort geöffnet, einem grausameren, einem *Erwachsenenort*. Ich hatte keine Ahnung, warum Aggie unbedingt dorthin wollte, aber wenn sie es wollte, dann musste ich auch bleiben. Wohin Aggie ging, folgte ich ihr.

»Bevor wir ihn essen, müssen wir ihn zuerst häuten. Sein Fell werde ich gerben, damit wir es weiterverwenden oder verkaufen können, und anschließend verzehren wir das ganze Tier, damit …?«

»Kein Abfall entsteht«, ergänzten wir.

»Und warum muss das so sein?«

»Weil Abfall der Erzfeind unseres Planeten ist«, antworteten wir.

»Mach schon, Dad«, quengelte Aggie.

»Nun gut, als Erstes machen wir einen Schnitt von der Kehle bis zum Bauch.«

Die Spitze seines Messers drückte sich in das Fell am Hals des Hasen, und ich merkte, dass ich einen Fehler gemacht hatte. Bevor ich die Augen zukneifen konnte, öffnete das Messer auch mir die Kehle, zerschnitt mir mit einer raschen, fließenden Bewegung die Haut bis hinunter zum Bauch.

Ich fiel schwer zu Boden, aufgetrennt und triefend. Es fühlte sich so echt an, ich war überzeugt, dass da Blut war, und ich schrie und schrie, und jetzt schrie auch Dad, das Messer fiel ihm runter, und Aggie fiel zu Boden und zog mich fest an sich. Ihr Herzschlag an meinem. Ihre Finger, die mir rhythmisch auf die Wirbelsäule trommelten. Und in ihren mageren Armen war ich wieder heil. Wieder ich selbst, ganz ohne Blut und sogar unverwundet.

Ich hatte immer gewusst, dass mit mir etwas anders war, aber an dem Tag begriff ich zum ersten Mal, dass es gefährlich sein konnte. Und es war auch der Tag, an dem ich, als ich aus dem Schuppen gestolpert war, hinaus in die tiefe, violette Dämmerung, zur Baumgrenze hinüberschaute und meinen ersten Wolf erblickte. Und er erblickte mich.

Jetzt, in einem ganz anderen Winkel der Welt, lastet die Dunkelheit schwer, und ich höre die Tiere ringsum atmen. Ihr Geruch hat sich verändert. Er ist immer noch warm und erdig, aber jetzt mit einer Moschusnote; das heißt, dass sich Angst hineinmischt, und das wiederum heißt, eines von ihnen ist aufgewacht.

Die goldenen Augen finden gerade Licht genug, um aufzuleuchten.

Nur ruhig, beschwöre ich sie stumm.

Es ist Wölfin Nummer Sechs, die Rudelmutter, die mich von ihrem Metallkäfig aus beobachtet. Ihr Fell ist hell wie der Winterhimmel. Ihre Pfoten wussten bisher nicht, wie sich Stahl anfühlt. Wenn ich könnte, würde ich ihr dieses Wissen wieder nehmen. Es ist so eine kalte Lektion. Mein Instinkt drängt mich, sie mit sanften Worten oder einer liebevollen Berührung zu beruhigen, aber gerade meine Anwesenheit macht ihr ja am meisten Angst, deshalb lasse ich sie in Frieden.

Behutsam schleiche ich an den anderen Käfigen vorbei in den hinteren Teil des Anhängers. Die Scharniere der Rolltür entlassen mich mit einem Ächzen in die Freiheit. Meine Sohlen kommen knirschend am Boden auf. Ein gespenstischer Ort, diese Nachtwelt. Ein Teppich aus Schnee reckt sich nach dem Mond, leuchtet für ihn. Nackte, silberumhüllte Bäume. Mein Atem wird zu Wölkchen.

Ich klopfe ans Fahrerfenster, um die anderen zu wecken. Sie haben sich zum Schlafen ins Führerhaus des Lasters gelegt, jetzt blinzeln sie mich benommen an. Evan hat sich eine Decke übergelegt; ich spüre ihren kratzigen Rand an meinem Hals.

»Sechs ist wach«, sage ich, und sie wissen, was das heißt.

»Das wird nicht gut ankommen«, meint Evan.

»Sie brauchen's ja nicht zu erfahren«, sage ich.

»Anne flippt aus, Inti.«

»Scheiß auf Anne.«

Ursprünglich hätte die Presse hier sein sollen, eine Abordnung der Regierung, Institutsvorstände und bewaffnetes Sicherheitspersonal; es hätte ein Paukenschlag werden sollen. Stattdessen hemmt uns jetzt ein Eilantrag in letzter Sekunde, der nur dazu dient, uns so lange aufzuhalten, bis uns die Tiere durch den Dauerstress der Reise wegsterben. Unseren Gegnern wäre es am liebsten, sie im Käfig zu halten, bis ihr Herz den Dienst versagt. Aber das werde ich nicht zulassen. Und so stehlen wir uns jetzt zu viert – drei Biologen und eine Tierärztin – im Mondlicht mit unserer kostbaren Fracht in den Wald. Still und unbeobachtet. Ohne Genehmigung. Ganz so, wie es von Anfang an hätte sein sollen.

Der Laster kann nicht mehr weiter, also gehen wir zu Fuß. Den Käfig von Nummer Sechs nehmen wir als ersten, Niels und ich fassen je eine der hinteren Ecken, der bullige

Evan stemmt den vorderen Teil allein. Amelia, unsere Tierärztin und die einzige Einheimische unter uns, wird bei den anderen beiden Käfigen zurückbleiben und Wache halten. Bis zum Freigehege ist es ein knapper Kilometer, und der Schnee ist tief. Sechs gibt keinen Laut von sich, bis auf ein leises Hecheln, das von ihrem Unbehagen zeugt.

Der Ruf eines Eistauchers erklingt, prägnant und schön.

Ob er sie wohl aufstört, frage ich mich, dieser einsame Schrei in der Nacht, ob sie den gleichen uralten Ruf darin erkennt, den sie von sich gibt? Sie reagiert jedenfalls nicht darauf, zumindest nicht so, dass ich es verstehe.

Es dauert eine gefühlte Ewigkeit, bis wir das Gehege erreichen, aber schließlich sehe ich die Umzäunung aus Maschendraht ringsherum. Wir stellen den Käfig mit Sechs darin gleich hinter dem Tor ab und gehen zurück, um die anderen beiden Tiere zu holen. Ich lasse sie nicht gern so unbewacht zurück, aber es weiß ja kaum jemand, wo im Wald die Gehege sich befinden.

Als Nächstes tragen wir Nummer Neun hin, einen männlichen Wolf. Ein gewaltiges Kaliber, der zweite Weg ist also anstrengender als der erste, aber immerhin ist der Wolf noch nicht aus seinem Schlaf erwacht, das ist viel wert. Das dritte Tier ist Nummer Dreizehn, ein weiblicher Jährling. Sie ist die Tochter von Sechs und leichter als die ausgewachsenen Tiere, und auf diesem letzten Gang hilft auch Amelia mit. Als wir Dreizehn ins Gehege getragen haben, dämmert es bereits; Erschöpfung macht sich in meinen Gliedern breit, aber es ist auch Aufregung und Sorge dabei. Fähe Nummer Sechs und Rüde Nummer Neun sind sich noch nie begegnet.

Sie stammen nicht aus demselben Rudel. Trotzdem bringen wir sie jetzt in ein Gehege, in der Hoffnung, dass sie Gefallen aneinander finden. Wir brauchen Zuchtpaare, sonst kann das alles nicht funktionieren.

Ebenso gut ist es aber möglich, dass sie einander totbeißen.

Wir öffnen die drei Transportkäfige und verlassen das Gehege.

Sechs, als Einzige ganz bei Bewusstsein, rührt sich erst, als wir uns so weit zurückgezogen haben, wie es geht, ohne sie aus dem Blick zu verlieren. Unser Geruch missfällt ihr. Kurz darauf sehen wir, wie sie sich geschmeidig erhebt und sich in den Schnee hinauswagt. Sie ist fast so weiß wie der Boden, auf den sie so leichtfüßig tritt; auch sie leuchtet. Ein paar Sekunden vergehen, während sie mit erhobener Schnauze in die Luft schnuppert, vielleicht das Lederhalsband mit dem Peilsender registriert, das wir ihr umgelegt haben, und dann, anstatt die neue Welt zu erforschen, rasch zum Käfig ihrer Tochter hinüberhuscht und sich danebenlegt.

Das weckt etwas in mir, ein warmes, brüchiges Gefühl, das ich inzwischen fürchte. Hier droht mir Gefahr.

»Wir sollten sie Ash nennen«, sagt Evan.

Die Dämmerung poliert die Welt von Grau zu Gold, und während die Sonne allmählich aufgeht, erwachen auch die anderen beiden Tiere aus ihrer Betäubung. Alle drei Wölfe haben ihre Käfige verlassen, betreten den halben Hektar glitzernden Wald, der jetzt ihrer ist. Für den Moment ist das aller Raum, den sie bekommen, und er reicht nicht, ich würde mir wünschen, dass es gar keine Zäune gäbe.

Ich wende mich zurück zum Laster und sage: »Keine Namen. Sie ist Nummer Sechs.«

Vom großen Ganzen her betrachtet war dieser Wald vor gar nicht langer Zeit weder klein noch karg, sondern stark und berstend vor Leben. Voll üppiger Ebereschen, Espen, Birken, Wacholderbüsche und Eichen erstreckte er sich über das weite Land, färbte die heute kahlen Berge Schottlands, bot allen erdenklichen ungezähmten Geschöpfen Nahrung und Schutz.

Und inmitten dieser Wurzeln, Stämme und Blätterdächer streiften Wölfe umher.

Heute betreten wieder Wölfe diesen Boden, der ihresgleichen seit mehreren hundert Jahren nicht gesehen hat. Ob sich wohl etwas in ihrem Körper an dieses Land erinnert, so wie das Land sich an sie? Es kennt sie gut; es hat darauf gewartet, dass sie es aus seinem langen Schlummer wecken.

Den ganzen Tag bringen wir damit zu, die verbliebenen Wölfe in ihre jeweiligen Gehege zu tragen, und als es Abend wird, kehren wir in unser Projektquartier zurück, ein kleines Steinhaus am Waldrand. Die anderen trinken in der winzigen Küche Sekt, um zu feiern, dass wir alle vierzehn Grauwölfe in ihre Akklimatisierungsgehege entlassen haben. Aber frei sind sie längst noch nicht, unsere Wölfe, das Experiment hat gerade erst begonnen. Ich setze mich abseits, wo die Bildschirme stehen, sehe mir die Übertragung der in den Gehegen installierten Kameras an und überlege, was die Wölfe wohl von ihrem neuen Zuhause halten. Einem Wald, der dem in British Columbia, aus dem sie kommen, durchaus ähnelt, auch wenn es sich um Laub- und Mischwald und keinen borealen Nadelwald handelt. Auch ich komme aus diesem Wald und weiß, dass alles anders riechen, klingen und aussehen, sich anders anfühlen wird. Wenn ich aber eines über Wölfe weiß, dann, wie anpassungsfähig sie sind. Jetzt halte ich den Atem an, als Nummer Neun auf die zierliche Nummer Sechs und ihre Tochter zugeht. Die Fähen haben ganz hinten im Gehege eine Schneise in den Schnee geschlagen, dort kauern sie jetzt und beobachten argwöhnisch, wie Neun näher kommt. Er ragt vor ihnen auf, grau und weiß und schwarz, einen prachtvolleren Wolf habe ich selten gesehen. Zum Zeichen seiner Dominanz legt er Sechs den Kopf auf den Nacken, und ich spüre in köstlicher Deutlichkeit, wie seine Schnauze sich an meinen Nacken drückt. Sein weiches Fell kitzelt meine Haut, sein heißer Atem verursacht mir Gänsehaut. Nummer Sechs jault leise, bleibt aber geduckt, zeigt ihre Unterwerfung. Ich rühre mich nicht; nur eine Spur von Widerstand, und dieses Maul wird sich um meine Kehle schließen. Er beißt sie leicht ins Ohr, und auch in mein Ohrläppchen graben sich Zähne, ich schließe erschrocken die Augen. Im Dunkeln vergeht der Schmerz so rasch, wie er zugeschlagen hat. Ich kehre zu mir selbst zurück. Und als ich wieder hinsehe, beachtet Neun die Weibchen schon gar nicht mehr, trottet über die ganze Länge am Zaun entlang. Wenn ich weiter hinschaue, werde ich mit jedem seiner Schritte kalten Schnee an den bloßen Füßen spüren, aber das tue ich nicht, ich bin ohnehin schon zu nah dran, meine Grenzen haben sich selbst vergessen. Und so blicke ich stattdessen zur dunklen Decke des Häuschens hinauf, erlaube meinem Puls, wieder langsamer zu schlagen.

Ich bin anders als die meisten. Ich gehe auf eine ganz andere Art durchs Leben, mit einem ganz eigenen Verständnis von Berührungen. Das war mir schon klar, bevor ich wusste, wie es heißt. Um es zu erklären, bezeichnet man es als neurologische Störung. Mirror-Touch-Synästhesie. Mein Gehirn spürt die sinnlichen Eindrücke anderer Lebewesen, aller Menschen und sogar mancher Tiere; was ich sehe, spüre ich auch, und für einen kurzen Augenblick werde ich dann zu ihnen, wir werden eins, und ihr Schmerz, ihr Genuss ist auch der meine. Das kann wie Zauberei wirken, und dafür hielt ich es auch lange, aber in Wahrheit ist es gar nicht so weit davon entfernt, wie sich andere Gehirne verhalten: Sieht man, dass jemand Schmerz empfindet, reagiert man körperlich darauf, indem man sich verkrampft, zurückschreckt oder zusammenzuckt. Wir alle sind fähig zur Empathie. Früher einmal freute ich mich daran, zu empfinden, was andere empfanden. Heute erschöpft mich dieser stete Strom sinnlicher Informationen. Heute würde ich alles darum geben, davon befreit zu sein.

Dieses Projekt wird scheitern, wenn ich es nicht schaffe, Distanz zwischen mich und die Wölfe zu legen. Ich darf mich nicht in ihnen verlieren, sonst überlebe ich das nicht. Für Wölfe ist die Welt ein gefährlicher Ort. Die meisten von ihnen werden bald schon tot sein.

Als ich das nächste Mal auf die Uhr schaue, ist es Mitternacht. Ich habe den Wölfen beim Schlafen und Umherlaufen zugesehen, immer in der vergeblichen Hoffnung, sie würden heulen, einer würde anfangen und die anderen nachziehen. Aber Wölfe heulen nicht, wenn sie unter Stress stehen. Unser Projektquartier besteht aus einem Hauptraum mit den Monitoren und der übrigen Ausrüstung, einer Küche direkt daneben und einem Bad dahinter. Draußen gibt es noch einen Stall mit drei Pferden. Evan und Niels sind ganz offensichtlich schon in ihre Unterkunft zurückgekehrt, die sie im nächstgelegenen Ort angemietet haben – ich bin so müde, dass ich mich gar nicht erinnere, mich von ihnen verabschiedet zu haben –, Zoe, die unsere Daten auswertet, liegt auf dem Sofa und schläft. Ich hätte schon vor Stunden aufbrechen müssen und werfe mich hastig in meine Wintersachen.

Draußen ist es beißend kalt. Ich fahre durch den Wald, dann weiter auf einer kurvenreichen Straße, gut drei Kilometer an den nordwestlichen Ausläufern der Cairngorms entlang, und sehe nichts als die kleinen Lichtkegel meiner Scheinwerfer, die mir vorauseilen. Ich hatte immer schon eine Abneigung gegen nächtliche Autofahrten, weil sie die blühende Welt in ein leeres, gähnendes Etwas verwandeln. Würde ich anhalten und einfach hineinlaufen, wäre es eine ganz andere Welt, erfüllt vom Beben des Lebens, von blinzelnd aufleuchtenden Augen und dem Trappeln kleiner Pfoten im Unterholz. Ich lenke den Wagen auf eine schmalere, kurvige Straße, die mich direkt bis in das Tal führt, wo mein Häuschen steht, Blue Cottage. Aus graublauem Stein erbaut und von zwei grünenden Koppeln flankiert, bietet es tagsüber eine zweigeteilte Aussicht: Nach Süden hin liegt dichter, lockender Wald, nach Norden zu langgestreckte, kahle Berge, die von äsendem Rotwild nur so wimmeln werden, wenn der Frühling kommt.

Drinnen sind alle Lichter aus, nur im Kamin glüht es noch orange. Stück für Stück lege ich meinen Winterschutz ab und gehe leise durch den kleinen Wohnraum in ein Zimmer, das nicht meines ist. Sie liegt reglos im Bett, ein Umriss im Dunkeln. Ich schlüpfe zu ihr unter die Decke; falls sie aufwacht, lässt sie es sich nicht anmerken. Ich atme sie ein, finde Trost in ihrem Geruch, der unverändert ist, selbst jetzt noch, so zerstört sie auch sein mag. Meine Finger winden sich in ihr helles Haar, und ich erlaube mir einzuschlafen, geborgen in der Sphäre meiner Schwester, die doch eigentlich immer die Stärkere von uns beiden gewesen ist.

2

Sachte, sagt er.

Ihre kleinen Hände halten die Zügel so fest umklammert. Ganz winzig sieht sie dort oben aus, so winzig, dass sie mit Sicherheit abgeworfen wird.

Ganz sachte.

Er hält sie zurück, eine Hand auf ihrem Rücken, damit sie flach liegen bleibt.

Du musst ihn spüren. Seinen Herzschlag in dir spüren.

Vor kurzem noch war dieser Hengst frei, und ein Teil von ihm hält daran fest, aber wenn sie sich so an ihn schmiegt, ganz sachte, sachte, so, wie Dad es sagt, beruhigt ihn das.

Ich sitze rittlings auf dem Zaun der Trainingskoppel und schaue zu. An meinen Händen grobes Holz, ein Splitter unter dem Fingernagel. Auch ich liege auf diesem Pferd, ich bin meine Schwester, fest an den warmen Körper des bebenden, kraftvollen Tieres geschmiegt, gehalten von der großen, sicheren Hand meines Vaters, und ich bin auch die Hand meines Vaters, und ich bin der Hengst, die leichte Last, die er da trägt, das kalte Metall in seinem Maul.

Jedes Lebewesen weiß, was Liebe ist, sagt Dad. Und Aggies Umarmung wird zärtlicher, stürmischer. Sie wird sich nicht abwerfen lassen.

Dann aber fährt der Kopf des Hengstes im rosigen

Abendlicht hoch; der Wind hat einen Geruch zu ihm getragen, er stampft unruhig. Auf dem Zaun drehe ich mich um, lasse den Blick über den Waldrand schweifen.

Ruhig, sagt Dad, um sowohl das Pferd als auch seine Tochter zu besänftigen. Aber ich glaube, dafür ist es schon zu spät. Denn jetzt habe ich sie entdeckt. Sie schauen aus dem Wald hervor. Zwei starre Augen.

Unsere Blicke treffen sich, und für einen Moment bin ich der Wolf.

Und hinter mir fällt meine Schwester vom sich aufbäumenden Pferd …

Ich schrecke orientierungslos aus diesem Traum hoch, so oft geträumt und zugleich auch Erinnerung. Ein paar Minuten bleibe ich im warmen Bett liegen und hänge ihm nach, aber der Tag lässt sich nicht leugnen, Licht fällt zum Fenster herein, und ich muss dafür sorgen, dass meine Schwester aufsteht.

»Guten Morgen, Liebes«, sage ich sanft, streiche Aggie das Haar aus dem Gesicht und helfe ihr behutsam hoch. Sie lässt sich ins Bad führen, gestattet mir, sie auszuziehen und in die Wanne zu setzen. »Da draußen scheint wirklich und wahrhaftig die Sonne«, sage ich, »am besten waschen wir dir jetzt mal deine Mähne, falls du Lust haben solltest, dich rauszusetzen und sie trocknen zu lassen.« Das tut sie eigentlich für ihr Leben gern, und trotzdem sind meine Worte nichts als Show für uns beide: Ich weiß genau, dass sie heute nicht nach draußen gehen wird.

»Die Wölfe sind in ihren Gehegen. Sie haben die Reise

überlebt«, erzähle ich, während ich ihren Kopf shampooniere. »Aber am liebsten würden sie wohl wieder nach Hause laufen.«

Sie reagiert nicht. Es ist einer ihrer schlechten Tage, ich kann also reden, so viel ich will, sie wird nur weiter stumpf auf irgendetwas starren, was ich nicht sehen kann. Und trotzdem werde ich weiterreden, für den Fall, dass sie mich in ihrer Ferne trotz allem hört.

Aggies Haar ist dick, lang und hell, genau wie meines, und während ich systematisch die Pflegespülung in ihre wirren Strähnen einarbeite, überlege ich, ob sie vielleicht doch recht hatte und wir besser alles abgeschnitten hätten. Ihr selbst ist es inzwischen egal, aber trotz aller Mühen, die die Haarpflege kostet, habe ich es doch nicht über mich gebracht, sie abzuschneiden, diese Mähne, die immer ihr Markenzeichen war, dieses Haar, das ich schon mein Leben lang für sie bürste, flechte und hin und wieder stutze.

»Und wenn wir sie nicht über ein Weltmeer transportiert hätten, würden sie das vielleicht sogar schaffen.« Ich helfe Aggie aus der Wanne und trockne sie ab, dann ziehe ich ihr warme, bequeme Kleidung an und setze sie vor den Kamin, während ich Frühstück mache. »Sechs und Neun hegen nach wie vor keine große Liebe füreinander«, erzähle ich. »Aber immerhin sind sie sich auch noch nicht an die Gurgel gegangen.« Die Sätze gehen mir so beiläufig über die Lippen, dass ich selbst erschrecke. Ist das mit jeder Art von Liebe so? Dass sie das Risiko birgt, daran zu sterben?

Aber bei Aggie rufen meine Worte keine entsprechende Erinnerung wach, sie ist viel zu weit weg, unerreichbar. Ich möchte ihr dorthin folgen, wo immer sie ist, und gleichzeitig fürchte ich diesen Ort mehr als alles andere. Und ich fürchte den Tag, an dem sie nicht mehr von dort zurückkehrt.

Von den Rühreiern, die ich neben sie stelle, isst sie nichts, sie ist zu müde, seelisch zu sehr erschöpft, um auch nur irgendetwas hinzubekommen. Langsam und sanft bürste ich ihr die nassen Haare und erzähle weiter von den Wölfen, denn sie sind alles, was ich noch habe, bis auf den Zorn.

Blue Cottage ist nicht allzu weit vom Projektquartier entfernt. Sowohl Cottage als auch Quartier liegen am Rand des Abernethy Forest, eines der letzten Überbleibsel des uralten Caledonian Forest, der nach der Eiszeit hier entstanden ist. Seine alten Bäume sind Teil einer neuntausendjährigen Evolutionskette, und in seiner Mitte haben wir auch das nächstgelegene Wolfsgehege untergebracht, das die Wölfe Sechs, Neun und Dreizehn beherbergt. Wenn sie es schaffen, ein Rudel zu bilden, wird es den Namen ihres neuen Zuhauses tragen: Abernethy. Menschen wohnen hier nur wenige, aber hinter uns erstrecken sich die saftig grünen Wiesen der vielen Schafzuchten, die uns von der nächsten Ortschaft trennen. Nicht unbedingt die Gegend, die ich mir ausgesucht hätte, um ein neues Wolfsrudel anzusiedeln. Andererseits findet man in den Highlands kaum einen Landstrich ganz ohne Schafe, und Wölfe verharren ohnehin nicht immer am selben Ort. Ich kann nur hoffen, dass sie den Schutz der Bäume bevorzugen werden. Hinter dem winterlichen Kiefernwald ragen die Cairngorms auf, und dort, so höre ich, liegt das wilde Herz der Highlands, wo keine Schafe umherstreunen und keine Straßen hinführen. Vielleicht gefällt es den Wölfen dort ja am besten.

Ich habe die Heizung im Wagen voll aufgedreht. Die Fahrbahn ist eisglatt, es fällt leichter Schnee, ein Wirbel aus zarter Spitze. Die Strecke ist schön, weites Land, abfallende Hänge, kurvige, zugefrorene Wasserläufe und immer wieder dichtbewaldete Abschnitte.

Als das schwarze Pferd vor mir auf die Fahrbahn rauscht, glaube ich erst, ich hätte es mir eingebildet. Sein Schweif weht ihm nach wie ein dunkler Komet. Ich trete viel zu abrupt auf die Bremse, die Räder rutschen weg. Der Wagen beschreibt einen Halbkreis, kommt rückwärts mitten auf der Straße zum Stehen, und ich sehe das Pferd gerade noch zwischen den Bäumen verschwinden.

Ich spüre eine Enge in der Brust, während ich den Wagen an den Straßenrand lenke.

Neben mir hält rumpelnd ein Laster. »Alles in Ordnung?«, ruft eine Männerstimme durch das Fahrerfenster, das einen Spaltbreit offen steht.

Ich nicke.

»Haben Sie vielleicht ein Pferd gesehen?«

Ich zeige in die Richtung, in die es gelaufen ist. »Ach, Mist«, brummt der Fahrer, und dann biegt er zu meiner Verblüffung mit dem Laster querfeldein ab, um dem Pferd zu folgen. Entsetzt sehe ich ihn durch den Schnee schlittern. Ich schaue auf die Uhr, dann springe ich aus dem Wagen und folge den Reifenspuren. Nicht weiter schwierig. Er hat regelrechte Gräben gezogen.

Der Schneefall wird stärker; die Welt versinkt um mich

herum. Eigentlich habe ich es wirklich eilig, ich werde zu spät zur Arbeit kommen, aber egal. Ich hebe den Kopf, schaue nach oben. Flocken auf meinen Lippen, meinen Wimpern. Meine Hand berührt die kühle, pergamentene Rinde einer Weißbirke. Die Erinnerung an vierzigtausend Zitterpappeln, die rund um mich atmen, die Baumkronen nicht kahl, sondern kanariengelb und so lebendig wie seine Stimme in meinem Ohr. *Sie sterben. Wir sind dabei, sie zu töten.*

Von irgendwo weiter weg ein Schrei.

Ich lasse die Erinnerung entschwinden und renne los. Vorbei an seinem Laster in den Tiefschnee, den nur seine Fußspuren und die Hufabdrücke eines panischen Pferdes stören. Ich bin ganz verschwitzt, als ich den Fluss erreiche: ein schmaler, fest gefrorener Streifen Eis zwischen steilen Uferböschungen.

Vor mir sein dunkler Umriss. Und unten auf dem Eis steht das Pferd.

Selbst aus dieser Entfernung spüre ich die Kälte unter seinen Hufen. Eine schneidende Kälte. Der Mann ist groß, mehr kann ich unter seiner dicken Winterkleidung von seinem Körperbau nicht erkennen. Kurzes Haar, so dunkel wie sein Bart. Neben ihm sitzt fügsam ein schwarz-weißer Collie. Der Mann dreht sich zu mir um.

»Sie wissen schon, dass das ein Waldschutzgebiet ist?«, sage ich.

Er runzelt verwirrt die Stirn.

Ich deute auf seinen Laster und das Chaos, das er angerichtet hat. »Stört Sie wohl nicht weiter, gegen Gesetze zu verstoßen?«

Er mustert mich, dann lächelt er. »Sie können mich gerne anzeigen, wenn ich das mit dem Pferd geregelt habe.« Er spricht mit starkem schottischem Akzent.

Wir betrachten das Tier auf der Eisfläche. Es belastet den einen Vorderlauf nicht richtig.

»Und worauf warten Sie?«, frage ich.

»Kaputtes Bein. Ich käme da nie wieder rauf. Und das Eis hält auch nicht ewig.«

In der Oberfläche sind hauchfeine Risse zu erkennen, die sich mit jeder Gewichtsverlagerung des Pferdes weiter ausbreiten.

»Am besten, ich hole mein Gewehr aus dem Laster.«

Das Pferd, eine Stute, schnaubt und wirft den Kopf hin und her. Ihr schwarzes Fell wird nur von einer weißen Blesse zwischen den großen, panischen Augen durchbrochen. Ich sehe, wie ihre Flanken sich rasch heben und senken.

»Wie heißt sie?«, frage ich.

»Keine Ahnung.«

»Ist das nicht Ihre?«

Er schüttelt den Kopf.

Ich mache mich daran, den steilen Abhang hinunterzuklettern.

»Lassen Sie das«, sagt er. »Ich kann Sie nicht wieder rausfischen.«

Mein Blick bleibt auf das Pferd gerichtet, während ich schwankend die steile Böschung hinabschlittere. Meine Stiefel treffen auf Eis, ich taste mich langsam vorwärts und halte dabei immer Ausschau nach Rissen. Für den Augenblick trägt es mich, aber manche Stellen sind so dünn, dass man das darunter hinfließende dunkle Wasser sehen kann. Ein falscher Schritt und die dünne Schicht würde bersten – und ich würde geräuschlos darin versinken; ich sehe meinen Körper, wie er hinabgezogen, kopfüber-kopfunter herumgewirbelt wird, bis es vorbei ist mit ihm.

Die Stute. Sie sieht mich an. »Hallo«, sage ich und begegne ihrem tiefen, schimmernden Blick.

Sie wirft den Kopf hin und her, stampft mit einem Huf auf. Sie ist wild und störrisch; als ich näher komme, bäumt sie sich auf, ihre Hufe donnern krachend herab. Ich überlege, ob sie wohl weiß, dass ihr Zorn sie umbringen kann, ob ihr das womöglich ganz recht ist; vielleicht würde sie ja lieber dem Vergessen entgegenpreschen, als zu dem zurückzukehren, wovor sie geflohen ist. Zaumzeug und Kandare, ein Sattel. Manche Pferde sind nicht dafür gemacht, dass man sie reitet.

Langsam gehe ich in die Hocke, mache mich klein. Sie steigt nicht noch einmal, lässt mich aber auch nicht aus den Augen.

»Haben Sie vielleicht ein Seil in Ihrem Laster?«, frage ich den Mann, ohne zu ihm hochzusehen.

Ich höre, wie er loszieht, um es zu holen.

Wir warten, die Stute und ich. *Wer bist du*, frage ich sie stumm. Sie ist ein starkes Tier und, wenn mich nicht alles täuscht, gerade frisch zugeritten. Ich saß seit Ewigkeiten nicht mehr auf einem Pferd und bin auch nicht mehr dieselbe, die ich einmal war. Ich zeige mich der Stute, frage mich, wie sie mich wohl finden wird.

Der Mann kommt mit einem zusammengerollten Seil zurück und wirft es zu mir herunter. Meine Hände knüpfen die altvertrauten Knoten wie von selbst, so dass ich den Blickkontakt mit der Stute nicht unterbrechen muss, ich halte sie bei mir, richte mich langsam auf. Mit einer raschen Bewegung werfe ich ihr das Lasso über und ziehe es an ihrem Hals fest. Sie steigt noch einmal, aufgebracht, und das Eis wird nicht halten, da bin ich mir sicher. Ich lasse das Seil etwas lockerer, damit es mich nicht umreißt, sorge aber dafür, dass ich es immer noch gut festhalte. Als sie auf ihren Vorderhufen landet, lasse ich ihr keine Möglichkeit, sich erneut aufzubäumen, sondern ziehe am Seil, zwinge sie, den Kopf zu senken, und trete ganz nah an sie heran, um ihr eines Vorderbein anzuheben. Beides bringt sie dazu, das andere Bein zu beugen, und fast erleichtert sinkt sie auf die Eisfläche und kippt schwer zur Seite. Ich schmiege mich an sie, streichele ihr die Stirn, den Hals, flüstere ihr ins Ohr. *Braves Mädchen.* Ihr Herz hämmert. Ich spüre das Seil am eigenen Hals.

»Das Eis«, sagt der Mann, denn jetzt sind viele tausend feine Risse da.

Als sie bereit ist, schwinge ich ein Bein über ihren Rücken und drücke die Knie zusammen, schnalze ein paarmal mit der Zunge und sage »Auf, auf«. Sie erhebt sich, und ich sitze richtig auf, bringe mein anderes Bein in Position und Spannung in die Knie. Das Seil liegt noch um ihren Hals, aber ich brauche es nicht, ich greife ihr einfach in die Mähne und lenke sie zur steilen Uferböschung hin, während das rissige Eis unter uns erbebt. *Das wird nicht einfach*, warne ich sie, aber da springt sie schon über den Rand und kippt mich dabei nach hinten. Ich bin vorbereitet, bewege mich im Takt mit ihr, halte mich mit der Kraft meiner Beine auf meinem Platz. Sie quält sich hinauf, die Hufe suchen scharrend Halt, der Boden gibt unter ihr nach – und dann haben wir es geschafft. Wir sind oben, und der Freudenschauer, der durch ihren Körper läuft, brennt sich direkt in meinen. Hinter uns platzt der vereiste Fluss krachend auf.

Ich drücke mich noch einmal eng an ihren Hals. *Braves Mädchen. Tapferes Mädchen.* Sie ist jetzt ganz ruhig, aber ich weiß nicht, wie lang das anhalten wird. Das verletzte Bein belastet sie nicht. Womöglich ist es durch ihre Flucht in die Freiheit unwiderruflich beschädigt. Ich steige ab und drücke dem Mann das Seil in die Hand. Rau reibt es an seiner bloßen Handfläche, an meiner. »Seien Sie sanft mit ihr.«

»Ich danke Ihnen«, sagt er und nickt. »Sind Sie Reiterin?«

Es zuckt um meine Lippen. »Nein.«

»Könnten Sie sie vielleicht zurückreiten? Sie gehört auf den Burns-Hof, ein kleines Stück nördlich von hier.«

»Warum sind Sie ihr überhaupt nach, wenn sie nicht Ihnen gehört?«

»Ich habe sie einfach nur gesehen, so wie Sie.«

Ich betrachte ihn genauer. »Sie hat sich am Bein verletzt. Es wäre besser, sie nicht zu reiten.«

»Dann lasse ich einen Transporter kommen. Sie sind nicht von hier, was?«

»Gerade frisch hergezogen.«

»Wohin denn?«, fragt er, und ich überlege, ob er wohl zu den Leuten gehört, die im Umkreis von hundertfünfzig Kilometern alle kennen müssen. Er hat eine ausgeprägte Stirn und eine finstere Augenpartie; ich bin mir nicht klar, ob er attraktiv ist, aber er hat etwas Verstörendes an sich. »Und was führt Sie her?«

Ich wende mich ab. »Müssen Sie sich nicht um den Transporter für das Pferd kümmern?«

»Sind Sie mit den Wölfen gekommen?«, fragt er, und ich bleibe stehen. »Wir haben schon gehört, dass wir uns auf eine Australierin gefasst machen sollen. Wie kommt man auf so was? Haben Sie nicht genug Koalas zum Schmusen?«

»Nein«, sage ich. »Die meisten sind bei Buschbränden umgekommen.«

Das bringt ihn erst mal zum Schweigen.

Nach einer Pause fragt er: »Laufen sie schon frei herum?«

»Noch nicht. Aber das kommt noch.«

»Dann sage ich den Leuten im Dorf schon mal Bescheid, dass sie ihre Frauen und Töchter wegsperren. Die großen, bösen Wölfe sind unterwegs.«

Ich sehe ihn direkt an. »An Ihrer Stelle würde ich mir mehr Sorgen um die Frauen und Töchter machen, die den Wölfen nachlaufen.«

Er mustert mich verblüfft.

Ich wende mich ab, um wieder zum Auto zu gehen. »Wenn Sie das nächste Mal ein Tier einfangen wollen, rufen Sie gleich jemanden, der sich damit auskennt, anstatt mit Ihrem Monstertruck durch naturgeschütztes Unterholz zu brettern.« *Wichser.*

Ich höre ihn lachen. »Zu Befehl, Ma'am.«

Mein Blick zurück gilt der Stute. *Mach's gut*, sage ich stumm zu ihr. Und: *Es tut mir leid.* Denn das verletzte Bein könnte zu einer ganz anderen Art von Freiheit führen.

3

Die ersten sechzehn Jahre unseres Lebens verbrachten Aggie und ich jedes Jahr zwei Monate bei unserem Vater im Wald. Unserer wahren Heimat, dem Ort, wo wir hingehörten. Es war eine Landschaft, die ich verstand. Als Kind glaubte ich immer, die Bäume im Wald seien unsere Familie. Bei den größten und breitesten begannen die Äste erst hoch über dem Boden: Daran konnte man erkennen, dass sie schon sehr alt waren. Die Bleistiftzedern waren regelrecht gestreift, ihre Rinde hatte schnurgerade, senkrechte Furchen, die den ganzen Stamm hinaufreichten, waren aber sonst glatt, und in der Nachmittagssonne, die durch das Laubdach zu uns hereinlugte, verwandelte sich ihr Grau in Silber. Elegant waren sie, diese Zedern, mit ihren Blättern, die an Farn erinnerten. Ganz anders die Hemlocktannen, die waren dunkler, erdiger, das Muster auf ihrer rauen Rinde kringelig. Beide waren mit Moos gesprenkelt wie mit Farbspritzern, von einem intensiven, fast neonfarbenen Grün. Es gab hier auch noch viele andere Bäume, Winzlinge, die die größeren umringten und eindeutig jünger waren, Teenager vielleicht und nicht zu bändigen. Die besonders Vorwitzigen schlängelten ihre Finger weit über den Boden, so dass wir darüber stolperten, andere waren dick und buschig und wieder andere schütter und dürr. Kein Baum war wie der andere; jeder war einzigartig, merkwürdig und verschieden, und doch hatten sie alle eines gemeinsam: Sie sprachen.

»Im Wald schlägt ein Herz, das wir nicht sehen können«, hatte Dad uns einmal erklärt. Er lag platt ausgestreckt am Boden, und wir machten es ihm nach, legten die Hände auf die warme Erde und das Ohr ans Unterholz und lauschten. »Es ist hier, direkt unter uns. Darüber unterhalten sich die Bäume und kümmern sich umeinander. Ihre Wurzeln winden sich ineinander, Dutzende Bäume bilden mit Dutzenden weiteren ein Netz, das sich endlos erstreckt, und sie raunen einander durch diese Wurzeln zu. Sie warnen sich gegenseitig vor Gefahren, teilen sich die Nährstoffe. Sie sind eine Familie, genau wie wir. Gemeinsam stärker. Nichts kommt jemals allein durchs Leben.« Dann lächelte er und sagte: »Hört ihr es schlagen?«, und wir hörten es, irgendwie hörten wir es.

An dem Tag, als wir zehn wurden, führte Dad uns an einen Ort, den wir noch nicht kannten. Wir zelteten schon unser Leben lang in diesen Wäldern, aber so weit war er nie mit uns gegangen. Fünf Nächte hatten wir schon draußen im Grünen geschlafen, fünf Tage waren wir gewandert. Aggie wartete gern ab, bis die Stille am tiefsten war, um dann etwas zu brüllen, so laut, dass die Welt ins Wanken geriet. Mir war die Stille lieber.

Dad hatte immer und überall *Werners Nomenklatur der Farben* dabei; er glaubte fest daran, dass dieses Buch eine Anleitung zum Leben sei. Aggie und ich vertieften uns abwechselnd in seine Seiten, fuhren mit dem Finger über die kleinen Farbquadrate und ihre Beschreibungen, lernten sie alle auswendig. Zu jedem Farbton wurde ein Tier angeführt, das diese Farbe trug, dazu noch eine Pflanze und ein Mineral. Es war, wie unser Vater häufig und mit Stolz betonte, das Buch, das Charles Darwin auf seiner Reise mit der *HMS Beagle* verwendet hatte, um die natürlichen Farben zu beschreiben, die er entdeckte. Mir kam es immer ganz wundersam vor, dass »Fleischrot«, für meine Augen ein blasses, bräunliches Rosa, nicht nur die Farbe von Kalkstein und der Blüte des Rittersporns war, sondern auch ein Farbton der menschlichen Haut. Oder dass »Preußisch Blau« den Schönheitsfleck auf dem Flügel der männlichen Tafelente ebenso beschrieb wie das Staubblatt der bläulichen Kronenanemone und das tiefblaue Kupfererz.

»Das Buch schafft Verbindungen zwischen den Dingen«, erklärte uns Dad. »Alles darin ist gleich, nur lauter unterschiedliche Farbtöne. Es macht uns zum Teil der Natur.«

Aber an jenem Tag schwieg Dad, und wir folgten seinem Beispiel, bis wir schließlich über eine Anhöhe nicht in das nächste üppig wuchernde Waldgebiet traten, sondern hinaus in ein abgeholztes Tal. Vor uns war der Boden wie bereinigt, jeder einzelne Baum war gefällt und fortgetragen worden.

»Was ist denn da passiert?«, fragte Aggie, aber Dad nahm das alles schweigend in sich auf, nahm es auf sich und alterte darüber. Sein Blick heftete sich auf etwas in der Ferne. Schwer zu übersehen. Ein einsamer Baum, der mächtigste, den ich je erblickt hatte. Eine atemberaubende Douglasie, die direkt in den Himmel ragte, ihr Stamm zu mindestens achtzig Prozent von seinen Ästen entkleidet. So stand sie felsenfest, mitten in diesem Trümmerfeld.

Dad führte uns ins Tal hinunter, hin zu dem Baum; je näher wir ihm kamen, desto gewaltiger ragte er auf. Rücklings am Boden liegend sah ich, wie die fernen Blätter den Himmel liebkosten.

Dann erzählte Dad uns eine Geschichte. »Ich war nicht immer der Mann, den ihr heute kennt«, fing er an. »Vor langer Zeit, als ihr zwei noch nicht einmal ein ferner Gedanke wart, da war ich Holzfäller.«

Er erzählte uns von seinen Wanderungen durch die Wälder, ähnlich den Wanderungen, die er heute machte, und doch so anders. Seine Aufgabe war es, den Kollegen zu zeigen, wo sie fällen und wo sie damit aufhören sollten, und er verwendete buntes Klebeband, um die Bäume zu kennzeichnen und den Wert ihres Holzes zu schätzen. Sobald er mit seiner Arbeit durch war, kamen die Holzfäller und warfen ihre Kettensägen an, und ein Waldstück, das lebendig gewesen war, als er es betrat, blieb tot zurück.

Eines Tages kam er an diese Stelle. Damals sah es hier noch anders aus. Er war von dem Fluss heraufgekommen, den wir am Morgen mit ihm überquert hatten, maß die Distanz, die er zurückgelegt hatte, und markierte seine Bäume. Dann kam er zu diesem einen. Zu dieser Douglasie, dem Baum, der sein ganzes Leben verändern sollte.

Er wusste gleich, dass sie etwas Besonderes war. Größer als jeder andere Baum, den er je gesehen hatte, musste sie ein Vermögen wert sein. Er markierte sie mit rotem Klebeband und machte weiter.

Aber den ganzen Tag kehrte er immer wieder zurück und sah an ihr empor. Sie rührte etwas in ihm an. Und so zückte der damals fünfundzwanzigjährige Alexander Flynn schließlich sein grünes Klebeband und markierte den Baum ein zweites Mal, diesmal als »erhaltenswert«. Es war das Ende seiner beruflichen Karriere.

»An diesem Tag ging ich von der Arbeit fort und kam nie wieder«, erzählte Dad. »Zu spät. Viel zu spät.« Er ließ den Blick über die Baumstümpfe wandern. »Inzwischen gehört dieser Baum einer bedrohten Art an. Neunundneunzig Prozent des alten Bestands an Douglasien sind schon abgeholzt. Das macht diese zu einer der Letzten ihrer Art.«

»Ist sie einsam?«, fragte ich und spürte Schmerz um die Wurzeln, die sich reckten und nichts fanden, woran sie sich halten konnten.

»Ja«, sagte Dad. Dann lehnte er die Stirn an die Douglasie und tat etwas, das Aggie und ich noch nie bei ihm erlebt hatten, bis zu diesem Tag und auch danach nicht wieder: Er weinte.

Die Reise von Vancouver nach Sydney war lang, und Aggie und ich kannten sie bestens. Eine lange Reise von unserem Vater, dem Exholzfäller, nunmehr Waldbewohner und Naturforscher, zu unserer Mutter, der Großstadtpflanze und knallharten Ermittlerin bei der Polizei. Das Leben mit Mum war eine völlig andere Welt. Aber auch nach der Rückkehr in den Betonklotz, in dem unsere Wohnung lag, zu den baumlosen Sandstränden und dem herandonnernden Meer träumte ich noch von der einsamen Douglasie, und wenn ich aufwachte, war ich mir sicher, dass ihre Wurzeln meine waren, die sich vergeblich reckten und keine anderen fanden, nicht einmal die von Aggie.

Mum hatte uns nicht gefragt, wie der Aufenthalt gewesen war – das tat sie nie. Im Grunde fragte sie überhaupt nicht viel. Das mit dem Fragen übernahm meistens ich, weil ich immer noch mehr wissen wollte, keine Antwort schien mir je zu genügen, ich sei, wie Mum konstatierte, ein Papagei, der das Wort »warum« nur zu dem einen Zweck erlernt habe, um seine Mutter in den Wahnsinn zu treiben.

Am meisten beschäftigten mich meine Eltern und die Frage, warum ich sie nie auch nur am selben Ort gesehen hatte, geschweige denn zusammen. *Warum wohnt ihr so weit voneinander weg, Dad und du?* Irgendwer muss ja die Fluggesellschaften am Leben halten, sagte sie dann, oder etwas in der Art. Also fragte ich: *Wo habt ihr euch kennengelernt?* In Kanada. *Und warum warst du in Kanada?* Weil Menschen eben manchmal in andere Länder reisen, Inti. *Wie alt warst du da?* Weiß ich nicht mehr. *Warst du verliebt?* Wenn du erst mal erwachsen bist, meint dieses Wort nicht mehr dasselbe. *Hat er sich gefreut, als du schwanger geworden bist?* Ich habe ihn nie glücklicher erlebt. *Und du?* Was glaubst du denn, Dummerchen? *Und warum habt ihr euch dann getrennt?* Weil ich Karriere machen wollte und er nicht fortwollte aus seinem Wald. *Warum?* Was, warum? *Warum konnte er nicht fort?* Das weiß ich nicht, Inti, und ich werde es auch nie begreifen, sagte Mum, und dann tat sie, als würde sie mich knebeln, wir mussten beide lachen, und das Verhör war beendet, zumindest für diesen Tag.

Nach jenem letzten Besuch bei Dad, als meine Albträume von toten Bäumen schon eine ganze Weile anhielten, rief sie mich zu sich ins Arbeitszimmer, und das war so seltsam, dass es mir richtig Angst machte. Mums Arbeitszimmer war ein Ort der Wunden, des Blutes und des Todes. Im Grunde ganz ähnlich wie Dads Schuppen. Normalerweise durften wir gar nicht rein.

»Setz dich mal hierher zu mir«, sagte sie und zog einen zweiten Stuhl an ihren Schreibtisch. Ich setzte mich, schaute hinüber zum Türspalt, wo Aggie stand und lauschte. »Was habt ihr denn diesmal mit Dad unternommen?«, fragte Mum.

»Nur gezeltet und so.«

»Und was hat euch beide so verstört?«

Ich dachte über diese Frage nach. »Da waren so viele Bäume, die alle gefällt worden sind.«

Sie sah mir eine gefühlte Ewigkeit ins Gesicht. »Inti«, sagte sie dann sehr deutlich. »Reiß dich am Riemen.«

Ich wurde rot.

Mum strich mir einmal übers Haar, dann hob sie mich mit starken Armen auf ihren Schoß. Auf ihrem Schreibtisch lagen Aktenordner, die sich mit einer Lasche öffnen ließen. Darin waren Fotos. Lächelnde Frauengesichter. »Das«, erklärte mir Mum, »sind alles Frauen, die diesen Monat von ihrem Mann oder Freund umgebracht wurden.«

Ich verstand nicht richtig.

»In Australien passiert das im Schnitt einmal in der Woche.«

»Warum?«

»Das weiß ich nicht. Aber ich weiß, dass es keine gute Idee ist, deine Energie damit zu verschwenden, dich um Bäume zu sorgen. Sorg dich lieber hierum. Andere Menschen. Dein Mirror-Touch-Syndrom macht dich sehr verletzlich, Inti, und obendrein bist du auch noch viel zu nett. Wenn du nicht aufpasst – wenn du nicht *wachsam* bist, dann wird dir irgendwann jemand sehr weh tun. Hast du das verstanden?«

Sie zog ein Taschenmesser aus der Schreibtischschublade. Dort lagen auch ihr Gummiknüppel und der Elektroschocker, nur die Pistole blieb auf dem Revier. Ich hatte sie nie damit gesehen, aber Aggie malte früher immer Bilder von ihr mit der Waffe und fragte sie ununterbrochen danach.

Mum klappte die Klinge auf und schnitt sich ohne Vorwarnung in den Zeigefinger.

Ich schrie auf vor Schmerz und umklammerte fest meinen Finger, versuchte, das Blut zu stillen, aber es war ja keins da, ich wusste, da war keins, trotzdem fiel ich immer wieder darauf rein, jedes Mal.

Aggie kam ins Zimmer gestürmt und rief: »Nicht!«

»Ganz ruhig, Aggie«, sagte Mum. »Ihr fehlt nichts. Mach die Augen auf«, sagte sie zu mir, und dann, während ich zusah, schnitt sie sich in den nächsten Finger, schnitt mir in den nächsten Finger und dann noch in den dritten, vierten und fünften. Ich weinte, und sie sagte: »Das bist nicht du. Es gehört nicht dir. Dein Gehirn lügt, wenn es etwas anderes behauptet. Du musst dir einen Schutzschild zulegen.«

»Ich bin ihr Schutzschild«, sagte Aggie.

»Ich weiß, aber ihr werdet nicht immer zusammen sein – sie braucht selber einen.«

Aggie und ich sahen einander an und taten diese Bemerkung einvernehmlich ab.

»Wie denn?«, fragte ich Mum.

»Wie immer du es schaffst, denn Menschen tun einander weh. Ich sehe das jeden Tag. Du musst endlich anfangen, dich zu schützen. Ich werde mich so lange schneiden, bis du es nicht mehr spürst.«

Und genau das tat sie.

Die Kameraübertragungen im Projektquartier genügen mir nicht, und ich wandere stattdessen zum Gehege hinaus und klettere dort auf einen Baum. Mit dem Fernglas sehe ich Nummer Sechs und Nummer Neun dabei zu, wie sie sich über ihre Gefühle füreinander klarwerden.

Es wird nicht klappen, da bin ich mir sicher. So freundlich ist die Welt einfach nicht; und ich habe nicht so viel Glück.

Aber dann klappt es doch. Weil es eben gar nichts zu tun hat mit mir und meinem Glück.

Er trottet zu ihr hinüber, und sie erhebt sich, um ihn zu empfangen. Ich bin überzeugt, dass es nun doch noch zum Kampf kommen wird, der einem von ihnen den Garaus machen wird, zweifellos der kleineren Fähe. Stattdessen stupst Nummer Neun seine Schnauze an ihre und legt sich dann so dicht neben sie, dass sie einander wärmen. Sie beschnüffeln sich gegenseitig, dann legen sie die Köpfe aneinander.

Das erste Wolfspaar seit mehreren hundert Jahren, das in Schottland zusammenfindet.

Es wäre ein Leichtes, mir einzureden, dass das, was da zwischen ihnen geschieht, rein biologisch ist, bloßer Trieb, aber wer sagt schon, dass die Liebe nicht im Wesen aller Dinge liegt?

Ich klettere wieder vom Baum herunter. Ganz gleich, ob die Rudelmütter in dieser Saison tatsächlich trächtig werden, wir haben jetzt drei Zuchtpaare, und das heißt, wir sind der Rückkehr der Wölfe nach Schottland einen Schritt näher gekommen. Erst dann wird der Wald wieder zum Leben erwachen.

Auf der Heimfahrt mache ich einen Umweg, einen Abstecher zu dem Berg, mit dem das gesamte Projekt steht und fällt.

Als ich vor ein paar Wochen in Schottland eintraf, war Evans erste Amtshandlung, mich an diesen Hang zu führen. Hier soll die Vegetationsstudie durchgeführt werden, die am Ende auch in unseren Bericht an die Regierung einfließen wird. Evan, der in einem früheren Leben Botaniker war, hat bereits Kontakt zu den botanischen Gutachtern aufgenommen, die ihre Studie unabhängig von uns durchführen werden.

Ein großes Transekt von etwa hundert Metern wurde hier abgesteckt und in kleinere quadratische Abschnitte unterteilt. »Vier gleich große Quadranten«, so hat es mir Evan an jenem ersten Tag erklärt. »Sie überwachen die Vielfalt und Menge der einzelnen Arten und werden das über die nächsten paar Jahre aufrechterhalten, um zu belegen, welche ganz konkreten Auswirkungen die Wölfe auf die Regeneration des Lebensraums haben.«

Mein Blick wanderte über die Vegetation dieses windigen Berghangs, so, wie er es auch jetzt wieder tut. Es gibt hier nur sehr wenige Bäume und schütteres Gras zwischen Besenheide und Erika. Das Rotwild, das die schottischen Highlands bevölkert, kommt hier besonders gern zum Äsen hin.

»Dieses Stückchen Land entscheidet also darüber, ob wir Erfolg haben oder nicht«, sagte ich zu Evan.

»Richtig. Und es muss sich ordentlich ranhalten, es sieht nämlich ziemlich armselig aus.«

Als ich schon fast an der Basis bin, klingelt mein Telefon. Ich bin aktuell ziemlich in Ungnade bei Anne Barrie von der Wolf-Trust-Stiftung, weil ich die Wölfe ohne ihre ausdrückliche Genehmigung in die Freigehege entlassen habe. Ich glaube ja, sie ist vor allem sauer, weil sie nicht dabei gewesen ist. Sie hat so viel Arbeit investiert, um das alles zu ermöglichen, es war also tatsächlich etwas daneben von mir, aber andererseits wäre es fahrlässig gewesen, die Tiere noch länger in ihren Transportkäfigen zu halten. Jetzt bin ich drauf und dran, ihren Anruf wegzudrücken, weil ich keine Lust habe, mich wieder von ihr zur Schnecke machen zu lassen.

»Hallo, Anne.«

»Ich hoffe doch, du kommst heute Abend zu dem Treffen?«

Ich seufze.

»Du gehst da hin, Inti. Die Projektleiterin muss sich dort sehen lassen.«

»Ja, okay.«

»Aber du sagst nichts, klar? Das überlässt du Evan. Er hat Charme, du nicht.«

»Vielen Dank auch.«

»Im Ernst. Das ist unsere Chance, ein paar Spannungen zu beseitigen und sie nicht noch weiter anzuheizen.«

»Eigentlich wollte ich mein *Vegan-Power*-Poster mitbringen. Meinst du, das nützt was?«

»Mach dich jetzt bitte nicht lustig, Inti, dafür habe ich echt keinen Nerv.«

»Warum wanzen wir uns überhaupt so an die Bauernlobby ran?«

»Herrgott, jetzt fang nicht auch noch damit an. So blöd bist du nicht, das weiß ich.«

Ich kann mir ein Grinsen nicht verkneifen. Sie ist so leicht auf die Palme zu bringen.

»Nimm dich bitte einfach mal zusammen.«

»Mach ich schon, keine Sorge.«

Die Aula ist nicht geheizt; drinnen scheint es noch kälter zu sein als draußen. Als ich mich auf einen Platz in der letzten Reihe neben Niels und Zoe setze, sind meine Finger halbtaub. Eine Frau im Publikum hält ein Schild, auf dem steht: WÖLFE SIND WIE ZIGARETTEN – SIE GEFÄHRDEN DIE GESUNDHEIT, ein Kind schwenkt ein weiteres mit der Aufschrift: WENN ICH GROSS BIN, GIBT ES DANN NOCH REHE? Ich verdrehe die Augen.

Auf der Bühne sitzen mehrere Menschen nebeneinander. Darunter Evan, unser Sprecher, der dafür nicht nur auserwählt wurde, weil er wortgewandt und charismatisch ist, sondern auch, weil er der einzige Schotte in unserem Kernteam ist, und das, so wurde uns mehr als deutlich vermittelt, kommt bei den Einheimischen besser an. Niels hingegen ist ein steifer Skandinavier, der über ein nahezu enzyklopädisches Wissen auf unserem Gebiet verfügt, aber null Gespür im Umgang mit Menschen hat und außerdem einen starken norwegischen Akzent. Zoe, unsere Datenanalytikerin, ist Amerikanerin und macht keinen Hehl aus ihrer Abneigung gegen die freie Natur, und ich bin eine chronisch schlechtgelaunte Australierin, kann meine Verachtung nur schwer verbergen und habe überhaupt kein Talent für öffentliche Auftritte. Neben Evan sitzt Anne, die Heldin, die das Projekt quasi im Alleingang durchs Parlament gebracht hat, mir aber den letzten Nerv raubt. Die anderen kenne ich nicht, wahrscheinlich irgendwelche prominenten Mitglieder der Ortsgemeinschaft. Im Publikum, das weiß ich, sitzen etliche Mitglieder des Bauernverbands, des Wildhüterverbands und der Hillwalkers, des hiesigen Bergwandervereins, dazu mehrere Dutzend Grundbesitzer aus der gesamten Region rund um die Cairngorms – sie alle waren gegen unser Projekt. Was ich sogar verstehen kann, auch wenn ich Anne immer damit aufziehe. Nicht vertreten ist heute Abend die industrielle Landwirtschaft. Die Leute hier haben fast alle einen eigenen Hof, sie stehen unter erheblichem finanziellem Druck, da macht eine solche vermeintliche Bedrohung des hart verdienten Lebensunterhalts große Angst. Evans Aufgabe ist es, diese nach Möglichkeit zu zerstreuen.

Einer der Männer auf der Bühne erhebt sich, er ist weißhaarig und trägt einen eher lässigen Strickpullover zum traditionellen Kilt. »Die meisten von euch kennen mich ja«, sagt er, »aber falls mich jemand nicht kennen sollte, ich bin Andy Oakes, der Bürgermeister. Dieses Treffen wurde einberufen, um euch mit den nötigen Informationen zu versorgen und euch Gelegenheit zu geben, eure Sorgen zu äußern, die wir dann hoffentlich beschwichtigen können. Zum Gespräch haben sich heute Abend Anne Barrie eingefunden, die den Wolf Trust leitet und mit dem Bündnis Rewilding Scotland zusammenarbeitet, sowie Evan Long, einer der Biologen vom Cairngorms Wolf Project.«

Anne hält eine kleine Dankesrede, die beim besten Willen nicht arschkriecherischer sein könnte, dann überlässt sie Evan die Bühne, der die Lage erläutern soll: Im Cairngorms-Nationalpark gibt es aktuell drei Gehege mit insgesamt vierzehn Wölfen, die gegen Ende des Winters aus ihren Gehegen entlassen werden sollen, um frei in den schottischen Highlands zu leben. Sie sind ausdrücklich versuchsweise hier und Teil der Renaturierungsbemühungen im Rahmen des größeren Vorhabens, den Klimawandel zu verlangsamen.

»Hier in Schottland«, erklärt Evan, »haben wir es mit einem Ökosystem im Krisenmodus zu tun. Wir müssen dringend renaturieren. Wenn es uns gelingt, die Waldfläche bis 2026 um hunderttausend Hektar zu vergrößern, könnten wir den CO_2-Ausstoß, der den Klimawandel vorantreibt, drastisch verringern und den einheimischen Arten wieder mehr Lebensraum bieten. Das ist aber nur über die Eindämmung der Pflanzenfresserpopulation zu erreichen, und die einfachste und effektivste Maßnahme hierfür ist die Wiederansiedelung einer Schlüsselspezies von Beutegreifern, die schon lange vor uns hier waren. Dieses für ein Ökosystem entscheidende Element fehlt unserem Land bereits seit mehreren hundert Jahren, seit Wölfe gejagt und schließlich ausgerottet wurden. Mit der Tötung der Wölfe haben wir einen schweren Fehler begangen. Ökosysteme benötigen Spitzenprädatoren, weil diese dynamische ökologische Veränderungen anstoßen, die sich dann über die ganze Nahrungskette ausbreiten; wir bezeichnen das als ›trophische Kaskade‹. Mit der Rückkehr der Wölfe wird sich die Landschaft zum Besseren verändern – es entsteht wieder mehr Lebensraum für Wildtiere, die Bodenqualität wird sich verbessern, Überflutungen lassen nach, und der CO_2-Ausstoß wird aufgefangen. Tiere aller Art werden wieder Einzug halten.«

Ich mustere die Gesichter ringsum, soweit ich sie sehen kann; der Ausdruck der meisten schwankt irgendwo zwischen genervt, gelangweilt oder schlicht verwirrt.

Evan fährt fort: »Rotwild ernährt sich von Baum- und Pflanzentrieben und verhindert damit jedes weitere Wachstum. Wir werden vom Rotwild regelrecht überrannt. Aber Wölfe reduzieren die Rotwildpopulation und halten sie in Bewegung, das fördert das natürliche Wachstum einzelner Pflanzen und der Vegetation insgesamt und damit die Rückkehr von Bestäuberinsekten, kleineren Säugern und Nagetieren, was wiederum den Raubvögeln die Rückkehr ermöglicht, und da Wölfe außerdem die Fuchspopulation unter Kontrolle halten, können sich mittelgroße Tiere wie Dachse und Biber ebenfalls besser ausbreiten. Die Bäume, die für gute Luft zum Atmen sorgen, werden wieder wachsen. Ein vielfältiges Ökosystem ist immer auch ein gesundes Ökosystem, und von einem gesunden, natürlichen Ökosystem wird alles profitieren.«

Im Publikum hat sich ein Mann erhoben. Er trägt ein blitzsauberes weißes Hemd und eine Krawatte und hält seine Tweedkappe in der Hand. Sein grauer Schnauzer ist spektakulär, selbst von meinem Platz aus. »Das ist ja alles gut und schön mit der Natur«, sagt er mit tiefer, sonorer Stimme, »aber mich kostet es Land, auf dem ich Schafe weiden könnte. Die Landwirtschaft ist der drittgrößte Arbeitgeber im ländlichen Schottland. Das gefährden Sie, und damit gefährden Sie unsere ganze Gesellschaft.«

Zustimmendes Brummen setzt ein.

»Für mich ist es nicht zu akzeptieren«, fährt der Mann fort, »dass hier Tiere angesiedelt werden, die die Lebensweise der Highlander zerstören. Ich will eine lebendige Gesellschaft, ich will die Täler von Schafen und Menschen bevölkert sehen. Menschen sind doch das Herzblut eines Ortes.«

Jemand pfeift, es wird kurz applaudiert. Mein Blick bohrt sich in den Rücken dieses Bauern. Die Welt, die er da beschreibt, ganz ohne wilde Tiere und Wildgebiete, stattdessen überlaufen von Menschen und ihren landwirtschaftlichen Anstrengungen, ist zum Tode verurteilt.

»Wir behaupten, dass beides gehen kann«, sagt Evan. »Die Balance hat oberste Priorität. Ich kann Ihnen versichern, dass jede Gesellschaft in der Lage ist, sowohl Wölfe als auch Landwirtschaft gewinnbringend zu integrieren, das lässt sich weltweit beobachten.«

»Sie haben das doch schon mal gemacht«, entgegnet der Bauer. »Sie sind hier aufgekreuzt und haben uns eingeredet, es wäre nur zu unserem Besten, den Seeadler wieder anzusiedeln. Das habe ich mitgemacht und musste zuschauen, wie diese Adler die Lämmer holen. Und jetzt wollen Sie auf die Adler noch Wölfe draufpacken? Sie sind der Sargnagel der Landwirtschaft in den Highlands!«

»Es gibt viele Methoden, um Wölfe vom Wildern abzuhalten«, sagt Evan. »Wachhunde, Lamas, Esel, Schäfer. Schutzlautsprecher, die Wolfsgeräusche von sich geben und damit jeden Wolf vertreiben, der sich nähert.«

»Das haben sie in Norwegen auch versucht«, sagt der Bauer. »Hat aber nicht geklappt, zumindest nicht richtig.«

»In den USA wurde es ebenfalls versucht, mit herausragenden Ergebnissen. Wir nehmen das Projekt hier ja überhaupt nur in Angriff, weil wir so überzeugende Vorbilder haben. Die Wiederansiedlung von Wölfen im US-amerikanischen Yellowstone-Nationalpark war ein durchschlagender Erfolg. Sie hat den Park zu neuem Leben erweckt, und die negativen Auswirkungen auf die Anwohner und die Landwirtschaft hielten sich sehr in Grenzen.«

»Muss ich Ihnen jetzt wirklich erklären, dass Schottland eine Spur kleiner ist als die USA?«, fragt der Mann, und im Saal wird gelacht.

Evan bleibt gelassen, aber ich merke ihm an, dass seine Frustration wächst. »Aber trotzdem noch groß genug, um das auszuhalten. Hören Sie, natürlich müssen wir mit einem gewissen Schwund durch die Beutegreifer rechnen – das ist völlig normal! Es passiert überall auf der Welt. Aber im

Gegensatz zu den meisten anderen Ländern werden Sie für Ihre Verluste, die, wie uns alle statistischen Modellierungen zeigen, ohnehin extrem gering bleiben werden, finanziell entschädigt.«

»Und wie«, sagt der Bauer langsam und mit sonorer Stimme, »wollen Sie mich für die Tragödie entschädigen, etwas, das ich liebe und dessen Aufzucht ich mein ganzes Leben widme, grausam dahingemetzelt zu sehen?«

»Das erwarten wir gar nicht von Ihnen«, erwidert Evan. »Sollten Sie je einen Wolf dabei erwischen, wie er Ihr Vieh reißt, dürfen Sie ihn erschießen.«

Darauf herrscht Schweigen. Ich glaube, damit haben sie nicht gerechnet.

Meinen Blick zieht es zum Rand der Aula, zu einem Mann, der unweit der Tür steht; es ist der Mann, den ich heute am Fluss getroffen habe, dessen Namen ich aber nicht kenne. Er sieht weder Evan noch den Bauern an, sondern das übrige Publikum, mustert jedes einzelne Gesicht. Ich frage mich, was er hier wohl sucht.

»Unsere Wolfspopulation ist nur klein, sie ist ein Experiment«, erklärt Evan. »Natürlich steht sie unter Naturschutz, aber nur bis zu einem gewissen Grad. Wenn Sie beweisen können, dass ein Wolf Ihren Viehbestand angegriffen hat, dann sind Sie berechtigt, ihn zu erschießen. Sie haben außerdem das Recht, einen solchen Vorfall bei uns zur Anzeige zu bringen, dann sind wir gesetzlich verpflichtet herauszufinden, welcher Wolf den Angriff begangen hat, und ihn selbst unschädlich zu machen. Wenn Sie allerdings ein Tier zum Spaß erschießen oder einfach nur, weil Sie es gesehen haben, wird das mit Bußgeldern und Gefängnis bestraft.«

»Wenn Sie glauben, ich lasse einen Wolf auch nur in die Nähe meiner Kinder, haben Sie sich aber ganz schön geschnitten«, ruft eine Frau, und zustimmendes Murmeln setzt ein. »Muss wirklich erst eins unserer Kinder umkommen, bevor Sie entscheiden, dass Ihr sogenanntes ›Experiment‹ gescheitert ist?«

»Die Gefahr, dass ein Mensch von einem Wolf angefallen wird, ist quasi nicht gegeben«, versichert Evan den Leuten. »Es handelt sich um ein scheues, gemeinschaftsorientiertes, sanftes Geschöpf. Man hätte uns niemals einreden dürfen, uns vor ihm zu fürchten.«

»Das ist doch glatt gelogen, Sir«, sagt der Bauer. »Raubtiere werden gefürchtet und gejagt, weil es eben Raubtiere sind – die sind gefährlich. Meine Vorfahren haben ihr Leben dafür riskiert, das Land von den Bestien zu befreien, und jetzt wollen Sie sie uns wieder direkt vor die Tür setzen. Sollen wir unsere Kinder jetzt vielleicht ständig im Haus halten?«

Schilder werden geschwenkt, ringsum erhebt sich ein zorniges Stimmengewirr. Falls Evan je die Kontrolle über den Saal hatte, kommt sie ihm jetzt rapide abhanden.

Ich stehe auf. »Gefährlich«, sage ich, »ist nur die ungerechtfertigte Verbreitung von Ängsten.«

Der Bauer dreht sich zu mir um, mitsamt rund hundert weiteren Gesichtern. In jeder anderen Situation hätte Annes entnervtes Schnaufen auf der Bühne sicher für Gelächter gesorgt.

»Wenn Sie ernsthaft glauben, dass Wölfe für das allgemeine Blutvergießen verantwortlich sind, dann sind Sie wirklich blind«, sage ich. »Verantwortlich sind *wir*. Wir töten die Menschen, wir töten die Kinder. *Wir* sind die wahren Bestien.«

Inmitten der Stille setze ich mich wieder. Es fühlt sich an, als würde es noch kälter in der Aula.

Wieder zieht es meinen Blick zu dem Mann an der Tür. Er beobachtet mich, und mir wird klar, dass er das, was er in der Menge suchte, offenbar bei mir gefunden hat. Eine Störung. Eine Gefahr.

Ich verschwinde durch den Hinterausgang und lasse die Türflügel hinter mir zufallen. Ein Luftschwall dringt in meine Lunge. Meine Hände zittern.

Die anderen strömen durch einen anderen Ausgang nach draußen in Richtung Parkplatz. Ich lehne mich an die kalte Backsteinmauer des Schulgebäudes und blicke zum silbernen Mond hinauf. Er erfüllt mich mit einer seltsamen Sehnsucht, die mich ebenso gut verstören wie beruhigen könnte. Eine massige Gestalt tritt in mein Blickfeld. Ich kann sein Gesicht nicht gut erkennen, trotzdem weiß ich, dass es der Bauer ist, der sich zu Wort gemeldet hat, der Mann, den die anderen für sich sprechen ließen. Passend zu dem eindrucksvollen Schnauzbart hat er dichte, spitz zulaufende Augenbrauen.

»Red McRae«, sagt er und streckt mir die Hand hin.

Ich drücke sie. »Inti Flynn.«

»Eigentlich heiße ich Ray, aber alle sagen nur Red zu mir.

Ich wollte die Gelegenheit nutzen und mich vorstellen, weil mein Name Ihnen sicher noch öfter unterkommen wird.«

»Warum habe ich bloß das Gefühl, dass das keine reine Freude für mich werden dürfte?«

Red beugt sich vor, und jetzt kann ich sein Gesicht unter der Kappe erkennen. Es ist verwittert und ledrig und könnte anziehend wirken, wenn nicht so viel Verachtung darin läge. »Ganz einfach. Wenn einer Ihrer Wölfe eins meiner Schafe auch nur anknabbert«, sagt er, »dann gehe ich höchstpersönlich mit meinen Leuten in den Wald und höre nicht mehr auf, bis ich jeden einzelnen von ihnen erlegt habe.«

»Klingt fast, als würden Sie sich darauf freuen, Red.«

»Vielleicht tue ich das auch.«

In der nun folgenden Stille bilde ich mir mein Urteil über ihn, so, wie er das beabsichtigt hat. Ich sehe mehr, als er vielleicht ahnt. Ich bin ihm schon so oft begegnet, aber ich werde keinesfalls den Fehler machen zu unterschätzen, wie viel Schaden ein zorniger Mann anrichten kann. Nicht noch mal.

Ich stoße mich von der Wand ab. »Sie haben sich da drinnen angehört, als stünde die Entscheidung noch aus. Aber sie ist längst gefallen. Die Wölfe stehen unter Schutz. Wenn Sie sie jagen, kommen Sie ins Gefängnis. Dafür werde ich sorgen.«

Red lüftet nur kurz seine Kappe und entfernt sich.

Jetzt sehe ich den anderen Mann, den von heute früh, der rasch und mit merklichem Humpeln die Straße entlanggeht. Es muss entweder eine neuere Verletzung sein oder eine sehr schwere; er hat Schmerzen bei jedem Schritt und ich beim Zusehen. »Hey!«, rufe ich und eile ihm nach.

Er schaut sich um, bleibt stehen, als er mich erkennt.

»Wie geht's der Stute?«

»Sie lassen sie einschläfern.«

Ich starre ihn an, vielleicht suche ich ja nach einem Hinweis, dass ihm das irgendwie nahegeht. Aber ich kann nichts entdecken. »Wann?«

Er sieht auf die Uhr. »Bald. Jetzt. Vielleicht ist es schon passiert.«

Ich nicke und will zurück zu meinem Wagen.

Und bleibe stehen.

»Verdammt«, murmele ich. »Wo wohnen die?«

»Was haben Sie vor, Mädchen? Hinrasen wie bekloppt und sie eigenhändig davon abhalten?«

»Ja, warum nicht? Wo wohnen sie?«

Er überlegt kurz, dann geht er weiter zu seinem Laster. »Im Dunkeln finden Sie das nie. Los, kommen Sie.«

Der Burns-Hof ist riesig, höre ich, zum Haus führt nur eine Schotterpiste, und über eine weitere gelangt man zu den Ställen. Darin erschöpft sich die Unterhaltung auch schon, die wir im Wagen führen. Außer: »Ich bin Duncan MacTavish.«

»Inti Flynn.«

Duncans alter Laster mit zwei Sitzen vorne ist voller Staub, Spinnweben und schmuddeligem Werkzeug. Wir müssen mit offenem Fenster fahren, weil irgendwo unter der Motorhaube eine Ratte verendet ist, die jetzt stinkt, und das Belüftungssystem nicht mehr funktioniert. Als wir endlich am Ziel sind, ist meine Nase eiskalt. Duncans Belustigung von heute früh ist offenbar verflogen. Er wirkt jetzt schweigsam, abwesend.

Die Stallungen sind hell erleuchtet und wirken wie schimmernde Augen im Schatten der Berge über ihnen.

Vor dem Stall der Stute stehen drei Menschen, und sie selbst ist noch sehr lebendig, ihre Augen zucken unruhig. Ich stelle mich dem Ehepaar Burns vor. Stuart ist groß und trägt einen Bauch vor sich her, der die Knöpfe seines Hemdes zu sprengen droht. Wuchtige Schultern, fleischige, sympathische Züge, dunkelblondes Haar unter einer flachen Kappe. So groß und schwer ihr Mann ist, so zierlich ist Lainey Burns, aber ihr Händedruck ist kräftiger, als ich erwartet hätte. Die dritte Person kenne ich bereits – es ist Amelia, unsere Tierärztin, und sie hält eine Tasche in der Hand, in der ich eine Spritze erkennen kann. Alle begrüßen Duncan, der sich im Hintergrund hält und ihnen erklärt, er habe mich nur hergefahren, selbst habe er hier nichts zu suchen. »Inti war es auch, die eure Stute heute aus der Schlucht geritten hat.«

Ihr Interesse ist geweckt.

»Dann sind wir Ihnen was schuldig«, sagt Stuart. »Die da« – er deutet auf Lainey, ohne zu ihr hinzusehen, und Lainey läuft rot an – »hat das Tor zur Koppel nicht richtig geschlossen, und damit sind wir jetzt eine Stute los. Aber dank Ihnen, Miss Flynn, springt zumindest noch etwas Hundefutter dabei heraus.«

»Genau deshalb bin ich hier. Es ist doch nicht nötig, sie gleich einzuschläfern.«

»Amelia sagt, das Band im Vorderbein ist hin.«

»Das habe ich so nicht gesagt, Stuart«, berichtigt Amelia ihn. »Ich habe gesagt, es ist gerissen.«

»Aber geritten werden kann sie nicht mehr, richtig?«

»Eine ganze Weile nicht.«

»Aber mit Ruhe und einem medizinischen Rehabilitationsprogramm würde sie sich wieder erholen?«, frage ich.

»Gut möglich«, sagt Amelia. »Galoppieren kann sie höchstwahrscheinlich nicht mehr und auch keine Lasten tragen, und durch die psychische Belastung besteht auch die Gefahr, dass sie gar nicht mehr geritten werden kann …«

»Es tut mir ja leid«, sagt Stuart und klingt tatsächlich bedrückt dabei, »aber wir haben weder die Zeit noch die Arbeitskraft, ein Pferd zu therapieren, auf die Gefahr hin, dass wir es dann doch nicht wieder einsetzen können. Wenn Sie uns also jetzt entschuldigen würden, Liebes, dann können wir das arme Tier endlich von seinem Leiden erlösen.«

Mein Puls wird zur Wildwasserströmung, hämmert rasend und ungleichmäßig in meinen Ohren, bis ich nicht mehr klar denken kann.

Stuart ist schon auf dem Weg in den Stall, Amelia folgt ihm zögernd. Lainey wendet sich ab, sie will das nicht mitansehen, aber auch nicht weiter diskutieren.

»Ich kaufe sie Ihnen ab«, sage ich.

»Wie bitte, Liebes?«

»Wie viel wollen Sie dafür?«

»Sie wollen ein nutzloses Pferd kaufen?«

»Ja.«

»Warum?«

Weil ich auf euch alle scheiße, darum.

Als ich nicht antworte, sieht Stuart erst Lainey an, dann Duncan, und in seinem Blick liegt etwas wie Misstrauen, als würde er befürchten, etwas zu übersehen. Aber schließlich zuckt er die Achseln. »Dreitausend.«

Amelia prustet los. »Also wirklich, Stuart.«

Er lässt mich nicht aus den Augen, und mir wird klar, dass er gerissener ist, als er aussieht. »Das ist eine erstklassige Mustangstute, und ich habe viel Zeit investiert, um sie zuzureiten.«

Was er auch wirklich gut gemacht hat.

»Und für dich ist sie jetzt unbrauchbar«, ruft ihm Amelia in Erinnerung. »Wie auch für jeden sonst.«

»Das macht sie noch nicht wertlos«, sagt er, weil er mir anmerkt, dass ich die Stute wirklich haben will.

»Eintausend«, sage ich.

Er wendet sich wieder dem Stall zu, winkt Amelia heran.

»Meinetwegen. Drei.«

Stuart grinst und streckt mir noch einmal die Hand hin. Ich habe keine dreitausend Pfund. Trotzdem schlage ich ein.

»Morgen komme ich wieder und hole sie ab.«

»Lainey und ich warten mit Kaffee und Kuchen auf Sie«, sagt er vergnügt, als hätte er mich nicht soeben schamlos übers Ohr gehauen. Auf Laineys Lippen liegt nicht einmal der Anflug eines Lächelns. Ich habe geglaubt, sie würde erleichtert sein, und bin ein wenig betroffen.

»Dann sind also alle glücklich? Stuart?«, fragt Duncan.

»Voll und ganz«, antwortet der breitschultrige Bauer.

»Lainey, bei dir auch alles in Ordnung?«

»Ja, vielen Dank«, entgegnet sie, und da ist auch ihr Lächeln, strahlend und unvermittelt, und mich trifft die Erkenntnis, dass sie gut lächeln kann, wenn ihr gar nicht nach Lächeln zumute ist. »Wäre ich nicht so blöd gewesen, würden wir auch nicht in diesem Schlamassel stecken.«

»Es ist doch kein Schlamassel«, sage ich.

»Ich habe schon Hunderte Gatter offen gelassen«, sagt Amelia. »Das passiert jedem.«

»Aber nicht hier bei uns auf dem Hof, stimmt's?«, sagt Stuart, an seine Frau gewandt.

Lainey nickt.

Wir verabschieden uns und kehren mit knirschenden Schritten zu unseren Wagen zurück. Über uns endlos viele Sterne.

»Ich schaue morgen bei euch vorbei«, sagt Amelia zu mir.

»Danke.«

»Wie sieht's denn aus?«

»Sechs und Neun sind jetzt ein Paar.«

Sie stößt einen Jubelschrei aus, der mich zu Tode erschreckt, dann müssen wir beide lachen, und sie winkt noch einmal und fährt los.

Duncan und ich steigen in seinen Laster und folgen Stuart und Lainey über die Schotterpiste zum Haus. Als wir vorbeifahren, gehen sie gerade hinein. Aber anstatt abzubiegen, hält Duncan an und schaltet Motor und Scheinwerfer aus.

»Was machen wir hier?«

Er antwortet nicht, macht es sich nur bequem, als wäre er auf Beobachtungsposten.

Das verwirrt mich.

Und dann mit einem Mal nicht mehr.

Denn es gibt einen Grundzustand, der von Angst spricht, und einen, der von Härte und Zorn kündet, und beide habe ich heute Abend hier erlebt. Seit Alaska ist mir beides öfter aufgefallen, als ich Atemzüge genommen habe.

»Ist sie in Gefahr?«, frage ich.

Duncan schweigt.

»Wenn er uns sieht, macht das alles nur noch schlimmer.«

Als ich wieder nur auf Schweigen stoße, sage ich: »Ich gehe rein.«

Meine Hand am Gurtknopf, seine Hand auf meiner. Ich suche nach einer Antwort in seiner Miene. Warum warten wir hier, wenn wir doch nichts unternehmen werden? Trotzdem bleiben wir lange schweigend im Dunkeln sitzen. Ich versuche angestrengt, Geräusche aus dem Haus wahrzunehmen, aber es gelingt mir nicht. Erst als die Lichter erlöschen, gehen wir davon aus, dass das Paar schlafen gegangen ist und wir getrost wieder fahren können. Aber ich habe nur den einen Gedanken, dass sie den anspringenden Motor hören und die Scheinwerfer sehen werden und merken, dass wir hier gelauert haben. Es ist Stuart sicher unangenehm, dass wir hier waren.

Meine Hände bewegen sich, machen ihm Zeichen. *Wenden Sie, fahren Sie wieder zurück.*

Aber Duncan versteht diese tonlose Sprache nicht. »Was?«

»Nichts.«

Ich hatte mir doch geschworen, das nie wieder zu tun, nie wieder den Mund zu halten. Nie wieder die Füße still.

Duncan setzt mich in der Stadt bei meinem Wagen ab.

Vom Gestank der Ratte ist mir schon ganz übel, und ich bin froh, endlich aussteigen zu können.

»Ich wohne von Ihnen aus ein Stück weiter die Straße rauf«, sagt er. »Um genau zu sein, bin ich Ihr einziger Nachbar, falls Sie mal was brauchen.«

»Danke.« Ich kann mir nicht helfen, es klingt ziemlich gruselig, wie er das formuliert. »Fahren Sie jetzt nach Hause?«

»Ich gehe noch mal ein, zwei Stunden arbeiten.« Er hat den Blick bereits abgewandt, ist im Kopf schon bei der Nacht, die vor ihm liegt.

»Was arbeiten Sie denn?«

»Ich bin der Polizeichef.«

Mir bleibt der Mund offen stehen. Dann muss ich lachen. »Aber klar.«

Er grinst. »Wollten Sie vielleicht den Trottel von heute früh anzeigen?«

Ich nicke. »Richten Sie ihm aus, da verbirgt sich viel Kostbares unter dem Schnee. Man vergisst es nur so leicht.«

Er neigt ein wenig den Kopf. »Ist gut. Ich werd's ihm sagen.«

Ich will schon einsteigen, halte dann aber noch einmal inne. »Warum haben Sie denn nicht … also, Stuart …?«

»Warum ich ihn nicht verhafte?«

Ich nicke.

»Wegen was denn?«

Am nächsten Morgen, als ich die Stute abholen komme, empfängt mich nur der Knecht, denn Lainey hatte einen Unfall und musste ins Krankenhaus.

4

Als wir zwölf waren, nahm Mum uns hin und wieder mit zu den Gerichtsverhandlungen, bei denen sie aussagen musste. Wann immer es schlimm wurde, schlängelten wir uns hinunter auf den Fußboden und führten stumm lange Gespräche miteinander, jeweils bestimmt von den Zeichen, die Aggie sich zuletzt ausgedacht hatte. Sie begründete für uns ein Vokabular, eine komplette Sprache, über die wir mit den Händen kommunizierten. Als sie sich das Zeichen für »Libelle« ausgedacht hatte, erörterten wir stumm, wie viele Libellen wir wohl von Rechts wegen fangen durften, was für Farben sie haben würden und dass die Wissenschaft bestimmt irgendwann Mittel und Wege finden würde, sie so groß zu züchten, dass man auf ihnen reiten konnte. Als sie das Zeichen für »Universum« prägte, überlegten wir uns, was es wohl alles enthalten könnte, aber nachdem wir uns beide darin platziert hatten, fanden wir, das sei für ein Universum mehr als genug. Als sie das Zeichen für »Sex« festlegte, ein recht expliziter Zeigefinger, den man in das Loch aus Daumen und Zeigefinger der anderen Hand schob, wies ich sie darauf hin, dass dieses Zeichen bereits existierte, und wir bekamen einen solchen Lachanfall, dass er uns einen Verweis vom Richter einbrachte und anschließend Riesenärger mit Mum, als wir wieder zu Hause waren. Aber ernsthaft –

was erwartete sie denn? Warum nahm sie uns immer wieder dorthin mit, um uns die Menschen von ihrer allerschlimmsten Seite zu zeigen?

Wenn ich ehrlich war, wusste ich eigentlich, warum sie es tat. Sie wollte mich kleinkriegen. Mich zwingen zuzugeben, dass sie recht hatte. Dass die Menschen größtenteils unverbesserlich waren. Und dass ich, wenn ich mich nicht am Riemen riss, irgendwann auch hier im Zeugenstand stehen und einem Richter erzählen würde, was mir angetan worden war.

Aber in dem Punkt ließ ich mich nicht kleinkriegen. Schließlich besaß ich eine Zauberkraft, die nichts mit Zauberei zu tun hatte. Ich spürte, was andere spürten, ich wusste, was in ihren Berührungen lag, und das war fast immer Zärtlichkeit. Wie konnte man zärtlich berühren, wenn man kein guter Mensch war?

Eines Abends, auf dem Heimweg vom Gericht, saßen wir auf dem Rücksitz des Streifenwagens, den Mums Partner fuhr. Für Aggie war es das Tollste überhaupt, sie tat dann, als wären wir verhaftete Kriminelle, und versuchte, sich mit vorlauten Sprüchen wieder aus dem Gewahrsam freizureden. Mums Partner hieß Jim Owens und war ganz attraktiv, aber auch so massig, dass man ihn mit Fug und Recht als fett bezeichnen konnte, und schon unser ganzes Leben lang offensichtlich in sie verliebt. Er kaufte uns immer Eis. Wir mochten Jim. Ich glaube fast, wir liebten ihn sogar. Mum ertrug ihn gnädig. Ich konnte mir beim besten Willen nicht vorstellen, wie sie wohl aussah, wenn sie verliebt war.

Aber heute konnten mich nicht mal Jims blöde Witze

ablenken. »Warum wollte diese Frau, diese Tara … warum will sie ihre Kinder dem Vater wegnehmen?«, wollte ich wissen.

Frag nicht, sagten Aggies Hände.

»Das siehst du dann morgen«, sagte Mum.

»Kannst du's mir nicht jetzt erzählen?«

Sie wird dir nur wieder Angst machen, sagten Aggies Hände. Und sie verdrehte die Augen dazu, was Mum im Rückspiegel nicht entging.

»Sprechen«, ermahnte sie Aggie. Dann sagte sie zu mir: »Weil er sie missbraucht hat.«

»Seine eigenen Kinder?«

Mum nickte.

»Nein«, sagte ich. »Das glaube ich dir nicht.«

»Wie du willst.«

Ich schüttelte den Kopf. »Warum sollte er das denn machen?«

»Weil er krank ist, Mäuschen«, sagte Jim.

»Nein«, sagte Mum. »Bring ihr so was gar nicht erst bei. Er hat es gemacht, weil er ein Wichser ist.«

Hinten im Wagen wurde es mit einem Mal sehr heiß. Ich wollte das Fenster herunterlassen, aber dann fiel mir wieder ein, dass das nicht ging, weil es zentralverriegelt war.

Aggie legte die Hände in zwei locker geschlossenen Fäusten übereinander. »Das könnte das Zeichen für ›Wichser‹ sein.«

Kurz erstarrten wir alle. Und lachten dann los. Aggie war immer so gut darin, jede Anspannung zu zerstreuen.

»Ich will doch schwer hoffen, dass ich dich dieses Wort

nie wieder sagen höre, junge Dame«, sagte Jim, was seine Wirkung allerdings verfehlte, weil er immer noch kicherte.

Aber dann konnte ich mir die nächste Frage doch nicht verkneifen: »Warum hasst du die Menschen so sehr, Mum?«

»Ich hasse sie gar nicht. Ich bin nur realistisch.«

»Dad sagt, wir können nur gut für uns selber sorgen, wenn wir auch für andere sorgen, und die Welt lässt sich nur mit Freundlichkeit retten.«

Mum lachte verächtlich. »Ach, du meinst den Spinner, der allein in der Wildnis haust und keinerlei Kontakt zu anderen Menschen hat? *Den* Dad?« Ich sah, wie sie kopfschüttelnd aus dem Fenster schaute. »Ich sorge tagtäglich für mehr Menschen als dieser Typ in seinem ganzen erbärmlichen Leben.«

»Für uns sorgst du aber nicht besonders gut«, bemerkte Aggie.

Mum wurde ganz starr. Aggie war oft sehr direkt. Am liebsten hätte ich ihre Worte eingefangen und sie ihr wieder in den Mund gestopft, denn ich wusste, dass Mum zwar immer so tat, als wäre ihr alles egal, dass sie aber trotzdem Gefühle hatte, dass man sie trotzdem verletzen konnte. Dass sie ihr Leben trotzdem dafür einsetzte, anderen zu helfen.

Aber ich konnte die Worte meiner Schwester nicht ungesagt machen, und schließlich entgegnete Mum einfach nur: »Du kannst mich dann ja anrufen, wenn dein Mann irgendwann dich und deine Kinder halbtot schlägt.«

Ich fahre ins Krankenhaus. Warum, weiß ich nicht. Es geht mich wirklich gar nichts an, und trotzdem bin ich hier und gehe hinein. Am Empfang weist man mir die richtige Richtung. Am Ende eines langen Ganges steht Duncan MacTavish. Er schaut durch ein Fenster. Ich stelle mich neben ihn. Und sehe.

Am Bett sitzt Stuart und hält seiner Frau die Hand. Sie hat nur eine Hand zum Halten frei, die andere steckt in Gips, und Lainey selbst sieht gar nicht mehr wie Lainey aus: Eine Gesichtshälfte ist so schlimm verschwollen, dass das Auge in der grün-blauen Beule verschwindet, und rund um mein eigenes Auge prickelt und schwillt das Gewebe sofort, ich kann nichts mehr sehen, es entgleitet mir, lässt mich halb in Dunkelheit zurück, während das andere Auge noch die Platzwunde oben an Laineys Stirn betrachtet, die jetzt auch an meinem Haaransatz pocht, noch ganz empfindlich von den sechs Stichen, mit denen sie mir das Fleisch zusammengenäht haben …

Ich drehe mich weg und drücke den Rücken an die Wand. Hier. Das ist dein Körper. Ich zentriere mich wieder, kehre in mich zurück, lasse die Eindrücke nachhallen und verklingen, beruhige meine luftgierige Lunge. Nicht dein Schmerz. Nicht dein Körper. Nur eine Täuschung.

»Hey«, sagt Duncan.

Ich mache die Augen auf, sehe wieder ganz klar.

»Alles in Ordnung mit Ihnen?«

Ich nicke. Der Schmerz hält nie lange an, das Adrenalin schon. Die Wachsamkeit. Die Erschöpfung.

»Was sagt er, was ihr passiert sein soll?«

»Vom Pferd gefallen.«

»Hat sie erzählt, was wirklich passiert ist?«

»Sie ist noch nicht wach.« Er sieht mich an. »Aber dazu wird es nicht kommen.«

»Dass sie wieder *aufwacht*?«

»Dass sie redet. Sie wird nicht sagen, was passiert ist. Macht sie nie.«

»Was wollen Sie dann deswegen unternehmen?«

Er zuckt die Achseln, dreht sich wieder zum Krankenzimmer um. »Sie verdient ihr Geld damit, Pferde zuzureiten«, sagt er. »Da fällt sie auch mal runter. Passiert jedem.«

»Sie und ich, wir saßen in Ihrem Wagen und haben nichts unternommen. Wir haben das geschehen lassen.«

Er sieht mir wieder in die Augen und sagt: »Vielleicht ist sie ja wirklich vom Pferd gefallen.«

Ich drehe mich auf dem Absatz um und stapfe davon, damit ich nicht mit der Faust die Scheibe durchschlage. Ich brauche irgendeinen Menschen, den ich fragen kann, der es mir bestätigt, wobei ich genau das auch wieder nicht brauchen kann, denn sollte ich erfahren, dass er sie wirklich krankenhausreif prügelt, werde ich ihn nur noch umbringen wollen.

Dad hat mir immer gesagt, es sei meine größte Gabe, dass ich in die Haut anderer Menschen schlüpfen kann. Dass ich spüren kann, was sonst niemand spürt, das Leben der anderen, dass ich es spüren und darin eintauchen kann. Dass der Körper vieles weiß und ich die wundersame Fähigkeit besitze, über mehr als einen Körper Bescheid zu wissen. Wie erstaunlich clever die Natur doch sei! Er hat uns auch beigebracht, dass Mitgefühl das Wichtigste ist, was wir lernen können. Wenn uns jemand verletze, bräuchten wir nichts weiter als Empathie, schon sei es ganz leicht zu vergeben.

Meine Mutter war damit nie einverstanden. Sie trug kein vergleichbares Meer der Freundlichkeit in sich, keine Vergebung. Ihr Wissen darüber, was Menschen einander antun, war ein anderes. Ich schreckte davor zurück. Es erschien mir rau und hart und entsprach nicht meinem angeborenen Instinkt. Ich lebte lieber nach den Vorgaben meines Vaters, und das fiel mir so lange leicht, bis es mir nicht mehr leichtfiel.

Jetzt liegt es auf der Hand, und zwar schon eine ganze Weile. Mum hatte recht, sie hatte so verdammt recht, dass es mir fast peinlich ist, und jetzt habe auch ich genug, ich habe keine Vergebung mehr übrig.

Der Rotwildkadaver ist schwer. Mit fleischigem Klatschen gleitet er mir aus den Händen. Die Wölfe des Glenshee-Rudels, das sich am weitesten südlich befindet, stürzen sich nicht darauf, sie halten sich am hintersten Ende ihres Geheges, dicht an den Zaun gedrängt. Bis auf einen. Nummer Zehn ist nicht das Muttertier ihres Rudels, also auch nicht sein Oberhaupt oder, um einen altmodischeren Begriff zu verwenden, der Alphawolf. Dieser Titel gebührt ihrer Schwester, Nummer Acht. Trotzdem unterscheidet sich Zehn von den anderen. Sie ist ruhelos. Aggressiver, weniger bereit, sich einsperren zu lassen. Sie hat bereits angefangen, sich den Weg freizugraben, als einziger Wolf Fluchtversuche unternommen. Und sie allein kommt jetzt durch das Gehege auf mich zu und tut, was in all den Jahren meiner Arbeit mit Wölfen noch kein Tier je getan hat: Sie sieht mich direkt an, fletscht die Zähne und *knurrt*.

Meine Nackenhaare sträuben sich, denn so etwas passiert einfach nicht, wirklich nie. Wie mager und geschmeidig sie ist. Ihr Fell trägt Schattierungen von Braun und Weiß in sich, ein dunkles Orangebraun an den Flanken und hellere Borsten rund um das Gesicht, fast golden oder auripigmentorange, wie es in Werners Nomenklatur heißt. Ihre Zähne sind sehr scharf, und sie will, dass ich das weiß.

Mein Vorgesetzter beim Denali Wolf Project in Alaska hat mich gleich am ersten Arbeitstag gewarnt. *Sei niemals so naiv zu glauben, du könntest das Verhalten einer Wölfin vorhersagen. Das ist gefährlich. Sie wird dich jedes Mal von neuem überraschen.*

Ein tiefes Schaudern setzt mich unter Strom. Ich liebe diese Wildheit in ihr. Ich spüre den Kitzel in der eigenen Kehle. Das Adrenalin überschwemmt mich, und sie kann es riechen, ich weiß, dass sie das kann.

Der Rotwildkadaver ist abgeliefert, ich habe keinen Grund, noch zu bleiben.

Aber ich will.

Ich sehe es vor mir. Wie ich mich umdrehe, losrenne und sie sich auf mein Bein stürzt, sich in meinen Oberschenkel verbeißt, mir jede Möglichkeit zur Flucht nimmt. Bleibe ich ihr zugewandt, wird sie mir stattdessen an die Kehle gehen, meine verwundbarste Stelle. Ihre Körperkraft lässt sie fliegen, ihre starken Kiefer brechen mir die Knochen. Was bin ich doch für leichte Beute; ich habe nicht die Schnelligkeit zum Weglaufen, nicht die Kraft, sie abzuwehren. Meine Haut ist entsetzlich dünn. Ob sie das wohl über mich weiß? Spürt sie, was ihre Artgenossen offenbar nicht spüren? Sie lassen sich von der Kraft unserer Stimmen und Waffen täuschen, von unserer Fähigkeit, sie einzusperren. Nur diese Wölfin scheint darüber hinauszublicken, meine Zartheit zu erkennen. Vielleicht aber auch nicht, vielleicht interessiert es sie auch einfach nicht, dass ich irgendeine Macht habe, die ihr fehlt, weil ihre Wut, ihr Kampfgeist so gewaltig ist.

Ich lasse sie nicht aus den Augen, während ich mich rückwärts aus dem Gehege schiebe. Sie rührt sich immer noch nicht, stürzt nicht los, um das tote Tier zu verschlingen wie die anderen fünf Wölfe aus ihrem Rudel. Sie sieht mich einfach nur weiter an.

Von meinem Platz hinter dem Maschendrahtzaun aus beobachte ich, wie sie sich schließlich doch zu ihrem Rudel gesellt. Das Tier ist noch nicht ganz kalt, seine Wärme füllt jetzt ihr Maul und meinen Mund. Unsere Zähne machen kurzen Prozess mit dem Fleisch. Der durchdringende Eisengeschmack des Blutes überwältigt mich. Ich war in Sorge, sie könnten das Fleisch ablehnen, weil es nach Mensch riecht, aber offensichtlich ist der Hunger stärker. Mein eigener Hunger erwacht, und das verstört mich. Ich wende mich von dem Festmahl ab.

Nach der Arbeit fahre ich wieder zum Burns-Hof zurück, mit einem gemieteten Pferdetransporter und tausend Pfund in bar. Niemand empfängt mich, also mache ich mich selbst daran, die Stute zu verladen. Sie scheut und will sich kein Zaumzeug anlegen lassen. Als ich sie an der Trense wegführen will, bekomme ich um ein Haar einen Tritt. Ich muss sie nur irgendwie zu mir schaffen, auf die Koppel vor dem Haus, wo sie zur Ruhe kommen und fressen und all das tun kann, wozu sie Lust hat. Aber ihre Nervosität überträgt sich auf mich, und ich bin ein wenig erleichtert, als ich von der Einfahrt her jemanden rufen höre. Stuart kommt angerannt und greift nach den Zügeln, zerrt das arme Tier grob in den Transporter und schließt die Klappe. Ich versuche, die Stute zu streicheln, aber sie schreckt vor meiner Berührung zurück, will mir entkommen. *Ruhig, Mädchen. Ruhig.*

»Da hat wohl nicht nur das Bein 'nen Knacks«, sagt Stuart.

»Sie sollten vielleicht sanfter mit ihr umgehen«, entgegne ich. Dann schaue ich dorthin, wo er den Wagen abgestellt hat, und sehe, wie Lainey wacklig aussteigt.

»Müsste sie nicht noch im Krankenhaus bleiben?«, frage ich.

»Am besten erholt sie sich im eigenen Bett«, sagt Stuart. »Kommen Sie mit rein, Miss Flynn, ich versorge Lainey, und dann kümmern wir uns ums Geschäft.«

Drinnen ist es kühler als erwartet. Ich schaue den Flur entlang bis zur offenen Schlafzimmertür, wo er Lainey vorsichtig ins Bett hilft. Sie ist noch ganz benommen und hat sichtlich Schmerzen, lächelt ihn aber aufmunternd an. Ich sehe zu, wie er sich zu ihr auf den Bettrand setzt, ihr Gesicht streichelt, ihr die Handfläche küsst. Meine eigene Hand ballt sich zur Faust, um seine Lippen nicht spüren zu müssen.

In der Küche fülle ich den Wasserkocher.

»Danke«, sagt Stuart, während wir darauf warten, dass das Wasser kocht.

»Im Stall liegen tausend Pfund.«

»Hatten wir nicht drei vereinbart?«

»Hatten wir. Aber ich wollte fragen, ob Sie mir ein bisschen Zeit geben können, den Rest zusammenzukratzen.«

»Aber klar, Liebes.« Er übernimmt, hängt Teebeutel in drei Becher und gießt Wasser darüber. In seinem Becher landen noch vier Stück Zucker. »Kommt mir ehrlich gesagt gerade alles recht gelegen«, gibt er zu.

»Duncan hat erzählt, ein Pferd hat Lainey abgeworfen?«

»Meine Lainey reitet noch die Schlimmsten zu, aber irgendwann werden wir alle mal abgeworfen.« Mit einem erstickten Laut bricht Stuart ohne Vorwarnung in Tränen aus.

Ich schlucke und schaue weg, und dann schaue ich nicht mehr weg, denn genau das habe ich schon gestern Abend gemacht. Ich zwinge mich, mir anzusehen, wie seine Schultern beben, und empfinde nicht das leiseste Mitgefühl. Ich sehe vor mir, wie ich zu ihm hintrete und ihm meinen Teebecher über den Kopf ziehe, während er mir nichtsahnend den Rücken zuwendet. Ob das ein Wunsch ist oder nur ein flüchtiger Gedanke, kann ich nicht sagen. *Was ist nur los mit dir, was ist aus dir geworden?*

»Ich bringe ihr das rein«, sage ich, und die Stimme, die aus meinem Mund kommt, ist so hart, dass sie mir vorkommt wie die einer Fremden.

Lainey mustert mich mit ihrem unversehrten Auge, als ich

ihr den Tee auf den Nachttisch stelle. Wahrscheinlich fragt sie sich, was ich in ihrem Schlafzimmer zu suchen habe.

»Wollen Sie es nicht ein bisschen heller haben?«

Sie nickt, und ich gehe zum Fenster hinüber und ziehe die rotkehlchenbedruckten Vorhänge auf. Sonnenlicht fällt ins Zimmer.

»Sie sind ja echt ein hübscher Anblick«, sage ich, sie muss lachen und zuckt vor Schmerzen.

»Bringen Sie mich bitte nicht zum Lachen. Holen Sie Gealaich ab?«

Ich nicke. »Sagen Sie den Namen bitte noch mal?«

Das Wort, das sie sagt, klingt wie *Gi-a-lasch*.

»Das kann ich ja kaum aussprechen. Vielleicht nenne ich sie einfach Gall.«

Darüber muss Lainey erneut lachen. Wahrscheinlich ist sie ein klein wenig high. »Tut mir leid, dass er Ihnen so viel abknöpft«, sagt sie.

Ich zucke die Achseln.

»Wir haben's nicht leicht. Die Hänge hier sterben mit jedem Jahr weiter ab. Da bleibt nicht viel für die Tiere zum Grasen übrig.«

»Wie lange sind Sie schon hier?«

»Der Hof hat meinem Vater gehört. Er ist schon seit Generationen in der Familie.«

»Rinder und Pferde, richtig? Ich habe noch gar nicht viele Pferde gesehen, seit ich hier bin.«

»Stimmt, hier gibt es fast nur Schafe.«

»War Stuart schon Bauer, als Sie sich kennenlernten?«

»Gott bewahre. Er hatte keine Ahnung davon, aber er hat

gut reingefunden, obwohl es nicht ganz seinem … Rhythmus entspricht. Dafür bin ich wirklich dankbar.«

»Und Sie wollten nie ein anderes Leben?«

»Wo sollte ich denn hin?«

»Die Welt ist groß.«

Sie schüttelt den Kopf. »Ich bin gern hier. Das ist mein Zuhause.«

»Die Landschaft ist wunderschön.«

»Am liebsten mag ich den Wald«, sagt sie leicht verträumt und eindeutig etwas beduselt. »Der atmet so.«

Ich muss lächeln. »Als Kind dachte ich, ich würde zur Familie des Waldes gehören und von ihm großgezogen.«

Lainey lacht, hört aber gleich wieder auf, weil ihr das Gesicht davon weh tut. »Das finde ich schön«, sagt sie. »Kann ich nachfühlen. Soll ich Ihnen ein Geheimnis verraten?«

»Ja.«

»Ich bin froh, dass Sie hier sind und die Bäume retten. Aber sagen Sie das bloß nicht meinem Mann.«

»Ich rette gar nichts. Das machen dann die Wölfe.«

»Sie werden die nie auf Ihre Seite kriegen.« Lainey seufzt. »Die anderen. Das ist bei denen viel zu tief verwurzelt.«

Ich setze mich ans Fußende ihres Bettes. »Wenn die Wölfe das Rotwild erst mal jagen, macht das Rotwild wieder, was es eigentlich von Natur aus tun sollte, es wandert. Auf dem Boden kann dann wieder alles ungehindert wachsen. Dem Land wird neues Leben eingehaucht. Sie werden sehen, wie Ihre Hänge wieder grün werden. Der Gesamtzustand der Gegend hier wird sich nach und nach ändern.« Ich blicke ihr in das zugeschwollene Auge und achte nicht auf das Brennen an meinem. »Ich habe sogar schon erlebt, dass Wölfe den Verlauf von Flüssen ändern.«

Sie lächelt. »Dann haben sie hier ja vielleicht doch eine Chance. Vielleicht werden sie ja überleben.«

»Vielleicht. Wenn Sie mal irgendwo unterkommen müssen, sind Sie bei mir jederzeit willkommen. Da ist es sicher.«

Sie macht ein verwirrtes Gesicht. »Aber ich habe doch ein Zuhause. Da sind Sie gerade.«

Ich nicke.

Die Verwirrung schwindet, und alles Weiche in ihr, das diesen Austausch, unseren Austausch, genossen hat, wird spröde. »Ich muss jetzt schlafen.«

»Aber klar, Entschuldigung.« Ich stehe auf und gehe zur Tür. »Gute Besserung, Lainey.«

»Danke.«

Vor der Tür wartet Stuart auf mich. »Sie hat hier alles, was sie braucht«, sagt er. »Seit dem Tag, als ich sie kennengelernt habe, sorge ich für meine Frau.«

Ich überlege, etwas zu erwidern, stelle aber fest, dass ich es nicht kann. Ich gehe zur Tür. Draußen, unter dem Himmel, kann ich wieder atmen.

5

Manche Sprachen haben keine Worte, und die der Gewalt gehört dazu.

Aggie war schon als Jugendliche ein Sprachgenie. Vier konnte sie fließend und brachte sich noch weitere bei. Aber sie verstand nicht nur die gesprochenen Sprachen; sie wusste, dass es etliche gab, die ohne Stimme auskamen. Schon als wir zehn waren, gab es die Zeichensprache, die sie sich ausgedacht hatte, damit wir private Gespräche führen konnten. Sie hatte eine Welt erbaut, in der wir beide gemeinsam lebten, und wir waren beide ganz zufrieden mit der Aussicht, sie nie mehr zu verlassen. Als wir sechzehn waren, fing sie an, die Sprache der Gewalt zu erlernen; sie brach einem Jungen die Nase, und sie tat es für mich, so, wie sie das allermeiste, was sie machte, für mich tat.

»›Sprache hast mich gelehrt, und mein Gewinn/ Ist, dass ich fluchen kann‹«, las ich eines Nachmittags laut auf dem Schulhof vor. »›An Pest krepier/ Fürs Lehren deiner Sprache.‹« Verblüfft sah ich zu Aggie auf. »Was zum Geier soll denn das heißen?«

Seufzend ließ sie sich ins Gras zurücksinken, hielt die Hand vors Gesicht, um die Sonne abzuschirmen. Ihre Wangen waren gerötet; ich betrachtete sie und spürte das leichte

Brennen auch auf meiner Haut; ich sah, wie ihr Kopf auf dem Boden ruhte, und spürte das Kitzeln der Grashalme am Nacken.

»Caliban war ein wildes Geschöpf, sie haben versucht, ihn zu zähmen, und dafür hasst er sie jetzt.«

Ich las die Stelle noch einmal, ohne die leiseste Ahnung, wie sie darauf gekommen war. Aber als ich mich, auf die Ellbogen gestützt, neben ihr ausstreckte, glaubte ich zu verstehen. Es führte mich wieder zu Dads Hof zurück, zu den Hufen, dem Schnauben und dem Wissen, dass die Pferde dort gern frei gewesen wären, sosehr sie meinen Vater auch lieben mochten.

»Wenn wir nur mal irgendwas durchnehmen würden, wo nicht so viele ausgedachte Wörter vorkommen …«

»Alle Wörter sind ausgedacht«, sagte Aggie, ein gutes Argument. »Komm, ich bin jetzt Caliban.« Sie schnappte sich das schwere Buch und sprang auf. Mit theatralischem Überschwang deklamierte sie die Zeilen, laut und voller Ingrimm, und es interessierte sie kein bisschen, dass sich ringsum alle Jugendlichen umdrehten und sie anstarrten.

»An Pest krepier!«, stieß sie knurrend hervor, als wäre es der Fluch einer Hexe.

Ich musste lachen. »Da passt dein wildes Wesen doch endlich mal.«

Unter den Bäumen hockte Daniel Mulligan mit seinen Freunden zusammen, sie redeten leise und planten garantiert wieder irgendeinen Mist, mit dem sie ihr nächstes Opfer demütigen konnten. Ich spürte ihre Schuluniformen auf der Haut, den steifen, kratzigen Stoff, den ständigen Wunsch, ihn sich vom Leib zu reißen und stattdessen normale Klamotten anzuziehen. Ein Junge entfernte sich, um Kunststückchen mit einem Fußball zu vollführen; ich spürte, wie der Ball mit einem *Tock-tock-tock* von seinem Spann abprallte. Hinter uns auf dem Platz spielten ein paar Mädchen Basketball, ihre schnellen, schurrenden Schritte auf dem Betonboden rüttelten ein wenig in meinem Knöchel, während links von uns andere Mädchen sich gegenseitig Zöpfe flochten, so dass ihr Haar seidig zwischen meinen Fingern hindurchglitt. All diese Empfindungen trugen mich fort, irgendwohin, wo es hell und lebendig war, verorteten mich aber zugleich wieder fester in meinem Körper.

Aggie musterte mich. »Wie fühlt es sich heute an?«

»Wie Stromschläge«, antwortete ich, aber das stimmte nicht ganz. Dafür war es viel zu sacht. Ich griff nach ihrer Hand, wollte das Gefühl durch mich an sie weiterleiten, wollte es mit ihr teilen, so wie wir alles andere teilten. »Da«, sagte ich und beschwor sie innerlich, es auch zu spüren. »Nimm's dir von mir.«

Sie hielt meine Hand ganz fest und sah sich um, sah die anderen Schülerinnen und Schüler an, diese Welt aus Empfindungen. Aber so funktionierte es nun mal nicht, es hatte noch nie geklappt, da half alles Sehnen nichts. Aggie seufzte frustriert.

Meinen Blick zog es wieder zu Daniel und seinen Freunden unter der Trauerweide, denn einer von ihnen blickte starr zu uns herüber, zu mir. John Allen, der Ruhigste, sah mich direkt an und fasste sich dann ganz bewusst an den Schwanz. Obwohl ich keinen habe, durchfuhr es mich, das

Gefühl, dass mir jemand zwischen die Beine fasste, und das wusste er ganz genau, ich war auf einmal von Hitze erfüllt, sie flutete meinen Körper und meine Wangen, und das war etwas völlig anderes, es war nicht mehr sacht, es war erniedrigend.

»Inti? Was ist?«, fragte Aggie.

Ich krümmte mich zusammen, wünschte mir das Gefühl weg, es ekelte mich an. Am liebsten hätte ich mich aus meinem Körper gerissen und wäre nie mehr in ihn zurückgekehrt. Ich konnte die Jungs lachen hören.

»Was hat er gemacht?«, wollte Aggie wissen, aber das würde ich auf keinen Fall aussprechen. Und so machte sie nur das Zeichen für *Nicht hinsehen*, marschierte zu den Jungs hinüber und donnerte John ohne Vorwarnung die gesammelten Werke von William Shakespeare ins Gesicht. *Zack!*

Ich wusste, ich sollte es lassen, aber ich sah trotzdem hin. Ich sah, wie diese Worte – und es waren wirklich viele Worte – auf Johns Nase prallten, meine Nase, und dann war da kein Knochen mehr, ich versank, verschwand.

Scharfes, stechendes Licht und verschwommene Farbkreisel in Gold und Grün wölbten sich über mir. Langsam gewannen die Blätter an den Bäumen wieder Gestalt, ich kehrte in mich zurück. Aggie schaute auf mich herunter. *Du hast mir die Nase gebrochen*, sagte ich ihr mit den Händen, und ihre entgegneten: *Ich hab' dir doch gesagt, du sollst nicht hinsehen*, und dann konnten wir alle beide nicht mehr aufhören zu lachen.

Aggie wurde zum dritten Mal in drei Jahren vom Unterricht suspendiert. Mum rastete aus und schickte uns dauerhaft zu Dad – was aus meiner Sicht alles andere als eine Strafe war. Mum meinte, jetzt sei Dad mal damit dran, uns zu bändigen, aber mir war klar, dass es ihr insgeheim gefiel, wie resolut und kampflustig Aggie war. Ich war die, mit der sie nicht zurechtkam, ich, die immer viel zu weich, viel zu verletzlich war. Es machte ihr Angst, dass ich nicht wusste, wie ich mich selbst schützen sollte, denn welches Lebewesen kommt schon ohne diesen Instinkt zur Welt?

Unsere Ankunft in British Columbia war anders als erwartet. Für mich war das Werkzeug in Dads Schuppen das erste Alarmzeichen. Unser Leben lang hatte er die Geräte hingebungsvoll gesäubert, gepflegt und geschärft, er verbrachte Stunden da draußen, ganz versunken in diese meditative Tätigkeit, denn allein der Gedanke, etwas rosten zu lassen, was man instand halten konnte, grenzte nicht nur an Verschwendung, es war auch respektlos dem Werkzeug gegenüber, das ihn unterstützte und nährte. An jenem Morgen im Schuppen traf mich der vertraute Geruch nach Blut, Fell, Fett und Sägespänen. Beißend und klebrig, war er für mich wie nach Hause kommen. Aber als ich Dads Lebenswerkzeuge auf sämtlichen Werkbänken verstreut liegen und nicht ordentlich an ihrem jeweiligen Platz an der Wand hängen sah, als ich den Zustand der Klingen sah, die Blutreste, die noch am Stahl klebten und ihn rosten ließen, die Ölpfützen, die nicht aufgewischt worden waren, die Tierkadaver, die verrotteten, anstatt sorgsam behandelt und eingelagert zu werden, fühlte ich mich gar nicht mehr zu Hause. Ich hatte Angst.

Auch das Haus war ein einziges Chaos. Aggie versank in einem regelrechten Berg aus Schmutzwäsche, und ich ließ gleich mehrmals die Waschmaschine laufen und machte mich daran, die Unordnung im Wohnzimmer zu beseitigen. Dad nutzte es als eine Art Recycling-Station, es war voll von schwankenden Säulen aus Pappe, Papier und leeren Flaschen. Früher hatte er sein komplettes Recycling-Gut immer zu den Containern im nächstgelegenen Ort gebracht. Als ich ihn jetzt fragte, warum er das so lange nicht gemacht habe, antwortete er, er habe kein Vertrauen mehr, dass es anschließend nicht einfach auf der Müllkippe lande. »Tja«, sagte ich, »das könnte schon sein. Aber du musst es trotzdem irgendwo hinbringen, sonst ertrinkst du ja darin.«

»Ich kann es nirgends hinbringen. Sie müssen eben aufhören, es zu produzieren.«

»Ja, aber ...« Ich wusste nicht, was ich darauf noch sagen sollte.

Drei Tage verbrachte ich im Schuppen, um jedes einzelne Werkzeug mit Stahlwolle und einer Dose WD-40 vom Rost zu befreien, vom Tranchiermesser über die Schraubenschlüssel bis hin zu den vielen hundert winzigen Schraubenzieheraufsätzen. Meine Fingerkuppen wurden ganz wund davon.

Während ich mich um den Schuppen kümmerte, machte Aggie lange Ausritte mit den Pferden, damit sie ein bisschen Bewegung bekamen. Beim letzten begleitete ich sie, und wir stellten fest, dass da, wo früher der Wald gestanden hatte, nur noch Wüste war. Die Holzfäller waren gekommen. Sie hatten gewaltige Schneisen geschlagen, bis hin zur Grenze von Dads Grundstück, und während ich die Baumstümpfe betrachtete, erinnerte ich mich an das Gefühl, das mich überkommen hatte, als Dad uns damals die einsame Douglasie gezeigt hatte. Ich überlegte, ob er sich jetzt wohl die ganze Zeit so fühlte, so verletzt, ob es das war, was ihn lähmte. Oder doch die Erinnerung an all das, was er früher einmal zerstört hatte?

Aggie und ich ließen die Pferde grasen und legten uns rücklings auf zwei der Baumstümpfe. Sie waren so breit, dass ich von Kopf bis Fuß zwischen die Jahresringe passte; hätte ich sie gezählt, ich wäre auf Hunderte und Aberhunderte gekommen. Dieser Baum war ein Riese gewesen. Aggie jagte mir einen Schrecken ein, sie stieß einen wütenden Schrei aus, schleuderte den Laut gen Himmel, und er war erfüllt von all der Trauer in meiner Brust. Weil wir so machtlos waren. Weil es das Ende unserer Waldfamilie war, weil sie nun fort war. Und zum ersten Mal erhob auch ich meine Stimme und stimmte in ihr Brüllen ein.

Wir kochten Spaghetti bolognese mit tiefgefrorenem Wildbret aus Dads Vorräten. Als ich es holen ging, sah ich, dass es eines der letzten Päckchen war. Auch die Regale waren auffallend leer, kein eingelegtes oder eingekochtes Obst, kein frisches Gemüse aus dem Garten. Es war eine gewaltige Arbeit, ein nachhaltiges Leben zu führen, und wenn sich einmal ein Fädchen lockerte, zog es weitere nach sich, und plötzlich ribbelte sich dieses ganze Leben, das man sich erschaffen hatte, einfach auf.

»Wann warst du denn das letzte Mal jagen, Dad?«, fragte ich, als wir uns zum Essen setzten. In meinem Finger pochte schmerzhaft ein Splitter, den ich mir beim Holzhacken eingerissen hatte, aber wenigstens loderte jetzt ein Feuer und hielt uns warm.

»Letzte Woche. Einen schönen großen Rehbock hab ich erwischt.«

»Und wo ist der?«

Er musterte mich, als wäre ich nicht ganz richtig im Kopf. »Hast du denn alles vergessen, was ich euch beigebracht habe? Er hängt zum Trocknen in der Speisekammer, wie immer. Ihr könnt mir später helfen, ihn zu zerlegen.«

»Da ist nichts, Dad.«

Stirnrunzelnd versuchte er, mit dieser Gleichung zurande zu kommen, schließlich zuckte er die Achseln. »Dann ist es wohl länger her als eine Woche.«

Aggie und ich wechselten einen Blick.

»Wir müssen in den Ort fahren«, sagte sie. »Ordentlich einkaufen, die Vorräte auffüllen.«

»Wir haben doch jede Menge zu essen hier«, sagte Dad.

»Du hast alles aufgebraucht, Dad.«

»Wo suchen wir nach Nahrung?«, fragte er.

Aggie seufzte. »Bei dir im Garten.«

»Da draußen ist ein Garten voller Gemüse. Und ein Wald voller Tiere.«

»Wir haben immer noch Winter«, sagte Aggie. »Im Garten wächst kaum etwas.«

»Und jagen können wir nicht«, ergänzte ich. »Zu Hause essen wir ja nicht mal Fleisch.«

»Das täte ich auch nicht, wenn ich welches kaufen müsste, das ohne Sonnenlicht im Käfig vor sich hin vegetiert hat und mit Antibiotika vollgepumpt wurde«, sagte er. »Passt mal auf, Kinder: Wir müssen unseren Teil dazu beitragen, den Klimawandel auf unserem Planeten zu verlangsamen, wir müssen verhindern, dass er vor die Hunde geht. Das heißt auch, dass wir unseren Fußabdruck so weit wie möglich reduzieren, so leicht auf dieser Erde lasten müssen, wie wir nur können. Wir sind nicht hier, um zu konsumieren, bis alles weg ist – wir sind die Bewahrer, nicht die Besitzer. Und wenn andere sich weigern, ihren Teil dazu beizutragen, das Unheil abzuwenden, müssen wir eben entsprechend mehr tun. Das wisst ihr doch.«

Wir nickten, denn natürlich wussten wir das, und es war tröstlich, dieselben Worte von ihm zu hören, mit denen er uns großgezogen hatte, aber so wahr sie auch sein mochten, sie änderten doch nichts daran, dass er nicht mehr derselbe war. Vielmehr war die Tatsache, dass er immer noch so leidenschaftlich an seinen alten Glaubenssätzen festhielt, ein Beleg dafür, dass er sein nachhaltiges Leben nicht mehr aufrechterhalten konnte, obwohl er es eigentlich wollte.

Ein paar Tage später nahmen Aggie und ich uns den Garten vor.

»Was ist bloß los mit ihm?«, fragte sie mich, während wir den Boden umgruben und Kartoffeln setzten.

»Keine Ahnung. Vielleicht sollten wir ihn zum Arzt bringen.«

Aggie schnaubte. »Und wie willst du das anstellen? Fesseln und knebeln?«

Sie hatte ja recht. Als ich ihn darauf ansprach, hatte er mich gar nicht beachtet. Und als Aggie die einstündige Fahrt in den Ort auf sich genommen und einen ganzen Stapel Tiefkühlkost, darunter bergeweise Rinderhackfleisch, sowie Gemüsekonserven und H-Milch erstanden hatte, erklärte er ihr rundheraus, sie solle alles wieder in den Supermarkt zurückbringen und sich ihr Geld wiedergeben lassen. Er werde nicht dulden, dass sie die Lebensmittelindustrie unterstütze, ob wir etwa nicht wüssten, wie viel CO_2 allein diese Einkäufe produzierten? Er werde nichts davon auch nur anrühren, geschweige denn essen. So wird die Welt einmal zugrunde gehen, dozierte er, durch Faulheit.

Und mir kam es vor, als würde die Weisheit eines Mannes, der mutig genug gewesen war, einen anderen Weg zu gehen, langsam, aber sicher in Wahnsinn umschlagen.

Trotz aller Zerstreutheit begriff er aber das Bedürfnis nach Nahrung. Und so fing er an, uns das Fährtenlesen und das Jagen beizubringen, und griff dabei auf die Grundlagen zurück, die er schon früher bei uns gelegt hatte. Damals hatte er noch nicht von Aggie erwartet, dass sie das Wild auch erlegte, jetzt tat er es. Ich war besser im Fährtenlesen, sie brachte es fertig, den Schuss abzufeuern. Dad fand, wir seien ein gutes Team. Mit dem Bus fuhren wir vierzig Minuten bis zur Schule und vierzig Minuten zurück nach Hause, danach nahm er uns mit in den Wald, wo wir Stunden mit Warten und Wachsamsein verbrachten oder so lautlos, wie wir konnten, durchs Unterholz schlichen. Er fragte uns ab, welche Zeichen die diversen Tiere hinterließen, wie ihre Fährten und ihr Kot aussahen, welchen Mustern ihr Verhalten folgte. Und er tat es mit einem Ernst, wie ihn unsere Lehrerinnen und Lehrer niemals an den Tag gelegt hatten. Als wüsste er, wie sehr wir diese Vorbereitung brauchen würden.

An einem kalten Tag einige Monate später war ich allein im Wald, um Pilze zu sammeln, die am Fuß einer gewaltigen Bleistiftzeder wuchsen. Ihr Stamm hatte knorrige Wurzeln entwickelt, die einen bequemen Sitzplatz abgaben, und obwohl ich nicht viel Zeit hatte, ließ ich mich dort nieder, lehnte mich zurück und sah zu, wie das Licht durch den Baldachin aus Nadeln schimmerte.

Flatternde blaue Flügel zeigten mir an, dass ein Vogel auf einem tief herabhängenden Ast gelandet war.

»Hallo«, sagte ich, aber der Vogel ließ durch nichts erkennen, ob er mich gesehen hatte. Auf dem Kopf trug er eine dunkle Haube; ich würde Dad fragen müssen, was es für einer war.

Etwas anderes nahm meine Aufmerksamkeit gefangen. Ein Abdruck in der Erde, nicht weit von der Stelle, wo ich die Pilze gesammelt hatte. Ein Pfotenabdruck, ganz anders als die Spuren des durchziehenden Rotwilds. So etwas hatte ich noch nie gesehen, und ich stand auf, um ihn genauer zu betrachten. Ich suchte nach weiteren, wäre ihnen gern gefolgt, aber ich fand keine mehr.

Zu Hause schüttete ich die Pilze in eine Kiste und machte

mich im Garten auf die Suche nach Dad. Er saß in einem schmalen Flecken Sonne und sah seinen Pferden zu, die im Tal grasten.

»Ich hätte eine Frage, Dad«, sagte ich und setzte mich zu ihm.

»Na, hoffentlich immer mehr als nur eine.«

»Ich glaube, ich habe eine Tierspur gefunden, aber sie sah so gar nicht nach Rotwild aus.«

»Wie groß war sie?«

»Zu klein für einen Bären, aber verhältnismäßig groß. Ungefähr ...« Ich formte den Umriss mit den Fingern nach. »Ich glaube, von einer Pfote. Und es war nur die eine da, als wäre das Tier danach einfach verschwunden.«

Dad lächelte. »Da bist du wohl auf eine Wolfsspur gestoßen, Inti-Kind. Eine große Seltenheit.«

»Ein Wolf?« Ich spürte ein Schaudern. Bisher hatte ich erst zweimal im Leben einen Blick auf einen Wolf erhascht, und beide Male lagen Jahre zurück, ich war noch ein Kind gewesen. Fast glaubte ich schon, ich hätte diese Momente geträumt. »Kannst du mir helfen, ihr zu folgen?«

Er schüttelte den Kopf. »Wölfen kommt man mit Fährtenlesen nicht bei.«

»Aber wie findet man sie dann?«

»Gar nicht. Man lässt sie in Ruhe.«

Enttäuscht sackte ich in mich zusammen.

Er musterte mich von der Seite. »Also schön, ich verrate dir ein Geheimnis. Aber du darfst es nur im Guten anwenden. Versprichst du mir das?«

»Ja.«

»Wölfe kannst du nicht aufspüren«, sagte Dad. »Die sind nämlich viel schlauer als wir. Stattdessen folgst du der Fährte ihrer Beute.«

Wir lächelten einander an.

Ich bekam den einzelnen Pfotenabdruck immer noch nicht aus dem Kopf. »Aber wie bewegen sie sich denn fort, wenn sie keine Spuren hinterlassen?«

»Das ewige Rätsel der Wölfe«, gab Dad zur Antwort, und in dem Moment beschloss ich, dass ich die Geheimnisse dieser Tiere entschlüsseln wollte.

6

Sie stürmen nicht in die Freiheit. Sie rennen nicht los.

Der Schnee schmilzt bereits; der Winter ist zu Ende. Aber unsere Wölfe wollen ihr Gehege offenbar nicht verlassen.

Das Cairngorms Wolf Project ist überhaupt nur genehmigt worden, weil wir auf einen so erfolgreichen Präzedenzfall verweisen können. Darauf fußen einige unserer Entscheidungen, wenn auch nicht alle. Und daher weiß ich, dass man mit so etwas rechnen muss. Auch die Wölfe in Yellowstone sind nicht gleich aus ihrem Gehege gestürzt. Und wir konnten daraus etwas lernen.

Deshalb haben wir auf beiden Seiten der Gehege Tore eingebaut und selbst immer nur eins davon benutzt, damit das zweite Tor frei von unserem Geruch bleibt. Diese zweiten Tore öffnen wir jetzt, per Fernbedienung, nachdem wir zuvor totes Rotwild an die Bäume jenseits der Schwellen gebunden haben, um die Wölfe herauszulocken. Aber sie machen keine Anstalten, das Gehege zu verlassen.

Nur Geduld, sage ich zu meinem Team. Sie werden schon noch rauskommen.

Am zweiten Tag, an dem die Tore offen stehen, wagt sich eine Wölfin aus ihrem Gehege, schnuppert in die Luft und rennt los Richtung Norden. Es ist Nummer Zehn, so viel wilder als die anderen.

Sie will nach Hause und ahnt nicht, dass dort kein Zuhause mehr auf sie wartet. Nur Nutzvieh und diejenigen, die das Nutzvieh züchten und ihr womöglich den Tod bringen werden. Und danach ein unüberwindliches Meer.

Ob wir sie wohl je wiedersehen werden?

Weitere Tage vergehen, ohne dass sich etwas rührt, weder beim Glenshee-Rudel, das Zehn zurückgelassen hat, noch beim Tanar-Rudel im Osten oder beim nordwestlich ansässigen Abernethy-Rudel, das aus dem frisch vereinigten Paar Sechs und Neun und dem Jährling Dreizehn, der Tochter von Sechs, besteht. Die Wölfe harren aus, sind wachsam, warten und haben eindeutig mehr Geduld als wir.

Am fünften Tag sind Evan und Niels am Rand der Panik, sie wandern ruhelos im Projektquartier auf und ab und debattieren endlos, was zu tun sei. Haben die Wölfe ihr Revier vielleicht schon innerhalb der Gehege markiert? Wollen sie deswegen nicht weg? Das wäre eine Katastrophe.

Nur Geduld, sage ich.

Am sechsten Tag folgen die verbliebenen fünf Mitglieder des Glenshee-Rudels ihrer Schwester, Nummer Zehn, die längst über alle Berge ist. Angeführt werden sie dabei nicht von ihren beiden Alphatieren, Rüde Nummer Sieben und Fähe Nummer Acht, sondern vom alten Leitwolf Nummer Vierzehn, der zehn Jahre alt und damit in Wolfsjahren hochbetagt ist. Für Wölfe ist diese Welt ein hartes Pflaster: Wenn sie nicht einer Krankheit erliegen oder verhungern, nicht im Kampf mit anderen Rudeln oder durch Unfälle sterben, werden sie von Menschen erschossen. Es ist wohl ihr Schicksal, jung zu sterben, alt werden sie in den seltensten Fällen. Dieser männliche Leitwolf ist also eine Seltenheit. Vielleicht ist er ja mutiger als die anderen, weil ihm sein langes Leben mehr Erfahrung verschafft hat. Vielleicht weiß er auch einfach, wann es Zeit zum Weiterziehen ist und wann Zeit zum Verweilen; womöglich ist er deshalb so lang am Leben geblieben. Was auch immer es sein mag, etwas hat jedenfalls zu ihm gesprochen, irgendein Ruf des Waldes, und seine Familie vertraut darauf. Einzeln wagen sie sich hinter ihm aus dem Gehege, schenken den Rotwildkadavern, die wir für sie bereitgelegt haben, keine Beachtung und gleiten zwischen die vereinzelt stehenden Bäume. Es ist ein karges Land dort im Süden, wo wir sie angesiedelt haben, nur wenige Bäume, aber Wölfe brauchen nicht unbedingt Wälder, sie lassen sie ja erst wachsen. Der Jährlingsrüde des Rudels, Nummer Zwölf, macht sich in die Gegenrichtung davon. Möglicherweise wird er sich dem Rudel irgendwann wieder anschließen, vielleicht hat er es aber auch endgültig verlassen, sich von seiner Familie getrennt, um sich eine Gefährtin zu suchen und sein eigenes Rudel zu begründen.

Am nächsten Tag setzt sich, als hätten sie es so abgesprochen, auch das Tanar-Rudel in Bewegung. Die Leittiere, Fähe Nummer Eins und Rüde Nummer Zwei, unser einziger schwarzer Wolf, führen ihre drei fast ausgewachsenen Welpen aus dem Gehege und hinein in ihren Teil des Waldes.

Zurück bleiben nur die drei Abernethy-Wölfe; sie lehnen

die Freiheit, die ihnen seit einer Woche offensteht, weiterhin ab.

Als ich durch die Haustür von Blue Cottage trete, finde ich Aggie in der Küche beim Kochen, sie lächelt mich an, und ich breche fast in Tränen aus. Sie hat in ihren Körper zurückgefunden. Sie ist hier bei mir, ich kann wieder atmen.

Nach dem Abendessen sagen ihre Hände: *Sie wissen nicht, was da draußen ist. Warum sollten sie aufbrechen?*

»Weil«, sage ich zu ihr, »es für sie natürlich ist, immer weiterzuziehen. Überlebenswichtig.«

Ihr habt sie hierhergebracht. Ist das vielleicht natürlich?

Darauf fällt mir keine Antwort ein, also zeige ich ihr nur den Mittelfinger, und sie lacht tonlos. Es fehlt mir wirklich, ihr Lachen zu hören. Manchmal glaube ich, das fehlt mir am allermeisten. Obwohl Aggie immer schon zu langen Phasen des Schweigens neigte – sie hat erst mit vier Jahren angefangen zu sprechen, das war ja auch nicht nötig, weil ich immer ganz genau wusste, was sie brauchte, und für sie fragte –, ist diese mit Abstand die längste. Manchmal glaube ich, sie wird nie wieder sprechen. Inzwischen deckt sich ihre Zeichensprache weitgehend mit der offiziellen Gebärdensprache, die sie aber immer noch mit dem ein oder anderen selbst ausgedachten Zeichen würzt, weil sie einfach gern an unserer alten Zwillingssprache festhält und ihr die Vorstellung gefällt, dass sie uns so jederzeit in unser kleines Privatuniversum zurückbefördern kann.

Mum ruft an, wie jede Woche. Sie kennt nur die halbe Wahrheit über das, was in Alaska geschehen ist. Ich glaube, sie würde sonst an dem Wissen zerbrechen. Und sich vielleicht auch bestätigt fühlen (ein scheußlicher, grausamer Gedanke). Sie weiß auch nicht, warum ich Aggie nie ans Telefon hole, aber letzte Woche hat sie zu mir gesagt, ich würde mich mit jedem Telefonat mehr anhören wie meine Schwester. Aufmüpfig, trotzig, voller Ingrimm. Ich war mir nicht sicher, wie ich das fand. Manchmal kommt es mir vor, als hätten Aggie und ich die Plätze getauscht und dann vergessen, den Tausch wieder rückgängig zu machen.

»Wie läuft's?«, fragt Mum mich jetzt.

»Gar nicht schlecht. Zwei der drei Rudel haben ihr Gehege schon verlassen.«

»Da sind die Anwohner sicher begeistert. Machen sie dir viel Ärger?«

»Nein«, schwindele ich. »Sie sind sehr nett.«

»Na dann. Warten wir mal ab, wie es wird, wenn ihre Lämmer gefressen werden.«

»Freu dich da mal nicht zu sehr drauf, Mum.«

»Haha. Du bist viel witziger als früher.«

»Danke«, brumme ich.

»Ist deine Schwester da? Ich habe nicht viel Zeit – ich stecke mitten in einem Fall.«

»Und was für ein entsetzliches Verbrechen klärst du diesmal auf?«

»Das willst du gar nicht wissen, meine Süße.«

»Aggie gibt den Kindern im Ort Französischunterricht«, sage ich, während Aggie drüben an der Spüle den Abwasch macht.

»Na gut, dann *au revoir*, gib ihr einen Kuss von mir.« Bevor wir das Gespräch beenden, fragt Mum noch: »Und was ist mit dem dritten Rudel? Warum hat es das Gehege noch nicht verlassen?«

»Das weiß ich nicht.«

Mum beantwortet ihre eigene Frage im Brustton der Überzeugung. »Natürlich weißt du's. Sie sind einfach schlauer als die anderen. Sie wissen, was für Gefahren da draußen lauern.«

»Da lauern keine Gefahren.«

Mum lacht nur, dann legt sie auf.

Am achten Tag machen Evan, Niels, Zoe und ich eine Wanderung zum Abernethy-Rudel. Wir müssen die Wölfe mit eigenen Augen sehen; vielleicht fehlt ihnen ja etwas. Es könnte sein, dass wir unsere Treibstöcke einsetzen und sie aus dem Gehege scheuchen müssen. Vielleicht müssen wir sie auch einfach sich selbst überlassen, aber das können wir erst wissen, wenn wir sie richtig in Augenschein genommen haben.

Auf dem Weg diskutieren Evan und Niels über die nächsten Schritte. Ihre Stimmen zerren an meinen Nerven, sie stören den Frieden des Frühlingswalds. Die ersten Wildblumen haben sich durch den Raureif gearbeitet. Die Zweige bekommen wieder Blätter. Die Bäume schütteln den Winter ab und wenden sich der Sonne zu.

Abrupt bleibe ich stehen.

Vielleicht war es ja der Geruch. Aber ist meine Nase wirklich so fein? Oder ist es doch eher mein Instinkt, der ihn spürt?

Hinter mir bleiben auch die anderen stehen und werden still.

Ich schaue zum Bergkamm hinauf. Dahinter liegt das Gehege. Und hoch oben steht, im Profil, ein atemberaubendes Geschöpf. Wolf Nummer Neun lässt seinen Blick über das Land schweifen, dessen König er jetzt ist.

»Scheiße«, haucht Evan ehrfürchtig. Zoe ringt nach Luft. Einen bewusstlosen Wolf zu berühren ist eine Sache, ihn im Gehege zu sehen schon etwas anderes, aber ihn draußen in freier Wildbahn zu erblicken ist völlig unvergleichlich, und dann auch noch so nahe, so sehr als Herrscher über sein Reich. Das trifft einen bis ins Mark, es rührt den ursprünglichsten Teil in uns allen an. Der Wolf steht ganz ruhig und ist doch in Bewegung; der Wind bringt sein Fell zum Strahlen. Wenn Aggie bloß hier bei mir wäre; es kommt mir falsch vor, das ohne sie zu erleben.

Wir ziehen uns zurück und lassen Neun weiter den Wald erforschen, der dem Abernethy-Rudel seinen Namen gab. Von heute an sind alle Wölfe frei in den Cairngorms unterwegs. Sie haben wieder eine Heimat in Schottland gefunden, aber die Zeit muss zeigen, ob es eine nährende oder eine zerstörerische Heimat ist.

Zur Feier des Tages geht es in den Pub.

Ich kenne sowohl Evan als auch Niels noch aus der Zeit, als wir alle drei in Alaska mit den Wölfen im Denali-Nationalpark arbeiteten. Damals waren wir und die anderen Biologinnen und Biologen viel zusammen; es gehörte quasi zum Job, abends immer noch ein paar Bier trinken zu gehen. Die Einsamkeit des Landes ließ einen die Gesellschaft anderer Menschen suchen, und für mich war es der erste richtige Kontakt mit anderen Wolfsexperten. Wir sind schon ein besonderes Völkchen. Ruhelos und bewegungshungrig sind wir viel lieber im Freien unterwegs, als am Schreibtisch zu sitzen oder im Labor zu stehen. Ich war ganz verliebt in uns als Gruppe, in die Tiere, die Arbeit und die Welt. Nichts lag also näher, als Evan und Niels anzuwerben, als ich das Projekt in den Cairngorms übernahm: Man möchte ja schließlich mit Menschen arbeiten, die man kennt, deren Weltbild und Standpunkte den eigenen entsprechen.

Jetzt allerdings wünschte ich mir sehnlichst, ich hätte Fremde angeheuert. Evan und Niels rechnen fest mit dem abendlichen Bier nach der Arbeit und verstehen nicht, dass ich nicht kann, können nicht begreifen, warum ich so anders bin als die Frau, die ich früher war.

Heute Abend gibt es aber keine Ausflüchte.

Im Snow Goose ist es duster und urig, und als meine Augen sich daran gewöhnt haben, sehe ich lauter Tiere. Von der Wand über dem Tresen schaut ein Hirschkopf blicklos auf mich herab. Neben ihm hängt noch eine Auswahl kleineren Rotwilds, an einer anderen Wand finden sich ein Dachs, ein Adler und ein Fuchs. Ihr Moschusgeruch hängt schwer in der Luft, vielleicht bilde ich mir das aber auch nur ein. Sie sind überall, lenken mich ab von den großen, steinernen Kaminen, den windschiefen Holztischchen, den gusseisernen Kronleuchtern. Vom Hauptraum aus kommt man in diverse verschwiegene Zimmerchen und Nischen mit niedrigen Ledersofas, überall sitzen Leute. Die Stammkneipe für die ganze Region, erfahre ich, und zwinge mich verstört, den Blick von den ausgestopften Tieren abzuwenden.

In einer Ecknische ein Stück entfernt sitzen Red McRae, Andy Oakes, der Bürgermeister, und Stuart Burns. Stuart wirkt kernig und jovial wie eh und je. Wir steuern eine Nische auf der anderen Seite des Pubs an, aber ich setze mich so, dass ich ihn im Blick behalte. Methoden, einen Menschen umzubringen: ihm etwas ins Glas tun, die Bremsen an seinem Wagen manipulieren, ihn von der vereisten Fahrbahn abdrängen, ihm hinaus in die Dunkelheit folgen und ihn niederschlagen …

»Inti?«

Ich blinzele ein paarmal, schaue zu Zoe hin. »Bitte?«

»Was willst du trinken?«, wiederholt sie ganz langsam.

»Irgendwas.«

Am Tresen entdecke ich Duncan, der dort mit Amelia und ihrer Frau Holly sitzt. Er trägt einen dicken roten Pullover, erkennbar selbst gestrickt und mit einigen kapitalen Löchern versehen. Wer den wohl für ihn gestrickt hat? Vielleicht eine Lebensgefährtin? Jetzt lacht er über etwas, das Holly erzählt, und ich lenke meinen Blick hastig von ihm weg, in der Hoffnung, dass er mich nicht sieht. Red McRae tritt mit einem großen Krug Bier in der Hand an unseren Tisch. Er stellt ihn so heftig ab, dass etwas von dem Inhalt aufs klebrige Holz schwappt. »Ich höre, man darf gratulieren.«

Betretenes Schweigen breitet sich aus.

»Danke«, sagt Evan.

Direkt hinter Red steht Stuart und legt ihm begütigend die Hand auf die Schulter.

»Dann trinken Sie mal, solange Sie noch auf was trinken können.« Red klingt nicht mehr ganz nüchtern. »Dauert nicht mehr lang, dann herrschen hier Mord und Totschlag.«

»Gut, dass wenigstens niemand melodramatisch wird«, bemerke ich.

»Hoffen wir mal, dass Sie es auch noch lustig finden, wenn der Racheengel vor Ihrer Tür steht«, sagt er.

»Drohen Sie uns etwa?«, fragt Zoe.

Red lacht.

»Von Drohungen kann keine Rede sein«, sagt Stuart und gibt sich dabei so freundlich, so beschwichtigend, dass es mich vor Abscheu schüttelt.

»Tieren zu drohen hat auch keinen Sinn«, pflichtet Red ihm bei. »So läuft das nicht in der Natur. Wenn man mit einem Tier ein Problem hat« – jetzt sieht er mich direkt an – »bleibt einem nur, dem Tier zu zeigen, wer der Stärkere ist.«

Ich muss grinsen; ich kann gar nicht anders. Weil ich ihn so lächerlich finde. Und weil er mir solche Angst macht. Um mich zu beruhigen, hebe ich den kompletten Krug an die Lippen und nehme einen großen Schluck. »Prost«, sage ich. Dann rutsche ich aus der Sitznische und stelle mich hin, weil ich es nicht aushalte, dass sie mich alle überragen, ich muss wenigstens stehen. »Falls Sie sich unbedingt übers Starksein austauschen wollen, das können wir gern machen.« Dabei sehe ich Stuart an. An seinem Hals bilden sich rote Flecken, und mir ist klar, dass ich ihn aus der Fassung gebracht habe. Ich bin in diesem Augenblick so wütend auf ihn, dass es mir förmlich aus allen Poren dringt. Die Erinnerung daran, wie die Verletzungen seiner Frau sich angefühlt haben, das tiefsitzende, körperliche Wissen darum, was für eine Angst sie haben muss, immerzu. Egal, wohin das führen wird, ich muss etwas sagen. »Oder findet hier jemand«, sage ich, ohne den Blick von Stuart abzuwenden, »dass ein Mann stark ist, der seine Frau schlägt?«

Das Schweigen saugt alle Luft aus dem Raum. Ich habe gegen die Abmachung verstoßen, laut ausgesprochen, worüber niemand redet.

Stuart sieht mit einem Mal aus, als stünde er kurz vor dem Herzinfarkt. »Was sagen Sie da?«

»Sie haben vielleicht Nerven, überhaupt hier aufzutauchen, nach allem, was Sie heute getan haben.« Red versucht, das Gespräch wieder auf seinen eigenen Zorn zu bringen, was vermutlich weniger gefährlich ist. »Ich würde ja den Hut davor ziehen, wenn es nicht so respektlos wäre.«

»Also, respektlos wollen wir wirklich nicht sein«, wirft Evan ein.

»Stimmt«, sage ich, »aber das bisschen Respekt, das ich hatte, kommt mir rapide abhanden.«

»Seien Sie still«, sagt Stuart leise, »kein Wort mehr«, und falls ich noch irgendwelche Zweifel daran hatte, was für ein Mensch er ist, verschwinden sie, als ich sehe, welche Veränderung mit ihm vorgeht. Ich glaube, genau das musste ich noch sehen. Um sicher zu sein.

Ich schaue zu Duncan hinüber, der uns vom Tresen aus beobachtet, aber es kommt keine Unterstützung von ihm.

»Zurück«, sage ich zu Stuart, der viel zu dicht vor mir steht, über mir dräut. Er rührt sich nicht, aber Red zieht ihn weg, und ich lockere meine verkrampften Fäuste, erinnere mich wieder ans Atmen.

»Gut, gut, das reicht jetzt«, sagt Red, und Stuart lässt sich von ihm zurück an den gemeinsamen Tisch führen. Aber er setzt sich nicht, greift sich nur seine Mütze und marschiert zur Tür – habe ich Lainey eine neue Abreibung eingebrockt? Das darf ich nicht geschehen lassen, aber schon kurz darauf folgt Duncan Stuart aus dem Pub, hoffentlich, um wieder im Schutz der Dunkelheit Wache zu halten; falls er das tut, bleibt er diesmal hoffentlich die ganze Nacht.

»Irgendwie ist mir die Lust zum Feiern vergangen«, sagt Zoe.

»Ach ja? Ich würde das eher als Sieg betrachten.« Ich nehme noch ein paar große Schlucke Bier, um mich wieder zu beruhigen.

»Wieso lassen die dich bloß so kalt?«, will sie von mir wissen. »Das war doch beängstigend.«

Allerdings. Aber andererseits: »Wenn du dich von denen einschüchtern lässt, dann haben sie gewonnen.«

Wir trinken aus, der Abend ist verdorben.

Draußen lehnt Duncan an seinem Laster. Ich verabschiede mich von meinem Team und gehe zu ihm hinüber.

»Sie haben getrunken«, sagt er und hält mir die Beifahrertür auf.

Mit heruntergelassenen Fenstern fährt er mich nach Hause. Dieser Gestank nimmt mir den Atem.

»Sind Sie ihm nach Hause gefolgt?«, frage ich. »Wird ihr auch nichts passieren?«

Duncan gibt keine Antwort.

»Er war vorhin wirklich zornig, Duncan.«

»Stimmt. Sie sollten sich mal überlegen, ob es wirklich so klug ist, ihn gegen sich aufzubringen.«

Ich will etwas erwidern, aber die Worte zerrinnen. Er hat ja recht, das erkenne ich jetzt leichter, nachdem mein Zorn abgekühlt ist. Er hat recht und auch wieder nicht. Für die Wut eines Mannes, für seine Gewaltbereitschaft, ist nur dieser Mann selbst verantwortlich. »Aber wann hört es auf?«, frage ich. »Wenn nie jemand etwas sagt, aus lauter Angst vor ihm, wann soll es dann aufhören?«

Duncan bleibt lange still, dann räumt er ein: »Ich habe jemanden dort postiert.«

Erleichterung durchflutet mich.

»Er soll wissen, dass ich ihn im Blick habe.«

Wir haben die Abzweigung zu unserer Straße erreicht. »Ich laufe von Ihnen aus«, sage ich. Ich brauche dringend kalte Luft an meinen brennenden Wangen. Er biegt in seine Einfahrt und hält vor dem Haus. Es sieht aus wie meines, nur dass seine Steine grau sind und nicht blau und uns im Dunkeln ein Hund die Stufen hinunter entgegenkommt. Während Duncan seinen schwarz-weißen Collie begrüßt, wende ich mich schon wieder zur Straße.

»Gute Nacht.«

»Da draußen gibt's Wölfe«, warnt mich Duncan.

Ich nicke.

Er mustert mich. »Nur ein kleiner Rat vom Einheimischen an die Durchreisende.«

»Ich bin nicht auf der Durchreise.«

»Sie werden wieder fortgehen, irgendwann, wenn Ihre Tiere alle tot sind.«

Die Beiläufigkeit, mit der er das sagt, trifft mich wie ein Schlag.

»Das Land hier ist sehr einsam«, sagt Duncan. »Sie werden andere Menschen brauchen. Das geht uns hier draußen allen so. Man dreht durch, wenn man in einer so weiten Umgebung zu allein ist.«

»Sind Sie uns deshalb vorhin gleich zu Hilfe gekommen?«, frage ich ihn. »In Erfüllung Ihrer Bürgerpflicht?«

»Nach meiner Erfahrung schafft die Polizei oft Probleme, wo vorher keine waren.«

Ich suche seinen Blick. »Aber hier war ein Problem, Duncan.«

Nach langem Schweigen sagt er: »Ich muss mich entschuldigen. Das habe ich falsch eingeschätzt.« Und dann: »Sie wirken eben nicht gerade wie eine Frau, die nicht mit zwei besoffenen Spinnern klarkommt.«

»Aber warum muss ich das überhaupt?«

Das gesteht er mir mit leicht geneigtem Kopf zu. »Sie sind hier nicht in Gefahr, Inti. Ich passe auf.«

Ich spüre seine Worte als Kribbeln im Nacken. Als Kitzeln, irgendwo, tief drinnen.

»Ich mache mir viel mehr Sorgen wegen der Welt da draußen«, fährt Duncan fort und deutet mit dem Kopf auf die Bäume, die Anhöhen, auf Berge und Moore. »Sie kennen sich doch bestimmt gut mit Bestien aus, Wolfsmädchen.«

»In der Wildnis bin ich noch keiner begegnet. Dort halten die sich nicht auf.«

Im Raum zwischen uns verschiebt sich etwas. Vielleicht war dieses Kribbeln aber auch von Anfang an da. Ich weiß es nicht, aber in seinem Blick liegt etwas, das mich frustriert, den Drang in mir weckt, ihn sehen zu lassen, was ich sehe, ihn dazu zu bringen, das alles zu begreifen, und ich glaube, das will ich nur, weil ich eigentlich ihn will.

Es ist lange her, dass ich das letzte Mal jemanden begehrt habe. Es trifft mich unvorbereitet.

Ich fasse einen Entschluss und sage: »Darf ich Ihnen was zeigen?«

»Wo?«

»Drinnen.«

Er erwidert nichts, denkt nach. Wird er die Wölfin zu sich hereinlassen? Er geht voran, in die Wärme. Durch die Hintertür gelangt man direkt in die aus Stein und Holz erbaute Küche. Ich trete ans Fenster und stelle den Ton meines Smartphones laut.

Duncan wartet argwöhnisch an der Tür und macht kein Licht, so dass wir im rötlichen Schein der glühenden Kohlen im Ofen stehen.

»Kommen Sie her«, sage ich.

Langsam, mit einer Art schmerzerfülltem Schlurfen, kommt er zu mir, stellt sich dicht neben mich, wir sind jetzt beide ganz nah am Telefon.

»Augen zu.«

Eigentlich will er nicht recht, scheint mir, aber er gibt nach, seine Lider schließen sich. Ich starte die Audiodatei, und die Geräusche schwellen langsam an, hüllen uns ein.

Erst Vogelzwitschern. Ein Ruf, der zwischen zwei Vögeln

hin und her geht. Die Schreie vorbeifliegender Raben, das Rauschen ihrer Flügel in der Luft. Das Tschilpen kleinerer Vögel, Grillen im Gras, raschelndes Laub. All die winzigen Laute des Waldes, eines ausbalancierten Ökosystems, und so beruhigend, dass ich sehen kann, wie sich Duncans ganze Haltung ändert, wie sich die Muskeln in seinem Gesicht und seinen Schultern entspannen. Und dann hört man noch etwas anderes, das mir Gänsehaut macht.

Es klingt wie das Meer in der Ferne.

Wie die ersten Ausläufer eines Unwetters.

Wie Wind im Laubdach der Bäume.

»So hört es sich an, wenn die Wölfe miteinander flüstern.«

Duncan macht die Augen auf.

»Zwei verschiedene Rudel, die miteinander kommunizieren, während sie sich aufeinander zubewegen.«

Es ist unheimlich und wunderschön.

»Kein Mensch hat gewusst, dass sie das machen, bis sie dabei aufgenommen wurden«, sage ich. »Reiner Zufall.«

Ich will, dass er sie so sieht wie ich. Ich wusste, wenn ich ihm das vorspiele, dann wird es uns verschlingen, und so ist es auch.

Duncan hebt meine Hand an seine Lippen. »Du bist ja eiskalt«, sagt er leise und führt mich ins Schlafzimmer.

Ich kenne dieses Dunkel. Darin habe ich mich schon früher verloren. Seine Hände sind meine, auch seine Lippen und seine Zunge, und ich bin in ihm, werde tief hineingezogen, weit weg von aller Luft. Hier ist kein Licht mehr, nur seine Haut und das, was sie spürt, seine Berührungen und meine dazu, viel zu viel und mehr als genug, um darin zu ertrinken.

Ich erwache von sanften Fingern an meinem Haaransatz.

Gleißende Sonne erhellt sein Gesicht. »Du lebst ja noch.«

So fühle ich mich gar nicht.

Er sitzt neben mir auf dem Bett, der Collie schläft in meine Kniekehlen geschmiegt. Ich bleibe, wo ich bin, durch beide verankert. »Wie lange habe ich geschlafen?«

»Es ist zwei Uhr nachmittags.«

»Ach herrje!« Ich rappele mich auf. »Tut mir leid.«

Er schüttelt ganz leicht den Kopf, mustert mich.

Meine Haut scheint überempfindlich; die weichen Laken sind auf einmal rau geworden. Aggie nennt es meine »Spürerschöpfung«, wenn ich so bin, und ich habe das überhaupt erst wenige Male erlebt. Als wäre mein Mirror-Touch-Syndrom plötzlich gedämpft.

»Alles klar?«

Ich nicke. »Ich muss los.«

»Ich fahre dich.«

»Ich laufe. Ich muss ein Stück laufen.«

»Ich mag nicht, wenn du allein da draußen rumstreifst.«

»Hast du gestern Nacht denn gar nichts gelernt?«

Darüber muss er lächeln.

An der Tür streichele ich noch eine Zeitlang den Hund; er blickt hingebungsvoll zu mir hoch, und ich würde am liebsten bleiben. »Wie heißt er?«

»Fingal.«

»Hallo, Fingal.«

Der Hund erwidert stumm meinen Gruß.

Duncans Miene ist nicht ganz so leicht zu lesen, trotzdem weiß ich, wenn ich noch länger warte, werde ich tatsächlich bleiben: So erschöpft ich auch bin, will ich doch mehr von ihm und immer noch mehr. Ich wende mich den Bäumen zu.

7

Zu Hause hacke ich Feuerholz, denn Aggie hat das Feuer ausgehen lassen. Mein Atem verwandelt die klare Luft in Wölkchen. Von der Koppel schaut Gall zu mir herüber, auf dem Gras um sie herum sitzen die Raben. Ich halte inne und schaue zurück.

»Was hältst du denn von alldem?«, frage ich sie.

Sie wirft den Kopf zurück.

»Möchtest du gern hierbleiben?«

Diesmal bewegt sie sich nicht. Sie ist unentschlossen.

Ich nehme so viel Holz, wie ich tragen kann, schleppe es ins Haus und hocke mich vor den Kamin. Ein paar Zweige und Zeitungspapier als Zunder. Aus kleineren Holzscheiten baue ich ein Tipi. Aggie hat sich mit einer Decke auf der Fensterbank zusammengerollt und liest.

»Was war denn los?«, frage ich sie und deute auf das Feuer. Sie weiß, dass sie es nicht ausgehen lassen darf.

Du bist nicht nach Hause gekommen, sagen ihre Hände.

»Kannst du neuerdings nicht mehr laufen?«

Der Holzstapel ist draußen.

Das bremst mich aus. Das vergessene Streichholz versengt mir die Fingerspitzen. »Autsch!« Ich zünde ein neues an und halte es an das Zeitungspapier, sehe zu, wie es schwarz wird, sich kräuselt, qualmt. Die Flamme frisst sich durch den restlichen Zunder, erweckt ihn knisternd zum Leben. Ich habe das Häuschen per Telefon angemietet, ohne es vorher zu besichtigen, damit wir sofort irgendwo einziehen können. Es ist kleiner und heruntergekommener als erwartet, Möbel und Ausstattung stammen aus einer anderen Zeit, aber wir brauchen auch nicht viel. Die ersten paar Tage ist Aggie noch nach draußen gegangen, hat kleine Spaziergänge und Streifzüge gemacht, um die Gegend zu erkunden, dann wurden es immer weniger, bis sie eines Tages ganz damit aufgehört hat, und jetzt versetzt allein die Vorstellung, diese vier Wände zu verlassen, sie in Angst. Ich habe nicht ans Heizen gedacht, an den Holzstapel, der sich außerhalb ihrer Reichweite befindet. »Tut mir leid«, sage ich zu meiner Schwester. »Es tut mir wirklich leid. Von jetzt an werde ich immer genug für dich hereinbringen.« Und ihr einen Heizstrahler kaufen, für den Notfall. Und nicht mehr über Nacht wegbleiben. Ich hätte sie nie so lang allein lassen dürfen.

Ich setze mich ihr gegenüber auf die Fensterbank, unsere angezogenen Knie berühren sich. Sie legt mir ein Stück ihrer Decke über.

»Die Wölfe sind frei.«

Aggie strahlt. *Bravo! Wart ihr feiern?*

Ich nicke.

Dann hast du ein paar Freunde gefunden?

»Ich brauche keine Freunde.«

Darüber denkt sie nach, und die Frage steht zwischen uns. Wo warst du denn dann? Aber Aggie stellt sie nicht, und ich beantworte sie auch nicht. Am liebsten würde ich losheulen, bloß um diese Stille zu beenden. Stattdessen hält sie mir das

Buch hin, und ich lese ihr vor, erst ist meine Stimme wacklig, dann immer fester, Aggie legt beim Zuhören die Wange an die Fensterscheibe, und ich spüre sie kalt an meinem Gesicht. Abgesehen davon, dass ich einmal zum Supermarkt fahre und etwas Brot backe, verbringen wir so das ganze Wochenende, lesend und ineinander verschlungen.

Am Montag bin ich als Erste bei der Arbeit, und daher bin ich auch allein, als mir klar wird, warum das Abernethy-Rudel sein Gehege so lange nicht verlassen hat – die beiden wollten ihre Tochter nicht zurücklassen, die hübsche Nummer Dreizehn, die sich im Wurzelwerk eines Baumes ganz hinten im Gehege zusammengerollt hat, wo wir sie nicht sehen konnten. Aber dann haben sie sie doch zurückgelassen.

Evan trifft mit gelben Wildblumen in den Händen ein. »Ein paar Sumpfdotterblumen für dich, Liebes, um dir den Morgen zu erhellen«, sagt er. »*Caltha palustris.* Ich habe sie beim Spazierengehen gefunden, wie sie aus dem kalten Boden schauten. Es sind mit die ersten der Saison.« Er stellt sie in ein Wasserglas und bringt es mir an den Schreibtisch. Aber noch ehe ich ihm danken kann, hat er Dreizehn allein in ihrem Gehege entdeckt. »O nein! Was machst du denn noch da, Süße? Ich bin erstaunt, dass sie sie zurückgelassen haben.«

»Sie sind so lange bei ihr geblieben, wie sie konnten«, sage ich.

Ich ziehe los, auf der Jagd nach einer Antwort. Sehr wahrscheinlich ist es nicht, dass ich je herausfinden werde, warum Dreizehn von ihrem Rudel zurückgelassen wurde und warum sie als Einzige beschlossen hat zu bleiben, aber ich muss es zumindest versuchen.

In weitem Land wie diesem muss man hoch hinaus, um Wölfe zu finden. Sie tragen alle GPS-Halsbänder, aber um die darin gespeicherten Daten herunterzuladen, müssen wir sie erst einmal überhaupt ausfindig machen und ihnen nahe genug kommen. Dafür wiederum müssen wir uns auf ihre jeweilige Frequenz schalten, und das geht am besten aus der Luft.

Unser Pilot heißt Fergus Monroe und riecht nach Schnaps.

»Sind Sie auch wirklich in der Lage zu fliegen?«, frage ich und bemühe mich gar nicht erst, meine Skepsis zu verbergen.

Fergus lacht. »Aber klar doch. Davon hat mich noch keine durchsoffene Nacht abgehalten.« Er ist drahtig, hat karottenrote Haare und trotz des Katers ein jungenhaftes Grinsen. Dass er offensichtlich immer noch angetrunken ist, würde mir vermutlich mehr zu schaffen machen, wenn uns eine Wahl bliebe; aber er ist der einzige Pilot hier in der Gegend mit eigenem Flugzeug, der bereit ist, uns zu unterstützen, ich werde mich also auf jeden Fall heute von ihm fliegen lassen, da hat es keinen Sinn, sich noch weitere Gedanken zu machen.

Ich steige in das kleine Flugzeug, schnalle mich an, und Fergus startet mit einem gutgelaunten Juchzen die Maschine. Ich überlege, ob er das wohl jedes Mal macht, wenn er sein Flugzeug anwirft, oder ob es mir zuliebe geschieht.

So oder so muss ich lachen. Die Propeller surren, wir holpern über die kleine, grasbewachsene Startbahn, dann heben wir ab, knattern durch die Luft und setzen damit scheinbar alle physikalischen Gesetze außer Kraft. Mein Magen sackt ab, ich muss einen plötzlichen Anflug von Übelkeit wegatmen.

»Wie lang haben Sie die Maschine schon?«, rufe ich über den Motorenlärm hinweg. Wir tragen beide Headsets, um uns zu verständigen, trotzdem ist es ohrenbetäubend laut.

»Bald zwanzig Jahre. Und sie ist noch einen ganzen Zacken älter!«

Ich muss wohl erschrocken geschaut haben, denn er wirft mir einen Blick zu und lacht in sich hinein. »Keine Sorge, das alte Mädchen schnurrt immer weiter. Hat mich noch nie im Stich gelassen.«

»Es gibt für alles ein erstes Mal«, entgegne ich, und darüber lacht er, als wäre er aus der örtlichen Anstalt ausgebrochen.

Auf meinem Tablet habe ich eine Karte, auf der ich die Areale markiere, während wir unsere weiten Kreise ziehen, mein GPS-Tracker liegt griffbereit neben mir. Fergus kennt die Gegend gut, er weiß, wo sich die Herden zum Trinken und Grasen einfinden – unsere neuesten GPS-Meldungen kamen genau von diesen Sammelplätzen, und so fangen wir auch dort an und arbeiten uns in weiten Kreisen nach außen. Ich halte die Augen fest auf den Boden gerichtet, versuche, mir das Gelände einzuprägen, aber von oben sieht alles so anders aus. Formen und Farben, die man erst einmal deuten muss. Waldflecken, lange, steile Berghänge, triste Moorlandschaften und Schafe, wohin man schaut. Keine Zäune, keine Gehege. Legen diese Leute es eigentlich darauf an, dass ihre Herden gefressen werden?

Es dauert Stunden, einen Wolf zu finden. Wir haben uns an eine Rotwildherde geheftet, sind ihr an einem Fluss entlang nach Norden gefolgt. Wir fliegen tief, segeln zwischen braunen und grünen Bergkuppen hindurch, die sich rechts und links von uns erheben. Hier befinden wir uns weit über dem Meeresspiegel, und in der Ferne sind die Berge, die einsamen Gipfel der Cairngorms-Berggruppe, noch von Schnee bedeckt. Man selbst kommt sich winzig vor an diesem gewaltigen Ort, so klein wie das Rotwild, rote Pünktchen, die unter uns grasen.

Da fällt mein Blick auf etwas. »Da!«, rufe ich. Fergus dreht bei, damit wir besser sehen können.

Es ist das Glenshee-Rudel, ohne Nummer Zehn. Sie sind der Herde auf den Fersen, liegen noch ein gutes Stück zurück, holen aber über die langen Strecken gelblicher Grasflächen stetig auf. Als sie das Brummen des Flugzeugs über sich hören, schauen sie hoch und stieben dann rasch auseinander, hinein in ein Kiefernwäldchen, in dessen Schutz wir sie nicht mehr sehen können. Ich strahle und lasse jetzt selbst ein Juchzen hören.

»Das ist ein Anblick, was?«, ruft Fergus.

»Ein verdammt schöner Anblick!«

Immer hält sich die unterschwellige Angst, sie könnten krank sein, verletzt, tot, und so ist es regelrecht elektrisierend, dieses Rudel intakt zu sehen, jedes seiner Mitglieder wohlauf und auf der Jagd, es ist die reine Freude.

Ich bin jetzt nahe genug, verbinde mich mit den GPS-Halsbändern der Wölfe und lade die neuesten Daten herunter. Für jedes Halsband brauche ich etwa drei Minuten, und bis ich mit den ersten beiden Wölfen fertig bin, sind die anderen längst zu weit weg, als dass ich sie noch erreichen könnte. Aber zwei aus einem Rudel sind ein guter Anfang. Wir können jede Stelle begutachten, an der sie in der vergangenen Woche gewesen sind, erste Muster festhalten. Mit einer ausreichenden Datenmenge kann Zoe eine Karte mit dem Bewegungsprofil des Rudels erstellen, und allmählich werden sich uns die Grenzen seines jeweiligen Reviers erschließen.

»Fliegen wir weiter und suchen die anderen, ich will sie nicht zu lange bei der Jagd stören.«

»Wird gemacht, Boss!« Fergus wendet das Flugzeug in einem weiten Ostbogen, und ich markiere auf meiner Karte, wo ich das Glenshee-Rudel gesehen habe – auf dem Weg durch die Mounth Hills an der Südseite des Nationalparks. Ich staune, wie groß das Revier ist, das sie da für sich abstecken.

Während wir über weite Areale aus Torfmoor und Sumpfland hinwegfliegen, fragt Fergus mich: »Wissen Sie eigentlich, wie es hier früher war?«

»Waldig?«

»Ja, genau. Der ganze Wald, der früher das Gebiet hier bedeckt hat, wurde komplett niedergebrannt, um die Wölfe auszuräuchern und ihnen keine Möglichkeit zum Verstecken zu lassen. Heißt es zumindest.«

Bestürzt drehe ich mich auf dem Sitz um und sehe ihn an.

»So ’ne Art Säuberung«, fährt er fort, ohne sich von meiner Aufmerksamkeit stören zu lassen, ganz versunken in seine Geschichte. »Die Könige früher forderten drei Wolfsjagden im Jahr, und wenn wer bestraft werden sollte, musste er mit Wolfszungen für sein Verbrechen zahlen. Sogar Maria Stuart, die schottische Königin, kam her, um in ihrer Freizeit Wölfe zu jagen. Ein ganzes Land im Blutdurst. Die Viecher hatten keine Chance. Aber sie haben sich trotzdem länger hier gehalten als unten in England und Wales. Haben sich gut geschlagen.« Er dreht an seinen Instrumenten herum, dann sagt er, als hätte ich ihm eine Frage gestellt: »Es gibt jede Menge Geschichten über den letzten Wolf Schottlands. Jeder Bezirk beansprucht den, und natürlich waren sie alle gemeingefährlich. Aber wahrscheinlich hat sich der letzte Wolf einfach irgendwo versteckt und ist einsam gestorben. Würd’ ich zumindest vermuten.«

Ich schließe ergriffen die Augen.

Das Tanar-Rudel finden wir nicht, aber als es allmählich dunkel wird und wir schon beschlossen haben, uns auf den Rückflug zu machen, drehen wir noch eine Schleife über den westlichen Rand des Nationalparks und stoßen zufällig auf das Abernethy-Rudel.

Zumindest auf eins seiner Mitglieder: Wolfsvater Nummer Neun.

Er steht auf einer Lichtung im Wald, und ich rufe Fergus zu, er solle beidrehen und tiefer fliegen. Was für ein Glücksfall, ihn einfach so hier zu entdecken! Er hat einen weiten Weg vom Gehege zurückgelegt, was heißt, dass er jagt. Für ihn allein ist das kein einfaches Unterfangen, und es scheint mir umso merkwürdiger, dass er seine Stieftochter zurückgelassen hat – Wölfe jagen am besten im Rudel, je mehr sie sind, desto besser. Nummer Sechs, seine neue Gefährtin, müsste doch bei ihm sein. Und dann wird es mir klar. Nummer Sechs muss trächtig sein. Nur der Drang, sich eine Höhle für den neuen Wurf zu bauen, kann erklären, dass sie sich nicht an dieser Jagd beteiligt und ihre Tochter zurückgelassen hat.

Der Gedanke ist aufregend, trotzdem lasse ich jetzt keinen Blick von diesem großen grauen Wolf, dem Tier, das ich bereits mit dem Gelingen des ganzen Projekts gleichsetze, dem Stärksten unter ihnen. Von Anfang an war er ein gewaltiges Geschöpf, größer als jeder andere Wolf, den ich je gesehen habe, aber das ist nicht alles: Er strahlt eine Ruhe aus, in seinem Blick liegt stille Gewissheit. Als wir tiefere Kreise ziehen, blickt er auf und entdeckt das Flugzeug. Wir sind ihm jetzt so nahe, dass ich sein schönes Gesicht deutlich sehen kann, die goldenen Augen. Frei in seinem angestammten Lebensraum wirkt er jetzt noch friedlicher als im Gehege.

Anstatt sich hastig zu verstecken, wie es die meisten Wölfe tun würden, bleibt er ungerührt stehen und blickt weiter zu uns hinauf, beobachtet uns. Fordert uns heraus, zu landen und ihn anzugreifen, fordert uns heraus, es ruhig zu versuchen.

Mich erfasst ein überwältigendes ehrfürchtiges Schaudern.

»Mein Gott«, höre ich Fergus wie aus weiter Ferne.

Mir fehlt der Atem, um etwas zu erwidern.

Neun wartet ab, bis wir uns wieder entfernen, und als wir von ihm fortfliegen, sackt mir erneut der Magen ab, denn jetzt sehe ich ganz deutlich, wie nahe er dem Waldrand gekommen ist, wo gleich jenseits des Flusses das Weideland beginnt.

Etwas in mir ahnt es wohl schon, denn in den folgenden Tagen schalte ich mich sehr viel häufiger auf die Frequenz von Neuns Halsband als auf die irgendeines anderen Wolfs. Eine Woche vergeht ohne Vorfälle; ich fange langsam an, mich wieder zu entspannen, aber als ich am zehnten Tag erneut auf seine Frequenz wechsle, empfange ich das Sterbesignal.

Vielleicht hat er das Halsband ja verloren oder beschädigt. Manche Wölfe nagen es durch, um sich davon zu befreien. Vielleicht liegt es einfach irgendwo im Gras.

Aber als Duncan anruft und meinen Namen sagt, höre ich es sofort an seiner Stimme, und ich weiß es, natürlich weiß ich es. Ich wusste es ja schon, bevor es passiert ist.

Das Wort entfährt mir ohne meine Erlaubnis. »*Nein!*«

»Einer der Wölfe wurde erschossen. Es tut mir so leid, Inti.«

Ich weiß, welcher Hof es sein muss, noch ehe es mir bestätigt wird.

Red McRaes Land liegt am nordwestlichen Rand des Nationalparks und grenzt an den Abernethy Forest, in den wir Nummer Neuns Rudel entlassen haben. Es erstreckt sich ungeheuer weit, sanfte Hügel mit mehreren hundert schwarzen und weißen Schafen darauf. Niels und ich steigen aus dem Wagen. Ich habe mich entschieden, Evan im Projektquartier zu lassen – es würde ihn einfach zu sehr mitnehmen.

»Wir führen Sie zu dem Kadaver, und dann entfernen Sie das Scheusal gefälligst von meinem Land«, sagt Red zur Begrüßung.

Duncan sieht mich an, in seinem Blick liegt Mitgefühl, und ich muss wegschauen, um nicht loszubrüllen. Ich will das Mitleid aus ihm herausschütteln, will es so sehr, dass es schmerzt.

Schweigend machen wir uns zu viert auf den langen Marsch.

Ich sehe ihn schon von weitem, bevor wir bei ihm sind. Graues Fell, das sich an den Boden schmiegt. Vom Boden gehalten wird. Er liegt an einem Fluss, der an den Hof grenzt, allerdings am waldzugewandten Ufer des Flusses – und während ich den Anblick noch verarbeite, begreife ich, dass er erschossen wurde, obwohl er sich gar nicht auf McRaes Grundstück befand.

Wilde, haltlose Verzweiflung und eine so brennende Wut, dass ich schon glaube, ich müsste jetzt doch losbrüllen, mich übergeben oder mich umdrehen und Red mit bloßen Händen erwürgen. Dann sinke ich aber doch nur neben Neun zu Boden und grabe meine zitternden Hände in sein Fell, wie ich es nie tun konnte, als er noch am Leben war.

»Das ist eine Straftat«, höre ich Niels sagen. »Er war nicht auf Ihrem Land.«

»Ich dachte, es ist ein streunender Hund«, entgegnet Red ungerührt.

Ihre Stimmen verklingen im Hintergrund, und ich bin nur noch dieser Wolf, sehe nur noch ihn, seine Schönheit und seine Kraft, die auch jetzt noch vorhanden ist, in so reduzierter Form. Warum bin ich nicht zu ihm gekommen, wo ich doch wusste, wie nah er der Gefahr bereits war? Warum bin ich nicht gekommen und habe ihn woanders hingebracht? Der Stärkste von allen. Der Mächtigste. Der, der am meisten hier zu Hause war. Einfach ausgelöscht.

In Neuns Fell klebt Blut. Ich kann nicht erkennen, wo ihn der Schuss getroffen hat. Aber seine Augen sind offen und glasig, die Zunge hängt ihm schlaff aus dem Maul, und dieser Anblick ist so verstörend, dass ich spüre, wie etwas in mir kippt. Genau dieses Gefühl ist der Grund, warum wir ihnen keine Namen geben. Warum wir ihnen nie zu nahe kommen. Es kann ihnen so viel zustoßen.

Trotzdem kommt es mir jetzt grausam vor, dass er für uns nur eine Zahl unter vielen war.

Ich blicke zu Red hoch, und er schreckt vor dem zurück, was er da in meiner Miene sieht. Es ist ihm wohl irgendwie unangenehm, dass ich mich so offen verletzt zeige, so versehrt. So zornlodernd.

Ich drücke Neun die Augen zu, schließe ihm das Maul und streichele sein Fell, immer und immer wieder, ich möchte auf ewig hier sitzen und ihn streicheln. Als ich es schließlich nicht mehr länger hinauszögern kann, bitte ich

Niels, ihn zum Wagen zurückzutragen, aber er ist zu schwer für Niels, und so hebt schließlich Duncan den Wolf auf seine Arme und humpelt mit ihm über den Hügel zurück.

Vor Red McRaes Haus sitzt ein alter Mann. Er sieht haargenau aus wie Red, wenn man noch ein paar Jahrzehnte draufzählt. Sein Vater, darauf würde ich alles verwetten. Er sieht uns zu, wie wir den Wolf in unseren Transporter laden, und drückt dabei die Mütze an die Brust, eine Ehrerbietung, auf die ich bestens verzichten könnte.

Wir bringen Neun in Amelias Tierarztpraxis, um dort die Autopsie durchzuführen. Wie er zu Tode gekommen ist, wissen wir natürlich, aber sein Körper hält noch weitere Informationen für uns bereit, beispielsweise den Inhalt seines Magens und des gesamten Verdauungssystems, dem wir entnehmen können, was er gefressen hat und in welchem Gesamtzustand er vor dem Schuss war. Wenn wir mit dem Kadaver fertig sind, werden wir ihn begraben. Ich habe schon viele Wölfe begraben, und es werden noch viele weitere werden. Aber abfinden werde ich mich damit nie.

Draußen wartet Duncan auf unsere Ergebnisse.

»Ich will, dass McRae vor Gericht kommt«, sage ich zu ihm.

»Er sagt …«

»Ich weiß, was er sagt. Mach deine Arbeit.«

Es ist noch nicht richtig dunkel, als ich nach Hause komme. Die Tage werden jetzt länger, und die Dämmerung verleiht dem restlichen Licht einen gespenstischen Glanz.

Ich schließe gerade die Haustür auf, da höre ich es.

Das Heulen eines Wolfs.

Das erste in diesen Breiten seit mehreren hundert Jahren.

Ich lasse die Hände sinken, wende mich um zum Wald. Ein Windstoß lässt das Laub an den Bäumen rascheln und trägt das Heulen zu mir her. Ich bekomme Gänsehaut an Armen und Nacken. Es ist ein so verzweifelter, schmerzerfüllter Ruf voller Fragen. Und als er die ganze Nacht weitergeht, ohne dass eine Antwort käme, als er mit jeder weiteren Stunde immer hoffnungsloser klingt, weiß ich, von welchem Wolf dieser unheimliche Laut stammen muss. Es ist die schneeweiße Nummer Sechs, die ihren verlorenen Gefährten nach Hause ruft.

8

Nummer Sechs, Mutterwölfin ihres schrumpfenden Rudels, heult nun schon seit zwei Wochen, von der Abenddämmerung bis zum Morgengrauen. Es treibt alle in Hörweite langsam, aber sicher in den Wahnsinn. Tagtäglich bekomme ich Anrufe von Grund- und Hausbesitzern im Umkreis von mehreren Kilometern, die in sehr deutlichen Worten von mir verlangen, sie zum Schweigen zu bringen. Als wäre sie mein Hund, als müsste ich einfach nur dafür sorgen, dass sie besser gehorcht. Ich versuche, ihnen klarzumachen, dass es sich um ein wildes Tier in Trauer handelt. Aber die Vorstellung, dass ein Tier seinen Gefährten auf so demonstrative, geradezu *menschliche* Weise betrauert, überfordert die meisten. Doch ob wir wollen oder nicht, wir tragen ihre Stimme alle in uns.

Ich erwache noch vor der Morgendämmerung und breche auf.

Die Einfahrt entlang und über den Zaun. Quer über die Koppel bis dorthin, wo sich schattenhaft der Fichtenwald erhebt. Zwischen Bäumen hindurch, so hoch und dicht, dass es darunter selbst bei Sonnenschein stockfinster wäre. Im Vorbeigehen ertaste ich schuppige Rinde an den Stämmen, fasse mit den Fingern hinauf an den stachligen Rand der nadelförmigen Blätter. Stumm erzähle ich ihnen von meiner Hoffnung, dass man sie verschont, sie in Frieden lässt, aber ich weiß, es wird anders kommen. Mein Weg führt mich bergauf und einmal herum, über einen Wasserlauf, der unsichtbar dahinplätschert; dass ich ihn überquert habe, merke ich nur daran, dass meine Sohlen anschließend feucht sind. Ich habe ein Ziel. Durch diesen von Menschenhand angelegten Wald, dessen in sorgsam bemessenem Abstand platzierten Sitkafichten nur gepflanzt wurden, um irgendwann abgeholzt zu werden, hin zu einem wilderen, sehr viel älteren Ort. Ich lasse die schweren, dichten Bäume hinter mir und trete hinaus auf einen abschüssigen Hang, dicht bewachsen von vielen tausend Weißbirken, die im Mondlicht leuchten. Ich atme tief ein; der Wald atmet mit mir. Der Wind ist wie ein fernes Meer, er wird ruhiger, je näher er mir kommt, bis er kaum mehr ist als ein Kuss auf meinen Wangen, meinen Lidern, meinen Lippen. Ich kenne diesen Kuss; ich habe ihn schon einmal gespürt.

Ein Jahr ging in Dads Wald dahin. Mal war er bei uns, mal nicht, meistens allerdings war er ganz woanders. Aggie und ich gingen weiter zur Schule, wir waren siebzehn, es war unser Abschlussjahr. Wir arbeiteten im Garten, damit es immer genug zu essen gab, kümmerten uns um die Pferde und um das Haus und gingen auf die Jagd, um das Fleisch anschließend zu verkaufen und etwas Bargeld zur Verfügung zu haben. Wir waren einsam, aber wir hatten ja einander, und im Grunde waren wir auch viel zu müde zum Einsamsein.

Als Dad immer länger und länger abwesend war und schließlich den Eindruck machte, gar nicht mehr zu uns zurückzukehren, als er uns irgendwann nicht einmal mehr erkannte, spürte ich einen großen inneren Widerstand, und mir war klar, ich musste etwas unternehmen, es wenigstens versuchen. Also lud ich meine kleine Familie eines Dienstagmorgens in unser klappriges, altes Auto und brach mit ihr zu einer langen Fahrt auf. Erst an die Westküste von British Columbia, nicht weit von dort, wo wir wohnten, zu den Gezeitentümpeln, an denen Gerüchten zufolge eine eigentümliche, gespenstische Wolfsart leben sollte, Küstenwölfe, die sich von Lachsen und Seehunden ernährten und in den Wellen schwammen, an denen sie zur Welt gekommen waren. Die meisten dieser Wölfe hatten nie einen Berg oder ein Rotwild zu Gesicht bekommen und dort an ihrem entlegenen Fleckchen First-Nations-Erde auch nicht gelernt, sich vor Menschen zu fürchten. Wir stellten den Wagen ab und gingen zwischen den Koniferen hinunter bis zu dem steinigen Strandstück. Der mächtige Pazifik blies uns seinen salzigen Wind ins Gesicht, und wir saßen da, die Ferngläser im Anschlag, und warteten auf eine Wolfssichtung. Aber keiner tauchte auf. Die Wölfe waren irgendwo weit fort zwischen Treibholz und Meer.

Danach ging es weiter nach Süden, in die USA. Durch Washington bis nach Idaho, Montana und Wyoming – *Big Sky Country* werden diese Bundesstaaten genannt, und bei Gott, dieser Himmel war groß. Ins Lamar Valley, ein weitläufiges Flusstal, das für seine Tierwelt berühmt ist. Hier war die Straße zunächst kurvenreich und führte dann schnurgerade durch weite Ebenen mit schneebedeckten Gipfeln in der Ferne. Die Menschen standen zu Dutzenden neben ihren geparkten Autos und warteten schweigend darauf, mit ihren Teleobjektiven einen Wolf oder einen Bären zu erspähen.

Ich stellte den Wagen ganz am Ende der Reihe von Schaulustigen ab, enttäuscht, dass wir nicht allein dort waren. Aggie setzte sich auf die Motorhaube und hielt mit geschlossenen Augen das Gesicht in die Sonne. Dad hatte es sich aus irgendeinem Grund zur Aufgabe gemacht, aus den langen Grashalmen einen Korb zu flechten, und als ich ihn fragte, wozu das gut sein sollte, erklärte er mir wie der letzten Idiotin: zum Tragen natürlich. Auch im Lamar Valley sahen wir keine Wölfe, obwohl ich so viel über das berühmte Rudel gelesen hatte, das dort lebte und nach dem Tal benannt war. Aber Bisons sahen wir: Kälber, die bei ihren Müttern tranken, einander mit den Köpfen rammten oder den Fluss durchschwammen. Ich sah Raubvögel kreisen, lauern. Und ein junger Mann, der gleich neben uns geparkt hatte, erzählte, er habe erst tags zuvor eine Schwarzbärin mit ihrem Nachwuchs vorbeispazieren sehen.

Hier irgendwo waren Wölfe, sie atmeten, schliefen, jagten und spielten, und ob wir sie nun sahen oder nicht, sie machten den Ort durch ihr bloßes Dasein reicher und lebendiger. Ich spürte sie, und als die Sonne von Wyoming in Lila, Rosa und Gold gehüllt über der Prärie versank, war ich froh, dass die Wölfe sich weiter versteckt hielten, dass ihr Leben nur ihnen gehörte, ihr Geheimnis gewahrt blieb.

Aggie begriff das nicht. Sie langweilte sich und wollte weiter, aber sie wollte auch, dass ich zu sehen bekam, wofür wir hergekommen waren. Die Wölfe waren schließlich der Anlass für diese Reise. Dabei waren sie das gar nicht, zumindest nicht der eigentliche. Ich wollte unseren Vater zurück, unseren allwissenden, douglasiengroßen Dad. Ich wollte seine Leidenschaft zurück, seine Liebe zur Natur, ich wollte ihm zeigen, dass auch ich beides in mir genährt hatte. Ich wollte dieses Erwachen mit ihm teilen, das, was ich gelernt hatte, und dass ich jetzt wusste, wie mein Leben aussehen sollte. Ich wollte, dass er stolz auf mich war. Eine Zeitlang klapperte diese Hoffnung wie eine festgebundene Blechdose hinter uns her, bis ich sie schließlich endgültig abschnitt.

Als ich den rostigen alten Chevy-Transporter aus Utah hinaussteuerte, schlief Dad ein, und Aggie wachte auf.

Jetzt war es nicht mehr weit.

»Wenn wir wieder zu Hause sind, müssen wir mal darüber reden, uns irgendwie Hilfe zu holen«, sagte meine Schwester vom Rücksitz aus zu mir.

Ich gab keine Antwort.

»Ich habe mir schon ein paar Einrichtungen angeschaut.«

»Er muss da bleiben, wo er zu Hause ist«, sagte ich.

»Es wird immer nur noch schlimmer werden, und wir wissen doch gar nicht, wie wir ihn versorgen sollen.«

»Wir können es lernen.«

»Willst du ihn dann füttern und ihm den Hintern abwischen? Ich nämlich nicht.«

Ich schauderte. »So eine Einrichtung bringt ihn um.« Die ganze Zeit drinnen festsitzen, ohne seine Pferde, und aufgewärmtes Essen vor dem Fernseher verzehren. Das würde ihn wirklich umbringen.

»Vielleicht wäre ein schneller Tod ja ein Segen«, brummte Aggie.

Ich suchte ihren Blick im Rückspiegel. »Das meinst du jetzt nicht wirklich.«

Sie seufzte, sah mich an. »Nein. Es wird aber trotzdem schlimmer werden.«

Ich nickte und fing an, mir Möglichkeiten zu überlegen, meiner Schwester die Freiheit zu schenken. Das Dumme war nur: Selbst wenn ich eine Möglichkeit fände, sie würde doch nicht gehen.

Nach links auf den Highway 25. Hinein in den Fishlake National Forest.

Ich hielt. Dad erwachte, und wir stiegen alle aus dem Wagen, um das letzte Stück zu Fuß zurückzulegen. »Wo sind wir?«, wollte er wissen.

»Am Fishlake«, sagte ich. Und setzte dann hinzu: »In den USA.«

Verwirrt sah er sich um, betrachtete die Bäume. Er kannte sie nicht. Aber er hatte uns einmal erzählt, alle Wälder seien unser Zuhause, wo auf der Welt sie auch lagen, und ich hoffte darauf, dass diese Überzeugung noch irgendwo in ihm lebte, so tief verankert war, dass sie nicht verschüttet werden konnte.

»Kommt«, sagte ich. »Mir nach, ich will euch etwas zeigen.«

Die Luft war warm und weich.

Zu dritt erklommen wir eine Anhöhe und standen in einem Wald aus Zitterpappeln. Tausende schlanker weißer Baumstämme und über uns ein Blätterdach wie ein leuchtend gelber Dunstschleier.

Unsere Finger wanderten über die glatte Rinde, und ich sagte: »Das ist alles ein Baum.«

»Wie meinst du das denn?«, fragte Aggie.

»Das ist kein Wald. Es ist ein Baum. Ein einziger großer Organismus. Er wird ›The Trembling Giant‹ genannt, der zitternde Riese, und ist das wahrscheinlich älteste Lebewesen auf diesem Planeten und das größte. Es wird vermutet, dass er eine Million Jahre alt ist. Und er stirbt. Wir töten ihn.«

Als ich mich umdrehte, sah ich, dass unser Vater sich hingehockt hatte und seine große Hand auf den Boden legte. Auf dieses Netz miteinander verflochtener Wurzeln, aus denen die vielen tausend genetisch identischen Stämme, lauter Klone, emporgewachsen waren. Ich sah, wie Dad die Augen schloss und dem Riesen lauschte, der unter uns zitterte. Als er die Augen wieder öffnete, standen Tränen darin, und die Bäume hatten ihn uns zurückgebracht.

»Meine Mädchen«, sagte er. »Ihr seid erwachsen geworden.«

Aggie umarmte ihn. Ich drückte die Wange an einen der zarten, eleganten Stämme. Der Wind fuhr flüsternd durch die kahlen Äste an meine Lider, meine Lippen. Ein Kuss. Fast glaubte ich, einen Atem zu hören, ich spürte den Herzschlag unter und über mir und ringsherum, die älteste Sprache von allen.

Jetzt, in einem anderen Wald in den Highlands, kurz vor Morgengrauen, höre ich ganz in der Nähe einen Vogel singen; ich stelle mir vor, dass es eine Nachtigall ist. Wenn ich nur wüsste, was sie zu mir sagt. Ich komme an einen kleinen See und setze mich ans Ufer, um zuzusehen, wie das Licht der Morgendämmerung seine Farben darauf malt, von Grau zu Blau zu Silber. Vom Wasser zieht Nebel heran. Die Wasservögel werden wach, rufen einander.

Ich will nie wieder weg von diesem Ort. Ich will nie wieder einen anderen Menschen sehen, im ganzen Leben habe ich mir nichts so sehr gewünscht. Das Alleinsein ist köstlich, die reine Ruhe. Bis Nummer Neun sich zurück in meine Gedanken schleicht, so wie er das immer wieder tut, seit er getötet wurde; der Mann, der ihn getötet hat, ist ebenfalls da, und eine barbarische Laune lässt meine Stimme zum Gebrüll anschwellen, dieselbe Laune, die früher meine Schwester zwang, die Stille zu durchbrechen. Es tut gut, aber nur für einen kurzen Moment. Als der Laut verklingt, sehe ich, dass ich die Vögel geängstigt und verscheucht habe.

Ich gehe nicht gleich wieder nach Hause. Ich mache einen Umweg, meine Füße führen mich zu dem Hügel, von dem aus ich die Rückseite seines Häuschens sehen kann. Von hier kann ich in sein Küchenfenster schauen. Selbst durch die Schleier des Morgennebels sehe ich ihn dort umhergehen. Ich beobachte ihn, will den Hügel hinunterlaufen bis zu seiner Tür, aber ich weiß nicht, ob ich ihn zur Rede stellen will – ihn fragen, ob er schon Anklage gegen Red erhoben hat, meiner Wut Ausdruck geben – oder ob es um etwas Weicheres, Wachsendes geht.

Der Hund fängt zu bellen an, und ich mache mich auf den Heimweg, bevor Duncan mich entdecken kann.

Auf der Fahrt zur Arbeit klingelt mein Telefon. Es ist Evan. »Nicht sauer werden«, sagt er gleich als Erstes.

Ich seufze.

»Niels ist los und hat die Höhle gesucht.«

»*Was*?! Scheiße!« Ich drücke so fest auf »Anruf beenden«, dass mir der Finger weh tut, dann halte ich auf dem Parkplatz vor dem Quartier und stürme zur Tür herein. Scanne den Raum, bis mein Blick Niels erfasst, der sich betreten in der Küche herumdrückt. Zoe und Evan haben sich hinter den Monitoren verschanzt.

»Ich muss mich gerade am Telefon verhört haben, denn ich bin mir sicher, dass du keinesfalls raus zu der Höhle gegangen bist, nachdem ich euch ausdrücklich gebeten hatte, es zu lassen.«

Niels hebt begütigend die Hände, um mich zu bremsen. »Wir mussten doch wissen, wo sie ist.«

»Die Welpen können jeden Tag kommen, da braucht sie ihre Höhle!«

»Sie war nicht mal dort, als ich sie gefunden habe.«

»Umso *schlimmer*!«

»Jetzt beruhigen wir uns erst mal alle wieder«, wirft Evan ein und schaut dabei demonstrativ an mir vorbei.

Ich blicke mich um und sehe, dass Duncan in der Tür steht und unseren Wortwechsel beobachtet, aber ich habe gerade keinen Platz für die Frage, was er hier zu suchen hat. Ich wende mich wieder Niels zu. »Was hast du dir dabei gedacht?«

»Du bist schon die ganze Zeit so passiv, seit wir hier sind«, sagt er ruhig; immer bleibt er so verdammt ruhig. »Ich weiß nicht, was dich diesmal so zaghaft sein lässt, denn eigentlich weißt du doch so gut wie wir alle, dass wir manchmal auch eingreifen müssen.«

Hitze schießt mir in die Wangen. »Wenn du sie jetzt aus ihrer Höhle vertrieben hast«, sage ich, »dann bringe ich dich höchstwahrscheinlich um. Unser Polizist ist ja schon da – er kann's bezeugen.« Und ohne eine Antwort abzuwarten, stapfe ich nach draußen, um wieder runterzukommen. Ich lehne mich an den knorrigen Stamm eines Wacholders, meines Lieblingsbaums hier in der Gegend, und sehe den sanften Bewegungen des Waldes zu. Sonnenstrahlen dringen durchs Blätterdach. Im hüfthohen Farn raschelt es. Ich war immer schon gegen aktives Eingreifen, hätte aber nicht gedacht, dass mir das als Passivität ausgelegt werden könnte.

Es dauert nicht lange, da höre ich die Tür, und gleich darauf steht Evan neben mir. Er schweigt ein Weilchen, dann sagt er leise: »Wir mussten wirklich wissen, wo die Höhle ist.«

»Aber doch nicht, indem wir persönlich hingehen, so kurz vor der Geburt.« Wenn Sechs auf Nahrungssuche war und bei der Rückkehr Menschengeruch im Umfeld ihrer Höhle wahrnimmt, wird sie diese Höhle künftig meiden. Selbst wenn die Welpen bereits da wären, würde sie sie höchstwahrscheinlich zurücklassen; die Angst vor Menschen ist einfach zu groß. Niels weiß das, erst gestern haben wir darüber gesprochen, nachdem ich beschlossen hatte, dass wir es nicht riskieren können hinzugehen, zumindest nicht so bald.

»Wir müssen sie womöglich herholen«, sage ich.

»Dann machen wir das eben.«

Ich sehe ihn von der Seite an. »War ich wirklich passiv?«

Evan neigt den Kopf. »Einfach … nicht bereit, dich zu sehr einzumischen.«

»Ich will eben, dass sie frei sind.«

»Sicher, aber wir haben sie hergebracht und setzen sie Gefahren aus. Da brauchen sie vielleicht manchmal doch unsere Hilfe.«

Ich nicke langsam. Mein Vater sagte früher immer, mit der Welt sei es ab dem Moment bergab gegangen, als wir uns von der Wildnis abgetrennt haben, als wir nicht mehr eins mit der übrigen Natur sein wollten, uns abseits stellten. Er meinte, wir könnten diesen Fehler vielleicht korrigieren, wenn wir Wege suchten, die Wildnis in uns wiederzufinden. Aber ich weiß nicht, wie wir das anstellen sollen, wo doch schon unser bloßes Dasein den Geschöpfen Angst macht, mit denen wir wieder in Kontakt kommen wollen.

Ich würde alles darum geben, sie nicht zu ängstigen; es macht mich so traurig. Aber die Wahrheit bleibt doch, dass ihre Angst vor uns sie auch schützt.

In der Blockhütte herrscht betretenes Schweigen; alle lauern darauf, ob mein Jähzorn wieder die Oberhand gewinnt. Ich sehe Niels an. »Machst du mir eine Karte mit der Höhle drauf?«

»Klar!« Er macht sich eilig an die Arbeit, und ich packe ein paar Sachen für die Wanderung zusammen.

»Kann ich kurz mit dir reden?«, fragt Duncan leise.

»Ist gerade schlecht, Chief. Ich muss zu dieser Höhle raus.« Mir kommt der Gedanke, dass er vielleicht doch gesehen hat, wie ich ihn heute früh von dem Hügel aus beobachtet habe, und sollte das so sein, sterbe ich womöglich vor Scham.

»Kann ich nicht mitkommen?«

Ich muss lachen. »Nein.«

»Und warum nicht?«

»Weil ich das allein machen muss. Je weniger Leute da herumtrampeln, desto besser.«

»Weißt du was? Ich werde nur in deine Fußstapfen treten und mucksmäuschenstill sein. Wenn nötig, kann ich nämlich auch sehr achtsam sein.«

»So, so.« Er beobachtet mich. Versucht, mich zu deuten. Umkreist mich. Zu leicht will ich es ihm nicht machen, darum schaue ich demonstrativ auf sein Bein. »Du verlierst doch nur einen ganzen Tag, wenn du mit mir da rauskommst, und ich habe nicht die Zeit, auf dich zu warten.«

Ich lasse mir von Niels die Karte geben, schultere meinen Rucksack und gehe hinaus zum Stall, um eins der Pferde zu satteln. Als Duncan mir nachkommt und es mir gleichtut, sehe ich ihn irritiert an. Ganz schön mutig, das muss man ihm lassen.

Ich gebe nach, mein Kopf ist ohnehin schon weit voraus und sorgt sich um die Wölfin. »Aber du machst nur das, was ich sage, okay?«

»Zu Befehl, Ma'am.«

»Ging es eigentlich um die Wölfin, die jede Nacht heult?«, frage ich ihn, als wir durch den von der Morgensonne gesprenkelten Halbschatten reiten.

»Ja«, bestätigt Duncan. »Es gab Beschwerden. Sie macht den Leuten Angst. Was ist eigentlich los mit ihr?«

»Der Wolf, den Red erschossen hat, war ihr Gefährte. Jetzt ruft sie nach ihm, weil sie hofft, dass er doch noch nach Hause kommt.«

»Ach«, sagt er. »Ich wusste nicht, dass sie so was machen.«

Wir ducken uns unter den langen, knorrigen Ästen der Kiefern hindurch. Man kommt jetzt leichter voran als im Winter, als der Schnee den Untergrund gefährlich machte. Aber es gibt keine Wege hier, und das Gestrüpp steht sehr dicht. Wir reiten langsam, damit die Pferde nicht ausrutschen.

»Die Elternwölfe – die du wahrscheinlich als Alphatiere kennst – bleiben ein Leben lang zusammen«, erkläre ich ihm. »Wir glauben, dass die Alphawölfin – Nummer Sechs – trächtig ist. Oder zumindest scheinträchtig. Es könnte sein, dass wir sie zu uns holen müssen.«

»Warum das denn?«, will Duncan wissen. Das Aufsteigen fiel ihm nicht leicht mit seinem Bein, aber jetzt sitzt er einigermaßen sicher im Sattel, wenn auch vielleicht ein wenig verkrampft. Wahrscheinlich reitet er nicht allzu oft.

»Die Aufzucht der Welpen ist bei Wölfen Familiensache. Jedes Tier im Rudel übernimmt eine Aufgabe. Sie verlassen sich sehr aufeinander, nur so überleben sie. Sechs muss das jetzt alles allein machen. Das Jagen wird schwer für sie, solange sie die Jungen säugt. Und noch schwerer, falls wir sie aus ihrer Höhle vertrieben haben sollten.«

»Wird sie dadurch vielleicht auch aggressiver? Konzentriert sich auf leichtere Beute?«

»Weidetiere?« Ich denke über die Frage nach. Ich habe deshalb selbst schon nächtelang wach gelegen. Schließlich sage ich: »Genau darum müssen wir sie vielleicht holen.«

Dann treibt mich etwas zum Weiterreden. »Auch Wölfe kennen Einsamkeit, genau wie wir. Der Unterschied ist, dass sie durchs Alleinsein verletzlicher werden, während es für Menschen sicherer ist.«

Duncan kratzt sich den graumelierten Bart. »Da bin ich anderer Meinung, Inti Flynn.«

Die weißen Stämme der Birken scheinen zu leuchten. Ihre winzigen Blättchen schimmern grün, vielleicht am ehesten vergleichbar mit dem Zeisiggrün aus Werners Nomenklatur, der Farbe von reifen Colmar-Birnen und irischen Pitcher-Äpfeln sowie des glitzernden Minerals, das Uranglimmer heißt. Sie hüllen die Welt in einen Frühlingsschleier; auch die Glockenblumen blühen bereits, bilden einen lilafarbenen Teppich und verwandeln den Wald von dem schroffen, gefährlichen Ort, als der er im Winter erschien, in etwas Warmes, Schönes, Einladendes. Um uns herum lärmen ausgelassen die Vögel.

»Inti Flynn«, sagt Duncan noch einmal. »Was ist das überhaupt für ein Name?«

»Ach, wer weiß das schon.«

»Will sagen?«

»Mein Vater ist Kanadier mit irischem Namen, meine Mutter ist Australierin mit englischem Namen, meine Großeltern stammen aus Schottland, Irland und Frankreich, und kein Mensch hat irgendeine Ahnung, wo mein Vorname herkommt.«

Er lächelt.

Ich muss mich räuspern. »Und was ist mit dir? Ein kerniger schottischer Name für einen kernigen schottischen Jungen?«

»Meine Familie ist schottisch bis zum Gehtnichtmehr, und zwar schon seit so vielen Generationen, dass wir sie gar nicht mehr zählen können.«

»Ist doch schön.«

Duncan zuckt die Achseln.

»Leben deine Eltern hier im Ort?«

»Früher ja«, sagt er. »Jetzt sind sie tot.«

Das macht mich betroffen. Hätte ich bloß nicht gefragt. »Worüber wolltest du eigentlich mit mir reden?«

Er setzt sich im Sattel zurecht. »Ich wollte dir mitteilen, dass wir keine Anklage gegen Red McRae erheben werden.«

Mir bleibt der Mund offen stehen, aber ich bringe kein einziges Wort hervor.

»Wir haben keine Beweise, die seine Aussage widerlegen, dass er das Tier für einen streunenden Hund gehalten hat, den er von Rechts wegen ja erschießen darf.«

Mein Schweigen treibt ihn weiter. »Ich kann nun mal nichts anderes beweisen, Inti. Wenn ihr noch irgendwelche greifbaren Beweise gefunden habt, von denen ich nichts weiß, dann sagt es mir bitte.« Kurz hält er inne und fährt dann fort: »Mir geht es auch um die Ortsgemeinschaft. Wenn ich Red jetzt, kurz nachdem die Wölfe freigelassen wurden, wegen eines Fehlers zur Verantwortung ziehe, bringt das meine Leute nur noch mehr auf. Ich muss mich solidarisch zeigen.«

Ich starre Duncan an, aber er sieht nicht zu mir herüber. Etwas in mir hat wohl geglaubt, er sei ein aufrichtiger Mann, der unvoreingenommen seine Arbeit tut. Selber schuld: Wir sind hier ganz auf uns allein gestellt.

»Das hättest du mir auch im Quartier erzählen können«, sage ich ausdruckslos. »Hätte dir den Ausritt erspart.«

»Ich fand, es schadet bestimmt nicht, wenn ich etwas genauer weiß, was ihr hier eigentlich macht.«

Wie an dem Abend in der Aula sucht er sein Territorium nach Gefahrenquellen ab. Und mir würde es bestimmt nicht schaden, genauer zu wissen, ob er glaubt, dass die Gefahr von den Wölfen ausgeht, oder ob er mich für die eigentliche Gefahr hält.

Laut Niels befindet sich die Höhle gut sechs Meter tief in einer steilen Senke im Wald. Weiß der Himmel, wie er sie dort unten gefunden hat – er muss tagelang in dieser Gegend herumgekraxelt sein. Wir steigen ab, schleichen vor bis zum Rand des Abhangs und suchen nach Anzeichen für eine Öffnung. Sechs hat ihre Höhle ganz hervorragend getarnt. Ich erkenne nichts zwischen dem Unterholz, den Steinen und den herabgefallenen Ästen, die eine Art Schutzgitter bilden.

Ich nehme das Seil, das ich zusammengerollt am Sattel befestigt habe, und schlinge es um einen Baum.

»Was machst du denn?«

»Bevor ich etwas entscheiden kann, muss ich nachschauen, ob sie überhaupt da ist.«

»Und wenn ja, was dann?«

Ich schnalle mir das eine der beiden mitgebrachten Betäubungsgewehre auf den Rücken und reiche Duncan das andere.

»Was zum Geier soll das denn?«, fragt er, und mir wird klar, dass er Angst hat. Er sieht sich ständig nach allen Seiten um.

»Gar nichts, das ist nur für alle Fälle. Es würde mich wundern, wenn sie überhaupt da wäre.«

Das beruhigt ihn offensichtlich kaum. Ich drehe mich weg, damit er mein Grinsen nicht sieht.

Mit dem Seil um die Taille klettere ich rückwärts über den Rand der Schlucht, so dass ich weiter zu Duncan hinaufsehe. Unsere Blicke treffen sich, dann trennt uns der Hang. Es kostet mich einige Zeit und etliche Kratzer, bis ich den Eingang zur Höhle finde. Ich gehe davon aus, dass sie leer ist. Aber das ist dumm von mir. *Bei einer Wölfin darf man nie von etwas ausgehen, sie wird dich immer überraschen.*

Schließlich entdecke ich einen dunklen Spalt, und da ist sie, zwei leuchtend goldene Augen, die zu mir herausblicken. Ich werde ganz still, beobachte sie. *Hallo, Mädchen. Du bist ja wieder da.*

Ich will diese Wölfin nicht betäuben. Sie hat schon so viel durchgemacht. Der Stress kann alle möglichen Probleme nach sich ziehen; wenn sie aufwacht und sich in ihrem Gehege wiederfindet, könnte ihr das sehr schaden. Genauso zuwider ist mir aber der Gedanke, sie hier draußen sterben zu lassen. Damit könnte ich nicht leben, erst recht nicht nach Neuns Tod, einem Tod, den ich vielleicht hätte verhindern können, wenn ich nur einen Weg gefunden hätte, ihn von der Grenze zu Reds Hof wegzuholen. Ich wusste, dass er in Gefahr ist, und habe ihn trotzdem sich selbst überlassen; Niels hat ganz recht, wenn er mich passiv nennt. Wenn ich Sechs jetzt betäube, kann ich sie mitnehmen, ihr eine Penicillinspritze und ein paar Vitamine verpassen, herausfinden, ob sie wirklich trägt oder nur scheinträchtig ist, und anschließend können wir sie bei der Geburt unterstützen, sie füttern, solange sie ihre Welpen säugt, und alle freilassen, wenn die Welpen groß genug sind, um das Jagen zu lernen. Der Plan nimmt in meinem Kopf Gestalt an, und ich fühle mich schon deutlich besser.

Ich streife mir den Gurt des leichten Luftgewehrs vom Rücken und lade es vorsichtig mit einem der langen, zylindrischen Betäubungspfeile. Er hat ein buschiges, rotes Ende, damit wir ihn leicht wiederfinden, und weil das Telazol, das wir verwenden, für Menschen hochgefährlich ist, habe ich auch ein Gegenmittel im Rucksack, falls ich mich versehentlich am Pfeil verletzen und ins Koma zu fallen drohen sollte.

»Kannst du mir eine Taschenlampe runterwerfen?«, rufe ich zu Duncan hinauf. »Und das Funkgerät.«

Anstatt mir beides zuzuwerfen, lässt er sich an meinem Seil selbst den Hang hinunter, ein wenig ungelenk wegen des kranken Beins.

Ich funke Evan an und bitte ihn, so schnell wie möglich einen Transportkäfig herzuschaffen und Amelia mitzubringen, damit sie unterwegs die Vitalfunktionen der Wölfin überwacht.

Duncan richtet den Lichtstrahl in den Spalt. Jetzt kann ich deutlich erkennen, wie sie ins Helle blinzelt. Sie rührt sich nicht, senkt nur ein klein wenig den Kopf. Da ist der Umriss ihres hellen Körpers, die dunklen Augen, die dunkle Schnauze. Ich ziehe mich ein Stück zurück, um genug Platz zu haben, und ziele auf den Bereich oberhalb des Vorderlaufs. Der Pfeil muss einen unempfindlichen Bereich mit viel Muskulatur treffen, damit er ihr nicht weh tut. Das schlechte Licht erschwert die Sache, aber dass ich ihr so nahe bin, macht es leichter; wenn man aus größerer Entfernung schießt, fliegt der gefiederte Pfeil – ein bisschen wie ein Federball – in den meisten Fällen so langsam, dass das Tier längst weitergezogen ist, bevor er es erreicht. Ich hole tief Luft, drücke den Abzug und lasse die Augenlider sinken. So sehe ich nicht, wie der Pfeil trifft, höre nur ein leises Zischen.

In höchster Anspannung warten wir darauf, dass die Betäubung wirkt. Es besteht immer die Gefahr, das Tier damit erst mal aufzubringen, und ich sage Duncan lieber nicht, dass es während dieser langen Minuten noch unberechenbarer werden könnte. Aber die Wölfin schläft dort ein, wo sie schon vorher lag, und ich kann sie sanft herausziehen. Ein rascher Schwenk der Taschenlampe überzeugt mich, dass die Höhle leer ist. Die Wölfin ist bewusstlos, fast wie ihr toter Gefährte – sein baumelnder Kopf, als wir ihn aufhoben, diesen Sack voller Knochen, zu dem er geworden war. Das Gefühl ist so real, dass meine Hände vor ihr zurückzucken.

»Inti?«

»Schon gut.«

Ich fühle ihr den Puls, spüre die starken Schläge, dann wende ich mich der Frage zu, wie wir sie hier herausbekommen. Wolken sind aufgezogen, der Himmel ist jetzt dunkler. Ein Unwetter naht. Ich will schon zurück nach oben klettern, um weitere Seile zu holen, da höre ich ein Geräusch, so leise, dass es mich kaum erreicht. Ich erstarre, lausche, höre es aber nicht noch einmal.

»Leg den Finger hierhin«, weise ich Duncan an. »Fühl ihr den Puls, und falls er sich verlangsamen sollte, rufst du mich.«

»Ich fass da doch nicht hin!«, sagt er.

»Sie ist bewusstlos, Duncan.«

Er schüttelt den Kopf, rückt dann aber mit einem Seufzer näher heran und tastet zögernd nach ihrem Puls.

Ich setze zum Klettern an. Und halte inne. Ein ungutes Gefühl lässt mich zögern, als sollte ich besser noch einmal nachsehen, nur zur Sicherheit. Wegen dieses kleinen Lauts, den ich doch gehört habe, das weiß ich genau.

Ein dicker Wassertropfen klatscht mir auf die Wange.

Ich lasse mich wieder herabfallen, kauere mich vor die Höhle. Der Raum drinnen ist dunkel und so schmal, dass ich mir kaum vorstellen kann, wie Sechs da hineingepasst hat. Es sei denn, das Dunkel täuscht. Die Taschenlampe verrät nichts; die Höhle wirkt weiterhin leer. Ich weiß nicht genau, wonach ich suche, aber dieser Laut klang so ... fast schon verloren, kreatürlich und ...

Da. Da bewegt sich etwas. Schnauft.

Ich strecke mich so weit hinein, wie ich kann, und schürfe mir dabei den Arm auf, bis meine Finger schließlich etwas Weiches streifen. Und plötzlich weiß ich, warum sie doch zurückgekehrt ist, obwohl Niels' Geruch überall hing. Das kleine Geschöpf lässt ein allerliebstes Maunzen hören, als ich es herausziehe. Niedlich und neugierig blickt es zu mir auf. Ein kleiner Rüde, sein flaumiges Fell ist frostig grau wie das seines Vaters, die Augen vom dunkelsten Dunkelbraun. Ich schmelze dahin.

»Ach du Schande«, sagt Duncan. »Was machen wir denn jetzt?«

Der Welpe zappelt auf meinem Arm, lässt noch ein quiekendes Winseln hören, dann beruhigt er sich. Jetzt, da es regnet, ist es kalt hier draußen, und ich versuche, ihm mit meinem Körper Schutz zu geben. Ich lache auf vor Staunen. Er kann nur wenige Wochen alt sein – Sechs und Neun müssen sich bald gepaart haben, wenn die Welpen jetzt schon da sind.

Meine Gedanken rasen, während ich versuche, die Folgen abzuschätzen und zu entscheiden, was ich tun soll. Ich habe Niels' Bemerkung noch laut und deutlich im Ohr. *Du bist diesmal so zaghaft.* »Es sind noch mehr«, sage ich. »Wir müssen sie auch mitnehmen.«

Ich reiche Duncan den Welpen, und er hält ihn mit beiden Händen von sich weg wie einen Fußball.

»Du musst ihn richtig auf den Arm nehmen.«

Zögernd zieht Duncan den Welpen an seine Brust, während ich die übrigen ins Freie hole und sie einen nach dem anderen an ihn weitergebe. »Langsam«, stottert er, aber ich brauche beide Hände. Der Letzte sitzt so tief in der Höhle, dass ich schon hinten am Felsen kratze und mir fast die Schulter auskugele, um ihn zu erreichen. Es ist der Kümmerling des Wurfs, eine Fähe, kleiner als die anderen und eher weiß als grau, wie die Mutter. Sie schmiegt sich an mich, und ich bin von Zärtlichkeit erfüllt.

»Sechs Welpen«, sage ich und drehe mich zu Duncan um, der versucht, fünf zappelnde kleine Wesen auf seinem Schoß zu bändigen, und durchaus gestresst wirkt. Ich muss wieder lachen. »Stehen dir gut.«

Er sieht mich säuerlich an. »Wie kriegen wir sie hier weg?«

»Der Transportkäfig ist unterwegs. Wir müssen sie nur zu den Pferden hochbringen.«

Aber dann halte ich wieder inne. Ich betrachte Nummer Sechs, die reglos neben uns liegt, und diese kleinen Geschöpfe, die aus Leibeskräften zappeln, um wieder zu ihrer Mutter zu gelangen.

Die anderen aus meinem Team bringen sich gern ein, sie genießen das Gefühl, Hilfe zu leisten, in jedem Fall. Aber in mir sagt alles mehr als deutlich, dass diese Wölfin stark ist. Dass wir ihr eine Chance geben müssen. Und irgendwann kommt der Punkt, an dem ich meinem Instinkt vertrauen muss.

»Wir lassen sie hier«, sage ich.

»Was?«

»Sie wird es schaffen. Sie ist zurückgekehrt und geblieben. Und sie kann sich nur bewähren, wenn wir ihr das auch erlauben.«

Ich betrachte das Tierchen auf meinem Arm und gestatte mir einen Moment der Schwäche, drücke es an meine Wange, sauge seinen Geruch ein. Die kleine Wölfin schmiegt sich an meinen Hals und ach, mein Herz! Dann lege ich sie wieder in die Höhle zurück, wo sie es warm hat und sicher ist. Als auch die anderen wieder an ihrem Platz sind und wir die schlafende Sechs vor der Höhle zurückgelassen haben, kuscheln sich die unruhigen Welpen zufrieden an sie. Duncan und ich klettern aus der Schlucht heraus.

Ich lege die Hände an den Kopf und schließe die Augen.

»Was ist los?«, fragt Duncan.

»Ich habe Mist gebaut. Ich hätte sie nicht betäuben dürfen. Hätte ich gewusst, dass die Welpen schon da sind, hätte ich das auch nicht gemacht. Ich hätte sie in Ruhe lassen müssen.«

»Aber ist das denn so schlimm?«

»Man betäubt Tiere nur, wenn es gar nicht anders geht. Es schadet ihnen.«

Duncan zuckt die Achseln. »Du dachtest eben, du kannst nicht anders. Steh dazu.«

Ich lasse die Hände wieder sinken. Heftig, aber wahr.

Wir warten eine ganze Weile, bis Evan, Niels und Amelia mit dem Transportkäfig kommen. »Neuer Plan«, sage ich zu ihnen. »Die Welpen sind schon da. Ich lasse sie alle hier.«

»Und warum ist sie dann sediert?«, fragt Evan, zeitgleich mit Niels, der sagt: »Das ist aber nicht sehr klug. Wir sollten sie alle rausholen und die Mutter im Gehege füttern, solange sie säugt.«

»Und die Welpen wachsen dann im Käfig auf anstatt in

der Wildnis.« Ich schüttele den Kopf. »Genau das wollen wir hier doch nicht. Amelia, du musst ihr Penicillin spritzen und alles, was sie sonst noch braucht, und ihre Vitalfunktionen kontrollieren, bis sie aufwacht. Lass diese Wölfin bloß nicht sterben.«

»Alles klar«, sagt Amelia, und Evan macht sich daran, mit ihr in die Schlucht hinunterzuklettern. Noch mehr Menschengeruch, der die Gegend verpestet. Ein Jammer, aber ich bin mir inzwischen ganz sicher, dass Sechs mutiger ist als die meisten – sie ist zu ihrem Wurf zurückgekehrt, obwohl ein Mensch dort war. Und so können wir uns vor dem Aufbruch wenigstens überzeugen, dass sie und die Welpen so gesund wie möglich sind, und die ganze Aktion war nicht völlig umsonst.

Ich nehme Niels beiseite, um allein mit ihm zu reden. »Du hast mich heute früh durcheinandergebracht, deswegen habe ich überstürzt gehandelt. Mir ist völlig klar, dass es mein Fehler war, aber lass mich bitte einfach meine Arbeit machen.«

Er bleibt undurchschaubar wie immer, aber er nickt und macht keine weiteren Einwände.

»Was wird sie fressen?«, fragt mich Duncan. »Ich kann hier erst weg, wenn ich sicher weiß, dass sie nicht gleich zum nächsten Hof läuft.«

Eine Art Furcht erfüllt mich. Eine längst vergessene Erregung. Ich weiß, was ich zu tun habe, ich kenne den Tribut, den ich für die Entscheidung, sie hier zu lassen, zahlen muss, aber wie soll ich die Jagd ohne meine Schwester zu Ende bringen?

»Ich beschaffe ihr Nahrung«, sage ich.

»Was soll das heißen?«

»Ich habe noch mehr Betäubungspfeile. Und ein Messer.«

»Hast du denn einen Jagdschein?«

»Ja«, schwindele ich.

»Ach, verdammt«, brummt er. »Ich werde jetzt mal so tun, als ob ich dir das glaube, und kann nur beten, dass du weißt, was du tust.«

Ich helfe ihm beim Aufsteigen, dann schwinge ich mich auf mein eigenes Pferd. Der große Wallach schnaubt und tänzelt ein wenig, und für einen kurzen Moment glaube ich, er könnte steigen, aber ich drücke die Knie zusammen und behalte ihn entschlossen im Griff, beruhige ihn mit einer Hand am Hals. Er riecht die Wölfe. Und das Unwetter.

Wir lassen die anderen bei den Wölfen zurück und reiten genau in dem Moment los, als der Himmel aufbricht und ein Schauer herabprasselt. Die Hufe des Wallachs schlittern durch den Matsch. Duncan ist nach eigener Aussage kein Jäger, kennt aber die Stellen, an denen die Herden gemeinhin grasen, weil er von Berufs wegen wissen muss, wo sich die Jäger versammeln. Wir forschen die nächstgelegene Stelle aus. Insgeheim bin ich erleichtert, dass er mitkommt; ich bin mir nicht sicher, ob ich das allein hinbekäme. Auf der Lichtung ist kein Rotwild zu sehen, aber ich umrunde die Hufspuren, suche nach Losung und registriere, wie frisch sie aussieht. Als ich zu wissen glaube, in welche Richtung die Herde gezogen ist, folgen wir ihr nach Osten.

»Wo hast du das Fährtenlesen gelernt?«, fragt Duncan.

»Von meinem Vater.«

»In Kanada?«

Ich nicke.

»Ich wollte schon immer mal nach Kanada. Gute Wälder.«

»Magst du Bäume?«

»Ich mag Holz.«

Enttäuscht verziehe ich das Gesicht.

»Holz ist etwas Schönes«, verteidigt er sich.

»Klar, wenn man auf Kadaver steht.«

Er lacht. »Gott bewahre! Hast du schon mal einen Baumstamm aufgeschnitten und dir angeschaut, was er enthält?«

Ich nicke. Ich habe zwar nie selbst einen aufgeschnitten, aber gesehen habe ich es.

»Das sind Muster wie Schallwellen, und keins ist wie das andere. Manche sind mehrere hundert Jahre alt, kein Mensch hat sie jemals zu Gesicht bekommen. Du bist der erste Mensch, der das Herz dieses Baums sieht.«

»Aber dafür hast du ihn getötet«, wende ich kraftlos ein.

Duncan schüttelt den Kopf. »Man kann einen Baum auch beschneiden, damit er besser weiterwächst. Man kann ihn so beschneiden, dass er hinterher stärker wird.«

Wir folgen den Spuren der Herde bis zu einem kleinen Steilhang. An ihrem Fuß liegt eine grüne Lichtung, dahinter von Kiefern durchsetztes Hügelland. Dort hat die Rotwildherde Schutz gesucht. Duncan deutet ein Stück weiter, wo der Hang nicht ganz so steil ist, und wir reiten schlitternd und schlingernd hinab.

Der Regen macht es den Tieren schwerer, unseren Geruch wahrzunehmen. Er erhöht die Wahrscheinlichkeit, dass sie bleiben. Wir umrunden die Herde und steigen ab.

Ich stecke mir zwei Pfeile in die Tasche und schiebe einen in das Gewehr.

»Das ging schnell«, sage ich leise zu Duncan. »Wir haben Glück. Manchmal dauert es Tage.«

Ich spüre, wie er mich beobachtet, taxiert.

»Wenn Wölfe das machen«, fahre ich fort, »dann gehen sie langsam vor. Geduldig. Sie folgen einer Herde tagelang und beobachten die einzelnen Tiere. Sie suchen sich die Schwächeren aus. Die Langsameren. Die beobachten sie besonders eingehend und prägen sich ihre Eigenschaften ein, ihre Persönlichkeit. Wenn sie dann angreifen, kennen sie das Tier bereits so gut, dass sie den Ablauf genau vorhersehen können. So verschwenden sie keine unnötige Energie. Sie warten so lange, bis sie ohne jeden Zweifel wissen, dass sie es töten können.«

Duncan sagt nichts. Er ist so dicht hinter mir, dass ich seine Wärme spüre. Mir fällt wieder ein, wie es sich anfühlt, gut im Jagen zu sein. So wolfshaft, wie es nur geht. So tierhaft. Und doch war ich nie fähig, den entscheidenden Schuss abzufeuern. Dafür habe ich immer meine Schwester gebraucht.

Wir ducken uns hinter Bäumen und Sträuchern, bleiben gebückt, und jetzt sind wir zu nah, um noch zu reden, aber ich habe mein Tier schon im Visier, einen kleineren Hirsch, der ein wenig abseits steht. Ich ziele. Wenn ich danebenschieße und die Herde verschrecke, werden sie weglaufen, wir müssen wieder ganz von vorn anfangen, und sie werden noch scheuer sein, weil sie nun wissen, dass sie gejagt werden. Es kommt also nicht in Frage danebenzuschießen.

Diesmal macht der Pfeil keinen Laut. Als ich die Augen schließe, höre ich nur den Regen. Ich verschwinde in ihm, löse mich unter ihm auf. Mein Körper ist weg, nichts kann mich mehr berühren.

Als ich die Augen wieder öffne, sehe ich Duncan verschwommen über mir. Der Regen hüllt uns beide ein.

»Du bist ohnmächtig geworden«, sagt er.

Aber ich war gar nicht ohnmächtig. Ich war nur zu langsam; ein Pfeil hat mich getroffen.

Ein Rinnsal Wasser fließt seine Nase entlang und tropft von ihrer Spitze herab, direkt auf meine Lippen.

Ich folge dem Rinnsal von meinen Lippen zurück zu seiner Nase. Ich lecke die Tropfen von ihm ab. Von seinem Mund. Er fasst nach mir, nimmt meinen Mund mit seinem. Wir küssen uns, als wollten wir einander verzehren. Bebend. Mein Körper war weg, und jetzt wird er wieder ich. Ich bin nur noch dieses Verlangen.

Und die Erinnerung.

Stopp, hab' ich gesagt.

»Stopp«, sage ich.

Duncan weicht zurück. Zwischen unseren Körpern liegt ein ganzer Wald.

Ich richte mich auf, fühle mich genauso verwirrt, wie er aussieht. Ich will das nicht. Ich bin doch hergekommen, um mich vom Rest der Welt zu entfernen, vor ihm sicher zu sein.

»Der Hirsch«, sage ich.

»Du hast ihn erwischt.«

Unter dem Regenvorhang sehe ich die Umrisse, meine Füße tragen mich dorthin, und ich denke mir zum wiederholten Mal, wie froh ich bin, dass ich etwas von dem, was ich zufüge, auch selbst erleiden muss. Das arme Tier. Ich ziehe den Pfeil aus seinem Hinterteil. Hole das Messer aus dem Rucksack.

Kann ich es? *Werde* ich es tun?

Ich bin so voller Mitgefühl, so voller Liebe für dieses weiche, warme, atmende Tier, dass ich mir nicht vorstellen kann, es zu verletzen, mir nicht vorstellen kann, wie ich das überleben soll, aber mir bleibt keine andere Wahl. Mir geht es um die Wölfe, und die brauchen Nahrung.

»Lass mich das machen«, sagt Duncan, der spürt, wie ich mich quäle.

»Ich kriege das hin.« Es sind meine Wölfe, dies ist meine Last.

Und doch. Ich reiche das Messer an ihn weiter und wende mich ab.

Wir legen das leblose Tier in der Nähe der schlafenden Nummer Sechs ab, deren Puls immer noch stark schlägt, wie ich mich überzeugen kann. Durchaus möglich, dass sie es ablehnen wird, es ist ja von unserem Geruch getränkt, aber ich hoffe darauf, dass sich ihr Überlebensinstinkt einschaltet, die praktischen Anforderungen des Mutterseins. Die Welpen heben die Köpfe und lugen zu uns heraus.

Am neugierigsten ist die kleine Weiße, der Kümmerling. Sie wagt sich aus der Höhle heraus, um an dem toten Tier zu schnuppern, das noch warm ist. Und sie sieht mich direkt an, als wäre ich der Grund für sein plötzliches Auftauchen, und damit hat sie ja auch recht, das bin ich.

»Jetzt aber schnell wieder rein mit dir«, sage ich leise zu ihr, über das Prasseln des Regens hinweg.

Sie legt den Kopf zur Seite, sieht mich an. Legt besitzergreifend eine Pfote auf das tote Wild.

»Lustiges kleines Ding.« Duncan muss grinsen.

Die Kleine kehrt in die Höhle zurück, um auf genauere Anweisungen ihrer Mutter zu warten. Sie ist einer der wichtigsten Wölfe im ganzen Land. Sie ist hier geboren, und sie und ihre Geschwister haben eine echte Chance, dieses Land zu ihrer Heimat zu machen und zur Heimat der Nachkommen, die sie einmal haben werden.

»Du magst sie nicht, oder?«

»Die Kleinen stören mich vielleicht nicht mehr ganz so sehr, nach heute.«

»Aber warum? Warum magst du sie nicht?«

»Die Menschen hier, das sind gute Leute, die alle hart arbeiten. Ich seh's nicht gern, dass sie solche Angst haben. Angst schafft Gefahren, ob die nun schon vorher da waren oder nicht.«

9

Ich muss wohl Duncan erwartet haben, denn ich werde hektisch, und dieser plötzliche Eifer gefällt mir kein bisschen, aber dann ist es Stuart Burns, der an meine Tür klopft. Aggie ist schon im Bett, und ich war auch schon drauf und dran, wollte nur noch nach dem Abendessen die Küche aufräumen, sehnte mich aber sehr nach meiner Matratze. Wenn es Aggie gutgeht, übernimmt sie das Kochen und Putzen größtenteils, während ich bei der Arbeit bin, aber wenn es ihr nicht so gutgeht, wenn sie zu müde ist, erledige ich alles in den Stunden vor dem Schlafengehen.

»Kann ich Sie kurz sprechen, Miss Flynn?«, sagt Stuart. Weil ich nicht riskieren will, meine Schwester zu wecken, komme ich zu ihm nach draußen und schließe die Tür. Stuart steht dräuend vor mir, und ich spüre ein Kribbeln auf der Haut, so allein mit ihm hier draußen.

»Sie schulden mir noch zweitausend Pfund.« Sein Ton ist weder freundlich, wie bei unserer ersten Begegnung, noch von brodelndem Zorn erfüllt wie im Pub; er klingt neutral, kontrolliert.

»Ich weiß, Stuart. Ich brauche noch Zeit, um das Geld zusammenzukriegen. Meine Arbeit bringt nicht viel ein.«

»Dann rufen Sie eben Ihre Eltern an, die können sicher aushelfen.«

Ich runzele die Stirn. »Woher wollen Sie wissen, was meine Eltern können?«

»Oder überlegen Sie sich was anderes, mir geht nämlich langsam die Geduld aus.« Er kommt näher heran, genießt seine Körpergröße, und ich kann es auf den Tod nicht leiden, wenn Männer das machen, darum weiche ich nicht vor ihm zurück, wie er das möchte, sondern hebe nur das Kinn.

»Verschwinden Sie von meinem Grundstück.«

»Besorgen Sie das Geld, das Sie mir schulden. Aber bringen Sie's mir nicht nach Hause, ich will nicht, dass Sie meine Frau weiter belästigen. Ich mach's Ihnen leicht, ich komme einfach jeden Abend her, bis Sie's haben.«

Damit steigt er in seinen Wagen und fährt davon.

Es ist nicht einmal ein bewusster Gedanke, meine Füße bewegen sich von ganz allein, und als ich vor Duncans Haus stehe, sind meine Hände so kalt, dass das Klopfen schmerzt.

Erst sagt er nichts, als er mich sieht.

Dann: »Ganz schönes Wechselbad, Wolfsmädchen.«

Da hat er recht, ich bin aus der Balance. »Tut mir leid«, sage ich. »Ich kann auch wieder gehen.«

Er fasst nach meiner Hand, um mich zurückzuhalten.

Wir schlafen nicht, liegen uns nur beim Schein der Lampe nackt im Bett gegenüber, vom offenen Kamin breitet sich eine angenehme Wärme in seinem Schlafzimmer aus. Es riecht nach Holzfeuer und nach etwas, das mich an den Arbeitsschuppen meines Vaters erinnert, ein Geruch, den ich nicht benennen kann, der aber macht, dass ich mich zu

Hause fühle. Fingal schläft auf dem Kaminvorleger, sein Schwanz zuckt immer wieder im Takt seiner Träume.

In diesem sanften Licht könnte ich Duncans Gesicht stundenlang betrachten, immerzu.

»Machst du das mit allen deinen Liebhabern?«, fragt er mich. »Ihnen hier und da mal ein paar Krümel hinwerfen?«

Ich verberge mein Lächeln. »Von Liebhabern im Plural kann keine Rede sein.« Und dann: »Was ist denn mit deinen?«

»Was soll mit denen sein?«

»Wie hast du sie geliebt?«

Darüber denkt er nach und hält dabei meinen Fuß umfasst. »Längst nicht so gut, wie ich hätte sollen.«

Ich warte.

»Die wenigen Frauen, die da waren, wollten immer etwas, das ich ihnen nicht geben konnte, und wahrscheinlich war das meine eigene Schuld, weil ich nicht klar genug war. Mich als intakter Mann tarne, wie eine von ihnen mir mal erklärt hat.«

Das verblüfft mich. Ich würde ihn gern fragen, was er damit meint, was an ihm denn nicht intakt ist.

»Sie haben alle … wir haben nur an der Oberfläche gekratzt. Ich glaube, ich wusste nie, wer sie sind, und sie wussten es von mir nicht, und so wollte ich das auch haben. Aber es kam immer wieder zur selben Situation, du konntest die Uhr danach stellen. Ich habe ihnen gesagt, dass ich keine Kinder will, und sie haben mir nicht geglaubt, sie dachten, ich brauche Zeit, und vielleicht ist das bei vielen Männern ja auch der richtige Weg, vielleicht kennen die sich selbst nicht so gut. Was eindeutig auch auf mich zutrifft, aber genauso klar ist mir, dass ich mir mich als Vater einfach nicht vorstellen kann, ich glaube, ich wäre wohl zu sehr wie mein eigener, und das würde ich mir nie verzeihen.«

Ich weiß, wovon er redet. Es ist mir zutiefst vertraut. Ziemlich genau an dem Tag, als ich dreißig wurde, fing ich plötzlich an, mir ein Kind zu wünschen. Etwas in meinem Körper sagte: *Jetzt, jetzt, dafür bist du auf der Welt, das ist dein Sinn und Zweck*. Eine hartnäckige Uhr, an die ich nie geglaubt hatte, bis ich sie ticken hörte. Jede Zelle in mir wollte nähren, wollte lieben, Schutz bieten. Aggie teilte diesen Ruf des Körpers nicht, sie verspürte keine solche Panik wie ich. Später dann sollte ihr die Fähigkeit, Kinder zu bekommen, geraubt werden, und dieser Vorfall löschte auch den Drang in mir, ließ ihn so vollständig verschwinden, dass es mir vorkam, als hätte es ihn nie gegeben. Alles Gute, einfach so von uns genommen.

Duncan hebt meinen Fuß an die Lippen und küsst ihn; ich schließe die Augen.

»Und deine Mutter?«, frage ich. »Wie war sie?«

»Freundlich«, sagt er. »Das weiß ich noch ganz genau. Sie hatte einfach ein weites Herz. Jeder Mensch war ihr wichtig, auch wenn er sich schlecht benahm. Sie begegnete allem und jedem mit großem Mitgefühl. Ich glaube, Frauen haben diese Art von Stärke öfter als Männer.«

»Aber nicht alle Frauen.«

Es bleibt einen Augenblick still, dann fragt er: »Und welche Laune hat dich heute Abend hergeführt?«

»Stuart Burns stand vor meiner Tür.«

Duncan erstarrt. »Wieso das denn?«

»Um Geld einzutreiben, das ich nicht habe.«

»Hat er dir gedroht?«

»Er ist kein guter Mensch, Duncan.«

»Wenn er das nächste Mal auftaucht, rufst du mich an. Ich bin dann in ein paar Minuten da.«

»Ich bin nicht hergekommen, weil ich Angst hatte, so habe ich das nicht gemeint. Ich kann sehr gut selbst auf mich aufpassen.«

Eigentlich weiß ich gar nicht, ob das stimmt, ich habe sogar den starken Verdacht, es könnte nicht so sein, aber er sagt: »Das weiß ich doch«, und das hört sich an, als würde er es ernst meinen.

Ich krabbele zu seinem Bettende hinüber, bis mein Gesicht ganz nah an seinem ist. Seine Finger wandern über mein Rückgrat. Er hat große, schwere Hände, schwielige Finger, und doch sind seine Berührungen zart. »Lag dir etwas an diesen Frauen, die dich verlassen haben?«

Seine Hand hat meinen Hals erreicht, das Kinn, die Lippen. »Klar. Ich habe ihnen bloß nicht gereicht.«

Gerade jetzt kann ich mir überhaupt nicht vorstellen, wie das möglich sein soll.

»Und warum dann? Wenn nicht wegen Stuart?«, fragt er.

Warum ich hergekommen bin.

Meine Lippen streifen seinen Mundwinkel. *Warum.*

Es wird wohl das letzte Mal sein müssen, dass meine Füße den Weg zu seiner Tür finden.

Nach dem zitternden Riesen blieb Dad so lange bei Sinnen wie seit unserem Umzug nach British Columbia nicht mehr, und ich fasste Hoffnung. Vielleicht hatten wir ihn ja jetzt dauerhaft wieder. Unterschwellig wusste ich aber, dass das Unsinn war und wir nur etwas Zeit herausschlugen. Aggie und ich waren fast achtzehn und fertig mit der Schule, so konnten wir uns ganz der Aufgabe widmen, uns alle drei am Leben zu halten und so zu tun, als wäre das Leben ganz normal.

Zum ersten Mal geschah es eines Abends im Keller, als wir Pfirsichkompott in Gläser füllten. Aggie ließ Dad Spanischvokabeln nachsprechen und lachte über seine Aussprache. Ich begutachtete gerade eine Schramme an meiner Wade, die von einer rostigen Metallkante stammte und sich jetzt zusehends entzündete, und überlegte, wie ich in den Ort kommen und mir Antibiotika kaufen könnte, ohne dass Dad es mitbekam. Darum sah ich auch nicht hin. Aber dann zerschellte etwas, und gleich darauf folgte ein kurzer Aufschrei.

Ich blickte auf. Versuchte zu verstehen, was ich sah. Meiner Schwester war eins der Gläser aus der Hand gefallen und in tausend Scherben zersprungen. Mein Vater hatte Aggie so heftig geohrfeigt, dass ein roter Fleck auf ihrer Wange zurückgeblieben war. Entsetzt starrten sie einander an, fassungslos, denn das war noch nie vorgekommen, niemals, nicht bei unserem sanften Vater, der lachte, wenn wir etwas falsch machten, und nachsichtig lächelte, wenn uns etwas kaputtging.

Ein Schatten zog durch den Keller. Ein Bahrtuch senkte sich auf uns herab.

Dad ging. Aggie fasste sich einmal an die Wange, wie um das Gefühl in der Handfläche zu speichern, und machte sich daran, die Scherben aufzukehren.

Ich sagte nichts, rührte mich nicht; ich war mir viel zu bewusst, welchen Schmerz meine Schwester empfand und dass ich ihn ausgerechnet dieses eine Mal nicht mit ihr geteilt hatte.

Es wurde zum Muster. Im Kopf unseres Vaters zerbrach etwas. Der Kern seines Wesens änderte sich. Mum hätte wohl von seiner Tiernatur gesprochen, aber in Wirklichkeit war das alles mehr als menschlich. Frustration. Furcht. Scham. Und Gewalt. Sobald etwas nicht so war, wie es aus seiner Sicht zu sein hatte, sobald er etwas vergaß oder ihm etwas anderes plötzlich wieder einfiel, wurde ihm die eigene Verletzlichkeit zu viel, und er ließ es an Aggie aus. Ein Schlag, ein Schubser. So seltsam war das alles, dass wir uns fühlten, als schwebten wir durch einen von Fassungslosigkeit gefärbten Traum. Ich wusste nicht, warum es immer nur Aggie traf – vielleicht, weil sie immer schon robuster gewesen war; aber ich sorgte dafür, dass ich jeden einzelnen Gewaltakt mitansah und ihn mit ihr teilen konnte. Anfangs war das für mich wie Solidarität, meine Art, sie zu unterstützen, aber nach gut zwei Wochen und einem Schlag, der so heftig war, dass ihre Lippe davon aufplatzte, wurde mir klar, dass ich nicht nur zusehen, sondern sie schützen musste.

»Er muss in ein Heim«, sagte ich, als die dritte Woche anbrach.

Aggie drehte sich zu mir herum; wir schliefen immer noch im selben Zimmer, in den beiden schmalen Betten aus unserer Kindheit. »Du hast doch gesagt, du willst nicht, dass er an so einen Ort kommt.«

»Was ich gesagt habe, ist jetzt egal. Und vielleicht sollten wir auch Mum anrufen.«

»O Gott, nein. Sie würde das nur zu etwas aufbauschen, was es nicht ist.«

Aber es war ja etwas, es war alles Mögliche. Wir konnten ihm nicht mehr vertrauen, und das war der schlimmste Verrat überhaupt. *Bist du sicher?*, fragten mich Aggies Hände.

Ich nickte.

Aber als wir die Tür aufmachten, war sein Bett leer.

Fast eine Woche lang suchten wir das Land ringsum ab, bis wir uns eingestehen konnten, dass er fort war. Schon an jenem ersten Morgen war uns aufgefallen, dass sein Lieblingspferd aus dem Stall verschwunden war. Wir folgten ein, zwei Tage seiner Spur, aber die verlor sich bald, vielleicht aus reinem Pech, vielleicht aber auch, weil er es darauf angelegt hatte. Uns wurde schmerzlich klar, dass er uns dort, wohin er auch immer gegangen war, nicht haben wollte. Trotzdem setzten wir die Suche fort, in immer weiteren Kreisen.

Ganz tief im Innern wussten wir, dass er sich zurückgezogen hatte, um in aller Stille und ohne viel Aufhebens zu sterben, wie ein Tier. Vielleicht wollte er dem, was er geworden war, ein Ende setzen, sich einen letzten Rest Eigenständigkeit erhalten. Oder aber er wollte uns beschützen, auf die einzige Weise, die ihm noch blieb.

Ich rechnete nicht damit, dass wir ihn noch einmal sehen würden, und tatsächlich fanden wir ihn niemals wieder. Unseren Vater.

10

Ich habe gerade ein Rezept über Sertralin für Aggie eingelöst, als Lainey Burns in die Apotheke kommt. Auf der Theke liegen ein paar Broschüren psychologischer Beratungsstellen aus, und ich nehme sie mit; Aggie wird bald einen neuen Arzt brauchen, vielleicht kann ich ja einen Hausbesuch arrangieren. Dann gehe ich zu Lainey hinüber, die vor den Schmerztabletten steht.

»Hallo, Lainey.«

Als sie mich sieht, lächelt sie ein echtes Lächeln. »Hi!«

Die Schwellung rund um das Auge ist zurückgegangen, die blauen Flecken sind so gut überschminkt, wie es eben geht. »Das ist ja ein richtiges Kunstwerk«, sage ich und deute mit dem Kopf auf den Gips an ihrem Arm. Er ist mit kunterbunten Blumen und Tieren verziert.

Lainey lacht leise. »Die sind von Stuart.«

Ich muss wohl verblüfft geschaut haben, denn sie ergänzt ernst: »Menschen sind nicht immer so, wie sie scheinen.«

Na, da hat sie allerdings recht.

»Wie geht es Gealaich?«

»Ganz gut. Aber sie ist immer noch scheu. Lässt mich nicht an sich heran.«

»Geben Sie ihr Zeit. Das Ganze war ein ordentlicher Schock für sie.«

Ich setze an, finde aber nicht die richtigen Worte. Also frage ich einfach: »Geht es Ihnen gut, Lainey?«

Sie wird nicht sauer. Sieht mir nur in die Augen. »Ja. Ihnen auch, Inti?«

Ich erzähle ihr nicht, dass ihr Mann mir jedes Mal eine Heidenangst einjagt, wenn er abends draußen vor meinem Haus im Wagen sitzt, denn ich würde jede Wette eingehen, dass Lainey mit weit Schlimmerem klarkommen muss. »Ja. Danke.«

Ich sehe, wie sie die Broschüren in meiner Hand registriert und mich ein wenig anders mustert. Ich erläutere nicht, dass sie für meine Schwester sind und ich kaum damit rechne, dass sie ihr helfen werden. Das Glöckchen über der Tür bimmelt, und Stuart steht neben uns.

»Wollte mal sehen, was hier so lange dauert«, sagt er mit Blick auf mich.

»Entschuldige«, sagt Lainey. »Ich bin schon fertig.«

»Ich habe Ihnen doch gesagt, Sie sollen sich von meiner Frau fernhalten«, sagt er zu mir.

»Was glauben Sie denn, was ich mit ihr mache – sie verderben?«

»Wir haben uns zufällig getroffen«, sagt Lainey. »Inti hat nur kurz hallo gesagt, sonst nichts.«

»Na, dann ist ja alles gut.« Stuart legt die Packung Aspirin, die seine Frau in der Hand hält, ins Regal zurück und schiebt Lainey zur Tür. »Gute Nacht, Mrs. Doyle, und einen schönen Abend«, ruft er der alten Dame hinter der Theke zu. Scheißhöflich.

Ich gehe ihnen nach.

Die Apotheke liegt gleich gegenüber vom Snow Goose. Draußen vor dem Pub stehen Red McRae und Andy Oakes, der Bürgermeister, sie rauchen, haben Biergläser in der Hand. Die Straßenlaterne über uns ist ausgefallen, und so kommt es, dass wir im Schatten sind, als ich Stuart rufe, er stehen bleibt und sich zu mir umdreht. Lainey bleibt argwöhnisch zurück.

Ich habe nur einen Gedanken. Wenn sie ihn nicht anzeigt, werde ich ihn so lange reizen, bis ich etwas habe, womit *ich* ihn anzeigen kann. Ich werde seinen Zorn von Lainey auf mich umlenken.

»Was treiben Sie eigentlich da draußen?«, frage ich. »Wenn Sie nachts vor meinem Haus rumlungern, immer jenseits vom Zaun, damit Sie bloß keinen Ärger kriegen. Was denken Sie sich dabei? Macht Sie die Vorstellung an, mich auf diese Weise einzuschüchtern? Geht Ihnen davon einer ab?«

»Halten Sie Ihr dreckiges Maul«, sagt er. »Ich will nur, was mir zusteht.«

»Sie geilen sich doch daran auf, stimmt's? An der Vorstellung, Frauen Angst zu machen. Aber wir haben keine Angst. Ich habe keine Angst vor Ihnen, Stuart. Ich finde Sie erbärmlich. Ich stehe am Fenster, sehe Sie da draußen hocken, und Scheiße nochmal, ich lache!«

Gleich darauf passiert mehreres gleichzeitig. Er kommt auf mich zu, und das ist der Moment, ich wappne mich und spüre ein siegessicheres Schaudern und das Aufblitzen heißer Angst; aus dem Augenwinkel sehe ich, wie Red und Andy über die Straße kommen und Lainey ihren Mann am

Arm fasst, aber niemand wird ihn aufhalten, das wissen wir beide. Nur die Stimme, die sich jetzt in den Raum zwischen den Lichtkegeln der Straßenlaternen schiebt, die hält ihn auf.

»Warum hat mich denn keiner zur Party eingeladen?«

Stuart löst die geballte Faust.

Wir drehen uns beide um und sehen Duncan entgegen.

»Hier gibt's keine Party«, sagt Stuart. »Nur ein kleines Gör, das ein bisschen rumstänkert.«

Duncan steht jetzt zwischen uns. Zu mir sagt er: »Warte im Pub auf mich.«

»Nein, ich …«

»*Inti!*«

Verdammt.

Bebend vor Adrenalin überquere ich die Straße. So dicht dran. Ich schaue mich noch einmal nach dem Grüppchen um, kann aber nicht hören, was Duncan sagt, und sehe nur noch ihre Umrisse. Auch Lainey entfernt sich jetzt, sie geht hastig die Straße entlang. Mir kommt der Gedanke, dass Duncan dort nun allein ist, einer gegen drei, und ich überlege zurückzugehen, aber dann rufe ich mich zur Ordnung. Das ist doch albern. Er ist Polizist, und die anderen sind – größtenteils – ganz normale Leute. Wahrscheinlich sogar seine Freunde. Ich gehe hinein.

Warme Luft schlägt mir entgegen. Stimmengewirr. Am Tresen hole ich mir ein Glas Wein und lasse mich in das abblätternde Lederpolster einer Sitznische sinken. Mir ist so heiß, dass ich Schal und Mantel abstreifen muss, um wieder richtig Luft zu kriegen. Schmerzvolle Minuten verstreichen, während ich auf ihn warte und mir ausmale, was da draußen alles vor sich gehen könnte. Wenn er sie einfach nur ermahnt, nach Hause zu gehen, warum dauert das dann so lange, und warum hat er Lainey weggeschickt? Je länger es dauert, desto sicherer bin ich mir, dass ich wieder nach draußen muss. Ich greife schon nach Schal und Mantel, da gleitet Duncan in die Sitznische, auf den Platz mir gegenüber.

Er ist an der Wange verletzt, hat eine aufgeplatzte Lippe. »Was zum Teufel stellst du bloß immer an?«, fragt er.

»Ich wollte gar nicht …«

»Quatsch. Ich seh's dir an.«

Ich klappe den Mund wieder zu. Wie heiß mein Gesicht ist.

»Ich sage dir, du sollst dich vor ihm in Acht nehmen, und du gehst hin und bringst ihn zur Weißglut, im Dunkeln, auf der Straße? Ich sag's dir jetzt noch einmal. *Halt dich fern von Stuart Burns*, hast du verstanden?« Diesen Ton habe ich noch nie von ihm gehört. Ich glaube fast, unter all dem Zorn hat er Angst.

»Wer war das?«, frage ich.

Eine Kellnerin bringt ihm ein Bier; ich kann nicht sagen, ob er es schon beim Reinkommen bestellt hat oder ob sie einfach weiß, was er will. Er nickt zum Dank, lässt aber keinen Blick von mir, bis sie wieder weg ist. »Hast du mit mir auch ein Hühnchen zu rupfen?«

»Allerdings.«

»Na dann, raus damit. Sag, was du zu sagen hast.«

Ich trinke einen Schluck Wein, spüre die Wärme. Ich

lebe in seinen Händen, die sein Glas umfassen, seinem Rücken an der gepolsterten Lehne, seinem dünnen T-Shirt an meinem Schlüsselbein, seinen Verletzungen, dem Blut und seinem Mund, der jetzt mit dem Bier in Berührung kommt. Ich dachte, ich könnte es kontrollieren, aber so wirkt er eben auf mich. Trotz meines Schwurs, trotz der Schuldgefühle, die mich quälen, wenn ich Aggie allein lasse, habe ich mich viel zu oft durch den Wald zu seinem Haus geschlichen.

»Wovor hast du solche Angst, Duncan?«, frage ich.

Er antwortet nicht.

»Ich glaube, du hast garantiert Angst. Weil du bist, wer du bist. Und weil du nichts anfängst mit dem, was du weißt.«

»Was sollte ich denn damit anfangen?«

»Ganz egal.«

»Und wenn ich das schon getan habe?«

Ich lege die Finger an meine Wange, spüre den Schmerz. »Was hast du denn getan?«

Er antwortet nicht.

»Du hast garantiert Angst«, sage ich noch einmal.

»Wir haben doch alle Angst.«

»Gilt die Ausrede auch für ihn?«

»Es ist nur eine Tatsache.«

»Er ist eine Bestie«, sage ich.

»Damit machst du ihn viel zu groß. Er ist nur ein Mensch«, sagt Duncan.

»Das ist gefährlich. So lässt man zu, dass Menschen schreckliche Dinge tun.«

Den Einwand lässt er nicht gelten. »Ich will gar nichts

runterspielen. Aber wenn du ihn als Bestie hinstellst, gibst du ihm etwas Mythisches, dabei sind Männer, die Frauen schlagen, einfach nur Männer. Sie sind wie wir alle. Wie viel zu viele von uns und nur allzu scheißmenschlich. Und die Frauen, die sie schlagen, sind auch nicht alle passive Opfer oder Freud'sche Masochistinnen, die bestraft werden wollen. Sie sind Frauen, und sie machen den ganzen Tag, jede Minute, nichts anderes, als sich zu überlegen, wie sie es am besten schaffen, diesen Mann, den sie mal geliebt haben, zu überleben. Das sollte kein Mensch jemals tun müssen.«

Mit so etwas habe ich von ihm nicht gerechnet. Ständig unterschätze ich ihn.

Duncan tastet an seiner Wunde herum, und ich zucke zusammen. »Nicht.«

Manches mag er ja begreifen, aber er weiß nicht, was es heißt, in dieser Angst zu leben. »Hast du je einer Frau weh getan, die dich geliebt hat?«

Alle Farbe weicht aus seinem Gesicht. »Nicht jeder von uns ist ein Stuart Burns«, sagt er. »Aber keiner ist unfehlbar. Das macht uns noch nicht zu schlechten Menschen, und es ist auch überhaupt nicht dasselbe.«

Wir mustern einander.

»Wir tun uns doch alle ständig gegenseitig weh«, sage ich.

Er greift nach meiner Hand. »Du und ich, wir teilen etwas, das anders ist.«

»Ach ja? Aber ich ertrinke.«

»Inti.«

»Ich will das nicht. Ich bin hier, um von allem weg zu sein.«

»Und langsam an Einsamkeit zu sterben.«

»Was wäre denn so falsch daran?« Ich schüttele den Kopf. »Und es ist auch übertrieben. Ich habe die Wölfe. Ich bin zum Arbeiten hier.«

»Die sind aber gefährlicher als wir.«

»Glaubst du?«, frage ich. »Zumindest sind sie wilder.«

»Ist das nicht dasselbe?«

»Ich glaube nicht. Ich glaube, uns macht die Zivilisation gewalttätig. Wir stecken uns gegenseitig damit an.«

»Dann würdest du also lieber wie deine Tiere leben. Raus in den Wald und weg von den Menschen. Aber du hast mir doch selbst erzählt, dass sie sich am allermeisten gegenseitig brauchen.«

Darauf sage ich nichts, denn für einen kurzen Moment hasse ich ihn.

»Was ist dir zugestoßen?«, fragt Duncan.

»Nichts.«

Dann sagt er, und es ist keine Frage. »Was für ein Wesen bist du bloß.«

Was für ein Wesen.

»Irgendwer muss sie doch beschützen«, sage ich. »Und wenn du deinen Job nicht machst, dann mache ich es eben.«

Hinter seinen Augen wird es plötzlich dunkel. »Du lässt die Finger davon, Inti Flynn. Verstanden?«

Sein Zorn entfacht meinen. Ich stelle mir vor, dass ich die Zähne fletsche, ihm zeige, wie scharf sie sind.

»Ich dachte auch mal, die Menschen wären gut«, sage ich. »Ich dachte, wir wären alle von Grund auf freundlich, man könnte uns alles verzeihen.«

»Und jetzt?«

»Jetzt weiß ich es besser.«

Duncans Wohnzimmer ist klein, chaotisch und warm. Wir sind wortlos hergekommen, rein instinktiv, wie immer bei uns. Das entflammbare Wesen des Verlangens, der Kampf darin. Und noch etwas anderes, Ruhigeres. Ich setze mich auf das alte Ledersofa und sehe zu, wie er Feuer macht. Rote Ziegel. Grauer Stein. Ein rauer, dunkelbrauner Teppich unter seinen nackten Füßen, unter meinen. Die Möbel tauchen aus dem Dämmer und verschwinden wieder, sie sind allesamt aus Holz und irgendwie kaputt, krumm, verbogen oder falsch herum, immer mehr Stücke nehmen Gestalt an, als würden sie aus dem Nichts auftauchen. Ich fühle mich wie im Traum. Aufgeladen, gefährlich. Ich bin mir bewusst, dass ich nichts mehr kontrollieren kann, und tief in mir gibt etwas nach. Jede seiner Bewegungen ist ungelenk. Ich könnte wegschauen, aber das tue ich nicht. Ich möchte ihn fragen, wie es zu der Verletzung gekommen ist. Es gibt so vieles, was ich ihn nicht gefragt habe, was ich nicht wissen wollte, bis jetzt. Er bietet mir nichts zu trinken an, und ich will auch nichts; ich bin schon von allem anderen betrunken.

Duncan setzt sich neben mich, und wir sehen einander an.

»Dein Gesicht tut weh«, murmele ich.

»Was für ein Wesen bist du bloß?«, fragt er an meinem Mund, und diesmal ist es eine Frage.

Später, in seinem Bett, hält er mich fest, und sein Körper ist so heiß, als hätte er das Feuer statt im Kamin in sich selbst entzündet. Und mir wird klar, wie sehr ich gefroren habe, so lange schon.

Ich erwache aus einem Traum von einem Schlag ins Gesicht. So real, dass ich es förmlich spüre. Aber als ich die Augen aufschlage, ist es tiefe Nacht, und ich liege allein in seinem Bett.

11

Mein Handy hat den Geist aufgegeben. Jetzt, in den frühesten Morgenstunden, ist es kälter. Das Feuer ist bis auf die Glut heruntergebrannt. Rasch ziehe ich mich an und streife, dicht gefolgt von seinem Hund, durch das kleine Haus, für den Fall, dass er hier irgendwo ist. Wohin geht ein Mann um drei Uhr morgens? Ich schäme mich und komme mir albern vor, weil ich eingeschlafen bin.

»Er kommt bestimmt gleich wieder, Schätzchen«, sage ich zu Fingal, streichele ihm das betrübte Gesicht und sperre ihn dann ins Haus. Mein Wagen steht noch vor der Apotheke, mir bleibt also nichts weiter übrig, als nach Hause zu laufen. Die Nachtluft tut mir gut. Ich habe hämmernde Kopfschmerzen. Ich wünschte, ich hätte seinen Schrank nach Aspirin durchstöbert.

Es gibt einen Weg, aber der ist bei so wenig Licht nicht zu erkennen. Der Boden unter meinen Stiefeln liegt komplett im Dunkeln. Ich lasse mich von den Bäumen leiten. *Ruhig*, sagen sie, *sorg dich nicht*. Dichter Nebel zieht heran, und ich bin mir sicher, dass ich mich verlaufen werde. Der Mond verzieht sich. Ich begreife nicht, warum er fortgegangen ist; vielleicht ist ja gar nichts dabei, aber so fühlt es sich nicht an, denn diese Nacht war anders.

Geh sachte, flüstern die Bäume.

Ich laufe weiter, langsamer jetzt, und fasse im Vorbeigehen an die Baumstämme. Meine Füße steigen über Gestrüpp und Geäst hinweg. Der eine rutscht beim Aufkommen aus, und ich lande mit dem Hinterteil auf weichem, grünem Moos. Neben mir liegt ein Toter, seine Augen starr im Nebel.

Ein Schrei entfährt mir. Ich krabbele ein Stück weg.

Sein Bauch klafft auf, die Gedärme hängen heraus. Auch meine ergießen sich aus mir. Ich kneife die Augen zu.

Ein erster, donnernder Gedanke: *Was, wenn das Zähne waren?*

Ich bestehe nur noch aus dem viel zu schnellen Hämmern meines Herzschlags. Ich muss hinsehen, obwohl ich mich davor fürchte. Nicht vor seinen Wunden, nicht vor dem Schlachtfeld, das er ist, sondern vor seinem noch unversehrten Gesicht.

Es ist Stuart Burns. Die Augen weit offen und glasig; sein Fleisch leer zurückgelassen.

Ich beuge mich vor, erbreche mich auf den Boden.

Noch während es mich schüttelt, durchfährt mich auch, was das heißen wird. Es breitet sich glasklar vor mir aus, das Schicksal jedes einzelnen Wolfes. Das wird ihr Tod sein. Ich weiß nicht genug, um wie ein Gerichtsmediziner den Unterschied zwischen einem Sägemesser und den Fängen eines Tieres erkennen zu können, und ich kann gar nicht lang genug hinschauen, um auch nur eine Vermutung aufzustellen, aber mir ist klar, wie das aussieht. Mir ist klar, was alle glauben werden; es wird sie in den Wald hinaustreiben, um die Wölfe zu jagen, weil sie einen Menschen getötet haben. Und dann wird auch dieser uralte Wald verschwinden, all die Bäume, die wir zu retten versuchen, sämtliche Bemühungen zur Renaturierung Schottlands, es wird alles verschwinden. In Sekundenbruchteilen steht mir diese Zukunft vor Augen, und ich könnte an Ort und Stelle losheulen, wenn auch nicht um diesen Mann. Früher einmal hätte ich ihn bedauert, ganz gleich, was er getan hätte, denn ein solches Ende wünscht man niemandem. Aber jetzt empfinde ich nur Zorn auf ihn, weil er hier liegt, nur Todesangst um meine Wölfe.

Es sieht aus, als hätten sie ihn getötet. Genau so sieht es aus. So greifen sie an, entweder am Bauch oder an der Kehle, den beiden ungeschütztesten Stellen.

Aber ich weiß, dass sie es nicht waren, das würden sie nicht tun, sie greifen keine Menschen an. Jemand hat Stuart Burns umgebracht und ihn hier liegen lassen. Und dieser Jemand wollte entweder Stuarts Tod oder aber den Tod der Wölfe.

Ich treffe eine sehr düstere Entscheidung. Oder vielmehr trifft sie mich.

Ich werde seine Leiche begraben.

12

Mein Spaten hinterlässt im harten Untergrund kaum eine Spur. Es kostet mich all meine Kraft und viel zu viel Zeit, ein Loch zu graben, das tief genug ist. Als die Erde schließlich in schweren Schaufelladungen wieder auf Stuart fällt, verschwindet er allmählich, wird verdeckt, nach und nach dem Boden zurückgegeben, den Wurzeln, dieser Welt unter der Oberfläche. Aber als ich sein Gesicht zuschaufele, ist es auf einmal nicht mehr sein Gesicht, es wird meins, mein Gesicht wird da beerdigt, die kalte Erde verstopft mir die Kehle, es ist mein Körper, den sie da ganz verschlingt.

Ich spüle regelrechte Drecklawinen in die Dusche. Eilig schrubbe ich mir die Fingernägel und denke an nichts anderes dabei. Als ich schließlich sauber bin, ist die Sonne längst vollständig aufgegangen. Aggie müsste eigentlich schon auf sein, ich schaue zu ihr herein und finde sie wach und mit stierem Blick im Bett. Als ich die Decke zur Seite schlage, sehe ich, dass sie das ganze Laken vollgeblutet hat. *Nein.* Bitte nicht heute. Nicht an diesem Morgen. Ich habe nicht mehr die Kraft, mich um sie zu kümmern. Aber ich muss ja, und so mache ich es.

Also zurück in die Dusche. Ich wasche Aggie unter dem Wasserstrahl. Wenn sie auch wirklich da wäre, dann wäre das ein intimer Moment, aber ich bin mit ihrem Körper allein, und das macht alles entsetzlich einsam. Das Wasser fließt an ihr herab, und mir fällt auf, dass sie sich verändert, dass sie weichlicher und fülliger wird, zum ersten Mal sind wir körperlich nicht mehr identisch. Ich halte sie fest umarmt, drücke die Lippen an ihre Schulter und betrauere die Gleichheit, die uns nun verlässt, uns gestohlen wird. Sie fehlt mir so sehr, meine Schwester; mir scheint fast, ich halte sie ein wenig zu fest, und dann denke ich, vielleicht wacht sie ja wieder auf, wenn ich ihr weh tue.

Ich lockere meinen Griff. Sie lässt sich aus der Dusche führen, und es verstört mich womöglich am allermeisten, dass immer ein gewisses Maß an Bewusstsein da ist, dass etwas von ihr bleibt, und sei es nur im Gedächtnis ihrer Muskeln. Ich trockne meine Schwester ab, klebe ihr eine Binde in die Unterhose und ziehe sie ihr über die Beine; sie steigt fügsam hinein, aber als ich ihren Blick suche, liegt keine Klarheit darin. Sie ist einfach viel zu müde. Ich kann nur hoffen, dass sie es dort, wo sie ist, besser hat. Am liebsten wäre ich selbst irgendwo, wo ich es besser habe, denn hier ist es nur noch beschissen. Ein Albtraum im Wachzustand.

Wie lang wird es dauern, bis man ihn vermisst meldet? Wie lang, bis die Witterung oder ein Tier oder beides ihn wieder ausgräbt? Ich habe alle Spuren und Hinweise verwischt, und natürlich kann ich so etwas, schließlich bin ich schon mein ganzes Leben Fährtenleserin; mir selbst würde beim Anblick dieser Stelle kein Verdacht kommen, aber könnte ein besserer Jäger, als ich es bin, meine Bemühungen nicht durchschauen? Oder ein Ermittler? Wie lang wird es dauern, bis ich durchdrehe und Duncan haarklein berichte, was ich getan habe?

Im Ernst, was zum Teufel habe ich mir dabei gedacht?

Vielleicht ist es ja noch nicht zu spät, alles zu gestehen. Wenn ich es Duncan jetzt sage, wird er dann Ermittlungen einleiten? Oder wird er Stuarts Tod als Wolfsangriff werten und keinen weiteren Gedanken daran verschwenden? Red McRae würde mit Freuden zur Waffe greifen. Und was, wenn Duncan glaubt, ich hätte Stuart umgebracht? Ich habe ihn ja immerhin vergraben. Welcher zurechnungsfähige Mensch tut so etwas?

Ich muss es dabei belassen. Ich stecke jetzt drin, es ist getan. Ich kann nur hoffen, dass er nie gefunden wird, und falls doch, dass ich nicht massenhaft DNA an seiner Leiche hinterlassen habe, mit der ich mich selbst ans Messer liefere.

Und was, wenn ihn wirklich ein Wolf getötet hat?, flüstert eine leise Stimme tief in mir. Aber ich weiß die Antwort schon. Sollte wirklich ein Wolf Stuart getötet haben, dann war es ganz richtig von mir, es zu vertuschen.

Als es klopft, sitze ich allein im Projektquartier. Evan und Niels sind unterwegs, um Daten über das Tanar-Rudel zu sammeln, und ich habe Zoe losgeschickt, uns im Ort etwas zum Mittagessen zu besorgen, auch wenn ich mir jetzt, als ich sehe, wer vor der Tür steht, wünsche, ich hätte sie dabehalten.

Duncan dreht seine Mütze in der Hand. »Du bist wohl früh aufgebrochen.«

Mir stülpt sich fast der Magen um. Ob er wohl gekommen ist, um mich festzunehmen?

»Du aber auch«, sage ich und winke ihn herein. »Willst du einen Tee?«

»Ich kann nicht lang bleiben, ich habe noch im Ort zu tun.«

Betreten stehen wir voreinander, und das ist seltsam, denn bisher gab es zwischen uns keine Verlegenheit. Heißt das womöglich, dass er etwas weiß?

»Ich war spazieren«, sagt er.

»Ich habe gar nicht gefragt«, sage ich, runzele dann aber doch die Stirn: »Um drei Uhr früh? Warum?«

»Ich muss eben laufen, um meine Gedanken zu sortieren.«

Ich frage ihn nicht, wie er das meint.

»Und eigentlich dachte ich, du schläfst noch, wenn ich wiederkomme«, setzt er hinzu.

Ich zucke die Achseln. »Spielt ja keine Rolle.«

Alles ist jetzt anders. Mir bleibt kein Spielraum mehr. Da war eine Leiche, ich habe sie vergraben, und vor mir steht der Mann, der nach dieser Leiche suchen wird.

»Es ist vielleicht besser so«, sage ich sanft und stelle fest, dass es schmerzt, viel mehr, als ich erwartet hätte.

Auch er fragt nicht, wie ich das meine. Stattdessen sagt er: »Magst du am Wochenende zum Abendessen kommen? Ich lade hin und wieder ein paar Freunde ein. Es würde dir sicher gefallen. Und *mir* würde es gefallen, dich dabeizuhaben.« Er strahlt eine stille Verletztheit aus, die ich als Schmerz in der Brust spüre. Er weiß, dass sich etwas verändert hat.

»Das geht nicht, Duncan«, sage ich. »Ich habe dir nichts zu geben.«

»Dann nimm von mir. Ich habe mehr als genug.«

Meine Augen brennen, ich wende den Blick ab. Hier lauert Gefahr.

Duncan neigt galant den Kopf, mein Schweigen reicht ihm als Antwort. »Meld dich, wenn du etwas brauchst, Inti Flynn, oder falls du wieder mal Ärger hast. Ich bin nicht weit.«

Seine Stiefel hallen noch auf dem Holzboden nach, als er längst weg ist.

Ich spüre die Erschöpfung in der Kehle, in den Augen, an den Zähnen. Alles tut weh. Der Tag ist so schleppend vorbeigezogen, dass ich schon glaubte, er würde niemals enden. Aber es bleibt immer noch Abendessen zu machen, Aggie braucht erneut Hilfe im Bad, und ich habe vergessen, ihr Bett neu zu beziehen, das steht also auch noch an.

Wie eine Rauchschwade wabert mir ein Gedanke durch den Kopf und lässt etwas Neues zurück. Unser Zyklus war immer im Einklang. Auch ich hätte meine Periode bekommen müssen.

Müde bin ich nicht mehr, als ich zum zweiten Mal in zwei Tagen die Apotheke betrete. Mrs. Doyle hinter der Theke reicht mir die Papiertüte mit den Tests und sagt: »Nur Mut, Liebes«, und ich glaube, sie hat die Angst in meinem Gesicht gesehen. Zurück nach Hause. Im Bad ist es kalt. Ich packe einen Test aus und pinkele auf das Stäbchen, warte angespannt, bis die Minuten vorbei sind, aber es hat nicht funktioniert; wahrscheinlich habe ich nicht gut genug gezielt. Ich packe das zweite Stäbchen aus, und diesmal pinkele ich, nachdem ich einen Liter Wasser getrunken habe, in einen Becher und stecke das Stäbchen hinein.

Im Grunde brauche ich gar nicht hinzusehen. Ich glaube, ich habe es schon den ganzen Tag gewusst, noch bevor der Gedanke Gestalt annahm. Aber hier ist der Beweis. Kein doppelter Strich oder etwas ähnlich Uneindeutiges, sondern ein Wort in kleiner, blauer Schrift. *Schwanger* steht da, damit auch wirklich kein Zweifel bleibt.

13

»Sie wissen ja, Miss Flynn, wir müssen alle Personen befragen, die in den letzten vierundzwanzig Stunden vor seinem Verschwinden noch Kontakt mit Stuart hatten.«

Das Verhörzimmer ist klein; ein Fenster geht auf einen Kiefernhain hinaus, einen Einwegspiegel wie im Kino gibt es nicht. Kamera und Aufnahmegerät stehen bereit, bleiben aber ausgeschaltet. Duncan sitzt mir gegenüber am Tisch. Bis vorhin saß noch eine Polizistin neben ihm, die sich als Bonnie Patel vorgestellt hat, aber sie wollte Tee holen und ist nicht mehr wiedergekommen. Wahrscheinlich fängt er jetzt einfach ohne sie an.

»Können Sie den Samstag für mich rekapitulieren?«, fragt Duncan. Ich muss wohl verblüfft geschaut haben, denn er ergänzt: »Das ist nur eine informelle Befragung, wir versuchen, so viele Informationen wie möglich zusammenzutragen, um uns ein Bild zu machen, wo Stuart gewesen ist und was er gemacht hat.«

Mir ist unbehaglich zumute. Er klingt so offiziell, so distanziert, und er siezt mich, als wären wir uns noch nie zuvor begegnet.

»Ich bin zur Arbeit gefahren.«

»Am Wochenende?«

»Wölfe kennen kein Wochenende.«

»Gut, und nach der Arbeit?«

»Da bin ich in den Ort gefahren, zur Apotheke.«

»Was wollten Sie in der Apotheke?«

Ich funkele ihn fassungslos an.

»Gut, wie ging es dann weiter?«, fragt er.

»Ich habe dort zufällig Lainey getroffen. Dann kam Stuart herein, stinksauer, weil wir geplaudert haben.«

»Wieso war er deswegen sauer?«

»Weil er ein Arschloch ist.«

Duncan blickt auf. Vielleicht versucht er ja, sich meiner Stimmung anzupassen. Innerlich ermahne ich mich, höflich zu bleiben und das alles hier so schnell wie möglich hinter mich zu bringen. Er macht nur seine Arbeit; trotzdem gibt es mir einen Stich, dass er mich überhaupt herzitiert hat.

»Wann war das ungefähr?«

»Kurz bevor die Apotheke zumacht, wann immer das ist.«

»Gegen sieben also. Und dann?«

»Ich bin Stuart und Lainey nach draußen gefolgt und hatte noch einen Wortwechsel mit ihm. Und dann kamen Sie.«

»Was war das für ein Wortwechsel?«

»Eventuell ein leicht provozierender.«

Duncan wartet mit hochgezogenen Augenbrauen. Will er mich wirklich zwingen, es auszusprechen?

»Ich wollte Stuart aufstacheln«, gebe ich zu. »Ich wollte sehen, was er tut, wenn man ihn reizt.«

»Hatten Sie eine Vermutung, was er tun würde?«

»Zuschlagen. Mir weh tun. So, wie er seiner Frau weh tut.«

»Und wieso wollten Sie das?«

»Damit ich ihn anzeigen kann.«

Duncan lehnt sich zurück und verschränkt die Arme vor der Brust. Seufzt. »Woher wollen Sie denn wissen, dass er sie misshandelt?«

»Das haben Sie mir erzählt.«

»Ich?«

»Nicht mit Worten.«

»Was gäbe es denn sonst noch?«

»Mehr als genug.«

Darüber denkt er nach, während er mich mustert. »Könnte man sagen, dass eine gewisse feindselige Atmosphäre zwischen Ihnen bestand?«

»Ja.«

»Sie schulden ihm Geld, richtig?«

»Zweitausend Pfund für ein Pferd, das ich ihm abgekauft habe.«

»Hat er Ihnen wegen des Geldes gedroht?«

Kurz überlege ich, die Wahrheit zu sagen, aber ich möchte lieber nicht noch mehr mögliche Motive in die Welt setzen. »Nein. Er hat nur danach gefragt.«

»Hat er Ihnen gegenüber je zugegeben, dass er Lainey misshandelt?«

Ich beuge mich stirnrunzelnd vor. »Wollen Sie allen Ernstes behaupten, er täte es nicht?«

Duncan gibt keine Antwort.

»Das ist doch lächerlich«, sage ich. »Du kuschst jetzt nur, weil er verschwunden ist.«

»Aber woher willst du denn wirklich wissen, dass es darum ging, Inti?«, fragt er noch einmal.

»Ich weiß es eben«, fauche ich. »Ich habe so was schon erlebt. Es ist dermaßen scheißoffensichtlich. Und du weißt es auch.«

»Wie ging es dann weiter?«, fragt er.

Ich ringe mit meinen randalierenden Gedanken. Samstagabend. »Sagte ich doch schon. Du bist aufgetaucht und hast mich gezwungen, in den Pub zu gehen. Wie es weiterging, weißt du also vermutlich besser als ich.«

»Und das war das letzte Mal, dass du Stuart gesehen hast?«

Ich nicke.

»Hast du mitbekommen, ob er an dem Abend noch mit sonst jemandem eine Auseinandersetzung hatte?«

Nur mit dir. Und hinterher hattest du ein lädiertes Gesicht. Aber das habe ich natürlich nicht selbst beobachtet. Ich weiß nicht sicher, was draußen passiert ist. Ich schüttele den Kopf.

»Fällt dir noch jemand ein, der ähnlich fuchtig war wie du?«

»Was soll das denn heißen, ›fuchtig‹?«

»Stinkwütend.«

Mir entfährt ein andeutungsweises Lachen.

Duncan formuliert seine Frage neu. »Es gibt also niemanden, den du für verdächtig hältst, an seinem Verschwinden beteiligt zu sein?«

»Nein. Die einzigen Menschen, die ich hier überhaupt näher kenne, sind alle in meinem Team, und ich wäre schon erstaunt, wenn sie überhaupt wüssten, wer Stuart ist.«

Duncan lehnt sich auf seinem Stuhl zurück, spielt mit dem Kugelschreiber herum. »Was hat dich eigentlich nach Schottland geführt, Inti?«

»Ich leite das Cairngorms Wolf Project. Diese ganzen Fragen, deren Antworten du längst kennst, würden mir übrigens viel mehr einleuchten, wenn du das Gespräch aufzeichnen würdest. So verstehe ich ehrlich gesagt nicht, wozu der Affenzirkus gut sein soll.«

»Das ist kein Affenzirkus. Ich habe nur gern Klarheit. Ursprünglich hattest du mal versucht, ein anderes Projekt auf den Weg zu bringen, oder?« Er hat seine Hausaufgaben gemacht.

»In Utah. Wir wollten dort Wölfe auswildern, um Pando zu retten, den zitternden Riesen.«

»Und warum bist du nicht dorthin?«

»Der Widerstand seitens der Anwohner war einfach zu groß. Man sollte meinen, hier wäre es schon schlimm, aber in Utah haben wir gar keinen Fuß auf die Erde gekriegt.«

»Wurde das nicht schon in Yellowstone gemacht?«

»Ja, und es war die ganze Zeit ein harter Kampf. Die Leute interessieren sich immer mehr für Viehzucht und Jagd als für den Erhalt der Bäume.«

»Und spricht was dagegen?«

»Dieser Planet gehört ihnen nun mal nicht«, fauche ich. »Wir haben kein Anrecht auf ihn, er ist uns gar nichts schuldig.«

Duncan mustert mich schweigend. »Die Arbeit von Bauern gehört mit zu den schwierigsten, die es gibt.«

»Das habe ich auch nie bestritten.«

»Hast du dich schon mal gefragt, warum Umweltschützer immer aus sozioökonomisch bessergestellten Schichten stammen? Sie haben Geld. Ihr Überleben hängt nicht vom Land ab, sie schlagen sich nicht mühsam von Tag zu Tag durch.«

»Mir ist schon klar, dass die Auswirkungen des Umweltschutzes mehr auf dem Land als auf den Städten lasten und dass wir die Bürde solcher Veränderungen gleichmäßiger verteilen müssen«, sage ich. »Das ist mir völlig klar, Duncan. Anscheinend glauben hier alle, ich hätte eine Art Rachefeldzug laufen, dabei habe ich wirklich nur den einen Vorbehalt gegen Bauern, dass sie offenbar Vorbehalte gegen mich haben.«

»Dein Projekt bedroht ihre Lebensgrundlage.«

»Aber das stimmt doch gar nicht. Sie wollen nur nicht teilen.« Ich muss an meinen Vater denken. »Man kann vom Land abhängig sein, man kann es bestellen, aber man kann es dabei auch nähren und erhalten. Den eigenen Fußabdruck verkleinern. Mit Geld hat das gar nichts zu tun. Wir sind alle in der Verantwortung, unseren Teil beizutragen. Mit Renaturierung bekämpfen wir den Klimawandel, und anscheinend vergessen alle ständig, dass inzwischen im Grunde nur noch das zählt. Wir jedenfalls zählen ganz sicher nicht.« Ich halte kurz inne, dann sage ich: »Vielleicht sollten wir Erbarmen mit der armen geplagten Erde haben und die Menschheit einfach ausrotten.«

»Das ist doch purer Ökofaschismus.«

Ich bin so verblüfft, dass ich lachen muss.

»Muss ziemlich frustrierend sein«, sagt er, und ich warte darauf, dass er das noch genauer ausführt. »Da ist man klüger als alle anderen, aber kein Mensch will hören.«

Ich verdrehe die Augen.

»Ich meine das ganz ernst«, sagt Duncan. »Du bist hier, um zu helfen, und wirst dafür bloß angefeindet.« Er beugt sich wieder vor. »Du hast jedes Recht, wütend zu sein. Wäre ich auch.« Er verschränkt die Finger ineinander, und es fühlt sich an, als würde er meine Hand halten. »Die Frage ist nur, wie wütend.«

»Wütend genug, um jemanden umzubringen?« Ich spreche es aus, weil er es nicht tut.

»Kein Mensch hat gesagt, dass jemand tot ist.«

»Aber das denken wir doch beide. Und wir wissen auch beide, dass dieser Kerl der letzte Dreck war.«

»Ziemlich hartes Urteil über jemanden, den du kaum kennst.«

»Ja«, räume ich ein.

»Ich kenne den Mann schon mein Leben lang«, sagt Duncan. »An einem Ort wie diesem sind ganz schön viele Dämonen unterwegs, die sich im Kopf festsetzen.«

Ich sehe ihn fassungslos an. »Du kannst sein Verhalten rechtfertigen, so viel du willst, Chief, aber Männer, die ihre Frauen schlagen, gibt es überall auf der Welt, das hat überhaupt nichts damit zu tun, wo genau sie leben, und es spielt im Grunde auch gar keine Rolle, warum sie es tun.«

»Aber wenn wir nicht wissen, warum sie es tun, können wir auch nicht mehr darauf hoffen, sie dabei zu unterstützen, es sein zu lassen.«

Ich verschränke die Arme. »Mir scheint, hier hat jemand dafür gesorgt, dass er es sein lässt.«

Duncan erwidert meinen Blick, sagt aber nichts.

»Du hast doch schon mehr als genug Motive, ohne mich und meine Wölfe mit reinzuziehen«, sage ich.

»Aber das ist es ja gerade. Bevor du mit deinen Wölfen aufgetaucht bist, ist hier nie jemand umgekommen.«

»Ich dachte, kein Mensch sagt, dass jemand tot ist.«

Er lässt sein seltenes, schiefes Lächeln sehen. »Mein Fehler.« Ein Augenblick verstreicht, und ich wage schon zu hoffen, dass es jetzt vorbei ist, dass er zum Schluss kommen wird, aber stattdessen sagt er: »Warst du mal verheiratet, Inti?«

»Nein.«

»Oder in einer festen Beziehung?«

Ich werde unruhig, schaffe es aber, reglos sitzen zu bleiben. »Nein.«

»Hatten deine Eltern eine missbräuchliche Beziehung?«

»Meine Eltern haben auf zwei verschiedenen Kontinenten gelebt und sich kaum gekannt.«

»Ich versuche nur herauszufinden, warum du so besorgt um eine Frau bist, die du kaum kennst.«

»Weil irgendwer schließlich besorgt sein muss.« Ich lege die zitternden Hände flach auf den Tisch. »Müssten wir das nicht alle sein? Wie viele Frauen müssen sterben, bevor wir wütend werden?« Meine Stimme versagt. »Warum sind wir nicht alle wütend? Warum sind wir nicht fuchsteufelswild, Duncan?«

Er sieht mir forschend ins Gesicht, kommt mir nicht entgegen.

Ich hole tief Luft.

»Ich habe Stuart nicht umgebracht«, sage ich ruhig. »Ich

habe keine Ahnung, was passiert ist, aber wahrscheinlich hat er sich einfach an einen sonnigen Ort davongemacht, wo er sich nicht mehr um seinen scheiternden Hof sorgen und nicht jeden Morgen auf der anderen Seite des Bettes der eigenen Schande ins Gesicht sehen muss.«

»Kann sein. Oder er liegt tot irgendwo.«

»Kann sein.«

»Nach halb drei am Sonntagmorgen kann ich nicht mehr dafür bürgen, wo du warst.«

Allmählich reicht es mir wirklich, ich will nur noch weg. Wieder hole ich tief Luft und sage ihm, was ich ihm in zärtlichen Momenten nie sagen könnte. Wie eine Waffe schleudere ich es ihm entgegen. »Ich habe Stuart nicht umgebracht, weil ich gar nicht in der Lage bin, jemanden zu verletzen.«

»Wieso nicht?«

»Ich leide unter einem Syndrom, das sich Mirror-Touch-Synästhesie nennt. Mein Gehirn gibt meinem Körper das Signal, alles, was ich sehe, auch zu spüren.«

Verwirrt runzelt er die Stirn.

»Ich schicke dir gern meine Krankenakte.« Die ist sehr dick: Es hat gedauert, bis ich überhaupt diagnostiziert war, weil Mirror-Touch-Synästhesie extrem selten ist und nur von sehr wenigen Spezialisten überhaupt verstanden wird. Aber auch mit Diagnose hat sich nicht viel geändert, es war ja nie eine Krankheit, die behandelt, nicht einmal ein Problem, das gelöst werden konnte, es war einfach nur ein anderer Daseinsmodus. Mum war die Einzige, die sich je dafür eingesetzt und mich dabei unterstützt hat, Wege zu finden, mit dieser Veranlagung zu leben. Seltsamerweise kann ich mich an die Besuche bei den Ärzten überhaupt nicht erinnern.

Duncan lässt das sacken, er sieht mich an, denkt darüber nach. Vielleicht denkt er ja an unsere gemeinsamen Nächte zurück, an seine Verletzungen im Gesicht, an meine Reaktion darauf … Er hält den Kugelschreiber in die Höhe, tippt mit dem Finger gegen den Kunststoff. »Wirklich alles?«

Ich nicke; für die komplette Vorführung bin ich nicht in Stimmung.

»Fühlst du das jetzt? Wo?«

»An den Fingern, als hätte ich den Kuli in der Hand.«

Seine Augen weiten sich ganz leicht. »Ach du Schande. Du spürst also alles, was du siehst?«

»Ja.«

»Wirklich alles, Inti?«

»Alles.«

Ein langes Schweigen folgt. Ich warte darauf, dass er es noch weiter austestet, dass er sich irgendwo berührt, um meine Reaktion darauf zu beobachten; und wenn er das tut, dann werde ich ihn hassen.

Stattdessen sagt er: »Dann ist es also nicht unmöglich.«

»Wie bitte?«

»Es wäre schwierig, aber nicht unmöglich, richtig? Jemanden zu verletzen? Ein Leben auszulöschen. Es würde dich nicht umbringen.«

Ich starre ihn an. Habe ich das alles womöglich nicht ernst genug genommen? Will er mich wirklich des Mordes an Stuart anklagen?

»Hältst du mich ernsthaft für fähig, so etwas zu tun?«, frage ich und gebe mir Mühe, nicht zu verletzt zu klingen.

»Ich weiß nur eins mit absoluter Sicherheit«, antwortet Duncan, »wir sind alle dazu fähig. Lassen wir's für heute gut sein, Inti, ich habe alles, was ich brauche. Vielen Dank fürs Kommen.«

Aggie hat dafür gesorgt, dass das Feuer prasselt. Es ist warm in dem kleinen Haus, und sie sitzt lesend mit dem Rücken zum Kamin. Ich lasse mich neben sie auf den alten Teppich sinken; er hat schon bessere Tage gesehen, vor dem Kamin sind zahlreiche Brandlöcher. In einer Ecke ist ein roter Fleck, von dem ich nur hoffe, dass es Rotwein ist. Die ganze Bude müsste mal ordentlich renoviert werden, und ich hätte auch nichts dagegen, sie selbst neu einzurichten (es ist alles so geblümt), trotzdem wächst mir unser kleines Zuhause immer mehr ans Herz. Aggie drückt mir kurz die Hand, ohne aufzusehen. Sie hat einen ihrer guten Tage, ich bin dankbar dafür und so müde, dass ich zu Boden gleite, mich flach auf den Rücken lege und zur niedrigen Decke hinaufschaue. Aus dem Kamin entweichen Rauchkringel und schlängeln sich empor. Sie verschwimmen mir ein wenig vor den Augen, während ich ihnen zusehe. Meine Hände ruhen träge auf meinem Bauch; als mir das auffällt, nehme ich sie weg. Einen Moment lang male ich mir aus, wie Duncan wohl reagiert hätte, wenn ich während des Verhörs damit herausgeplatzt wäre.

»Ein Mann ist verschwunden«, erzähle ich Aggie.

Aus dem Augenwinkel sehe ich, wie sie das Buch sinken lässt.

»Morgen werden sie im Wald nach ihm suchen. Man kann sich freiwillig melden.«

Machst du mit?, fragen ihre Hände.

Ich nicke, und etwas in mir zieht sich zusammen. Wie abscheulich, so zu tun, als wollte ich ihn finden. Irgendwie kommt mir das fast wie ein noch schlimmeres Verbrechen vor, als ihn zu vergraben.

Soll ich auch mitkommen?

Ich drehe den Kopf, um meiner Schwester ins Gesicht zu sehen. »Würdest du denn?«

Sie sagt nichts, und ich weiß, dass sie es will, dass sie so sehr bei mir sein will, wie ich alles darum gäbe, sie an meiner Seite zu haben, und doch liegen Ketten um dieses steinerne kleine Haus und halten sie drinnen gefangen, auch ihr Körper liegt in Ketten und hält sie in sich gefangen. Es ist sowieso viel zu dunkel, um ihre Miene zu sehen. Ich kann sie nicht bitten mitzukommen. Was, wenn wir ihn fänden?

»Nein«, sage ich. »Schon gut.«

Glaubst du, er ist tot?

Ich setze zum Sprechen an, aber es kommt kein Ton. Stattdessen nicke ich nur steif. Es ist, als hätten sich sämtliche Muskeln in meinem Körper zusammengekrampft; ich fühle mich, als wäre ich tausend Jahre alt.

Warum?

Ich möchte alles zugeben. Vor Alaska hätte ich das auch getan. Was ich wusste, das wusste auch Aggie. Aber jetzt gibt es eine Welt, vor der ich sie schützen will, gibt es Gewalt, die ich ihr vom Leib halten muss.

»Weil Männer wie er nicht einfach fortgehen«, sage ich. »Das wäre ja, als würde er alles aufgeben, was ihm gehört. Wenn er verschwunden ist, dann muss er tot sein.«

Etwas durchzuckt Aggie, das Schaudern einer Erinnerung. Es verschlingt sie, und ich greife nach ihr, will sie auffangen, damit sie nicht wieder verschwindet, und weiß doch, dass es zu spät ist, dass ich einen Fehler begangen habe. »Hey«, sage ich. »Alles gut.«

Kommt er?, fragt sie mich, und wie immer, wenn sie mich das fragt, hat sie auf einmal etwas Kindliches, das mich völlig fertigmacht.

Nein, antworte ich mit den Händen, denn das ist die Sprache, der sie vertraut.

Im Morgengrauen versammeln wir uns am Burns-Gestüt. Etwa sechzig Leute haben sich eingefunden, um mitzuhelfen, dazu ein ganzes Heer Polizisten aus der Gegend und mehrere Spürhunde. Und obwohl Wölfin Nummer Dreizehn immer noch im Gehege ist und wir uns alle um sie sorgen und nach dem Grund suchen, ist auch mein Team hier – Niels, Evan und Zoe sind ohne Aufforderung gekommen. Ich sehe Amelia und Holly in der Nähe stehen, und Lainey, mit ausdrucksloser Miene, ist von mehreren jungen Männern umringt, die wohl ihre Brüder von außerhalb sein müssen; auch Red McRae und Bürgermeister Oakes stehen bei ihr. Duncan und seine Leute treten vor, um uns Anweisungen zu geben: Wir sollen nie mehr als einen halben Meter

Abstand zueinander halten und immer den Untergrund vor uns absuchen, nach allem, was auch nur entfernt darauf hindeutet, dass ein Mensch hier gewesen sein könnte. Fußspuren, Kleidung, persönliche Gegenstände. Alles Ungewöhnliche ist einen Hinweis wert. Duncan erwähnt nicht, dass wir auch nach einer Leiche suchen, aber es ist uns allen klar.

Gemeinsam rücken wir in den Wald vor, diesen Wald, der eigentlich ein Ort der Stille sein soll, jetzt aber rasch vom Lärm der Rufe erfüllt ist. Unsere Füße trampeln achtlos durchs Unterholz, unsere Hände reißen niedrige Äste ab, die uns den Weg versperren. Jedes Tier im näheren Umkreis wird uns hören und die Flucht ergreifen, so gut es geht. Jeder Bau, jedes Nest am Boden wird zerstört.

Ich bete, dass die Wölfe weit weg sind.

Bei Einbruch der Dunkelheit sind wir erschöpft und durchgefroren, und wir haben keine Leiche gefunden. Stuart Burns liegt südlich von dem Gebiet, das wir abgesucht haben. Ich wüsste gern, wie lang das noch weitergehen soll, wie viel Gelände Duncan uns noch durchkämmen lassen will. Aber ich frage nicht. Irgendwie muss ich mir selbst einreden, dass ich nicht mehr weiß als die anderen Ortsansässigen; ich muss diesen Toten noch tiefer in mir vergraben, als ich ihn im Boden vergraben habe.

14

Nach Dads Verschwinden kehrten Aggie und ich nach Sydney zurück, zu einer Mutter, die sich in den zwei Jahren, die wir fort gewesen waren, kein bisschen verändert hatte, außer dass ihr dichtes dunkles Haar silbergrau geworden war. Wir blinzelten einmal, schon war das Leben wieder so, wie es immer gewesen war, aber ich fühlte mich wie ein wildes Tier, das in den Körper eines Menschen eingesperrt war. Etwas rief mich zurück. Nur im Wald war ich wirklich am Leben.

Ich studierte schnell und eifrig und hatte mit nicht einmal fünfundzwanzig zwei naturwissenschaftliche Abschlüsse in der Tasche. Aggie entschied sich, die Jugend nachzuholen, die sie versäumt hatte. Während ich mein Studium abschloss, schleppte sie halb Sydney ab, zumindest den männlichen Teil. Ich gab niemals zu, dass ich mir ihr Leben statt meinem wünschte, dass ich diejenige sein wollte, die ganz für das Körperliche lebte, fürs Berühren, Schmecken, Begehren. Das musste ich auch gar nicht; sie wusste es ja längst.

An einem heißen Abend, kurz nachdem ich meine Doktorarbeit begonnen hatte, besuchte ich Mum in unserem alten Haus. Aggie und ich waren längst ausgezogen, bewohnten gemeinsam ein kleines Reihenhaus ganz in der Nähe meiner Uni. Trotzdem schaute ich so oft wie möglich bei Mum vorbei, weil sie ihre Abende immer allein mit den Fotos von Verbrechern und ihren Opfern verbrachte, und beide schienen mir trostlose Gesellschaft.

An diesem Abend saß sie vor zwei Ventilatoren, die nichts weiter leisteten, als die heiße Luft umzuwälzen. Sie trank Rotwein, lutschte zwischen den Schlucken Eiswürfel und hatte einen ihrer aktuellen Fälle vor sich auf dem Boden ausgebreitet. Ich schenkte mir ein Glas Wein ein, setzte mich neben sie und sprühte mir Arme und Beine mit Insektenspray ein, weil sie immer noch kein Fliegengitter gegen die Mücken hatte.

»Worum geht's denn diesmal?«, fragte ich sie.

Sie warf mir einen Blick zu, merkte vielleicht erst jetzt richtig, dass ich da war. »Vermisstenanzeige.« Sie drehte ein Foto so, dass ich das Gesicht eines jungen Mädchens sah.

»Vielleicht eine Ausreißerin?«, mutmaßte ich und betrachtete das lächelnde jugendliche Gesicht.

»Die ist nicht ausgerissen.«

»Was denn dann?«, fragte ich, weil ich es einerseits wissen wollte, andererseits aber nicht. So war das immer bei mir. Es war eine Art Tanz, den meine Mutter und ich gemeinsam aufführten, vielleicht auch ein Wettstreit, den ich immer gewinnen wollte und doch nie gewann.

»Sie wurde umgebracht«, sagte Mum.

»Woher weißt du das?«

»Weil es immer so ist, wenn jemand verschwindet. Das weiß man bei der Polizei.«

»Aber vielleicht doch nicht«, sagte ich leise. Vielleicht war sie ja zu einem Abenteuer aufgebrochen.

»Die Welt, in der du lebst, würde ich auch gern mal sehen, mein Mädchen«, sagte Mum. »Sie klingt viel freundlicher als diese hier.« Dann fragte sie: »Wie geht's den Wölfen?«

»Die sind weit, weit weg.«

»Was hält dich dann noch hier?«

»Mit Doktortitel habe ich bessere Jobaussichten.«

»Du schiebst es doch nur auf, weil du nicht von Aggie wegwillst.«

»Was redest du denn da?« Von Aggie wegzugehen kam nicht mal annähernd in Frage. War es wirklich möglich, dass Mum das immer noch nicht begriffen hatte?

Sie zuckte die Achseln, strich sich mit einem Eiswürfel über die Stirn. »Irgendwann wird eine von euch zweien die andere verlassen müssen.«

»Und warum?«

»Weil sie nicht in den Wald gehört, du aber schon«, entgegnete Mum schlicht.

Unvermittelt kamen mir die Tränen. »Aber ich will das nicht ohne sie.«

Mum sah mir ins Gesicht. Ihres verschwamm. »Reiß dich am Riemen.«

Ein paar Wochen später saß ich auf dem Campus der Sydney University im Gras und genoss die Abendsonne. Mir fielen gerade ein wenig die Augen zu, da schob sich ein Schatten über die Seiten meines Buches. Ich sah zu dem Umriss auf.

»Hallo«, sagte er.

»Hallo«, entgegnete ich.

Der Mann trat ein Stück zur Seite, und ich konnte ihn jetzt besser erkennen, eine fremde Gestalt, fremde Züge. Groß, quadratisches Kinn, klare Züge, glatt rasiert. Sein Aftershave waberte frisch zu mir herunter und rief etwas Vertrautes in mir wach. »Kommst du gerade aus der Uni oder musst du noch hin?«, fragte er.

»Ich bin gerade fertig.«

»Wie wär's dann, wenn ich dich auf einen Drink einlade, und du erzählst mir, wie es war?«

Eigenartig.

Ich warf einen Blick auf die Uhr. Aggie würde erst in ein paar Stunden mit ihren Sprachschülern fertig sein. Es war nicht meine Art, mich mit Fremden anzufreunden, wenn meine Schwester nicht dabei war, aber normalerweise kam auch niemand einfach auf mich zu und machte es mir so leicht.

»Warum nicht?«, sagte ich und packte meine Bücher in den Rucksack. Er hielt mir die Hand hin, um mir aufzuhelfen, ich ergriff sie und spürte, wie verschwitzt sie war.

Vor der Campus-Kneipe setzten wir uns in die Sonne, zwischen die Grüppchen Studierender. Ich liebte diese langen Sommerabende, an denen es erst spät dunkel wurde.

»Was für ein Seminar hattest du denn heute?«, fragte der Mann. Er musste wohl etwas älter sein als ich, aber nicht viel. Ich überlegte, ob er Student oder Dozent war.

»Ich hatte nur ein Treffen mit meinem Betreuer.«

»Und der betreut …?«

»Meine Doktorarbeit.«

»Sieh mal einer an. Du überraschst mich jetzt schon.«

Ich runzelte die Stirn, wusste nicht recht, ob ich gekränkt sein sollte.

»Und was ist das Thema?«

»Wölfe.«

Er lachte. »Na klar doch. Typisch akademischer Bullshit, das in einem Land zu studieren, wo echte Wölfe so weit entfernt sind, wie's nur geht, damit man sich auch nur ja nicht vom Rechner wegbewegen muss.«

Ich starrte ihn an.

»Dann erzähl mir doch mal, was du aus deinen Büchern über Wölfe lernst«, sagte er.

Ich schaute weg, über die Wiesen hin zum See, wo die Enten schwammen. Am Ufer watschelten fröhlich trötende Gänse entlang. Ein Windstoß hob mir das Haar von der Stirn. Ich hätte ihn nach seinem Namen fragen können, aber irgendwie ahnte ich, dass das mit zum Spiel gehörte. Ich würde ihn nicht fragen, solange er es nicht tat.

»Komm schon, Kleine«, sagte er. »Ich geb ja zu, es interessiert mich.«

Als ich wieder zu ihm hinsah, hatte er sich näher zu mir gebeugt. Ein großer Mann, gebaut wie ein Football-Spieler, und in diesem Licht sah er aus wie der Hauptdarsteller aus einem alten Film, so scharfkantig, so *glatt*. Mir kam der Gedanke, dass er ausgesprochen attraktiv war, und plötzlich war er mir nicht mehr nur instinktiv unsympathisch, plötzlich begehrte ich ihn auch, und zu meinem großen Entsetzen wollte ich ihn beeindrucken.

»Mein Forschungsgebiet sind die kognitiven Karten, die

Wölfe von ihrem Revier erstellen. Sie geben diese geographisch-zeitlichen Orientierungsmuster von Generation zu Generation weiter und kennen ihr Territorium so genau, dass sie nirgends ohne konkrete Absicht hingehen. Wölfe streifen nie planlos herum. Sie bewegen sich zielgerichtet, und ihren Welpen bringen sie bei, es genauso zu machen. Sie teilen einander diese inneren Abbilder mit.«

»Und wie machen sie das?«

»Durch Heulen. Sie malen Bilder mit ihrer Stimme.«

Jetzt sah er mich richtig an, und es kam mir vor, als hätte mich noch nie jemand auf diese Weise betrachtet, mit so viel Lust.

»Okay, das ist schon ziemlich cool«, kommentierte er. »Und warum ausgerechnet das?«

Ich zuckte die Achseln. »Es interessiert mich eben, dass manche Lebewesen ihre Erinnerungen weitergeben können und dass manche Erinnerungen so tief sitzen, dass sie im Körper weiterleben anstatt nur im Kopf.«

»Im Körper lebt gar nichts, das gaukelt dir nur dein Gehirn vor.« Er fuhr mit einem Finger an meiner Hand entlang, in der ich meinen Gin Tonic hielt. Ich zuckte zusammen. »Das hat jetzt dein Gehirn gespürt, nicht deine Hand.«

»Und wenn auf das Gehirn kein Verlass ist?« Manchmal machten die Funktionsweisen meiner Synapsen mir das Leben ganz schön schwer. Oder auch besonders wundersam. Das würde ich ihm aber nie verraten: Dieses Risiko ging ich schon lange nicht mehr ein. Männer verstanden das gemeinhin als Einladung, mich zu berühren. »Und was studierst du?«, fragte ich, um das Thema zu wechseln.

»Neurochirurgie.«

»Du bist Gehirnchirurg? Ach du Schande.«

»Schuldig im Sinne der Anklage. Beziehungsweise auf dem besten Weg dorthin.«

»Jetzt komme ich mir richtig blöd vor, dass ich dir hier Vorträge über das Gehirn halte.«

»Ach was. Ich bin doch nur ein Metzger. Komm, wir gehen ein Stück spazieren.«

Ich stutzte. »Und unsere Drinks?«

»Ich bin gar nicht mehr durstig.«

Er ging voran durch den Park, hinaus in die Straßen der Stadt. Ich schickte Aggie eine kurze Nachricht, dass wir uns später zu Hause sehen würden, und wurde ganz aufgeregt bei dem Gedanken, wie gut sie dieses unverhoffte Rendezvous finden würde. Fast hätte ich ihr geschrieben, sie solle auch dazukommen, weil es mir so unnatürlich erschien, etwas so Spannendes ohne sie zu erleben, aber dann rief ich mir in Erinnerung, dass es doch ein *paar* Dinge gab, die ich allein tun musste. Ungefragt kamen mir Mums Worte in den Sinn: *Irgendwann wird eine von euch zweien die andere verlassen müssen.*

Es wurde ein langer Spaziergang, und der Fremde war die meiste Zeit ein angenehmer Gesprächspartner, nur hin und wieder gab es Momente, da wechselte er so abrupt das Thema, dass mir ganz schwindelig davon wurde. Dann zeigte sich eine Spur von etwas in seinen Augen, vielleicht ein Aufblitzen von Langeweile? Und er katapultierte uns irgendwo anders hin, wo ich mich erst wieder zurechtfinden musste.

Schließlich änderte er auch die Wegrichtung, genauso unvermittelt, wie er das Thema wechselte, und wir standen vor einem Wohnblock. Er ging hinein, ohne mich auch nur zu fragen, und wartete darauf, dass ich ihm folgte.

Ich zögerte. Sagte mir, dass das zu viel war, viel zu anmaßend und dazu auch noch gefährlich, aber wenn ich ehrlich bin, dauerte das nur den Bruchteil einer Sekunde. Der Adrenalinschub fühlte sich an wie Angst, aber es war auch Verlangen nach etwas, egal was, und dann war da natürlich noch meine Neugier, die alles andere aushebelte. Mein Körper, der nach anderen Dingen suchte, andere Dinge wusste als ich. Und so folgte ich ihm hinein, ließ mich zusammen mit ihm vom Aufzug ins oberste Stockwerk tragen, und dann folgte ich ihm in seine Wohnung. Um etwas für mich allein zu haben. Etwas zu spüren, bei dem ich nicht nur zusah.

Am Morgen fuhr er mich nach Hause. Seinen Namen wusste ich immer noch nicht. Und er wusste meinen nicht. Ich war erfüllt von den Erinnerungen an die berauschenden Berührungen dieser Nacht, den Seidenbändern um meine Handgelenke, die mich ans Bett fesselten, seinem Mund auf meinem Körper, dem Erregungssturm, den das auslöste, dem Gefühl, ein anderes Leben zu bewohnen.

Als er vor unserem Haus hielt, traf mich mit einem Mal die Erkenntnis, dass ich ihm gar nicht gesagt hatte, wo ich wohnte.

Es wurde kalt in mir.

Aber ein winziger, stiller Teil, meine dunkelste Stelle,

hatte es doch bereits geahnt, oder nicht? Hatte ich es nicht vom ersten Augenblick an gewusst?

Er wirkte entspannt, etwas ungeduldig. Er musste zur Arbeit. Und so küsste er mich nicht mit der leise schwelenden Leidenschaft, in der noch die vergangene Nacht nachklang, sondern mit einer ganz anderen Art Vertrautheit, die davon sprach, dass er das nicht zum ersten Mal tat.

»Ciao, Kleine«, sagte er. »Tu mir den Gefallen und denk heute an mich, ja? Denk an mich, wenn du unter der Dusche stehst.«

Benommen stieg ich aus und ging ins Haus.

Aus der Küche rief mich Aggie. »Her mit dir. Sofort. Erzähl!«

Ich setzte mich auf die Küchenbank. Aggie schenkte Kaffee aus dem Kännchen auf dem Herd ein. »Du schaust so seltsam«, sagte sie.

»Ehrlich gesagt weiß ich gar nicht, was ich sagen soll«, gestand ich. »Das war … unerwartet.«

Vielleicht hatte ich ihm ja doch unsere Adresse gesagt. Das musste ich getan haben. Ich hatte es mir nur einfach nicht gemerkt. Während sich der Gedanke festsetzte, ließ ich mich wieder in das Erregende daran sinken. »Ich weiß nicht mal, wie er heißt.«

»Ist nicht wahr!« Aggie warf den Kopf in den Nacken und heulte wie ein Wolf.

»Pscht!«, machte ich lachend.

Da ging ohne Vorwarnung die Tür unseres Reihenhäuschens auf, und jemand kam herein. Ich erschrak, aber dann sah ich, dass er es war, der Mann, mein erstauntes Lächeln füllte mich ganz aus, und dann geschah alles gleichzeitig, er sagte: »Du hast dein Telefon im Auto liegen lassen, Kleine«, und ich sagte: »Oh!«, und Aggie sagte: »Hey, Hübscher!«, und aus irgendeinem Grund gingen wir beide auf ihn zu, dann blieb er stehen, und wir blieben stehen, und wir starrten uns alle drei nur an, während uns das Entsetzliche aufging.

»Scheiße«, sagte er. Er warf mir einen raschen Blick zu, der mich um etwas anflehte, vielleicht ja um Erbarmen. Dann wanderte sein Blick zurück zu Aggie, und dort blieb er. »Das war mir nicht klar«, sagte er sehr deutlich. »Ich hab das nicht gewusst, Aggie. Ich dachte, du bist es.«

Aggie sah mich an und ich sie.

»Das stimmt«, sagte ich. »Er hat wirklich gedacht, du bist es. Er hat mich nicht mal nach meinem Namen gefragt.«

Gequält warteten wir auf ihre Reaktion.

Und sie brach mir das Herz mit ihrer Großzügigkeit, als sie sagte: »Sollen wir lachen? Oder ihn lieber umbringen?«

Er hieß Gus Holloway und war Aggies neuer Freund, den ich noch nicht kennengelernt hatte, weil er so irrsinnig viel arbeitete. Er war dreißig, spielte dienstagabends immer Rugby und absolvierte seine Facharztausbildung am Royal Prince Alfred Hospital. Morgens nahm er sechs Stück Zucker in den Kaffee und trank mit großer Inbrunst Fireballs, und Aggie hatte er kennengelernt, weil sie seinem Neffen Japanischstunden gab. Regeln missachtete er grundsätzlich. Er war die Selbstsicherheit in Person. Sie kam schon, wenn er sie bloß ansah. Er besaß sieben Garnituren französischer Leinenbettwäsche, die er täglich wechselte.

Das hatte ich alles schon gewusst, bevor ich Gus begegnet war.

Was ich nach dieser einen Nacht wusste, durfte ich eigentlich gar nicht wissen.

Und was ich nicht wusste. Das, was ich noch nicht über ihn wusste, gehörte in die tiefsten, hässlichsten Winkel seiner Seele, einen Ort, in den unsere Mutter geblickt hatte und vor dem sie seit jeher versuchte, uns zu warnen. Aber ich hörte nicht auf sie, das hatte ich nie getan.

Es war schon spät, als er schließlich ging. Ich vergrub mich in meinem Zimmer und wusste nicht, wie ich ihm je wieder unter die Augen treten sollte. Die beiden redeten draußen, stundenlang, und dann taten sie, was sie anscheinend die ganze Zeit taten, und das hieß wohl, dass sie sich wieder versöhnt hatten. Wie kümmerlich und wertlos ich letzte Nacht gewesen sein musste, verglichen mit dem leidenschaftlichen Geschöpf, das er sonst kannte. Wie konnte er das nicht bemerkt haben?

Aggie kam in mein Zimmer und schlüpfte zu mir ins Bett.

»Er sagt, er hat geglaubt, wir spielen unser Spiel«, erklärte sie mir. »Wo wir verschiedene Rollen annehmen.« Kopfschüttelnd fuhr sie fort: »Das machen wir tatsächlich manchmal. Angefangen hat es als Unterstützung für mich, beim Proben.« Für die Laientheatergruppe, in der sie Mitglied geworden war. Das Stück, in dem sie nur besetzt worden war, weil sie Deutsch sprach.

Ich nickte, wusste aber nicht, was ich sagen sollte.

Vielleicht hatte er es wirklich nicht gewusst. Und ich auch

nicht. Ich hatte es nicht gewusst, zumindest nicht richtig. Nicht bewusst.

Mir fiel wieder ein, was er für ein Gesicht gemacht hatte, als er uns am Morgen nebeneinander sah. In seinem Blick hatte kein Erstaunen gelegen, nur Schuldbewusstsein.

»Es tut mir leid«, sagte ich. »Aggie. Ich hab's vermasselt.«

»Wir können ihn doch teilen.«

»Wie bitte?«

»Ich kann mir nicht vorstellen, dass er da nein sagt.« Sie nahm meine Hand, drückte sie; in ihrer ganzen Art lag etwas Fiebriges, und sie meinte das wirklich nicht als Scherz, in ihrem Kopf hatte sich etwas verschoben. »Ich mache doch nichts ohne dich. So sind wir nicht. Wir teilen.«

Ich schob ihr eine Haarsträhne hinters Ohr. »O Mann. Du bist garantiert die großherzigste, durchgeknallteste Person auf Erden.«

Sie lachte an meiner Schulter, und ich wusste nicht, ob sie nicht vielleicht weinte.

»Ich kann nicht mit jemandem zusammen sein, wenn ich weiß, dass du ihn auch magst«, sagte sie. »Das geht nicht. Ich mache Schluss.«

»Ich mag ihn gar nicht«, sagte ich. »Wenn ich rede, langweilt er sich.«

Sie lachte unter Tränen. »Ja, das kommt vor. Manchmal kann er ein ziemliches Arschloch sein.«

15

In manchen Nächten heult sie immer noch. Nummer Sechs, die Evan »Ash« nennen wollte. Sie heult, weil sie nach ihrem Gefährten ruft, aber jetzt auch, um ihre Kraft zu demonstrieren, ihr Revier zu markieren, ihren Anspruch darauf zu erklären und Feinde abzuwehren. Im Dunkeln bringt sie ihren Kleinen, die mit jedem Tag kräftiger werden, trotzig das Heulen bei. Bald wird sie ihnen auch das Jagen beibringen. Sie müssen es früh erlernen, sie haben ja kein Rudel, das für sie tötet.

Wegen der Suche nach Stuart ist eine Versammlung in der Aula einberufen worden. Diesmal sitzt niemand auf der Bühne. Duncan steht an seinem Platz neben der Tür und behält die Menge im Blick. Die Versammlung findet nicht unter Leitung der Polizei statt; Laineys Brüder haben sie einberufen, sie sitzen alle ganz vorn in der ersten Reihe. Einer von ihnen, mindestens zehn Jahre jünger als Lainey, tritt ans Mikrophon. »Danke, dass Sie alle gekommen sind«, sagt er. Er dürfte nicht einmal zwanzig sein, spricht aber mit dröhnender Selbstsicherheit. »Mein Schwager wird inzwischen seit zwei Wochen vermisst. Die Polizei sieht keinen Anlass zu der Annahme, dass er abgehauen ist – das schließt man aus Dingen wie Telefonaten oder Abbuchungen vom Bankkonto, und da hat es nichts gegeben, außerdem haben sie sein Mobiltelefon sichergestellt, das noch zu Hause lag, es sieht also immer mehr danach aus, dass ihm etwas zugestoßen ist. Ob es nun ein Unfall war oder nicht, irgendjemand weiß etwas darüber, und das wollen wir herausfinden. Wir bieten eine Belohnung in bar für jeden Hinweis, der die Polizei auf eine Spur bringt, wo Stuart stecken könnte.«

Im Publikum erhebt sich jemand. Eine Frau. »Da wird sich keiner melden, Jungchen. Es sei denn, die Wölfe lernen, sich zu ihren Sünden zu bekennen.«

Ach du Scheiße.

Neben mir sitzt Evan. Er packt meine Hand und drückt sie fest, nicht um mich zu beruhigen, sondern vielmehr sich selbst. Wir hatten so sehr gehofft, dieser Tag würde niemals kommen.

»Wir wissen doch alle, was passiert ist«, fährt die Frau fort. »Wir müssen den armen Mann begraben, aber wir tun es in dem Wissen, dass seine Leiche für immer verloren ist.«

»Von wegen verloren«, ruft jemand anders.

»Mit so was haben wir doch die ganze Zeit gerechnet«, sagt eine andere Stimme.

Ich stehe auf und marschiere zu dem Mikrophon auf der Bühne. »Erlauben Sie«, sage ich zu dem Jungen, und er scheint erst protestieren zu wollen, zuckt dann aber die Achseln und tritt beiseite. »Bevor das hier alles aus dem Ruder läuft«, sage ich laut und deutlich, »möchte ich Ihnen gern erläutern, dass wir wüssten, wenn ein Wolf einen Menschen getötet hätte. Wir hätten Überreste gefunden. Wölfe lassen den Magen ihrer Beute zurück. Sie zermalmen ihre

Knochen, aber nur, um an das Mark darin zu kommen; es bleiben also Splitter übrig. Ich kann Ihnen versichern, dass wir etwas gefunden hätten. Zumindest Blut, und zwar in großen Mengen.«

Die Stille lastet schwer, und mir wird klar, dass ich die Leute nur noch mehr verstört habe.

Die Versammlung endet, aber in den Gesichtern sehe ich das, was ich befürchtet habe. Sie glauben mir nicht. Was ich zu sagen habe, interessiert sie nicht. Es braut sich etwas zusammen, fast wie ein Unwetter. Ich werde versuchen, es hinauszuzögern, aber früher oder später wird ihre Angst sich Bahn brechen. Wenn sich sonst niemand Schuldiges findet, werden sie bewaffnet in den Wald ziehen.

Draußen will ich mit Lainey reden, aber sie wird bereits von ihren Brüdern ins Auto verfrachtet. Es sind fünf, und einer der älteren, nicht der Junge, der auf der Bühne gesprochen hat, tritt mir in den Weg. »Nicht jetzt«, sagt er. »Sie ist erschöpft.«

»Ich möchte nur wissen, ob es ihr halbwegs gutgeht. Ich heiße Inti, wir sind befreundet.« Das Wort geht mir leicht über die Lippen, aber stimmt es auch?

»Wir wissen, wer Sie sind. Aber sie kann jetzt wirklich nicht noch mehr Bilder von Wölfen brauchen, die Knochen zermalmen, klar?«

Das gibt mir einen Dämpfer. Lainey blickt eisern geradeaus und will ganz offensichtlich nicht mit mir reden. Als ich hier ankam, wollte ich keine Freundschaften schließen, jetzt wünsche ich mir, ich könnte für sie da sein, aber so funktioniert das nun mal nicht. Ich bin zum Konfliktherd in ihrem Leben geworden. Ich habe alles nur noch schlimmer gemacht. »Es tut mir leid«, sage ich zu ihrem Bruder. »Ich wollte diese Bilder nicht heraufbeschwören. Aber Sie wissen doch, dass es so nicht gewesen sein kann, oder? Sonst würden Sie keine Belohnung aussetzen.«

»Wir wollen uns nur nach allen Seiten absichern«, erwidert er brüsk. »Keiner von uns rechnet damit, das Geld zu zahlen.«

Die Wolfswelpen sind jetzt etwa zwei Monate alt und haben ihre Höhle verlassen, mager und struppig, mit Pfoten und Ohren, die viel zu groß für den Rest des Körpers sind. Sie balgen sich und spielen pausenlos, purzeln übereinander und kläffen aufgeregt. Sie haben sich einen Versammlungsort – wo sie sich sonst mit dem Rest ihres Rudels treffen würden, wenn sie eins hätten – ganz in der Nähe ihrer Höhle gesucht, und zu meinem Glück ist es eine gut einsehbare Grasfläche mit nur wenigen Bäumen ringsum. Ich schaue fast täglich vorbei, bleibe auf Abstand, um sie beobachten zu können, ohne sie zu stören. Sie wissen, dass ich da bin. Sie riechen mich auf fast drei Kilometer Entfernung. Je häufiger ich komme, desto mehr werden sie sich an mich gewöhnen; genau davor sollte ich mich hüten, und trotzdem komme ich immer wieder, gebannt und zugleich mit jedem Tag mehr in Sorge, ein Jäger könnte zwischen den Bäumen hervortreten und sie alle niederschießen.

Ganz gegen meine selbst aufgestellten Regeln habe ich mir angewöhnt, an Nummer Sechs als »Ash« zu denken. Sie wacht über ihre Welpen, bis sie sie allein lassen muss, um zu jagen. Normalerweise wären jetzt andere Wölfe da, um auf sie aufzupassen; so bleibe meistens ich während dieser Zeiten da, zusammengekauert in meinem Schlafsack, auch wenn mir überhaupt nicht klar ist, was ich ausrichten sollte, wenn Jäger kämen. Wahrscheinlich würde ich mich dazwischenwerfen – was sie inzwischen aber vielleicht auch nicht mehr zuverlässig abhalten würde.

Jäger in Menschengestalt sind nicht die einzige Gefahr, der die schutzlosen Welpen ausgesetzt sind. Nicht weit von hier hält sich das mit fünf ausgewachsenen Wölfen sehr starke Tanar-Rudel auf. Sie schwärmen bereits aus, erweitern ihr Territorium. Sollte ihnen danach sein, auch diese Gegend in Besitz zu nehmen, werden sie alles daransetzen, die Welpen zu töten, bevor sie zu Wölfen heranwachsen, die ihrerseits eine Bedrohung darstellen. Aber es kommen keine anderen Wölfe, und die Welpen vertreiben sich die Zeit mit Spielen und Schlafen, manchmal üben sie auch Pirschen und stürzen sich hinterrücks auf ihre Geschwister.

Ein paarmal habe ich Ash zurückkehren sehen, den Bauch kugelrund, weil sie so viel gefressen hat, wie sie nur kann, schließlich warten sechs hungrige Mäuler auf sie. Sofort ist sie von ihren Welpen umringt, die ihr die Schnauze lecken, um ihr zu zeigen, wie ausgehungert sie sind. Sie würgt das Fleisch wieder hoch, und sie verputzen es, kämpfen miteinander um die größten Brocken. Wenn sie ihr dann weiter die Schnauze lecken, knurrt sie mitunter, um ihre Gier im Keim zu ersticken, und in diesem Aufblitzen von Autorität lässt sie keinen Zweifel daran, dass sie die Mutter dieses Rudels ist, die Anführerin. Die Welpen geben sofort Ruhe.

Wenn dieses junge Rudel überleben will, muss Ash neue Mitglieder rekrutieren – andere Wölfe, die mit ihr jagen, ihr bei der Aufzucht der Welpen helfen und sie im Kampf gegen rivalisierende Rudel unterstützen.

Ich komme einfach nicht von ihnen weg. Allmählich wird das zum Problem.

Zu Hause hat Aggie Gemüselasagne gemacht, gezwungenermaßen hauptsächlich mit Pilzen, nachdem ich ihr erklärt habe, dass ich mich nicht imstande sehe, im ländlichen Schottland Auberginen aufzutreiben.

»Du musst ja den ganzen Tag gekocht haben!«, sage ich, als sie die Folie entfernt und mir ein himmlischer Duft entgegenweht. Sie war noch immer nicht draußen, um sich mit Gall bekannt zu machen. Das ist wohl der deutlichste Indikator von allen für ihre geistige Verfassung, denn sie liebt Pferde genauso sehr, wie Dad es getan hat.

Hat Dreizehn endlich das Gehege verlassen?, fragen Aggies Hände.

»Sie geht immer mal wieder nach draußen, um sich Nahrung zu beschaffen. Aber nein, eigentlich nicht, und neuerdings schnüffelt Zwölf, der Jungwolf aus dem Glenshee-Rudel, immer da herum.«

Ist er eine Gefahr für sie?

Ich zögere, dann nicke ich. Es bringt ja nichts, sie zu belügen.

Du musst das Gehege schließen.

»Und sie wieder einsperren? Auf keinen Fall, das kann ich nicht machen.«

Ich sehe meiner Schwester dabei zu, wie sie die Lasagne schneidet und auf Teller legt. Sie ist sauer auf mich. Ich versuche, es ihr zu erklären. »Wenn sie nicht auf sich selbst aufpassen kann, wird sie nicht überleben. Falls er ihr Angst macht, kann sie entweder fliehen oder kämpfen. Aber immer im Gehege eingesperrt, das ist doch kein Leben. Da lassen wir ihr besser die Freiheit zu sterben.«

Aggie sieht mich an. *Es hat doch einen Grund, dass sie bleibt.*

Kopfschüttelnd fange ich an zu essen. Mit vollem Mund brumme ich: »Angst. Es ist nur Angst, und das ist eine Schwäche.«

Ich sehe nicht zu ihr hin, obwohl sie mir etwas sagen will, und sie gibt mir einen Schubs, damit ich auf ihre Hände schaue. *Du bist total verkrampft.*

»Was?«, fauche ich und glaube, ich hätte die Zeichen falsch gelesen, aber ihre Hände formen noch einmal dieselben Wörter. »Was soll ich denn jetzt darauf sagen?«

Lass los.

»Das sagt die Richtige.« Ich schaufele mir die restliche Lasagne in den Mund, obwohl ich gar nichts mehr schmecke. »Ich muss nachher noch mal weg.«

Zu deinem Freund?, fragen ihre Hände.

»Ich habe keinen Freund.«

Sie zieht die Augenbrauen hoch.

»Ich war bei den Wölfen.«

Sie mustert mich skeptisch. Dann: *Es ist eine Blaubeere.*

»Hä?«

Aggie legt den Kopf schief. *Dein Baby ist jetzt so groß wie eine Blaubeere.*

Hitze schießt mir in die Wangen. Alle Gereiztheit, die ich empfunden habe, verfliegt, und ich fasse ihre Hand, denn natürlich weiß sie es. »Das spielt keine Rolle. Heute Abend sage ich es ihm. Dass ich es nicht behalten werde.«

Du musst niemandem irgendwas sagen.

Es stimmt, sie hat recht. Eigentlich ist es unnötig, Duncan damit zu belasten – ich weiß, dass er mit meiner Entscheidung einverstanden sein wird, denn er wollte nie Kinder und hat mir das auch ganz klar gesagt. Außerdem ist es nicht seine Entscheidung. Und doch spüre ich, wie es mich durch den Wald zu seinem Häuschen zieht, und ich weiß, ich muss es ihm sagen; ich bin nur nicht bereit, näher zu ergründen, *warum* ich es ihm sagen muss.

Von wem ist es?, will Aggie wissen.

»Von niemandem. Es war ein Fehler.«

Hat er dir weh getan?, fragt sie, aber weh tut mir nur die Frage, weil sie inzwischen nichts anderes mehr erwartet, und wer könnte ihr das auch verdenken?

»Nein.«

Aggie betrachtet mich nachdenklich. *Aber du darfst das nicht für mich tun. Nicht meinetwegen.*

»Ich tue es für mich«, sage ich. »Denk dran, wir sind immer nur du und ich.«

Aggie umarmt mich heftig.

»Du und ich«, wiederhole ich. Ein Mantra, mit dem ich sie am Zerbrechen hindere. Und mich auch.

Eine kleine Wölbung ist immer noch zu sehen, aber wenn man nicht weiß, dass sie von Menschenhand stammt, fällt sie nicht weiter auf. Ich bleibe davor stehen, überlege, was für Geheimnisse der Tote darunter verwahrt. Durchlebe noch einmal den Moment, als ich ihn fand, sein klaffendes Fleisch, die leeren Augen. Ich stelle mir vor, mich hinzuhocken und meine Hände an seine Organe zu drücken, sie dorthin zurückzuschieben, wo sie hingehören, seinen Körper wieder zu versiegeln, ich stelle mir vor, seine Haut neu zu verschweißen, bis er die Augen aufschlägt. Ich würde alles darum geben, diesen Morgen im Nebel nur geträumt zu haben. Ich habe mir ausgemalt, er würde sterben, aber sein tatsächlicher Tod hat nur noch mehr Ärger verursacht.

Ich gehe in die Hocke und denke zurück, obwohl es Übelkeit in mir auslöst. Ich versuche, die Erinnerung an seinen Körper heraufzubeschwören, versuche zu erkennen, was ich vielleicht übersehen habe, eine Wunde, die nicht wie die anderen ist, irgendetwas, das mir einen Hinweis geben könnte, einen Schubs in die richtige Richtung, egal was. Wenn ich durch irgendein Wunder herausfände, wer ihn getötet hat, könnte ich die Wölfe von jeder Schuld freisprechen. Sie wären in Sicherheit. Im Gegensatz zu mir, aber das ist ein anderes Problem.

Aber falls Stuart eine solche Wunde hatte, habe ich sie sowieso nicht gesehen. Ich habe nur Blut gesehen und manches, das ich nie von innen hätte sehen dürfen.

Ich gehe weiter durch den dunklen Wald. Über den Weg, den ich an jenem Morgen genommen habe und so viele Male vorher. Aus Duncans kleinem Haus dringen sanfte Laute. Ich höre es, noch ehe ich den rosigen Lichtschein sehe. Auf eine größere Gesellschaft bin ich nicht eingestellt, aber ich wappne mich und klopfe trotzdem. »Ich geh schon«, höre ich eine Frau rufen, und mein Magen sackt weg, ich will schon auf dem Absatz kehrtmachen und die Flucht ergreifen, da geht die Tür auf, und Amelia steht vor mir.

»Du schaust aber erleichtert«, sagt sie lachend.

»Ich … ja«, stammele ich. »Hallo.«

»Hallo.« Sie küsst mich auf die Wange und zieht mich ins Haus. »Ich wusste gar nicht, dass du auch kommst. Was für eine schöne Überraschung.«

»Ich wollte nur kurz mit Duncan reden, aber ich kann auch ein andermal wiederkommen.«

»Sei nicht albern.«

Ich hatte gar nicht mehr an Duncans Essenseinladungen gedacht. Das kleine Wohnzimmer ist voll besetzt. Holly ist da, außerdem Fergus Monroe, unser Pilot, was mich überrascht, weil ich nicht wusste, dass er mit Duncan befreundet ist, und Bonnie, die Polizistin. Sie haben sich alle nebeneinandergezwängt und sind, wie es aussieht, mit Holzarbeiten beschäftigt, auf einem großen Stück Baumwollstoff, das zum Schutz über den Boden gebreitet liegt. Duncan steht in der Küche und kocht, und als er aufblickt und mich sieht, legt er die Stirn in Falten.

Wer werde ich heute wohl sein – die Verdächtige in einem Vermisstenfall oder die Frau, die kürzlich mit ihm Schluss gemacht hat? So oder so hat er vermutlich nicht allzu viel Grund, sich über mein Auftauchen zu freuen. Er schenkt mir ein Glas Wein ein, und als er es mir reicht, berühren sich unsere Finger – mit Absicht, wie mir scheint. Dann spielt er also ein Spiel, bei dem er beide Frauen miteinander vereint und das ihm einiges an Ärger einbringen kann. Ob ich wohl den Mumm habe, das gleiche Spiel mit ihm zu spielen? Ja, doch, ich glaube, den habe ich.

»Was macht ihr denn da?«, frage ich das Grüppchen.

Alle kichern, bis auf Duncan, der sich abwendet, um sein Grinsen zu verbergen. »Duncan bildet sich ein, dass seine wahre Berufung die Schreinerei ist, aber leider hat er wirklich und wahrhaftig absolut null Talent dafür«, erklärt Amelia. »Deshalb treffen wir uns hin und wieder und helfen ihm, den Krempel zu reparieren, den er da zusammenzimmert, und als Gegenleistung bekocht er uns, wozu er wiederum durchaus Talent hat.«

Damit ist zumindest klar, warum sein Haus voller schlecht gearbeiteter Möbelstücke steht.

»Wie sieht's bei dir mit Schleifen aus?«, fragt mich Bonnie.

Ich lasse mich neben ihr auf dem Boden nieder. Sie ist gerade dabei, das eine Bein eines kleinen, windschiefen Beistelltischchens abzuschleifen. »Meine Spezialität«, sage ich.

Sie grinst. »Na, dann mal los.«

Beim Arbeiten höre ich dem Geplauder der anderen zu. Ihre Stimmen schwappen über mich hinweg, während ich mich auf meine Aufgabe konzentriere. Ich will mich nicht zu sehr davon überwältigen lassen zu spüren, was genau sie da tun. Heute Abend bin ich müde, und meine eigenen Empfindungen reichen völlig aus.

Duncan ist mit dem Kochen fertig und bringt jedem eine Portion Shepherd's Pie. »Nein danke«, sage ich.

»Hast du schon gegessen?«

»Ich esse kein Fleisch, das ich nicht selbst erlegt habe.«

Er prustet los. »Du bist wirklich unfassbar, Inti Flynn.«

Ich kann nicht anders, ich lache mit. Er trägt wieder einen handgestrickten Pullover, diesmal in Cremeweiß und mit Rautenmuster. Es lässt seine Augen noch dunkler wirken.

»Und, Inti, haben Duncan und Bonnie dich schon verhört?«, fragt Amelia mit nicht geringer Belustigung.

»Wir haben alle befragt«, sagt Bonnie. »Das müssen wir.«

»Also, ich hatte Duncan ganz für mich allein«, sage ich und sehe ihn an, und für einen kurzen Moment sitzen wir wieder zusammen dort im Zimmer.

»Und wie lautet dein Urteil?«, will Amelia von ihm wissen. »Haben wir eine Mörderin in unserer Mitte?«

»Kann ich noch nicht genau sagen«, entgegnet er, dann lächelt er sein schiefes Lächeln, und ich bin mir nicht hundertprozentig sicher, ob das ein Scherz war.

»Sie hat tatsächlich ein Alibi«, sagt Bonnie.

»Und welches?«

Das findet Bonnie offenbar auch wieder lustig. »Darf ich nicht verraten.«

Dann hat Duncan es ihr also erzählt. Wahrscheinlich ist er mein Alibi und ich bin seins. »Ihr habt mich nie danach gefragt«, sage ich.

»Wie meinst du?«, fragt Bonnie.

»Nach meinem Alibi. Hättet ihr das nicht eigentlich tun müssen?«

»Wir haben es von jemand anders gehört.«

»Und dem wolltet ihr dann nicht nochmals nachgehen, es von mir bestätigen lassen?«

Immerhin hat sie den Anstand, betreten dreinzuschauen.

Ich sehe Duncan an.

»Ich wollte nicht, dass du dich unwohl fühlst«, sagt er.

»Was redet ihr da eigentlich?«, fragt Amelia.

»Ich war in der Nacht hier«, sage ich, weil ich sehen möchte, wie Duncan reagiert.

»Dein Alibi ist Duncan?« Fergus kichert haltlos. »Na, wenn das mal kein Fall von Befangenheit ist!«

Amelia und Holly amüsieren sich auch darüber, Bonnie allerdings wirkt peinlich berührt.

»Und ich bin seins«, sage ich. »Nicht, dass mich irgendwer danach gefragt hätte.«

»Ein Versehen«, sagt Duncan. »Aber du kannst gern noch mal aufs Revier kommen, wann immer es dir passt. Ich wollte sowieso noch ein paar Dinge mit dir abklären.«

»Prima.«

»Eigentlich ist das ja eine Riesenzeitverschwendung«, sagt Holly. »Wir wissen doch alle, dass der Mistkerl abgehauen ist. Wo er bis zum Hals in Schulden steckt.«

Das lässt mich aufhorchen. »Wo hat er denn Schulden? Bei der Bank?«

»Unter anderem«, sagt Holly.

»Über seine Finanzen brauchen wir jetzt wirklich nicht zu reden«, sagt Fergus.

»Nein, aber sie wären ein guter Grund, sich aus dem eigenen Leben zu verabschieden«, entgegnet Holly.

»Oder es war Lainey«, wirft Amelia ein.

»Amelia!«, mahnt Bonnie.

»Ich meine ja nur! Wenn er mich dermaßen versohlt hätte, ich hätte ihn schon vor Jahren um die Ecke gebracht. Ihr könnt mir nicht erzählen, dass sie nicht eure Hauptverdächtige ist.«

»Bisher wurde er nicht für tot erklärt«, sagt Bonnie.

»Und das war auch mehr als Versohlen«, sagt Holly.

»Eben«, entgegnet Amelia. »Das war ein hundsgemeiner Schläger.«

»Nicht immer«, brummt Fergus.

»Und wieso sollte uns das noch interessieren?« Amelias ewig gute Laune ist verpufft. Man merkt ihr an, dass sie sich irgendwie betrogen fühlt, und mir scheint, dass sie Stuart schon lange kennt, so wie alle hier.

»Was hat ihn denn so verändert?«, frage ich.

Darauf hat niemand eine Antwort, sie zucken nur die Achseln, schütteln den Kopf.

Schließlich sagt Duncan: »Als Mann kriegst du beigebracht, du könntest immer alles kontrollieren, aber die heutige Gesellschaft unterstützt das nicht mehr, und manche Männer fühlen sich gedemütigt, weil sie merken, wie ihnen die Kontrolle entgleitet. Sie werden zornig davon und schließlich gewalttätig.«

»Nieder mit dem Patriarchat!«, brüllt Amelia.

»Herrgott!«, brummt Fergus und fasst sich an die Brust.

»Ich kann jedenfalls verstehen, dass sie sich anderweitig umgetan hat«, meint Holly.

»Holly!«, sagt Amelia warnend.

»Tut mir leid.«

Danach bleibt es erst mal still. Meine Gedanken rasen, um alles zu begreifen – hatte Lainey eine Affäre? Wenn ich nur herausfinden könnte, mit wem. Das muss ja wohl der Hauptverdächtige im Fall Stuart sein.

Fingal kommt angetapst, rollt sich neben mir auf dem Boden zusammen und legt mir den Kopf in den Schoß. Für den Moment vernachlässige ich meine Schleifpflichten, um ihn zu streicheln. Er ist gerade eingeschlafen, als Wolfsgeheul durch das kleine Haus gellt.

»Gott steh uns bei.« Fergus seufzt. »Jetzt fängt sie wieder an.«

Fingal hebt den Kopf und lauscht, das Nackenfell gesträubt, die Ohren aufgestellt. Er sieht erst mich fragend an, dann blickt er zu seinem Herrn. Muss er uns beschützen? Gilt dieser Ruf ihm, ist er Warnung oder Einladung? Was löst er aus, in den archaischen Tiefen seines Hundeherzens?

Einiges, scheint mir, denn jetzt hebt er die Schnauze und lässt selbst ein langgezogenes, aufgeregtes Heulen hören. Es setzt meine ganze Haut in Flammen.

»Herrgott nochmal!«, ruft Fergus, diesmal lauter.

Das Heulen setzt sich fort, drinnen wie draußen.

»Da siehst du, was du mir angetan hast«, sagt Duncan, und mir wird erst verzögert klar, dass er mich meint. »So geht das jeden verdammten Abend.«

Ich kann nicht anders – ich strahle. Etwas an der Reaktion des Hundes begeistert mich.

»Ich finde sie wunderbar«, sagt Holly. »Glaubst du, ich könnte so einen Welpen haben?«

»Einen Wolfswelpen?« Amelia lacht.

Aber Holly sieht mich an, sie meint das offenbar ganz ernst. Ich schüttele den Kopf.

»Aber warum denn nicht?«, fragt sie. »Wenn er von klein auf bei uns wäre, kennt er es doch nicht anders … Sind so nicht auch die Haushunde entstanden? Irgendwer hat das also früher schon gemacht.«

»Vor vierzigtausend Jahren«, sagt Fergus und fügt dann hinzu: »In der Mittelsteinzeit.«

Ich muss grinsen. »Du bist wohl ein echter Geschichtsnarr, was, Fergus?«

Er zuckt die Achseln. »Ich weiß halt gern irgendwas über alles.«

»Aber nie alles über irgendwas«, entgegnen die anderen im Chor, offenbar eine gut eingespielte Frotzelei.

Ich streichele Fingal, damit er sich wieder beruhigt. Für den Augenblick ist er verstummt, lauscht aber weiterhin aufmerksam dem Heulen aus dem Wald. Es gilt nicht ihm; Ash hat deutlich größere Geschöpfe zu verschrecken.

»Natürlich würde so ein Welpe sich an dich gewöhnen«, sage ich zu Holly, »und du könntest ihn auch abrichten. Wölfe sind intelligent, sie lernen schnell und sind sehr treu.«

»Na also!«, ruft Holly.

»Aber warum solltest du das wollen?«, frage ich. Jetzt sehen mich alle an; ich spüre ihre Blicke, denn genau das ist es ja. Das ist die Angst, mit der sie jetzt leben. Das Kind in uns sehnt sich danach, der Bestie eine Gestalt zu geben, die es begreifen kann. Es will sich vor den Wölfen fürchten, um sich nicht vor seinesgleichen fürchten zu müssen. »Wölfe verstehen sich längst nicht so gut mit Menschen wie Hunde und suchen den Kontakt auch nicht, selbst wenn man sie von Geburt an aufzieht«, erkläre ich. »Domestizierung wird gezüchtet. Und es braucht sehr, sehr viele Generationen, um einem Lebewesen die Wildheit abzuzüchten. Dieser Hund hier und die Wölfin da draußen gehören nicht mal mehr zur selben Spezies. Egal, wie viel Liebe du einem Wolfsjungen schenkst, es wird doch zu dem Raubtier heranwachsen, das seine Natur ihm diktiert, und ich kann mir kaum etwas Grausameres vorstellen, als so ein Geschöpf an die Leine zu legen oder ans Haus zu fesseln.«

Fingal stößt ein weiteres gewaltiges Heulen aus, und wir zucken alle zusammen.

Duncan lässt sich ungelenk neben mir auf dem Boden nieder und zieht seinen Hund zu sich auf den Schoß. »Ganz ruhig, mein Junge. Nach dir ruft sie nicht.«

Schwanzwedelnd leckt Fingal ihm die Hand.

»Das wird mir heute echt zu viel«, verkündet Fergus, rappelt sich auf und stellt Musik an, auf voller Lautstärke. Während die anderen sich wieder ins Plaudern und ihre Schreinerarbeiten vertiefen, betrachte ich Duncan. Er wirkt ganz in Gedanken versunken. Vielleicht wäre das jetzt der Moment, es ihm einfach zu sagen und es hinter mich zu bringen. Aber die Worte wollen nicht kommen.

»Glaubst du, es ist überhaupt möglich?«, fragt er mich leise. »Das einem Lebewesen abzuzüchten?«

»Das Wilde?« Ich beuge mich hinüber, um den Hund zu streicheln, und meine Finger kommen seinen dabei sehr nahe. Ich stehe in Flammen vor Sehnsucht, ihn zu berühren.

»An den allermeisten Tagen glaube ich, wir könnten ihm kaum ferner sein, es wurde uns langsam, aber sicher abgezüchtet, so dass wir jetzt mehr Maschinen als Tiere sind.«

»Und an den anderen Tagen?«, fragt er.

»An den anderen Tagen«, sage ich langsam, »glaube ich, die Wildheit treibt mich in den Wahnsinn.«

Ein paar Stunden sind vergangen, da klopft es erneut an die Tür.

»Hier geht's ja heute zu wie im Taubenschlag!«, knurrt Fergus. Er wird von Minute zu Minute betrunkener, und sein Akzent nimmt entsprechend zu. Ich verstehe kaum noch, was er sagt. Er schwankt selbst im Sitzen, tut zwar noch so, als würde er arbeiten, ist aber längst nicht mehr in der Lage, ein Werkzeug zu bedienen.

Amelia hockt immer noch der Tür am nächsten und rappelt sich auch diesmal auf, um zu öffnen. »Hallo, Herzchen«, sagt sie, bekommt aber keine Antwort. Dafür drängt sich Lainey Burns an ihr vorbei ins Wohnzimmer. Ihr Blick irrt umher, sucht Duncan.

»Was treibst du bloß?«, fragt sie ihn. »Ich hab dir doch gesagt …« Dann sieht sie mich und verstummt.

Das Aufstehen macht Duncan Mühe, und weil ich sehe, dass sein Bein ihm gerade wirklich Schmerzen bereitet, halte ich ihm die Hand hin, um ihm zu helfen. Er wirft mir einen dankbaren Blick zu, dann geht er zu Lainey und führt sie durch den Flur.

»Ich muss ihn beerdigen, Duncan«, hören wir sie noch sagen. »Das alles muss endlich ein Ende haben.«

Sie verschwinden in Duncans Schlafzimmer, die Tür schließt sich hinter ihnen, ihre Stimmen verklingen. Lainey ist entweder eine verdammt gute Schauspielerin, oder sie hat ihn wohl doch nicht umgebracht.

Ich trinke einen Schluck von dem Wein, den ich bisher nicht angerührt habe.

»Armes Ding«, sagt Fergus.

»Sie ist so besser dran«, meint Amelia.

»Hey«, sagt Fergus. »Erweis 'nem alten Freund mal 'n bisschen Respekt.«

»Er war kein Freund von mir.«

»Kann ja sein, trotzdem hat's keiner verdient, bei lebendigem Leib gefressen zu werden.«

Betretenes Schweigen senkt sich über das Zimmer. Alle meiden angestrengt meinen Blick.

»Aber das denken wir doch alle, oder?«, lässt sich Bonnie vernehmen. »Wir finden keine Antworten, weil der Mann von den gottverdammten Wölfen gefressen wurde, die wir alle so schön ignorieren. Du hast es doch vorhin selbst gesagt, Inti. Es sind Raubtiere, und nichts kann daran etwas ändern.«

Ich stehe auf.

»Inti …«, setzt Amelia an.

»Ich muss nur kurz aufs Klo«, sage ich, was tatsächlich stimmt, und gehe den Flur entlang. Vor der Schlafzimmertür allerdings bleibe ich stehen und lausche. Von hier aus höre ich sie, den Takt und den Tonfall ihrer Sätze, und etwas daran, wie gedämpft, wie intim das Gespräch plötzlich klingt, berührt mich seltsam. Ich sehe wieder vor mir, wie er sie am

Arm genommen und durch den Flur geführt hat, wie sie direkt auf das Schlafzimmer zugesteuert ist. Klar, sie sind befreundet, kennen einander seit Ewigkeiten, aber irgendein Instinkt in mir nimmt da noch mehr wahr. Als die Stimmen ganz verklingen, wird die Gewissheit in mir immer lauter; in einem so langen Schweigen liegt so viel Vertrautheit.

Ich kehre ins Wohnzimmer zurück, ohne auf der Toilette gewesen zu sein. Dort setze ich mich neben Fergus auf das Sofa und sage so leise, dass die anderen mich nicht hören: »Es ist Duncan, oder? Sie hat was mit ihm.«

»Ach was, natürlich nicht«, sagt er, ist aber schon so betrunken, dass ich ihn problemlos durchschaue. »Wir wissen's alle nicht«, versucht er zu retten. »Wer kann bei so was schon sicher sein? Ganz früher hatten sie tatsächlich mal was, auf der Schule, bevor sie überhaupt mit Stuart zusammen war. Da waren Duncan und sie ein Liebespaar, und alle dachten, sie heiraten mal, aber es hat nicht gehalten, und dann hatte er ja auch diese schwere Zeit. Inzwischen gibt's nur noch Gerüchte, und du weißt ja, wie das ist mit Gerüchten.«

Ich nehme meine Jacke und gehe zur Tür. Ich will hier nicht mehr sein. Rasch verabschiede ich mich von allen, achte nicht auf ihre Rufe, ich solle doch noch bleiben, und gehe nach draußen. Die Nachtluft kühlt meine heißen Wangen. Ich habe es erst bis zur Baumgrenze geschafft, da höre ich, wie die Tür aufgeht und eine tiefe Stimme mich ruft. »Inti?«

Ich müsste nicht stehen bleiben. Ich bin schon aus dem Lichtkreis des Hauses raus und könnte einfach gehen, ohne dass er mich entdeckt. Aber etwas wallt in mir auf, ein viel zu vertrauter Zorn und dahinter noch etwas viel Unheilvolleres. Das langsame, entsetzliche Heraufdämmern einer Erkenntnis, die ich längst hätte haben müssen.

»Hier bin ich«, sage ich und warte, bis Duncan im Dunkeln bei mir ist.

Er geht langsam, so wie immer. »Du wolltest doch noch mit mir reden.«

»Warum hat Bonnie nicht bei mir nachgefragt? Warum hat sie mich nicht gebeten, dein Alibi zu bestätigen?«

Er braucht einen Augenblick zum Umschalten. »Weil sie mir vertraut hat, als ich ihr erzählt habe, wir hätten die Nacht zusammen verbracht, du und ich. Sie wollte dir die Peinlichkeit ersparen.«

»Warum sollte mir das denn peinlich sein?«

Er zuckt die Achseln.

Ich schaue hinauf in sein Gesicht. »Kann sie dir denn vertrauen?«

In diesem Licht wirken Duncans Augen ganz schwarz. Ich kann seine Züge gerade so erkennen, die Nase, den Mund.

»Denn wir haben ja nicht die Nacht zusammen verbracht, stimmt's? Zumindest nicht die ganze. Ich bin aufgewacht, Duncan, und du warst weg.«

Die Stille scheint zu knistern.

»Wo bist du gewesen?«

»Das habe ich dir doch erzählt.«

»Du warst spazieren.«

Du warst spazieren, genau in dem Moment, als ganz in der Nähe deines Hauses ein Mann getötet wurde, dessen Frau du vögelst.

Das Blut rauscht mir in den Ohren.

»Ich fahr dich heim«, sagt Duncan.

»Ich laufe lieber«, erwidere ich, denn ich steige keinesfalls mit ihm in ein Auto. Ich kenne diesen Mann nicht. Das hat er mir selbst gesagt. Er hat mir die Wahrheit über das gesagt, was er getan hat, und ich habe es nicht gehört. Wir sind alle fähig zu töten.

16

Es war nur ein knappes Jahr nach dem Vorfall mit Gus. Ich kam zu spät zu einer Verabredung mit Aggie, was sie ziemlich aufbauschte. »Ausgerechnet heute«, sagte sie immer wieder, während sie meinen Mund mit ihrem Lippenstift bearbeitete und mich die Straße entlangzerrte.

»Was ist denn ausgerechnet heute?«, wollte ich wissen, aber sie legte nur noch an Tempo zu. Sie trug ein T-Shirt-Kleid, in dem sie schmal und langbeinig aussah, und hatte sich das Haar zu einem schicken Bob schneiden lassen. Der Pony hing fast bis zu ihren großen, schwarz umrandeten Augen herab. Sie sah umwerfend aus und unfassbar cool, Lichtjahre entfernt von den Mädchen, die wir früher im Wald gewesen waren. »Warte mal, wo wollen wir denn hin?«, fragte ich.

Aggie lächelte nur. Und zog mich weiter bis zum Standesamt.

Gus' Cousin James war als zweiter Trauzeuge dabei. Sie waren keine Brüder, hätten es aber sein können – die Ähnlichkeit war verblüffend, auch wenn James die etwas kleinere, etwas schmalere, weniger attraktive Version seines älteren Cousins war. Zwischen uns vieren gab es den Running Gag, dass es uns das Leben erheblich erleichtern würde, wenn ich mich in ihn verliebte und er sich in mich. Es wäre nur konsequent gewesen, das letzte fehlende Puzzlestück.

James lächelte mich an, als Aggie und Gus heirateten. Ich versuchte, sein Lächeln zu erwidern. Wahrscheinlich gelang mir das auch. Und doch war mir mehr als mulmig, und ich hätte wirklich und wahrhaftig kotzen können.

Anschließend gingen wir Dumplings essen. Das Restaurant mit seinen bekritzelten schwarzen Wänden, dem schummrigen rötlichen Licht und den verschwiegenen, samtbezogenen Sitznischen glich eher einer Bar. Gus und James bestellten in einem fort Fireballs, weil sie die immer tranken. Aggie und ich konnten das Zeug nicht ausstehen, aber sie war so guter Laune, dass sie immerhin zwei mittrank. Zwischen ihr und Gus herrschte eine ganz erstaunliche Chemie; sie erwachten erst zum Leben, wenn sie zusammen waren, und ich konnte regelrecht sehen, wie sie einander verzauberten. Er hielt ganz offen ihre Hand, und weil ich hinsah, hielt er auch meine.

Ich musste die Augen gewaltsam von der Berührung abwenden, denn sie galt ja nicht mir, gehörte mir nicht. Ich war nichts als eine Diebin.

Irgendwann ging ich in den Waschraum, um mir das Gesicht mit kaltem Wasser zu kühlen. Aggie kam mir nach und setzte sich auf die Ablage neben dem Waschbecken, obwohl es dort ganz nass war. »Also, lass hören«, sagte sie.

Ich schüttelte den Kopf.

»Du musst dir keine Sorgen machen«, sagte sie. »Ich kann ihn jederzeit um den Finger wickeln.«

»Sei froh.«

»Was ist denn?«

»Nichts.«

»Jetzt hör schon auf mit dem Scheiß, Inti.«

Im Spiegel sah ich ihr ins Gesicht. »Warum machst du das?«

Sie verschränkte die Arme.

»Was soll das?« Ich ließ nicht locker. »Was zum Teufel soll das alles?«

»Entspann dich.«

»Was willst du damit beweisen?«

»Gar nichts! Was bist du überhaupt so sauer?«

»Du hast mich hinterrücks damit überfallen, und Mum hast du auch nicht eingeladen, weil du nämlich weißt, dass sie ihn schrecklich finden würde, und du drückst dermaßen auf die Tube, da kann ich gar nichts anderes mehr denken, als dass du komplett durchgeknallt bist.«

»Was ist denn so schlimm daran, durchgeknallt zu sein?«

»Du schadest dir damit.«

Sie sah mich unverwandt an. »Hast du geglaubt, du kriegst ihn irgendwann?«

Mir blieb die Luft weg. Jetzt fiel mir wieder ein, wie unvermittelt ihr Jähzorn aufflackern konnte. Ich ging zu ihr hin und umfasste ihr Gesicht. Ihre Wangen, so heiß an meinen Händen. »Nein, du Dummkopf. Du bist eine echte Naturgewalt. Kein Mensch würde mich nehmen, wenn er dich haben kann.«

»Klappe, Inti«, fuhr sie mich an und schob meine Hände weg. »Hör endlich auf, solche Sachen zu sagen.«

»Ich will ihn nicht«, sagte ich und meinte es richtig, richtig ernst. Ich wollte ihn nicht für mich, und ich wollte ihn auch nicht für sie. Ich wollte ihn nicht in unserem Leben haben, aber da war er nun, ganz offiziell mit uns verbunden. »Du hättest es mir doch sagen können«, schob ich leiser hinterher. »Ich kann nicht glauben, dass du es mir nicht erzählt hast.«

»Ich wollte nicht, dass du es mir ausredest.«

»Ich habe übrigens die Stelle bekommen«, sagte ich unglücklich.

Sie starrte mich an. »Dann ziehen wir also nach Alaska?«

»Du bist jetzt verheiratet.«

»Na und?« Aggie rutschte von der nassen Ablage herunter. »Ist doch scheißegal. Wenn er will, kann er ja mitkommen, aber wir sind immer noch du und ich, richtig?«

Meine Erleichterung war so groß, dass ich mich fast schämte. »Richtig.«

Das Strahlen schnitt ihr ganzes Gesicht entzwei. »Wölfe, Baby. Gottverdammte Wölfe!« Und dann packte sie mich, warf den Kopf zurück und ließ ihr Wolfsheulen hören. Eine Frau, die gerade hereingekommen war, sah uns nur kurz an und machte auf dem Absatz wieder kehrt, und ich lachte, lachte und stimmte schließlich ein.

Hinterher ging Aggie zum Tisch zurück, und ich blieb noch im Waschraum. Während ich mir die Hände wusch, schärfte ich meinem Spiegelbild ein, da rauszugehen und mich zu amüsieren. Meine Schwester wusste schon, was sie tat, das wusste sie doch immer. Alles war gut.

Als ich nach draußen kam, bewegte sich eine Gestalt

durch den dunklen Flur auf mich zu. Wir stießen leicht aneinander, gleich darauf wurde ich an die Wand gedrückt, und es war Gus. Ich hätte ihn auch im Stockdunkeln noch an der bloßen Berührung erkannt.

»Hab dich vermisst, Baby«, sagte er, sein Atem drang heiß an mein Ohr, seine Hände wanderten zu meinen Brüsten.

Ich stieß ihn weg. »Scheiße nochmal, Gus!«

Er blinzelte, setzte eine erschrockene Miene auf. »Ach herrje. Inti?«

»Lass den Scheiß«, fuhr ich ihn mit brennendem Gesicht an. »Ich habe die Haare anders und auch was ganz anderes an, verdammt nochmal!«

Die Schreckensmiene verschwand und machte Belustigung Platz. »War doch nur ein Witz, Kleine. Um der alten Zeiten willen.«

Verblüfft sah ich ihn an. »Das hört jetzt auf, okay? Was für Spielchen du da auch immer treibst.«

»Keine Spielchen«, sagte Gus. »Also, sind wir wieder Freunde?«

Ich sah ihn böse an.

Er lachte, legte mir den Arm um die Schultern und führte mich zurück zum Tisch. »Beziehungsweise«, sagte er, »jetzt ja sogar Familie, *Schwesterchen.*«

Als ich das kleine Polizeirevier betrete, sehe ich Bonnie am Rechner sitzen. Der Beamte am Empfang erkundigt sich, ob er mir helfen kann, aber Bonnie hat mich schon entdeckt und winkt mich zu sich. Sechs Schreibtische stehen in dem offenen Raum, fast alle bieten zwei Polizeibeamten Platz; der größte Schreibtisch steht separat hinter einer Glaswand mit einem Schild daran: DUNCAN MACTAVISH, CHIEF SUPERINTENDENT. Aber er ist nicht da – davon habe ich mich schon vor meinem Besuch überzeugt.

»Wie geht's, Inti?«, fragt Bonnie.

»Danke, gut. Ich dachte, ich melde mich noch mal wegen der Alibis.«

Sie nickt. »Komm, wir gehen in Duncans Büro, da ist es ruhiger.«

Ich folge ihr, und sie nimmt hinter seinem Schreibtisch Platz, während ich mich in den Stuhl davor sinken lasse. Das Büro ist klein und unaufgeräumt, voll turmhoher Papierstapel. Fotos oder persönliche Gegenstände sind keine zu sehen. »Er ist wohl noch nicht im digitalen Zeitalter angekommen, was?«

Bonnie betrachtet das Chaos ringsum und lächelt. »Ja. Also, nein. Aber man behält auch wirklich leichter den Überblick, wenn man alles konkret vor sich hat. Möchtest du eine schriftliche Aussage machen, Inti?«

»Ich kann es dir auch einfach erzählen, wenn das die Sache erleichtert.«

»Das wäre nicht ganz so offiziell.«

»Tja, ihr legt ja anscheinend sowieso nicht viel Wert aufs Offizielle.«

Bonnie seufzt. »Entschuldige, dass ich nicht direkt mit dir gesprochen habe. Duncan ist mein Vorgesetzter, und wegen des Inhalts seiner Aussage wollte ich das alles etwas diskreter handhaben. Ich dachte, du wüsstest diese Diskretion vielleicht auch zu schätzen.«

»Ich verstehe es nur nicht. Bin ich jetzt verdächtig oder was?«

»Zurzeit nicht. Du bist nur von besonderem Interesse für uns. Und darum habe ich auf die erste Befragung auch bisher nichts folgen lassen.« Sie schweigt kurz, lehnt sich im Stuhl zurück. »Ich fand es allerdings schon merkwürdig, dass er euer Gespräch nicht aufgezeichnet hat. Also habe ich ihn im Vertrauen danach gefragt, und er meinte, er habe es nicht offiziell machen wollen, weil er wisse, wo du in der Nacht warst. Mir hat das eigentlich gereicht.« Wieder schweigt sie. »Du bist nicht verdächtig, Inti, zumindest nicht aus meiner Sicht. Aber falls du mir irgendetwas mitteilen möchtest, irgendwas, das uns weiterbringt …«

»Als ich Stuart das letzte Mal gesehen habe, standen wir mit Duncan vor dem Pub, und als Duncan hinterher in den Pub kam, hatte ihn offenbar jemand geschlagen. Hat er dir das erzählt?«

Bonnie nickt. »Wir können Stuart zu jedem Zeitpunkt hieb- und stichfest verorten, bis in die frühen Morgenstunden, als er verschwunden ist. Da hat ihn dann niemand mehr gesehen.«

»Wo war er denn?«

»Über laufende Ermittlungen darf ich leider keine Auskunft geben. Hat es einen besonderen Grund, dass dich das interessiert?«

»Na klar. Er hat seine Frau misshandelt, und ich will wissen, was mit ihm passiert ist.«

»Ich kann dir nur das eine sagen: Wir haben keine Anhaltspunkte dafür, dass er abgehauen ist.«

»Und das heißt …?«

»Das heißt, wir haben uns entschlossen, das Ganze als potenzielle Mordermittlung zu behandeln.«

»Kann er nicht auch beispielsweise einen Unfall gehabt haben?«

»Sicher. Es ist ziemlich gefährlich hier bei uns im Hinterland. Manchmal gehen an unwegsamen Stellen Wanderer verloren. Aber dann finden wir immer ihre Leichen. Und jetzt müssen wir auch noch Tierattacken mit einkalkulieren.«

»Da fänden sich auch Überreste«, versichere ich ihr.

Sie nickt. »Dazu haben wir ja eure Expertenaussagen. Aber ihr habt schon auch eine hohe Motivation, uns das glauben zu lassen, nicht? Wenn die Wölfe einen Menschen getötet hätten, müssten sie schließlich unschädlich gemacht werden.«

»Wie, alle?«

»Es sei denn, du könntest einen konkreten Schuldigen benennen, aber dann müssten wir uns erst noch überzeugen, dass er auch wirklich allein gehandelt hat.«

Was natürlich nachgerade unmöglich ist, das weiß auch sie.

»Also, soll ich dir die Frage noch mal stellen?«, fragt Bonnie. »Wo warst du an dem Abend, als Stuart Burns zuletzt gesehen wurde?«

»Ich war im Pub im Ortszentrum, und danach bin ich mit Duncan nach Hause gegangen.«

»Zu ihm?«

»Ja.«

»Wann war das genau?«

»Ich würde sagen, gegen neun.«

»Und du warst die ganze Nacht über dort?«

»Ja.«

»Vielen Dank, Inti, ich werde das in deine Akte aufnehmen.«

Sie fragt mich nicht, ob auch *er* die ganze Nacht dort war. Also schweige ich. Wahrscheinlich, weil es auch meine Lüge entlarven könnte, wenn ich seine aufdecke. Aber da ist auch noch eine Stimme in mir, die mich ermahnt, nichts zu sagen, solange ich keine Beweise oder zumindest konkretere Anhaltspunkte dafür habe, dass Duncan Stuart wirklich umgebracht hat, mehr als nur diese entsetzliche Ahnung. Ich will ihn ja nicht in die Scheiße reiten, wenn er womöglich gar nichts getan hat.

»Wie schließt ihr in solchen Fällen Verdächtige aus?«, frage ich.

Bonnie zuckt die Achseln. »Wir nehmen alle unter die Lupe, mit denen Stuart vielleicht im Clinch lag, alle, die Gründe haben könnten, ihn beseitigen zu wollen, ihm Schaden zuzufügen. Aber ohne Leiche ist das immer schwierig.«

»Und wenn es dabei gar nicht um Stuart ging?«

»Wie meinst du das?«

»Na ja … jemanden so gründlich verschwinden zu lassen, ohne dass auch nur eine Spur zurückbleibt, das wäre doch keine schlechte Möglichkeit, alle zu dem Schluss zu führen, er müsse von den neu angesiedelten Wölfen gefressen worden sein, denen man so gern den Garaus machen würde.«

Bonnie nickt nachdenklich. »Verstehe. Wir werden das im Hinterkopf behalten.«

»Danke, Bonnie.« Ich stehe auf, um mich zu verabschieden.

»Sehen wir uns denn das nächste Mal auch wieder bei Duncan?«, fragt sie fröhlich.

Ich bleibe an der Tür stehen. »Weißt du, Bonnie, so richtig überzeugt er mich gerade nicht. Wenn er mit verheirateten Frauen schläft. Und mit mehreren Frauen gleichzeitig.«

Bonnie blickt unbehaglich drein. »Ich weiß gar nicht, was ich dir sagen soll.«

»Du kannst mir sagen, ob du ihn für einen guten Mann hältst.«

»Ich glaube, er ist vor allem nur ein Mensch.«

»Ja, den Verdacht hatte ich auch schon.«

Im Auto gebe ich »Duncan MacTavish, Chief Superintendent« in die Google-Suchmaske ein und bekomme seitenweise Links. Die meisten führen zu Zeitungsartikeln über Stuart Burns, die Duncan als leitenden Ermittler in diesem Fall nennen. Auch andere Artikel über jedes größere oder kleinere Verbrechen aus der Gegend erwähnen ihn, teilweise liegen sie Jahre zurück, und er ist meistens derjenige, dessen Aussagen zitiert werden. Ich lese mich fest, und als ich schließlich wieder auftauche, merke ich, dass mehrere Stunden vergangen sind und es draußen dunkel geworden ist. Noch immer habe ich keine genauere Vorstellung davon, wer er sein könnte, aber er ist ein guter Polizist. Er hat Erfolge, soweit ich das beurteilen kann, auch wenn ein paar ungelöste Fälle dabei sind, von Vandalismus bis zum Diebstahl landwirtschaftlicher Geräte.

Einen Social-Media-Account, den ich ausspionieren könnte, hat er nicht. Also rufe ich stattdessen Fergus an und frage, ob er Lust auf einen Drink hat.

Im Pub ist es heute ziemlich ruhig. Fergus und ich setzen uns an einen Ecktisch und bestellen einen Krug Bier und eine Schüssel Pommes. Ich trinke nichts von dem Bier, was ihm aber gar nicht auffällt. Eine Zeitlang plaudern wir über belanglose Dinge – sprich: Fergus plaudert, ich höre ihm zu –, und ich bekomme ein besseres Gefühl für seine Ruhelosigkeit; ich glaube, er ist ein Mensch, der sich nach den Zeiten zurücksehnt, als alle noch bis in die Morgenstunden feierten. Er malt mir ein Bild seiner stürmischen Jugend, als es nur seine Freundinnen und Freunde gab, die sich alle von Herzen lieb hatten, genauso unstet waren wie er, genauso wild auf neue Erfahrungen und so gelangweilt, wie man eben wird, wenn man in einer kleinen Ortschaft aufwächst.

»Da hänge ich immer noch fest, wenn ich ehrlich bin«, gesteht er mir. »Ein Sechzehnjähriger im Körper eines Vierzigjährigen.«

»Hat Stuart auch zu dieser Clique gehört?«, frage ich.

»Klar. Lainey auch. Und Duncan und Amelia. Wir waren alle zusammen auf der Schule.«

»Was glaubst du, was mit ihm passiert ist?«

Fergus schüttelt den Kopf. »Vielleicht hatte er einfach die Nase voll von allem.«

»Was heißt ›von allem‹?«

»Der Hof. So ein undankbares Leben. Ich weiß auch nicht, ich find's seltsam.«

Mein Eindruck ist, dass er sich nicht ganz wohl dabei fühlt, mit mir, einer Fremden, zu reden. Ich gebe mir alle Mühe, nur sachte nachzubohren, aber so richtig gut beherrsche ich das Sachte auch nicht mehr. »Glaubst du denn wirklich, er würde seine Frau einfach so verlassen? Knall auf Fall, ohne ein Wort?«

»Kommt mir nicht sehr wahrscheinlich vor. Keiner kann Stuart vorwerfen, dass er seine Frau nicht liebt.«

»Stimmt, er schien ganz versessen darauf, sie zu Tode zu lieben.«

Fergus wird noch verkrampfter. »Die zwei sind zusammen, seit wir alle jung waren«, sagt er, als würde das alles erklären, und vielleicht tut es das ja auch. »Die Jungs hier waren alle ein bisschen verknallt in Lainey. Aber Stuart passte genau zu ihr. Gutaussehend, nett und überhaupt, alle wussten, die sind füreinander bestimmt.«

»Aber was hat sich dann verändert?«

»Nichts.«

Ich schüttele den Kopf. Offenbar ist dieser ganze verdammte Ort blind dafür, wenn einer Frau Gefahr droht.

»Also, ich meine, vielleicht …« Fergus denkt ein Weilchen nach. »Für manche Typen ist die Sauferei ein echter Fluch. Die sind dann nicht mehr sie selbst. Er wollte immer aufhören, aber es gab wohl eine Zeit, da hätte ich alles drauf verwettet, dass, wenn überhaupt, dann sie verschwindet.«

»Meinst du, dass sie ihn verlässt? Oder dass sie umkommt?«, will ich wissen.

»Dass sie ihn verlässt!«, ruft er. »Herrgott, wenn ich je geglaubt hätte, sie könnte umkommen, dann hätte ich doch …«

»Was hättest du?«

Fergus erwidert meinen Blick. »Du bist echt erbarmungslos.«

Ich lasse nicht locker. »Glaubst du, es hat ihn vielleicht irgendwer gehasst? Aus Eifersucht oder Zorn oder so was?«

»Du klingst ja schon wie Mac, wenn er rumschnüffelt.«

»Duncan? Hat er dich auch befragt?«

»Klar, er hat jeden im Ort befragt.«

Wir schweigen eine Zeitlang.

Schließlich sagt Fergus: »Also, falls ihn wirklich wer aus dem Weg geräumt hat, dann hat derjenige Mordseier, wenn du mich fragst. Stuart war keiner, mit dem man es so leicht aufnimmt – und dann noch damit durchzukommen, das steht auf einem völlig anderen Blatt.«

»Wie meinst du das?«

»Mac wird nicht aufhören rumzuschnüffeln. Der ist ein echter Bluthund.«

Ob er sich wohl auch zu einer falschen Beschuldigung durchschnüffeln würde, um sich selbst zu schützen? Ob er dafür mich im Blick hat?

»War er immer schon so?«, frage ich vorsichtig.

»Ja. Solang ich denken kann. Richtig besessen wird der. Und wenn einer so ist, weiß man nie, ob das jetzt angeboren ist oder an dem Mist liegt, der ihm zugestoßen ist.«

»Was ist ihm denn zugestoßen?«

»Stand damals in der Zeitung. Es ist also kein Geheimnis.«

Ich warte.

Fergus seufzt. »Duncan hat seinen Vater umgebracht.«

Fergus trinkt, um sich zu betrinken. Das wird mir schnell klar. Er erzählt von dem, was vorgefallen ist, aber viel bekomme ich nicht zu hören, gerade genug, um zu wissen, dass er hinterher dort war, dass er gesehen hat, was geschehen war, und das nie mehr vergessen hat. Sie waren alle dort, Duncans engster Freundeskreis. Er hatte sie alle verständigt, noch vor der Polizei. Lainey, die damals seine Freundin war. Fergus, Amelia. Duncan, erinnert sich Fergus, hat nicht geweint. Bei allem, was danach noch kam, hat er kein einziges Mal geweint.

Ich fahre Fergus nach Hause, bringe ihn hinein. Er stolpert, und ich verspüre unglaubliches Mitgefühl, als ich ihn ins Bett verfrachte und ihm ein Glas Wasser bereitstelle. Dann fahre ich zurück nach Hause. Aggie ist längst im Bett, und ich lege mich ebenfalls hin, verkrieche mich tief unter der Decke und suche auf meinem Smartphone, bis ich den fünfundzwanzig Jahre alten Artikel gefunden habe.

Es war am Weihnachtsabend. Als die Polizei kam, fand sie zwei Leichen vor.

Duncans Vater war mit einem stumpfen Gegenstand erschlagen worden. Seine Mutter zu Tode geprügelt. Erst konnten die Polizisten sich diesen entsetzlichen Tatort nicht erklären. Sie gingen von einem Einbruch aus. Aber als sie Duncan und seine Freunde fanden, die sich oben verkrochen hatten, konnten sie den Tathergang Stück für Stück rekonstruieren.

Duncan hatte seine Mutter beschützen wollen. Es war ihm nicht gelungen.

Das Urteil lautete auf Nothilfe zum Schutze Dritter. Duncan war sechzehn Jahre alt. Lange betrachte ich das Foto von ihm, den kahlgeschorenen Kopf, die dunklen Schatten unter den Augen. Der Junge, der mich da anschaut, ist zerbrochen.

Ich lösche das Licht, versuche, ruhig dazuliegen, aber mein Körper will nicht aufhören zu zittern. Traumata schaffen neue Muster. Das ist auch mir nicht fremd.

Um mich herum ist eine Party im Gang. Geräuschlos. Schwerelos. Mein Körper vibriert von ihnen, den anderen Körpern in meinem Haus, die ich nicht kenne, aber spüren kann. Ich verlasse das Wohnzimmer. Ich suche nach Gus. Suche nach Aggie. Meine Ränder verlaufen.

Langsam erklimmen meine Füße die Treppe. Sicher. Mein Geist rast voraus. In ihr Schlafzimmer.

Die Tür ist zu.

Aber dann bin ich drinnen, irgendwie. Auf ihrem Bett, das wackelt. Eine Hand liegt um meine Kehle, und ich kann nicht atmen, ich kann nicht weg.

»Inti!«

Ich schrecke hoch. Auf meinem Bett sitzt meine Schwester, hält meine Arme, hält meine Nähte zusammen. Ich muss ihre Stimme wohl geträumt haben, die meinen Namen sagt, denn sie spricht ja nicht, meine Schwester, die einen größeren Wortschatz hat als alle anderen.

Du hast geschrien, sagen ihre Hände.

Eine Welle der Übelkeit durchfährt mich, und ich brauche jedes Fitzelchen Energie, das ich noch habe, um ins Bad zu stürzen und mich zu übergeben. Aggie hält mir die Haare aus dem Gesicht, als ich fertig bin, reicht sie mir ein Stück Toilettenpapier, damit ich mir den Mund abwischen kann, und wir sitzen uns auf den kalten Kacheln gegenüber.

Wir sind ja mal ein schönes Paar, sagen Aggies Hände.

Ich nicke. Erschöpft.

Morgenübelkeit?

»Wahrscheinlich.« Das ist leichter, als ihr zu erzählen, was ich geträumt habe. Sie weiß es sowieso, natürlich weiß sie es.

»Du solltest heute ein bisschen mit Gall arbeiten«, sage ich mit brüchiger Stimme. »Sie braucht Zuwendung.«

Ich kann nicht raus.

»Warum nicht, Aggie?«

Weil er vielleicht draußen ist, antwortet sie schlicht.

Ich sehe meine Schwester an und denke – so bizarr es auch sein mag, dass ich das ausgerechnet jetzt zum ersten Mal wirklich denke –, dass ich nicht weiß, ob ich diesem Wahnsinn noch gewachsen bin.

Wieder träume ich, diesmal von Bestien. Von Wölfen. Davon, mit ihnen in den Schatten der Berge zu verschwinden.

17

Ich hatte ein paar richtig schlimme Tage in meinem Leben. An einem davon habe ich eine Wölfin getötet.

Es war das erste Mal, dass ich einen Betäubungspfeil aus einem Flugzeug abschoss. Seit vielen Monaten arbeitete ich schon im Projektquartier des Denali National Park and Preserve in Alaska und fürchtete den Moment, in dem ich den Abzug drücken und einen Wolf betäuben würde, weil ich nicht wusste, was dabei mit mir geschehen würde, mir aber sehr klar war, dass ich es irgendwann herausfinden musste. Und so nahmen wir schließlich das Flugzeug. Ich wurde festgeschnallt und bekam gezeigt, wie ich an der Seite hinausklettern sollte, damit ich im Tiefflug dicht über dem Boden auch wirklich gut zielen konnte. Schon bald hatten wir sie gefunden, sie zog durch die grasbewachsene Prärie, ich zielte, nutzte meine langjährigen Schießübungen mit Dad auf gemalte Ziele, um meinen Atem zu verlangsamen, die Hände ruhig zu halten, das Fadenkreuz auszurichten und den Abzug zu drücken. Der Pfeil traf, und ich keuchte, als sie zu Boden fiel; ich sah hin, spürte, wie meine Beine sich verflüssigten, der Pfeil in meine Brust stach. Es war ein großes Glück, dass ich festgeschnallt war.

Als das Flugzeug zur Landung ansetzte, war ich wieder ich selbst. Niels, der mitgeflogen war, ging als Erster auf die niedergestreckte Wölfin zu. Wir hockten uns neben sie, aber da stimmte etwas nicht. Sie atmete nicht mehr.

Der Pfeil hatte einen Lungenkollaps ausgelöst und sie getötet.

Meine eigene Lunge versagte den Dienst, aber ich weiß nicht, ob das am Mirror-Touch-Syndrom lag oder an meinem heftigen Schluchzen. Während meiner ganzen Zeit im Wald hatte ich nie ein Lebewesen getötet. Ich ertrug den Moment kaum, als ich dort saß, ihr Fell zwischen den Fingern. Monatelang hatte ich sie beobachtet, sie kennengelernt, sie umsorgt. Jetzt kamen mir Zweifel, ob das, was wir hier machten, auch wirklich richtig war. Ob wir uns nicht zu sehr ins Leben der Wölfe einmischten. Sicher, wir versuchten, sie zu retten, aber manchmal töteten wir sie auch. Wir trampelten durch ihre Welt und zertraten auf unserem Weg so vieles, weil wir einfach viel zu menschlich waren, nicht kreatürlich genug.

Zu Hause, in der Wohnung, die ich mit Aggie und Gus teilte, schloss ich mich im Bad ein und heulte so lange in der Dusche, bis Gus an die Tür hämmerte, weil er fürchtete, ich wäre ohnmächtig geworden. Aggie schlief tagelang bei mir im Zimmer, obwohl das Gus nach der ersten Nacht zunehmend ärgerte. Er teilte Mums Haltung, dass ich mich am Riemen reißen sollte. Schließlich war das doch mein Beruf. Wenn man mit Lebewesen arbeitete, ging auch mal etwas schief.

Nach einer Woche überredete mich Aggie, eine Wanderung zu machen, von der ich schon seit Ewigkeiten sprach. Bisher war sie darauf nie angesprungen, es war der leicht durchschaubare Versuch, mich aufzuheitern, aber ich ließ mich darauf ein, weil wir längst nicht mehr so viel Zeit miteinander verbrachten wie früher. Die Arbeit war ein Strudel, ein völlig neues Leben. Aggie ihrerseits hatte ein Linguistikstudium begonnen, und wir kamen zeitlich kaum noch zusammen. Und so kehrten wir in den Nationalpark zurück, wo ich arbeitete, und Gus kam auch mit, so wie immer.

Während wir uns einen steilen Hang hinaufquälten, hielt ich den Atem an, weil ich wusste, welcher Ausblick uns erwartete. Eine Welt aus Herbstfarben. Ein Augenschmaus. Ein ganzer Berghang voller Laubbäume, Lärchen, Espen und Schwarzpappeln, die sich alle so leuchtend gelb verfärbt hatten, dass der Anblick fast schmerzte, dazwischen einige auch in feurigem Orange. Außerdem Birken mit knallroten Blättern, durchsetzt von immergrünen Fichten. Am anderen Ufer des Sees glich die Landschaft eher einer Tundra, baumlose Hänge mit kirschrosafarbenen und roten Büschen, die sich bis weit nach unten zogen, um den See, Lake Wonder, zu liebkosen, und jetzt in den purpur-goldenen Strahlen des Sonnenuntergangs fliederfarben schimmerten. Und über allem thronte der schneebedeckte Gipfel des Denali, frisch und weiß und absolut atemberaubend.

Ich hatte einen solchen Ort noch nie gesehen und sollte auch nie wieder etwas Ähnliches zu Gesicht bekommen.

Aggie erreichte uns, völlig außer Puste. Sie brachte ein »Oh!« heraus, dann schwieg auch sie.

»Werden wir auch Tiere sehen?«, fragte Gus schließlich.

»Vielleicht«, sagte ich. »Wenn wir Glück haben. Kommt, wir schlagen unser Lager auf.«

Später erzählten wir uns am Lagerfeuer Geschichten. Aggie berichtete Gus genussvoll davon, wie wir als Kinder die Plätze getauscht hatten, um zu sehen, ob es jemandem auffiel. Den Lehrern nicht, unseren Freundinnen nicht. Nur Mum.

»Habt ihr oft getauscht?«, fragte Gus.

»Nein«, sagte ich.

»Ständig«, sagte Aggie. »Es ist Inti nur peinlich, wie sehr ihr das gefallen hat.«

Ich wurde rot und war froh um das Dämmerlicht.

»Was hat dir denn daran gefallen?«, wollte Gus von mir wissen.

Ich überlegte; die Zeit war mir noch lebhaft in Erinnerung. Die Wahrheit war ganz schlicht: Aggie war die von uns beiden, die mehr im Leben stand, mehr Kontakte hatte. Wenn ich sie überstreifte, fühlte ich mich so lebendig, wie es mir als ich selbst nie gelang.

Gus antwortete ich: »Es war eine Mutprobe. Wir haben das nur aus Spaß gemacht.«

»Und wie habt ihr es angestellt? Ihr seid ja doch ziemlich unterschiedlich …«

»Man nennt das Schauspielern, Schatz«, sagte Aggie.

»Sie ist mir so vertraut, wie ich es mir selber bin«, sagte ich. »Aggie werden fällt mir leicht.«

Das Thema machte Gus offenbar Freude. »Wenn ich einen Zwillingsbruder hätte, ich würde die Leute ohne Ende verscheißern.«

»Das ist ja mal eine schöne Nachricht«, brummte Aggie.

»Habt ihr bei mir auch schon getauscht?«, fragte er.

Wir schwiegen. Auf dieses Terrain wagten wir uns grundsätzlich nicht.

»Das weißt du doch«, sagte Aggie. »Zumindest nicht mit Absicht.«

»Und woran sollte ich das merken?«

»Würdest du.«

»Beim ersten Mal habe ich es auch nicht gemerkt«, sagte er.

Bullshit.

Im Dunkeln bewegte sich etwas. Ich sprang auf.

Vom Fuß des Hügels näherten sich schlurfende Schritte.

»Was zum Geier ist das?«, zischte Gus.

Ich griff nach meiner Taschenlampe und leuchtete über den Rand. »Keine Panik«, sagte ich. »Es sind bloß Menschen.«

»Hi!«, begrüßte Aggie die Wanderer, die auf einen Plausch bei uns am Feuer stehen blieben.

Es waren zwei Männer mittleren Alters, die sehr amerikanisch klangen. »Seid ihr Australier?«, wollte der eine wissen.

»Waschechte«, sagte Aggie mit schwerem Aussie-Akzent; es hatte ihr immer schon Freude gemacht, damit ein bisschen zu übertreiben, wenn wir auf Reisen waren.

»Wir sind aus Colorado.« Und wie sich herausstellte, waren sie auf Jagdurlaub.

Ich konnte die Umrisse dessen erkennen, was sie auf dem Rücken trugen, die langen schmalen Läufe der Jagdgewehre. »Und was jagt ihr so?«

»Wölfe.«

»Warum?«, wollte Aggie wissen.

»Weil das hier der einzige Bundesstaat ist, wo man's noch darf«, entgegnete der Mann, als läge das auf der Hand.

»Aber warum jagt ihr sie überhaupt?« Aggie ließ nicht locker.

»Was soll man denn sonst machen? Arme kleine Antilopen abknallen, die einem nicht mal gefährlich werden, wenn ihr Leben auf dem Spiel steht?«

»Das ist der wahre Sport«, pflichtete ihm sein Freund bei. »Ein Raubtier jagen. Viel herausfordernder als seine Beute zu jagen, quasi fairere Bedingungen.«

»Wenn ihr faire Bedingungen wollt, solltet ihr eure Gewehre vielleicht hierlassen und versuchen, einen Wolf mit bloßen Händen zu erlegen«, schlug Gus vor.

Sie lachten, als hätte er einen Witz gemacht. »Bei uns läuft das so: Wir nutzen die Technik, die der Mensch sich ausgedacht hat, und die können die Technik nutzen, die ihnen zur Verfügung steht«, sagte der eine.

»Das ist abstoßend«, sagte Aggie laut und deutlich, und ihr Ton war so frostig, dass er die Nacht durchschnitt und alles andere zum Schweigen brachte. Nur verlegenes Füßescharren war noch zu hören.

»Wir gehen dann mal wieder«, sagte der eine Jäger. »Entschuldigt die Störung.«

»Ihr stört hier nur eins, und zwar ein komplettes Ökosystem«, sagte meine Schwester, und ich liebte sie so sehr dafür.

»Es gibt hier massenhaft Wölfe«, sagte der andere. »Die sind doch nicht vom Aussterben bedroht.«

»Und was glaubt ihr, wie lange das so bleibt, mit Menschen wie euch?«

»Okay, wir gehen. Einen schönen Abend noch.« Damit verdrückten sie sich, und ich hasste sie dafür, dass sie so höflich waren, hasste sie, weil sie so nett wirkten und trotzdem hier waren, um etwas so Verabscheuungswürdiges zu tun, Jagen um des Jagens willen, nicht zum Überleben, nicht, um genug zu essen zu haben, sondern einfach nur, um die Macht über ein anderes Lebewesen zu spüren.

Ich ging den Hang hinunter in Richtung See.

»Inti?«

»Lass mich mal kurz.«

Inzwischen war es richtig dunkel, aber die Sterne waren so zahlreich, der dreiviertelvolle Mond ein blendend weißes Rund. Der Himmel leuchtete mir den Weg durchs dichte Unterholz, über Senken und Erhöhungen und kleine Kaninchenbaue hinweg. Ich ging den ganzen Weg bis zum Ufer, wo die Sterne auf dem Wasser glitzerten, und sank dort vor dem leuchtenden Berg zu Boden.

Die Zeit verging, dann gesellte sich jemand zu mir; ich hatte mit Aggie gerechnet, aber es war Gus.

»Wahrscheinlich erwischen sie eh keine«, sagte er.

»Manche der Wölfe hier draußen habe ich eigenhändig großgezogen«, sagte ich. »Wir haben sie von Geburt an betreut. Ich habe sie im Arm gehalten, sie gefüttert, mit ihnen gespielt. Und dann lassen wir sie frei, und sie werden gejagt und erschossen.« Und nicht nur von Jägern, sondern von uns. Von mir.

Gus schwieg eine ganze Weile, dann sagte er: »Alles stirbt.«

»Aber es wird nicht alles getötet.«

Ohne Vorwarnung sagte er: »Ich habe mal jemanden getötet.«

»Was?«

»In meinem ersten Jahr als Arzt. Ich wollte eine Gehirnblutung stillen. Dabei bin ich abgerutscht. Ich habe eine Frau getötet.«

Ich wusste nicht, was ich sagen sollte, wälzte den Gedanken im Kopf herum.

»Aggie habe ich das nie erzählt«, sagte Gus.

»Warum nicht?«

»So was muss eine Frau nun wirklich nicht über ihren Mann wissen.«

Stirnrunzelnd musterte ich ihn im Sternenlicht. »Die Wahrheit?«

»Nein. Dass er Fehler macht.«

»Hm. Ich sage dir das ja nur ungern, aber sie weiß sehr genau, dass du Fehler machst.«

»Aber ich kann zumindest versuchen, sie davor zu schützen.«

»Denkst du oft daran, was damals passiert ist?«, fragte ich.

»Nein«, sagte Gus. »Nie.«

»Warum nicht?«

»Das kann ich mir nicht erlauben, sonst würde ich nie wieder einen OP betreten.«

Ich dachte darüber nach. Ich verstand, wie er das meinte. Wenn ich meine Arbeit weiter tun wollte, musste ich solche Vorfälle für mich einsortieren. Aber mir war nicht klar, ob ich das konnte. Womöglich ging es ja auch darum, mir selbst zu vergeben.

»Es spielt sowieso keine Rolle.« Gus' Stimme klang jetzt härter, als wollte er sich selbst überzeugen. Er stützte sich nach hinten auf die Hände ab, sah zu dem Berg hinauf, der über uns aufragte. »Ist ja nur Fleisch. Alles nur gottverdammtes Fleisch.«

Ich schauderte. »Also doch ein Metzger.«

»Stimmt. Und du solltest besser genauso werden. Ich will mir nicht ansehen müssen, wie das Leben dich verletzt, Inti. Ihr seid doch meine Familie.«

18

Die Wölfe heulen jetzt alle. Tag und Nacht rufen sie, drehen ihre Runden durch ihre frisch abgesteckten Reviere, rufen einander zu, um die Grenzen des Territoriums für ihr Rudel festzulegen, warnen andere Wölfe, damit sie sich fernhalten. Sie schaffen sich hier tatsächlich eine Heimat, erstellen Landkarten, die sie von Generation zu Generation weitergeben werden.

Ich bin jeden Tag draußen, mal mit Fergus im Flugzeug, dann wieder mit dem Team zu Pferd. Und manchmal auch allein, weil ich so schneller vorankomme. Ich folge ihren Wanderungen, sammele Informationen aus ihrem Kot und den Überresten ihrer Beute.

Die Welpen aus Ashs Abernethy-Rudel sind jetzt etwa drei Monate alt und wachsen schnell heran. Sie werden zu Jungwölfen, ihr Fell verdichtet sich wie bei ausgewachsenen Tieren, ihre Augen haben den typischen, auffallend hellen Bernsteinton angenommen. Sie fressen Fleisch, schaffen es aber bisher nur, Nagetiere zu fangen. Ihr Heulen ist selbstbewusst. Wenn ich könnte, würde ich jede wache Minute mit ihnen verbringen. Der kleine weiße Kümmerling, Nummer Zwanzig, die ich im Arm gehalten habe, als sie gerade frisch auf der Welt war, bleibt weiterhin die Kleinste und Hellste unter ihnen. Aber sie ist auch die Wagemutigste von ihren

Geschwistern und hat schon mehr als doppelt so viel erjagt wie die anderen. Womöglich wird sie, ihrer Größe zum Trotz, eines Tages zur Anführerin dieses Rudels werden.

Weiter im Osten hat das Tanar-Rudel das größte Revier für sich abgesteckt, und seine drei Jährlinge sind zu voller Größe und Geschlechtsreife herangewachsen, wodurch sich die Möglichkeit auftut, dass sie fortgehen und sich eigene Gefährtinnen und Gefährten suchen werden. Noch hält das aus fünf Wölfen bestehende Rudel aber am gemeinsamen Jagen fest und erweist sich in dieser Hinsicht als das harmonischste unserer Rudel, ganz ohne Machtkämpfe. Das Tanar-Rudel gibt mir Hoffnung, denn die Tiere jagen und gewinnen an Kraft, und das heißt, dass die Lebensbedingungen der schottischen Highlands ihnen gut bekommen.

Nun hat sich auch endlich herausgestellt, dass die zarte Nummer Dreizehn, die im Gehege zurückgeblieben ist, weil sie sich zu sehr zu fürchten schien, sich womöglich gar nicht gefürchtet hat. Vielleicht hat sie einfach nur gewartet. Denn gestern hat der männliche Jährling Nummer Zwölf, der ihrem Gehege so gefährlich nah gekommen ist und uns allen Sorge bereitet hat, den Maschendrahtzaun überwunden. Allerdings keineswegs, um Dreizehn anzugreifen, sondern um sich mit ihr zu paaren.

Fast jeden Tag überlege ich morgens beim Aufwachen, ob das wohl der Tag sein wird, an dem mich ein Anruf ereilt, eine junge Wölfin sei auf Privatgrund vorgedrungen und erschossen worden. Oder in eine Falle geraten und daraufhin ihren Verletzungen erlegen. Die grimmige Nummer

Zehn aus dem Glenshee-Rudel ist nicht zurückgekehrt, seit sie damals in den ersten Tagen aus ihrem Gehege gestürmt ist. Wann immer ich unterwegs und gerade nicht einem bestimmten Wolf auf der Spur bin, schalte ich meinen Funkempfänger auf ihre Frequenz, für den Fall, dass ich gerade in ihrer Nähe bin, aber das bin ich nie. Wir haben sie komplett verloren. Aber das übrige Rudel ist noch da und hat meine Neugier geweckt.

Bäuchlings liege ich auf einem fernen Hügel, das Fernglas vor den Augen und redlich bemüht, die lästigen Stechmücken zu ignorieren. Ich muss herausfinden, warum sich die fünf Glenshee-Wölfe immer wieder an einer bestimmten Stelle am Südhang des Berges versammeln, gleich an einem Fluss, der sich dort seinen Weg durch das Gebirge bahnt. Die Stelle liegt quasi im Herzen ihres Reviers, es ist also unwahrscheinlich, dass sich andere Wölfe dorthin verirren, und so wird sie zum sichersten Ort. Insgeheim habe ich gehofft, aber noch nicht davon auszugehen gewagt, dass sie dort eine Geburtshöhle einrichten, und während ich sie jetzt beobachte, kommt es mir so vor, als könnte ich recht haben. Nummer Acht, die Mutterwölfin des Rudels beziehungsweise die Alphawölfin, scheint eine Höhle zu graben. Ich muss mich extrem beherrschen, um nicht vor Freude laut aufzuschreien, aber ein leises Lachen erlaube ich mir doch, und meine Hände zittern vor Erleichterung.

Da kommt aus dem Funkgerät in meinem Rucksack ein leises Bimmeln. Ich muss es wohl auf der Frequenz eines der Tiere aus dem Rudel gelassen haben, aber jetzt bimmelt es erneut und schneller, das Signal, das es auffängt, muss also ganz in der Nähe sein. Viel näher als die Glenshee-Wölfe am Berghang gegenüber.

Ich bin mitten auf freier Flur. Überall windumtoste Hänge und Hügel, kaum Rückzugsorte, kein Versteck. Aber am Fuß meines Hügels erstreckt sich ein sumpfiges Moor, dort wächst das Gras hoch genug, um ein wildes Tier zu verbergen, dessen Talent, sich zu verstecken, besonders groß ist.

Ich warte, suche das Gelände unter mir ab. Das Gras weht im Wind und tarnt damit jede Bewegung. Zum Wagen führt nur dieser Weg.

»Wo steckst du denn?«, murmele ich.

Ich bin mir fast sicher. Ich ahne, dass sie es ist.

Hoch aufgerichtet marschiere ich los, mit langen, lauten Schritten, als wollte ich Schlangen vertreiben. Wenn ich mich wie ein Beutetier benehme, wird sie mich auch für eines halten. Während ich so dahinstapfe, ziehe ich das Funkgerät aus dem Rucksack, schalte das Piepsen aus und fange an, die Daten des Signals herunterzuladen.

Der Weg zurück zum Wagen ist lang und unangenehm. Meine Stiefel schmatzen durch den stinkenden Torfsumpf, und ich denke mir, wie schrecklich es wäre, hier angefallen zu werden, ich hätte keine Chance zu entkommen, außerdem weiß ich, dass ein Fluchtversuch die schlimmste aller Reaktionen wäre; zumindest hätte sie auf diesem schlammigen Untergrund auch ihre Schwierigkeiten. Aber wir wollen gar nicht erst so tun, als hätte ich auch nur einen Hauch ihrer geschmeidigen, wendigen Kraft. Wir wollen gar nicht erst so tun, als könnte mir nichts passieren. Das Signal sagt mir, dass sie, wo immer sie genau ist, auf jeden Fall in der Nähe sein muss, und sie nimmt nicht Reißaus vor mir. Sie beobachtet mich. Wagemutiges Mädchen.

Wir werden hier draußen einen Unterstand brauchen, wenn wir das Glenshee-Rudel weiter beobachten wollen. Nummer Zehn ist zurück, und sie wird kaum zulassen, dass ihre Familie sich irgendwie angreifbar macht.

Als ich am Wagen bin, will ich gar nicht einsteigen. Mir wird klar, dass ich jede Sekunde dieses beängstigenden Marsches genossen habe.

Zurück im Quartier kann ich die Identität des Tieres bestätigen. Es ist die Wölfin Nummer Zehn. Sprachlos beobachte ich zusammen mit meinem Team, wie die Informationen hereinströmen, all die GPS-Meldungen der letzten Monate, die vielen tausend Kilometer, die sie zurückgelegt hat, die Orte, an denen sie gewesen ist, die Welten, die sie erforscht hat, um dann gerade rechtzeitig zurückzukehren, um ihre Schwester und ihr Rudel zu beschützen, während diese sich auf den kommenden Wurf vorbereiten. Als hätte sie das irgendwie gewusst.

Ich setze mich auf die Stufe vor unserer Hütte und betrachte die herannahenden Gewitterwolken.

Das ewige Rätsel der Wölfe.

Niels setzt sich zu mir und reicht mir einen Becher Tee. Er ist jetzt Mitte fünfzig, aber immer noch dieselbe hochgewachsene, sportliche Erscheinung und folgt einem fast schon militärisch strengen Gesundheitsregime. »Glückwunsch«, sagt er. »Wölfin Nummer Zehn, heil und wohlauf. Das war ein guter Tag heute.«

»Es war wirklich ein guter Tag«, bestätige ich.

»Du hast immer gesagt, dass sie zurückkommen wird.«

Ich zucke die Achseln. »Ich dachte mir, irgendwann muss sie ja wieder auftauchen.« Und habe doch befürchtet, dass sie es nicht tut.

Eine Zeitlang trinken wir schweigend unseren Tee.

»Tut mir leid, dass ich wegen Sechs und ihrer Höhle so ausgerastet bin.«

»Alles gut«, entgegnet er. »Du hattest ja recht mit deiner Einschätzung ihrer Fähigkeiten. Ich muss mich entschuldigen, dass ich gegen deine Vorgaben gehandelt habe. Und dass ich dich passiv genannt habe. Du weißt, ich habe gewaltigen Respekt vor deiner Arbeit. Ich kenne niemanden mit einem besseren Gespür für die Tiere.«

Verblüfft schaue ich ihn an. Das war mir nicht klar. Im Gegenteil, ich habe immer geglaubt, er wäre frustriert von mir. »Danke, Niels. Und weißt du was? Vielleicht war ich wirklich zu passiv. Ich weiß nicht, irgendwie kriege ich unsere Rolle in dem Ganzen einfach nicht sortiert und finde sie zunehmend fragwürdig. Wann sind es zu viele Eingriffe unsererseits und wann zu wenige?«

»Das ist das Schwierige, wenn man mit wilden Tieren arbeitet«, bestätigt er. »Ich denke viel darüber nach, dass die Angst, die sie vor uns haben, eigentlich nicht ihr natürlicher Zustand ist. Das ist ihnen ja nicht angeboren, sondern eine erlernte Gewohnheit, die wir ihnen erst beibringen. Als ich klein war, hatten meine Eltern einen Wildpark, da gab es auch ein kleines Rudel aus drei Wölfen.«

Das hat er mir nie erzählt. Ich weiß, dass er im nördlichsten Teil Norwegens aufgewachsen ist, praktisch am Polarkreis, und er hat auch schon von seinen Erinnerungen an die achtziger Jahre gesprochen, als die Wölfe nach Norwegen zurückkehrten. In allen Diskussionen stand der Erhalt der Wölfe sofort gegen den Wunsch, sie zum Schutz von Norwegens Agrarwirtschaft zu beseitigen. Das führte zu einer Spaltung in der Bevölkerung und zu leidenschaftlichen Konflikten, denn Wölfe, so sah es Niels, sind unerreicht darin, Gefühle in Menschen auszulösen.

Jetzt sagt er: »Die Wölfe, die wir dort hatten, waren in unserem Park zur Welt gekommen und an unsere Anwesenheit, unsere Berührungen gewöhnt. Die meisten Wölfe in Zoos oder Parks, die ich kenne, verstecken sich vor Besuchern, aber diese drei kamen immer gleich an den Zaun gerannt, sie waren von Menschen genauso fasziniert wie die Menschen von ihnen. Wenn die Besucher wieder gingen, folgten die Wölfe ihnen so weit wie möglich und hielten Ausschau, ob sie wiederkommen würden. Da war keine Angst, nur wechselseitige Neugier.«

Ich lächele.

»Und du kennst sicher auch die Geschichten von den glücklichen Menschen, die einen Wolf großgezogen und schließlich freigelassen haben, nur um ihm nach Jahren in der Wildnis wiederzubegegnen und von dem Tier liebevoll begrüßt zu werden?«

Ich nicke, obwohl ich nie recht wusste, ob ich diese Geschichten wirklich glauben soll, ob sie nicht eigentlich Ausdruck einer Sehnsucht sind. »Glaubst du das denn?«, frage ich Niels und rechne mit einem Bekenntnis zur wissenschaftlichen Eindeutigkeit.

Aber er antwortet: »Klar. Viele Tiere sind zu so was fähig, das erleben wir immer wieder. Ich glaube, sie sind von Natur aus viel loyaler als wir, ihre Bindungen sind tief in ihnen verwurzelt, dort, wo auch der Instinkt herrscht. Durch das Verschwinden dieses Mannes hat sich hier viel Zorn zusammengebraut, und es gibt diejenigen, die dafür kämpfen wollen, den Wölfen den Garaus zu machen, und diejenigen, die mit ihrer Gleichgültigkeit dazu beitragen. Da müssen wir also diejenigen sein, die für die Wölfe kämpfen. Zumindest diese Form der Einmischung ist immer richtig.«

Seine Worte wecken meinen Beschützerinstinkt, meine Gewissheit.

Jedes Lebewesen weiß, was Liebe ist, hat Dad immer gesagt. Jedes Lebewesen.

Es ist Sommer geworden, das ganze Land hat sein Gesicht der Sonne zugewandt und erblüht unter ihrer Wärme. Blätterdach und Boden sind grün und leuchten, oben wie unten. Das schottische Heidekraut hat Felder und Hügel eingenommen, es überzieht das Land mit strahlendem Lila und dunklem Rot. Aber selbst jetzt im Sommer hat der Himmel kein Auge dafür; er neigt immer noch eher ins Graue als ins Weißliche, es regnet nach wie vor die meiste Zeit, und immer ist da dieser gespenstische Nebel, der sich über alles senkt. Es ruft mir in Erinnerung, wie Duncan diesen Ort sieht: so groß, dass man sich darin zwergenhaft klein fühlt, aber auch so schön und einsam, dass man verrückt wird, wenn man nicht dafür geschaffen ist. Ich spüre, wie er auch mich immer mehr durchdringt.

Das Jagen wird jetzt schwieriger, denn das Rotwild ist robuster, es findet mehr Nahrung und wird stark und schnell, was eine Herausforderung nicht nur an das Lauftempo, sondern auch an das Durchhaltevermögen der Wölfe ist.

Ich hoffe jeden Tag, dass die Erinnerung an Stuarts Verschwinden nach und nach verblassen wird. Ich hoffe, dass sich die Gerüchte um seinen Tod endlich legen. Zwei Monate sind es jetzt schon. Aber an jeder Bemerkung, die ich zufällig mithöre, an jedem misstrauischen Blick, den ich auffange, merke ich, dass es längst noch nicht vorbei ist und dass Niels recht hat. Die Befürchtungen wachsen nur.

Und dann ist da auch immer noch das Kleine in mir, Little One. *Eine Kirsche*, sagen Aggies Hände. Und dann: *eine Pflaume*. Die Zeit verrinnt. Mein Körper verändert sich. Die Organe sortieren sich neu. Ich fühle mich fremd, unternehme aber keine Schritte zur Umsetzung meiner ursprünglichen Entscheidung.

Offenbar hofft ein Teil von mir, dass es einfach verschwinden wird.

Die meiste Zeit denke ich gar nicht daran. Das kann ich mir nicht leisten.

Dafür denke ich an Duncan. Und obwohl ich bei der Vorstellung, was er durchgemacht hat, großes Mitleid empfinde, begreife ich doch auch, was Gewalt mit Menschen macht, wozu wir durch sie fähig werden, und ich weiß, ich muss die Wahrheit wissen, so oder so.

An diesem Abend, wie schon an den letzten, verdrücke ich mich früh von der Arbeit und postiere mich nicht weit vom Polizeirevier auf der Straße, um Duncan zu folgen, wenn er aus dem Büro kommt. Nie geht er direkt nach Hause. Er kauft noch Lebensmittel oder Werkzeug ein und macht ein paar Besuche. Heute folge ich ihm zum Haus der alten Mrs. Doyle, die in der Apotheke arbeitet und allein lebt. Sie ist sechsundsiebzig und leidet unter Arthritis, weigert sich aber, ihre Arbeit aufzugeben. Gemeinsam trinken sie im Wintergarten Tee, dann erledigt Duncan ein paar Dinge für sie im Haus; gestern hat er ihre Dachrinne gereinigt, heute jätet er Unkraut in ihrem Beet. Anschließend bringt er einer Frau, die ihre fünf Kinder allein großzieht, ein paar Lebensmittel vorbei, Brot und Milch und frisches Fleisch vom Metzger. Ein Weilchen spielt er mit den Söhnen im Vorgarten Fußball. Danach folge ich ihm zu Fergus und beobachte von der Straßenecke aus, wie sie im Garten zusammen ein Bier trinken, während die Sonne untergeht. Ich beobachte ihn jetzt schon lang genug, um zu wissen, dass er diese drei regelmäßig besucht, aber auch noch andere, Menschen, die Hilfe brauchen oder einfach nur ein bisschen Gesellschaft. Seine Fürsorge kommt aus tiefster Seele; sie ist der Stoff, aus dem sein Leben hier besteht. Ich glaube, er muss doch ein guter Mann sein. Aber kein Mensch ist nur das eine.

Ich folge ihm bis nach Hause, seine Rücklichter starren mir aus der Dunkelheit entgegen. Warum mache ich das bloß? Warum bringe ich Abend für Abend damit zu, ihn zu beobachten? Was erwarte ich, was will ich sehen? Ich erkenne nur eines: den Instinkt, mir einen Überblick zu verschaffen, den ich vom Jagen kenne. Man lernt durch Beobachtung.

Ich rechne damit, dass er in seine Einfahrt biegt und ich selbst daran vorbei zu meinem eigenen Häuschen weiterfahren, es für heute gut sein lassen werde. Aber nein, er fährt weiter, und ich denke: *Scheiße, will er jetzt zu mir?* Und ist es überhaupt wichtig, ob er zu mir fährt? Ja, ist es, irgendwie. Aber dann sehe ich die Bremslichter, und er fährt an den Straßenrand. Geht zu Fuß weiter in den Wald. Ich stelle den Wagen in meiner Einfahrt ab, gehe die Straße wieder zurück bis zu seinem Auto und verschwinde zwischen den Bäumen.

Die Welt leuchtet plötzlich auf – ein Blitz. Im Dunkeln ist Fährtenlesen unmöglich, trotzdem bewege ich mich lautlos, und bald schon höre ich seine Schritte durchs Unterholz knirschen. Die Taschenlampenfunktion seines Handys geht an, ich sehe, wie er nach etwas sucht. Oder nein, er geht einfach weiter, als wollte er Strecke machen.

Er sucht nach Stuart. Ich weiß es. Und er ist verdammt nah dran.

Ich trete ihm in den Weg, und er fährt erschrocken zusammen. »Scheiße nochmal, Inti! Was machst du hier?«

»Und was machst *du* hier?«

»Bist du mir wieder gefolgt?«, fragt Duncan.

Mein Gesicht wird heiß. Wie unglaublich peinlich. Aber anstatt es abzustreiten, nicke ich.

»Warum?«

»Weil ich versuche, dich kennenzulernen.«

»Wozu soll das gut sein? Ich dachte, du willst das mit uns beenden.«

Das will ich überhaupt nicht.

Aber.

»Ich habe den Verdacht, dass du Stuart umgebracht hast.«

Er schweigt.

»Warst du es?«, frage ich.

Wieder ein Blitz, in dessen Lichtstrahl er etwas an mir entdeckt. »Du blutest«, sagt er.

»Was?«

Er leuchtet mir mit dem Handy ins Gesicht, ich zucke zurück. »Aus der Nase.«

Ich fasse hin, und als ich die Hand wieder wegziehe, ist sie blutig. Ich hatte noch nie Nasenbluten. Es verwirrt mich. »Hast du Stuart umgebracht?«

»Du wolltest doch, dass ich was unternehme.«

»Ich wollte, dass du ihn verhaftest! Oder ihr hilfst, von ihm wegzukommen! Aber doch nicht, dass du ihn umbringst, Duncan, Herrgott nochmal!«

»Wäre das denn wichtig?«, fragt Duncan. »Wenn ich's getan hätte?«

Das habe ich mich inzwischen hunderttausendmal gefragt. Die Frage ist mir zum Atem geworden. Denn wollte ich es nicht selber tun? Habe ich es mir nicht ausgemalt, wie eine echte Psychopathin?

Aber ich komme immer wieder zu der Antwort, dass da ein Unterschied ist. Zwischen Denken und Tun. Ich habe Gewalt erlebt, ich weiß, was es dazu braucht und was hinterher übrig bleibt. Von dort kann man nicht mehr zurück.

Und ganz ehrlich? Stuart ist mir völlig egal. Soll er ruhig verrotten. Umso mehr interessiert mich, wie er getötet wurde und ob derjenige, der ihn getötet hat, es so aussehen lassen wollte, wie es aussah.

»Es wird den Wölfen angelastet«, sage ich, und meine Stimme wird brüchig dabei.

Duncan sagt nichts, vielleicht interessiert es ihn ja tatsächlich nicht. Auf mich wirkt er herzlos in diesem Moment.

Ich sage es ihm klipp und klar: »Wenn ihnen dadurch Schaden entsteht, sorge ich dafür, dass du es büßen musst.«

»Ich glaube, das tue ich schon, meinst du nicht?«, sagt er.

Ich weiß nicht, was ich sagen soll. Ich schmecke Eisen.

Als ich nach Hause komme, hockt meine Schwester auf dem kalten Küchenboden und hat ein Messer in der Hand.

»Was ist passiert?« Ich vergesse das Nasenbluten, das ich eigentlich stillen wollte, und gehe sofort zu ihr. Sie lässt das Messer erst los, als ich es ihrem Griff entwinde, und dann zittern ihre Hände so sehr, dass sie kaum Zeichen zustande bringt. Sie muss sich ein paarmal wiederholen, bis ich endlich erkenne, was sie mir sagen will.

Er ist draußen.

»Was?«

Ich hab was gehört.

»Nein, er ist nicht da«, sage ich. »Komm. Komm mit.«

Sie schüttelt den Kopf.

»Komm mit mir nach draußen, Aggie, dann zeige ich es dir.« Ich bin so frustriert, dass ich zittere, und dann platzen ohne Vorwarnung Mums Worte aus mir heraus. »*Reiß dich am Riemen!*«

Ihr Blick spricht von Verrat. Sie weiß, wie sehr mich dieser Befehl als Kind und Jugendliche geschmerzt hat. Sie weiß, wie klein ich mir dadurch vorkam. Sie will im Schlafzimmer verschwinden, aber ich packe sie am Arm und ziehe sie zur Haustür. »Du musst mit eigenen Augen sehen, dass da keiner ist!«

Aggie wehrt sich, ein in die Enge getriebenes Tier. Es gelingt mir, sie niederzuringen, dann fasse ich ihren Fuß und ziehe sie zur Tür. Sie bäumt sich auf, tritt mir gegen das Bein, ich wehre sie ab, wir gehen beide zu Boden, ringen wie die Verrückten. Das Blut aus meiner Nase tropft auf uns beide. »Hör auf, Aggie!«, keuche ich. »Komm … Scheiße! Komm einfach mit nach draußen, du musst das sehen!« Wenn ich es jetzt nicht schaffe, sie nach draußen zu bringen, werde ich genauso wahnsinnig wie sie.

Lass mich los, sagen ihre Hände. *Inti, lass mich los.*

Alle Luft weicht aus meiner Brust und auch aus ihrer.

»Ich kann nicht«, sage ich, und dann sinken wir beide erschöpft auf dem Boden zusammen.

Da wird mir auf einmal klar, was ich ihr sagen muss. Was ich ihr schon von Anfang an hätte sagen sollen.

»Er ist nicht da«, sage ich, »weil er nämlich tot ist. Ich habe ihn getötet.«

Aggie starrt mich an. *Aber du kannst nicht töten.*

Ich schüttele den Kopf. »Ich habe es nur nie gewollt.«

In meiner Miene sucht sie nach der Wahrheit und muss sie wohl finden, denn ihr ganzer Körper sackt unter dem Gewicht der Erleichterung gegen mich. Sie macht nur ein Zeichen, die Geste für *Danke*, dann schleppt sie sich ins Bett.

Und merkt anscheinend gar nicht, dass sie nicht als Einzige Hilfe braucht. Sie lässt mich einfach hier auf dem Küchenboden liegen, den ich weiter vollblute, und darüber sinnieren, was nötig ist, um einen Menschen zu töten. Nur das eigene Fleisch, nur die Seele.

Als ich ihn finde, liegt er auf dem gemeinsamen Bett, wo sie noch vor kurzem lag, auf diesem Bett, das unter ihr wackelte, und jetzt steige ich auf ihn, Angst liegt in seinen Augen, als ich meinen Mund seiner Kehle nähere und sie in Fetzen reiße …

Ich erwache mit Schmerzen. Auf den Fliesen haben sich all meine Muskeln verkrampft, der Geruch aus dem Traum hält noch an; das Blut hat unter mir Schlieren gebildet, es klebt mir an Händen und Gesicht. Das erste Licht des Morgens brennt mir an den Lidern, und durch das Fenster dringen die Laute eines verängstigten Pferdes. Anfangs glaube ich, immer noch zu träumen, ich glaube, wieder Kind zu sein und dass Dad sich des Tieres schon annehmen wird. Aber das ist kein Traum, es ist mein armes Pferd, das wegen irgendetwas verstört ist, das wiehert, scheut und steigt. Etwas macht Gall Angst, und für einen Moment denke ich: ein Wolf.

Ich will schon zur Tür, da sehe ich durch das Küchenfenster Aggie.

Sie ist draußen.

Meine Füße wollen nicht weiter.

Ich sehe, wie meine Schwester auf die Stute zugeht, nach Galls Mähne greift und sich auf ihren Rücken schwingt. Sie presst ihren ganzen Körper, und meinen dazu, an das Rückgrat des Pferdes, lässt sich flach, schwer und inbrünstig niedersinken, beruhigt das Tier mit unserem Herzschlag, unseren starken, sanften Händen, unserem Atem. Galls Hufe kommen im Gras zur Ruhe, sie findet ihren inneren Frieden, eins mit der Frau auf ihrem Rücken. Behext von dieser flüsterzarten Berührung, die meiner Schwester von Geburt an mitgegeben wurde. Als Aggie lächelnd ihr Gesicht an den Hals der Stute drückt, setze ich mich wieder auf den Küchenboden und weine.

Ich bin als Erste bei der Arbeit, und so bin ich es auch, die sie findet. Die beiden Sterbesignale.

Als Evan und Niels da sind, reiten wir los, um nach den Kadavern zu suchen und herauszufinden, was geschehen ist. Zwei Mitglieder des Tanar-Rudels, die Wölfe Nummer Vier und Nummer Fünf, liegen tot innerhalb der Grenzen eines Reviers, das nicht ihres ist. Es ist Ashs.

»Es muss einen Kampf gegeben haben«, mutmaßt Evan, denn beiden Wölfen wurden Kehle und Bauch zerfetzt, eindeutig das Werk eines anderen Wolfes.

Sag bloß, kann ich mir gerade noch verkneifen.

Ich spüre tiefe Traurigkeit bei ihrem Anblick, aber keinen Zorn. Der natürliche Lauf der Dinge hat ihrem Leben ein Ende gesetzt.

Wir werden die toten Tiere mitnehmen, zunächst aber folgen wir der Blutspur tief hinein in Ashs Revier, wo wir feststellen, dass sie zwar am Leben ist, aber aus der Schnauze blutet, und dass ihre Tochter Dreizehn und ihr neuer Gefährte Zwölf bei ihr sind, beide ebenfalls verletzt. Anstatt selbst ein neues Rudel zu gründen, ist das frisch vereinte Paar hierhergekommen, um sich Ash anzuschließen. Dreizehn ist zu ihrer Mutter heimgekehrt, und sie haben den Kampf gemeinsam ausgefochten. Ich wage nicht zu atmen, während ich den Wald nach den Welpen absuche, denn wenn sie tot sind, weiß ich nicht mehr, was aus mir werden soll. Aber dann sehe ich aus dem Augenwinkel Bewegung, und alle sechs kommen aus dem Gestrüpp, balgen sich fröhlich, als wäre nichts passiert, und ich bin mir sicher, dass Ash und ihre beiden ausgewachsenen Wölfe ein fünfköpfiges Rudel in die Flucht geschlagen haben, um sie zu schützen. Es wäre nur logisch, dass Zwölf und Dreizehn ihr die Machtposition streitig machen und sich selbst als neues Elternpaar des Rudels zu etablieren versuchen, aber ich glaube nicht, dass sie das tun werden. Ash ist wohl die stärkste Wölfin, der ich jemals begegnet bin.

Die beiden toten Wölfe haben Evan erschüttert, das sehe ich ihm an. Er reagiert genauso empfindlich auf ihr Sterben wie ich, als ich mit dieser Arbeit anfing. Damals ging die Trauer, selbst wenn sie sich gegenseitig getötet hatten oder an einer Krankheit gestorben waren, immer ebenso tief wie bei der Entdeckung einer sinnlosen Tötung durch Menschenhand. Ich mache also einen Spaziergang mit ihm, um Wildblumen zu pflücken, die er seit jeher genauso liebt wie die Tiere.

»Ich kann mich einfach nicht daran gewöhnen«, gesteht er mir.

»Das ist doch aber eigentlich nichts Schlechtes. An so etwas Grausiges gewöhnt man sich eben nicht leicht.«

»Aber das müsste ich. Wir erleben es schließlich oft genug. Genau darum geben wir ihnen ja keine Namen.«

Ich zucke die Achseln. »Trotzdem. Es ist einfach zu viel Liebe im Spiel, als dass es jemals leicht werden würde. Du musst dir das verzeihen.« Ich hocke mich hin und deute auf ein paar kleine gelbe Blumen; jede hat fünf Blütenblätter, sie erinnern an Gänseblümchen.

»*Ranunculus flammula*«, sagt Evan. »Und dazwischen etwas *Filipendula ulmaria*.« Er pflückt von beiden ein paar, dann gehen wir weiter. Vor uns erstreckt sich ein morastiges Feld, und wir verlassen den vorgegebenen Weg.

»Fährst du am Wochenende nach Glasgow?«, frage ich. Evans komplette Familie lebt dort, und ich vermute, dass er in Glasgow auch noch jemanden hat, denn er fährt bei jeder sich bietenden Gelegenheit hin. Seine Eltern stehen voll und ganz hinter seiner Arbeit; einmal hat er mir erzählt, dass sie für ihr Leben gern auf Demonstrationen gehen, je lauter und erboster, desto besser.

»Ich wollte«, sagt er. »Aber jetzt, wo die Rudel kämpfen, ist doch viel zu viel zu tun.«

»Fahr ruhig«, entgegne ich. »Am Wochenende brauche ich dich nicht unbedingt, aber ich brauche dich generell erholt und ausgeruht.«

»Befolgst du deine Regeln auch manchmal selber, Boss?«

Darauf gehe ich nicht ein.

»Warst du wieder mal beim Unterstand?«, fragt er.

Ich nicke.

»Ich auch. Ich gehe ständig hin. Starre runter, beschwöre die Kleinen, dass sie sich zeigen. Manchmal rufe ich ihnen auch irgendwelchen Unsinn zu, wie so ein Wahnsinniger.«

Ich muss lachen. »Wahrscheinlich bleiben sie nur in ihrer Höhle, um dich zu ärgern.«

»Kann gut sein. Ab wann kommen wir eigentlich zu dem Schluss, dass das hier nicht funktioniert?«

»Davon sind wir noch weit entfernt.«

»Ich weiß, aber gibt es einen konkreten Punkt?«

Langsam schüttele ich den Kopf. Für mich nicht, nein. Aber für die Einheimischen garantiert. Ich sage: »Gib den Wölfen Zeit, Evan. Man braucht einfach ein bisschen Geduld.«

»Das war noch nie meine Stärke. Ach, schau mal. Die ist aber schön. *Dactylorhiza incarnata.* Aus der Familie der Sumpforchideen.«

Ganz allein steht sie im morastigen Gras, gut dreißig leuchtend rosa gepunktete Orchideenblüten an einem geraden Stängel. Sie strahlt intensiver als jede der Farben aus Werners Nomenklatur, bewegt sich aber grob im Spektrum von Coccusrot, auch Karmesinrot genannt, dem Ton der Roten Tulpe und der Apothekerrose und eines Minerals namens Spinell. Bei Tieren tritt dieser Farbton nicht auf, außer vielleicht beim ein oder anderen gesegneten Vogel. Fast ist es merkwürdig, in diesem Land voller Braun und Grau eine so lebhafte Farbe zu sehen.

»Das wird ein wunderschöner Strauß«, sage ich.

Aber Evan richtet sich wieder auf und pflückt sie nicht. »Ich glaube, dieses einsame Schätzchen lassen wir lieber stehen. Es hat hier seinen ganz eigenen Part zu erfüllen.«

Ich rufe Mum an und erwische sie am frühen Morgen, kurz bevor sie zur Arbeit aufbricht.

»Was machen die Wölfe?«, fragt sie. Im Hintergrund höre ich die Kaffeemaschine.

»Sie bringen sich gegenseitig um.«

»Dann ist ja alles, wie es sein soll. Und Aggie?«

»Ihr geht's … gut.« So gut wie schon lange nicht mehr. Heute Morgen war sie tatsächlich draußen! »Kann ich dich was fragen, Mum?«

»Damit hatte ich schon gerechnet.«

»Wieso?«

Ich kann ihr Schulterzucken förmlich hören. »Merk ich an deiner Stimme.«

Das lässt mich stutzen. »Du hast ein richtig gutes Gespür für Menschen, oder?«

»War das deine Frage?«

»Nein.«

Ihr leises Lachen klingt wie ein Seufzen.

»Was machst du als Erstes, wenn jemand ermordet worden ist?«

Es bleibt kurz still. »Ist auch wirklich alles in Ordnung, Schatz?«

»Bestens.«

»Und wenn nicht, würdest du mir das doch sagen?«

»Ich hätte gedacht, du willst sowieso nur, dass ich mich am Riemen reiße.«

Darauf erwidert sie lange nichts. Dann sagt sie: »Du wirst es eines Tages auch selbst herausfinden, Liebling, aber wir sind nun mal besonders fehlbar, wenn wir Kinder großziehen.«

Näher werde ich dem Eingeständnis, dass sie vielleicht etwas falsch gemacht haben könnte, wohl nie mehr kommen. Und sie wird einer Entschuldigung nie näher kommen.

»Du hattest ja sogar recht«, sage ich knapp. »Ich musste mich wirklich am Riemen reißen.« Und ich habe es getan, so sehr, dass ich inzwischen hart bin wie runzliges altes Leder.

Mum seufzt, widerspricht aber nicht.

»Vor allem muss man den zeitlichen Ablauf rekonstruieren«, fängt sie an, und während sie redet, kommen mir Bruchstücke davon aus meiner Kindheit wieder in den Sinn; all das hat sie mir längst beigebracht, ich habe mir nur alle Mühe gegeben, es wieder zu vergessen. »Eine Zeitachse mit allem, was das Opfer unternommen hat, seinen Gewohnheiten, seinen Routinen. Wenn man sich ein detailliertes Bild von seinem Leben macht, entdeckt man alles, was heraussticht. Das, was nicht zum Rest passt, das ist die erste Spur. Man muss sich auch die Menschen anschauen, die sich nicht gleich aufdrängen. Nach Motiven suchen. Nach Lügen.«

»Und wie erkenne ich eine Lüge?«

»Geh davon aus, dass alles gelogen ist, und suche dann Beweise für die Wahrheit.«

»Klingt nach ziemlich viel Arbeit.«

Sie lacht. »O ja. Und ich stelle mir jetzt einfach vor, dass du eine neue Karriere als Krimiautorin anstrebst, okay?«

»Ja, mach das. Danke, Mum.«

Sie wartet, aber ich weiß nicht, wie ich es formulieren soll.

»Was denn noch, Inti?«

»Gibt es einen Grund dafür, dass du diese Arbeit machst? Ich weiß ja, wie sie dich auffrisst. Ich weiß, dass sie dir kaum noch Raum für anderes lässt. Und es kann auch nicht leicht sein, dich freiwillig in so viel Düsternis zu begeben, erst recht, wo du von den allermeisten Menschen sowieso keine hohe Meinung hast. Ich hatte mich einfach nur gefragt, ob dir mal was zugestoßen ist.«

Mum antwortet nicht. Ich höre, wie sie sich Kaffee einschenkt, Milch dazugießt und die Flasche wieder zurück in den Kühlschrank stellt. Die Schiebetür wird geöffnet und wieder geschlossen, dann höre ich, wie sie sich eine Zigarette anzündet. Ich sehe den Betonbalkon vor mir, auf dem sie jetzt sitzt, habe das rauschende Meer vor dem inneren Auge, auf das sie jetzt wohl blickt, die Sonne, die langsam am Horizont aufgeht, alles niederbrennt.

»Dein Vater hat mich nicht verprügelt, falls du das meinst.«

»Nein«, entgegne ich rasch. Das meinte ich auch nicht, zumindest nicht direkt, aber es nimmt mir doch einen großen Druck von der Brust.

»Man muss nicht selbst Opfer sein, um Anteil zu nehmen«, sagt meine Mutter. »Man braucht einfach nur Unmengen von Empathie.«

Ich atme lang und tief aus. »Stimmt. Danke. Entschuldige,

dass ich gefragt habe.« Das meine ich ganz ehrlich. Es ist ihre Sache. Ich wollte einfach nur wissen, ob sie auch so ist wie Duncan. Ob ihr Verlangen, andere zu beschützen, entstanden ist, weil sie selbst nicht beschützt wurde.

»Mein Stiefvater«, sagt sie unvermittelt, leise, atmet es aus mit einer Lungenladung Rauch.

Großeltern, oder auch Stiefgroßeltern, habe ich nie kennengelernt.

»Oh«, sage ich und lasse meinerseits Atem entweichen. »Das tut mir leid. Wie lange, Mum? Wie lang hast du gebraucht, um darüber hinwegzukommen?«

»Schatz«, sagt sie, »ich habe die Fotos toter Frauen an meiner Schlafzimmerwand.«

Aber ich kann das nicht akzeptieren. Dass ihr Weg der einzige sein soll. Bei Aggie wird es anders sein. Es muss eine Möglichkeit geben, wieder heil zu werden, und wenn ihr der Wille dazu fehlt, dann werde ich stark und verlässlich für sie kämpfen. Wenn nötig, kann sie auch meine Seele haben statt ihrer eigenen.

19

Trotz der leichten, nie ganz nachlassenden Übelkeit, die mich seit ein paar Wochen begleitet, muss ich versuchen, den zeitlichen Ablauf zu rekonstruieren. Im violetten Dämmerlicht klopfe ich bei Red McRae. Sein Vater macht mir auf.

»Entschuldigen Sie die Störung. Ist Red da?«

»Er ist draußen bei den Schafen. Kommen Sie ruhig rein. Ich funke ihn an.«

Ich trete ins Haus und bleibe an der Tür stehen, während der alte Mann in ein Walkie-Talkie spricht und Red mitteilt, die Wolfsfrau wolle ihn sprechen.

»Gibt's hier auch kein Mobilfunknetz?«, frage ich, als er wiederkommt.

»Kein Stück. Kommen Sie, kommen Sie, es ist nicht nett, sich so an der Tür herumzudrücken. Ich mache uns einen Tee. Oder wollen Sie lieber Kaffee?«

»Tee ist wunderbar.«

»Ich frage jetzt mal nicht, was Sie hier wollen.«

»In Ordnung.«

Das steinerne Haus wirkt behaglich und eingewohnt. Ich vermute, dass es der Familie schon lange gehört. »Ich heiße Inti«, sage ich. »Lassen Sie mich doch den Tee machen.«

»Douglas«, sagt er und lässt mich in seiner kleinen Küche hantieren.

»Wohnen Sie hier nur zu zweit?«

»Ja. Seit Quick nicht mehr lebt.«

»Wer war Quick?«

»Reds Frau.«

»Oh, das tut mir leid.« Das Wasser kocht, und er zeigt mir, wo im Schrank die Teebeutel stehen. »Guter Name, Quick.«

»Stimmt, und sehr passend.«

»Wieso das?«

»Weil sie immer so schnell geschossen hat.«

»War sie ein Cowgirl?«

»Nein, aber schlagfertig«, erläutert er mit leisem Kichern. »Teilte einfach so nebenbei die tödlichsten Beleidigungen aus, schneller, als man schauen konnte. Quick eben.«

Ich muss lächeln. »Sie klingt toll. Wohnen Sie schon lange hier?«

»Mein ganzes Leben. Schon mein Vater hat sein ganzes Leben hier verbracht.«

»Hat er auch Schafe gezüchtet?«

»Genau, und das geht noch viel weiter zurück. Wir sind immer schon Schafsmenschen gewesen, mindestens sechs Generationen vor uns. Sie sollten sich mal öfter im Ort blicken lassen, Kindchen. Würd' Ihnen guttun, ein paar Leute kennenzulernen.«

»Ach ja? Warum denn?«

»Weil's nicht gut ist, sein Leben nur mit Tieren zu verbringen. Kann ich Ihnen aus Erfahrung sagen. Ich gehe donnerstags immer zu so einem Treffen im Wollladen. Kommen Sie doch auch mal mit.«

»Im Wollladen? Und was für ein Treffen ist das?«

»Ein Strickkränzchen.«

Ich sehe ihn an. »Sie sind in einem *Strickkränzchen*?«

»Und ob. Das ist sehr entspannend. Nächstes Mal kommen Sie mit, abgemacht? Wir beißen nicht.«

»Die Tiere auch nicht. Oder zumindest selten.«

Er sieht mir zu, wie ich die Becher mit kochendem Wasser fülle. »Warum sind Sie hier, Wolfsmädchen?«

»Ich bin eine Frau«, entgegne ich.

Ein Grinsen zieht über Douglas' Gesicht. »Entschuldigen Sie vielmals. Wolfsfrau.«

Ich reiche ihm seinen Becher und lehne mich an den Küchenschrank. »Eigentlich weiß ich das gar nicht, Douglas. Ich weiß es wirklich nicht.«

»Sie machen da was Gutes.«

Mir bleibt vor Staunen der Mund offen stehen. »Finden Sie?«

Douglas nickt.

»Aber machen Sie sich denn keine Sorgen wegen der Schafe? Wie sonst praktisch jeder?«

»Die Schafe haben ihre Zeit gehabt«, antwortet er schlicht und nimmt einen Schluck Tee.

Als Red zurück ist, führt er mich in ein kleines, unordentliches Arbeitszimmer und lässt mich vor seinem Schreibtisch Platz nehmen, als wäre ich zum Schuldirektor zitiert worden. »Was wollen Sie?«

Ich lehne mich auf meinem Stuhl zurück. »Ihr Vater hat mich deutlich netter empfangen.«

»Der ist auch dement.«

Ich lache und reibe mir die müden Augen. »Aha. Also, mein Anliegen hat nichts mit Wölfen oder Schafen oder so zu tun.«

»Womit denn dann? Ich hab noch Tiere zu versorgen.«

»Es geht um den Abend vor dem Pub, bevor Stuart verschwunden ist.«

Seine Augenbrauen wandern in die Höhe, und er lehnt sich zurück, spiegelt mich. Er wirkt jetzt ganz entspannt, weil er glaubt, die Oberhand zu haben.

»Ich bin reingegangen. Duncan blieb bei Ihnen draußen. Und als er schließlich reinkam, war er ziemlich lädiert.«

»Und was wollen Sie da jetzt wissen?«

»Was passiert ist.«

Red starrt mich an. Sein Schnurrbart wirkt längst nicht mehr so eindrucksvoll, seit ich den seines Vaters gesehen habe. »Wieso interessiert Sie das?«, will er wissen.

»Ich versuche, den zeitlichen Ablauf zu rekonstruieren.«

Er grinst. »Praktikum bei der Polizei, was?«

Darauf sage ich nichts.

»Sie haben mir eine Menge Ärger eingebracht, Miss Flynn.«

»Wie das?«

»Haben Sie eine Ahnung, was so ein Zaun kostet?«

»Nein.«

»Haben Sie eine Ahnung, was es einen Menschen kostet, die ganze Nacht aufzubleiben und seine Herde zu bewachen?«

»Einen Arbeitsplatz, würde ich denken. Es tut mir leid,

wenn wir Ihre Ausgaben in die Höhe getrieben haben, wirklich, aber worauf wollen Sie hinaus, Red?«

»Warum sollte ich Ihnen mit irgendwas helfen?«

»Weil Sie ein guter Mensch sind, der wissen will, was mit seinem Freund passiert ist.« Ich kann nur hoffen, dass das stimmt. Schließlich gibt es auch noch die Möglichkeit, dass Reds Wunsch, die Wölfe loszuwerden, ihn in diesem Fall zum Mordverdächtigen macht; aber den Gedanken, dass ein Mann seinen Freund umbringen würde, um Tiere zu belasten, die er eigentlich jagen möchte, kann ich nun wirklich nicht verkraften.

»Und was kriege ich dafür von Ihnen?«, fragt Red.

Ich beäuge ihn misstrauisch. »Was wollen Sie denn?«

»Lassen Sie die Anklage wegen dem Wolf fallen, den ich getötet habe.«

Die Anklage, die nie erhoben wurde, weil Duncan zu feige dafür war? Ich muss fast grinsen. Offensichtlich hat Duncan Red nie mitgeteilt, dass er deswegen nichts unternehmen wird. Ein paar Sekunden tue ich, als würde ich angestrengt darüber nachdenken, dann nicke ich. »Na gut.«

»Stu war fuchsteufelswild wegen dem, was Sie zu ihm gesagt haben. Er wollte sich ein bisschen prügeln und hat sich den Falschen dafür ausgesucht. Zwischen ihm und MacTavish herrschte eh schon böses Blut. Früher waren sie mal Freunde, wahrscheinlich haben sie sich deshalb besonders heftig überworfen. Viel hat's nicht gebraucht, bis sie aufeinander los sind. Mac hat sich Stu geschnappt, und dann hat er ihn grün und blau geschlagen. Das waren die alten Dämonen, die ihn dazu getrieben haben.«

Mir stockt der Atem. »Haben sie sich schon mal so geprügelt?«

»Zuletzt als Kinder, würde ich sagen.«

»Und warum an dem Abend?«

»Sagte ich doch schon – Sie haben Stu provoziert, Inti. Etwas ans Licht geholt, was er mit aller Kraft versteckt halten wollte. Immer vorausgesetzt natürlich, wir wollen glauben, was Sie ihm da vorgeworfen haben. Er wollte sich mit irgendwem prügeln, Duncan war gerade da und hatte seinen eigenen aufgestauten Groll.«

Ich lasse das kurz sacken. »Und wie ging es dann weiter?«, frage ich. Vermute beispielsweise das Krankenhaus.

Aber Red sagt: »Er hat ihn für die Nacht eingebuchtet.«

»Und das war's?«

»Das war's.«

»Sie wissen ganz sicher, dass Duncan ihn aufs Revier gebracht hat?«

»Wo hätte er ihn denn sonst hinbringen sollen?«

»Und das war das letzte Mal, dass Sie Stuart gesehen haben?«

Red nickt.

Ich stehe auf. »Na dann, vielen Dank.«

»Miss Flynn. Ich bin unserem Chief nicht mehr sehr zugetan, erst recht nicht, seit ich seinen Zorn erlebt habe. Aber MacTavish ist keiner, mit dem Sie sich anlegen sollten. Und soll ich Ihnen noch was sagen? Dass Sie überall kehren wollen außer vor der eigenen Haustür, das ist ziemlich armselig und außerdem gefährlich. Wir wissen doch alle, was mit Stuart passiert ist. Den Kampf werden Sie nicht gewinnen.«

»Sie glauben, das ist ein Kampf?« Ich wende mich lächelnd zur Tür. »Wenn ich mal anfange zu kämpfen, Red, dann merken Sie das schon.«

Ich halte vor dem Polizeirevier; inzwischen ist mir richtig schlecht. Ich mache das Fenster auf, lasse die kühle Luft den Schweiß an meinem heißen Gesicht trocknen. Wenn Duncan an jenem Abend wirklich mit dem blutverschmierten Stuart hier durchmarschiert ist, dann sollte man doch meinen, dass er bis zum Morgen in einer Zelle gesessen hätte, vermutlich sogar in irgendeiner Form registriert und bei Tagesanbruch wieder freigelassen wurde. Was heißen würde, dass ihn niemand mitten in der Nacht im Wald hätte töten können. Und das wiederum legt nahe, dass Duncan Stuart woanders hingebracht hat und danach zu mir in den Pub gekommen ist. Um gegen halb drei am Morgen erneut zu verschwinden. Mein Zeitablauf wird nicht klarer.

Aber das Motiv.

Ich verstehe bestens, warum Duncan Stuart Burns getötet hat. Nur passt es nicht ins Bild, dass er es tut und die Leiche dann einfach liegen lässt, damit sie gefunden wird.

Es gibt nur ein Motiv, das sich mir halbwegs erschließt: dass er es wie einen Wolfsangriff aussehen lassen wollte.

Vielleicht hat Duncan Stuart ja gar nicht töten wollen; vielleicht ist der Mann nach der Prügelei seinen Verletzungen erlegen, und Duncan sah darin die Möglichkeit, zwei Fliegen mit einer Klappe zu schlagen. Sich selbst eine Mordanklage zu ersparen und zugleich den offiziellen Grund zu liefern, die Wölfe wieder loszuwerden, die Spannungen im

Ort zu lindern und alles wieder zur Normalität zurückkehren zu lassen.

Er fragt sich sicher, wer die Leiche versteckt hat.

Oder auch nicht. Allmählich liegt es ja auf der Hand.

Ich fahre zum Burns-Hof hinaus. Seit meinem Zusammenstoß mit Lainey und ihren Brüdern habe ich mich dort nicht mehr blicken lassen, es war nur zu klar, dass sie mich nicht sehen will. Aber ich mache mir Sorgen um sie. Will mich überzeugen, dass es ihr gutgeht. Falls sie offen dafür sein sollte, über den Abend zu reden, und nur dann, kann sie vielleicht etwas Licht ins Dunkel bringen, mir sagen, was vor dem Pub passiert ist und ob Duncan ihren Mann aufs Revier gebracht hat oder nicht. Aber vor allem möchte ich ihr einen Laib Brot und einen Topf Suppe bringen, den Aggie gekocht hat, und eine Flasche Wein.

Ich muss ein bisschen mit meinen Gaben jonglieren, um überhaupt bei ihr klopfen zu können. Das Licht ist an, kurz sehe ich ihr Gesicht am Fenster, dann werden die Vorhänge zugezogen. Sie macht nicht auf.

Vielleicht gibt sie mir ja die Schuld an der Auseinandersetzung in jener Nacht, an der Schlägerei, die zu seinem Verschwinden geführt hat. Vielleicht nimmt sie mir übel, dass ich mich überhaupt eingemischt habe. Ehrlich gesagt glaube ich allmählich selbst, ich hätte mich lieber raushalten sollen. Ich stelle ihr das Essen und den Wein vor die Tür und lasse sie in Frieden.

»Inti Flynn. Was kann ich für dich tun?«

»Ich würde dich gern heute Nachmittag zu unserem Unterstand mitnehmen.«

Duncan bleibt lange still. Ich höre ihn am anderen Ende der Leitung atmen. »Und warum?«

»Ein Unterstand mit einem so guten Blick auf die Wurfhöhle eines Rudels ist selten. Wir können sie problemlos beobachten.«

»Wieso sollte ich das wollen?«

»Weil nur wenige Menschen auf dieser Welt jemals Wölfe in freier Wildbahn beobachten können. Das ist etwas ganz Besonderes. Ich versuche, deine Einstellung zu ihnen zu ändern, Duncan.«

Ich höre ihn förmlich nachdenken. »Um wie viel Uhr?«

Der Unterstand ist aus Holz und bietet zwei, höchstens drei Menschen Platz. Er ist niedrig und bodennah, durch das grasbewachsene Dach fügt er sich unauffällig in die Umgebung ein, und das schmale Beobachtungsfenster ermöglicht einen Panoramablick auf die Vielzahl brauner Hügel, die zu den südöstlichen Ausläufern der Cairngorms gehören.

Hier ist man wirklich fern von allem. Die Landschaft ist so gewaltig, dass ich es kaum fassen kann. Ich fühle mich Millionen Kilometer weit weg von der Menschheit und ungeheuer klein.

Seit Tagen war ich nicht mehr im Projektquartier, denn von hier aus kann ich mit dem Fernglas beobachten, wie das Glenshee-Rudel seine Vorkehrungen für die Geburt der Welpen trifft. Die Mutter, Nummer Acht, ist bereits in dem

Loch verschwunden, das sie zusammen mit ihrem Gefährten gegraben hat, und hat sich seit vollen sechs Tagen nicht mehr gezeigt. Was nach meiner Vermutung nur bedeuten kann, dass sie ihre Welpen geboren hat und bald wieder herauskommen wird. Die anderen vier Wölfe, darunter auch Nummer Zehn, die von ihrer langen Wanderung zurückgekehrte Schwester, halten sich in der Nähe auf. Den Morgen verbringe ich damit, zweien von ihnen beim Spielen zuzusehen; die eine hat unglaubliche Freude an einer langen weißen Schwanenfeder, hält sie zwischen den Zähnen und schwenkt sie herum oder schlägt mit den Pfoten danach, während der andere – der Leitwolf – Stunden damit verbringt, mit den Schatten der Wolken zu tanzen. Der alte Rüde Nummer Vierzehn, unser ältester Wolf, schaut ihnen gutmütig dabei zu, und die wachsame Nummer Zehn patrouilliert derweil am Ufer entlang, immer auf und ab, und beobachtet wie gebannt etwas im Wasser. Je länger ich ihnen zuschaue, desto klarer wird mir, dass ich wohl nie begreifen werde, was im Kopf eines Wolfs vor sich geht, nicht einmal annähernd. Ich lächele über das närrische Mädchen, das ich einmal war, das glaubte, all ihre Geheimnisse entschlüsseln zu können.

Die Tür fliegt auf, und ich falle fast um vor Schreck. »Herrgott, Duncan!«

Er muss sich ducken, um überhaupt in den kleinen Unterstand zu passen, und fragt sich wahrscheinlich, was er hier eigentlich verloren hat.

Ich hoffe, dass er diese Einladung als Friedensangebot versteht und nicht als das, was sie in Wahrheit ist: Taktik.

Er schiebt sich ungelenk herein, um die Tür wieder hinter

sich zu schließen. Dann setzt er sich, so weit von mir weg wie möglich. Während ich ihm das zweite Fernglas reiche und ihm die richtige Richtung zeige, beobachte ich jede kleinste Regung in seinem Gesicht, die Bewegungen seiner Augen, das Zucken seiner Lippen. Ich registriere, wie er die Hände hält, wie er sich diesen Raum zu eigen macht. Versuche, ihn zu begreifen, mir seine kleinen Ticks und Macken einzuprägen, so, wie Wölfe es mit ihrer Beute tun. Ich werde die Wahrheit über jene Nacht herausbekommen, ganz gleich, wie. Wenn das erfordert, ihm wieder näherzukommen, dann werde ich das tun.

»Das ist das Glenshee-Rudel«, sage ich. »Sie warten darauf, dass die Leitwölfin ihre Welpen wirft.«

Duncan beobachtet sie schweigend, wandert mit dem Fernglas von Wolf zu Wolf. »Nur vier?«

»Und die Mutter in der Geburtshöhle.«

»Welcher ist der Leitwolf?«

»Der Vater des Rudels ist Nummer Sieben, ganz links.«

»Was macht er da?«

Ich hebe mein Fernglas an die Augen und sehe, dass Sieben auf einem Ast herumkaut und ihn zwischen den Pfoten dreht. Achselzuckend sage ich: »Er spielt.«

Duncan runzelt die Stirn. »So furchterregend sehen die gar nicht aus.« Er sieht mich von der Seite an. »Aber du ja auch nicht.«

Ich weiß nicht, was ich darauf sagen soll. Es ist heiß und stickig, zu zweit auf so engem Raum. »Wer hat dir denn erzählt, ich wäre furchterregend?«

»Das musste mir niemand erzählen.«

Eigentlich hatte ich ja vor, ihm wieder näherzukommen, aber stattdessen werde ich jetzt sauer. »Das sagt nun wirklich der Richtige.« Ich streiche mir das Haar aus dem verschwitzten Gesicht. »Ich wusste immer, dass du nicht so nett sein kannst, wie du scheinst. Das ist immer so.«

»Was ist dir bloß zugestoßen?«, fragt er.

»Nichts.« Ich bin sauer und schieße zurück: »Was ist mit deinem Bein passiert?«

Ich rechne nicht mit einer Antwort, aber er sagt: »Mein Vater hat mit einem Cricketschläger auf mich eingedroschen. Mir den Oberschenkelknochen zertrümmert. Und weil meine Mutter ihn nicht noch mehr aufbringen wollte, hat sie mich selbst verarztet, so gut sie konnte, und es ist sehr schlecht verheilt.«

Alle Luft weicht aus meiner Brust. Jeder Funke Zorn verlischt umgehend, ich spüre Tränen in der Kehle, will ihn an mich ziehen, aber ich muss ganz stillhalten.

»Wie alt warst du da?«, frage ich so ruhig, wie es eben geht.

Er zuckt die Achseln. »Weiß ich nicht mehr. Dreizehn vielleicht?«

Es fängt an zu regnen, wie die Wolken es schon den ganzen Tag verkünden. »Dieses Wetter ist wirklich erbarmungslos«, brumme ich, verstört und unsicher, wie ich mich verhalten, was ich sagen soll. Wieder habe ich mich in ihm getäuscht.

»›Der Sommer auf dem Hochplateau‹«, zitiert Duncan, »›kann köstlich wie Honig sein, ebenso eine drückende Heimsuchung.‹«

»Welcher Polizist kennt sich denn mit Literatur aus?«, frage ich und wedele mir eine Mücke vom Gesicht – selbst bei geschlossener Tür finden diese Mistviecher noch einen Weg herein. Ich bin wohl erleichtert über diesen Ausweg, fort von Cricketschlägern und zertrümmerten Knochen, und verabscheue mich selbst, weil ich so feige bin.

»So mancher, würde ich sagen.«

Ich schüttele den Kopf. »Ich kenne keinen.«

»Lass mich raten – dein Vater ist bei der Polizei?«

»Meine Mutter. Und sie ist definitiv keine von denen, die sich mit Literatur auskennen.«

»Ach nein? Was denn dann für eine?«

»Eine, die jedem Verdacht, den sie hat, auch nachgeht, anstatt die ganze Nacht draußen im Auto zu hocken und darauf zu warten, dass drinnen was Schlimmes passiert.«

Darauf folgt nur Schweigen.

Und mir wird klar, dass ich womöglich vor allem das unverzeihlich finde: seine Untätigkeit.

»Erzählt sie dir viel von ihrer Arbeit?«, fragt Duncan.

Ich zucke die Achseln.

»Jeder halbwegs fähige Ermittler weiß nämlich, dass man so einen Kerl nur dann verhaftet, wenn man ihn auch hinter Gittern halten kann, wenn man ihn also todsicher beim Wickel hat. Sonst geht er nämlich gleich zurück nach Hause und verletzt seine Frau noch tausendmal mehr, als er es sonst getan hätte. Manchmal bringt er sie dann auch um.«

Ich sehe ihn an. »War das bei deinen Eltern so?«

Er wendet sich wieder den Wölfen zu. Nickt.

»Und du wolltest sie beschützen.«

»Nein«, sagt Duncan. »So war es nicht. Nicht an dem Tag. An dem Tag habe ich zugesehen, wie er sie totschlägt, und einfach nur danebengesessen, still wie ein Toter.«

Ein Schmerz des Wiedererkennens in meinem Innern.

Duncan fährt fort: »Ich habe meinen Vater umgebracht, aber es war keine Notwehr und auch keine Nothilfe, wie es später hieß. Es gab niemanden mehr, dem ich hätte helfen können. Ich denke, das solltest du wissen.«

»Aber was war es dann?«

Sein Kiefer zuckt. »Rache. Hass. Sie war schon tot, als ich mir den Cricketschläger geschnappt und ihm den Schädel eingeschlagen habe.«

Ich schlucke, meine Wangen brennen. Der Satz bricht unerlaubt aus mir heraus. »Meine Schwester ist von ihrem Mann misshandelt worden.«

Duncan fährt zu mir herum. »Was?«

»Meine Zwillingsschwester.«

Er lässt die Luft aus seiner Lunge entweichen. »Das tut mir leid«, sagt er mit heiserer Stimme. »Es tut mir so verdammt leid. Verzeih mir.«

Ich ringe mir ein ersticktes Lachen ab. »Was denn? Du warst es ja nicht.« Ich hebe die zitternde Hand an die Augen, drücke mit den Fingern auf die Lider. Mir wird schon wieder übel. »Es hat mich zu etwas gemacht, was ich vorher nie war«, gestehe ich. »Etwas, was ich nie für möglich gehalten hätte. Ich wollte ihn töten. Ich wollte es so sehr. Ich war ein wildes Tier. Duncan, ich … du kannst dir nicht vorstellen, wie *sanft* ich früher war. Ich habe fest daran geglaubt, dass in dem Raum zwischen zwei Menschen ein Zauber liegt, und jetzt bin ich nur noch dieses … harte, zornige Etwas.«

»Du bist immer noch sanft«, sagt er. »Du tust so, als ob du es nicht wärst, aber ich erkenne es in allem, was du machst.«

Jetzt weine ich doch noch.

Meine Hand wandert zu meinem Bauch, der sich bereits ein wenig wölbt. Ich muss sie von dort wegzwingen, sonst bin ich verloren.

Vielleicht ja in einem anderen Leben.

Duncans Hand liegt groß und warm an meinem Rücken, und genau das hätte ich auch für ihn tun sollen.

»Wo ist deine Schwester jetzt?«

Ich wische mir die Augen. »Zu Hause.«

»Im Blue Cottage?« Er runzelt verwirrt die Stirn. »Ich wusste nicht, dass da noch jemand mit dir wohnt.«

»Sie verlässt das Haus nicht. Nur im Kopf.« Ich rutsche unbehaglich herum, ringe nach Worten. »Ich wusste nicht, dass … so was passieren kann. Mit jemandem. Dass ein Mensch einfach ausgelöscht werden kann. Dass wir die Macht haben, einander zu vernichten.«

»Bekommt sie Hilfe?«

»Ich habe es versucht. Ich habe sie in eine Einrichtung gebracht, in der sie richtig versorgt wurde, du weißt schon, Therapie, Medikamente, das alles. Aber sie fand es so schrecklich dort. Sie will einfach nur Ruhe haben. Und allein sein. Darum bin ich mit ihr hergekommen. Ich dachte, hier ist es vielleicht ruhig genug, damit sie wieder heil werden kann.«

Ein langes Schweigen, dann fragt er: »Warst du dabei? Als es passiert ist?«

Durch den Vorhang aus Regen sucht mein Blick die Wölfe, aber sie sind verschwunden. »Nein«, antworte ich.

Einige Zeit später regnet es immer noch heftig.

»Komm«, sage ich. »Ich habe dir Wölfe versprochen, und die hier werden uns nicht viel mehr bieten.«

»Also …?«

»Also suchen wir uns ein anderes Rudel, wenn du noch magst.«

Wir setzen unsere Kapuzen auf und wagen uns hinaus in den fast waagerecht peitschenden Regen. Es ist ein ordentlicher Weg den Hang hinunter, und ich sehe seinen Transporter schon aus der Ferne. »Mein Wagen steht noch ein Stück weiter«, sage ich, als wir fast da sind. »Folg mir einfach.«

Ich fahre ihm ein Stück in die Richtung voraus, in der wir wohnen, dann biege ich nach Norden ab, zum Abernethy Forest. Als wir am Rand des Waldes parken, hat der Regen aufgehört, und Fingal springt aus dem Führerhäuschen des Lasters und leckt mir aufgeregt die Hände. *Na, du?* »Schafft er es stillzuhalten, oder lassen wir ihn besser hier?«, frage ich Duncan.

»Er weiß, dass er hier draußen still sein muss. Aber wird sein Geruch sie nicht stören?«

»Auch nicht mehr als unserer.«

Zu dritt ziehen wir los und sind schon bald von Bäumen umgeben. Limettengrünes Moos bedeckt den Boden. Manche Farnbüschel reichen mir bis zur Schulter. Ich fasse an raue Rinde und glatte Äste, fahre mit den Fingern durch weiches Laub, über stachlige Nadeln. Der durchnässte Boden gibt unter meinen Füßen ein wenig nach. Über dem Blätterdach zeigt sich der graue Himmel, sein Licht lässt alle Konturen schärfer hervortreten, die Farben von innen heraus leuchten. Selbst jetzt, im Sommer, ist es kalt. Und ohne die Sonne, die uns wärmt, noch kälter. Der Regen hat einen ganz speziellen Geruch und hinterlässt glitzernde Tropfen auf jedem Blatt. Wir gehen so schnell, wie Duncan es schafft, während Fingal fröhlich vorausspringt und den Kaninchen nachjagt.

»Erwischt er manchmal welche?«, frage ich.

»Ach was«, sagt Duncan. »Und wenn, wüsste er gar nicht, was er mit ihnen anfangen soll.«

Aus dem Schutz der Birken treten wir ans Ufer eines silbrigen Sees, wo der Hund geduldig auf uns wartet. Wir bleiben stehen, um den schönen Anblick zu genießen, und während wir noch stumm auf das Wasser schauen, stößt ein braun-weißer Raubvogel herab und schlägt seine Klauen in etwas Zappelndes, Schuppiges. Der Vogel strauchelt im spritzenden Wasser, muss sich sehr anstrengen, um sich mitsamt der schweren Forelle wieder in die Luft zu erheben, aber selbst mit dieser zusätzlichen Last sind seine prächtigen gestreiften Schwingen noch kraftvoll.

Erst als er verschwunden ist, denke ich wieder ans Atmen. »*Mein Gott!*«

»Ein Fischadler«, sagt Duncan lächelnd.

»So etwas habe ich noch nie gesehen.«

»Dann war es wohl extra für dich abgepasst.«

»Der Fisch war halb so groß wie er!«

»Ich habe schon Geschichten von Fischadlern gehört, deren Beutefische so groß waren, dass sie sie unter Wasser gezogen haben. Aber wenn sie die Klauen einmal in ihre Beute geschlagen haben, können sie nicht mehr loslassen oder wollen es nicht, und dann ertrinken sie.«

Mein Lächeln erlischt. Trotzdem werde ich das Geschenk dieses Anblicks nie vergessen. Wäre Aggie bloß auch hier gewesen!

Ich drehe mich um, suche den Boden nach Trittsiegeln ab, nach Kot, abgebrochenen Ästen. Der Wald zieht sich eine Steigung hinauf, unser Weg führt bergan.

»Weißt du, wo sie sind?«, fragt Duncan irgendwann. Er klingt kurzatmig.

Ich gehe langsamer. »Nein.«

»Und was ist mit den Halsbändern, die sie tragen? Sind das keine Peilsender?«

»Nur wenn ich im richtigen Moment auf die richtige Frequenz schalte, aber ich habe die Ausrüstung gar nicht dabei.« Ich werfe ihm einen Seitenblick zu. »Wölfe sind wirklich schwer zu finden. Wenn man nichts über sie weiß, ihre Reviere nicht kennt, braucht man sich keinerlei Hoffnung zu machen. Ich habe mal eine Gruppe Dokumentarfilmer getroffen, die über zehn Jahre versucht haben, Wölfe zu filmen, und nur zweimal kurz welche zu Gesicht bekommen haben.«

»Warum ist das denn so schwierig?«

»Wölfe sind scheu. Sie schützen sich, indem sie sich versteckt halten, und sind wahrscheinlich die größten Überlebenskünstler, die es gibt.«

»Und was dann? Müssen wir so denken wie ein Wolf?«

»Nein, das können wir gar nicht.«

»Wie zum Teufel sollen wir sie dann finden?«

»Kannst du ein Geheimnis für dich behalten, Duncan?«

Er lässt ein klägliches Lächeln sehen. »Leider ja.«

»Du musst mir aber versprechen, dass du es immer nur im Guten anwendest. Versprichst du mir das?«

»Versprochen.«

Ich erwidere sein Lächeln. »Man jagt nicht die Wölfe. Man jagt ihre Beute.«

Wir steigen einen hohen Steilhang hinauf, über und über von Grauer Glockenheide bedeckt, die diesen Namen wegen ihrer glockenförmigen Blüten trägt. Die Herde steht träge grasend auf einer Lichtung direkt unter uns. Ganz in der Nähe durchschneidet ein Wasserlauf die Hügel. Auf unserem felsigen Aussichtspunkt entdecke ich Kot und hocke mich hin, um ihn zu begutachten.

»Wölfe?«, fragt Duncan, und ich nicke. »Dann waren sie also hier oben. Ist das nicht gefährlich?«

Ich zucke die Achseln, freue mich an seinem Unbehagen.

»Warum ist der Kot weiß?«

»Vermutlich haben sie Knochenmark gefressen«, sage ich.

»O Gott!«

Ich schaue über die Schulter zu ihm hin. »Ich lasse schon nicht zu, dass sie dir was tun.«

Er fängt meinen Blick auf. »Ach ja?«

Ich erhebe mich wieder. »Sehe ich etwa aus, als würde ich dein Knochenmark den Wölfen vorwerfen?«

»Das versuche ich gerade herauszufinden«, entgegnet er.

Wir lassen uns auf dem Felsrand nieder, unsere Beine baumeln über dem Abgrund. Als Duncan den Reißverschluss seiner Regenjacke öffnet, kommt darunter ein leuchtend orangefarbener Pullover zum Vorschein, fast schon ein Neonton. Ein weiteres handgestricktes Meisterstück und bisher eindeutig mein Favorit.

»Wow! Das ist ja mal ein Pulli.«

Er lächelt.

»Wer strickt die für dich?«

»Es gibt ein Strickkränzchen im Ort.«

»Davon habe ich schon gehört.«

»Und da das Können der Teilnehmer durchaus variiert, sind auch meine Pullover von unterschiedlicher Qualität.« Er zieht die Regenjacke ein Stück beiseite und zeigt mir die Naht an der Schulter, die aufgegangen ist und jetzt ein Loch bildet; mehrere Fäden hängen heraus.

Ich muss ebenfalls lächeln. »Aber du trägst sie trotzdem.«

»Selbstverständlich.«

»Mach den Reißverschluss mal lieber wieder zu, sonst verschreckst du noch die Tiere, so wie der leuchtet.«

Duncan tut eilig, was ich sage.

Zwischen uns liegt Fingal, hechelnd und mit heraushängender Zunge, den Blick auf das Rotwild unter uns geheftet.

»Warum eigentlich Wölfe?«, fragt Duncan. »Warum ausgerechnet dieses Leben?«

»Wenn wir von Naturschutz reden und davon, unsere Erde zu retten, dann müssen wir bei den Raubtieren anfangen. Wenn wir die nicht schützen, haben wir nämlich auch keine Chance, sonst etwas zu erhalten.«

Einen Moment lang bleibt er still, dann sagt er: »Ja, okay, aber warum wirklich?«

»Ich …« Ich halte inne, versuche, mir selbst über die Antwort klarzuwerden. »Ich habe sie immer schon geliebt, ganz ohne Grund. Ich wollte immer schon ihre Geheimnisse ergründen. Und als ich dann erfahren habe, dass sie auch noch Wälder retten können …« Ich schaue zu Duncan hinüber. »Manche Menschen brauchen nun mal etwas Wildes in ihrem Leben.«

Er nickt langsam. »Hast du denn ihre Geheimnisse ergründet?«

»Natürlich nicht.«

Wir lächeln beide.

»Und du? Warum bist du zur Polizei gegangen? Wegen der Sache mit deinen Eltern?«

»Ja. Aber ich habe eine ganze Zeit gebraucht, um es von dieser Nacht bis zur Polizeimarke zu schaffen. Meine ganze Jugend über sah es ziemlich hässlich in mir aus. Ich hab mich geprügelt. Brauchte das Chaos. Ich dachte immer, mein Zorn hält mich am Leben, dabei hat er mich nur vergiftet. Ich wusste, wenn ich weiter auf diesem Weg bleibe, bringe ich irgendwann jemanden um. Also habe ich mich entschieden. Frieden um jeden Preis. Freundlichkeit. So wie meine Mutter werde ich niemals sein, aber ich bemühe mich jeden Tag.«

Eine Zeitlang schweigen wir, und ich denke darüber nach, wie trügerisch der Zorn ist, von dem er da spricht.

Duncan macht eine Handbewegung, die all die bewaldeten Hänge umfasst. »Diese Bäume stammen in direkter Linie aus der Eiszeit«, sagt er. »Die ersten Kiefern gab es in Schottland um 7000 vor Christus, und das sind die, die noch übrig sind, eine nahtlose Evolutionskette.«

Ich weiß, denke ich. *Darum bin ich ja hier.*

»Aber das weißt du ja bestimmt längst, oder?«, sagt er.

»War Lainey da, als du Stuart in der Nacht nach Hause gebracht hast, nach der Geschichte vor dem Pub?«

Duncan braucht einen Moment. »Ach, deswegen bin ich hier?«

Ich antworte nicht.

Er schüttelt den Kopf. »Ich hatte Lainey vorgeschickt, damit sie vor dem Revier auf uns wartet. Ich wollte nicht, dass sie dabei ist, falls die Situation eskaliert. Als wir fertig waren, habe ich Stuart dorthin gebracht, damit sie mit ihm nach Hause fährt.«

Aha. »Und hat sie das getan?«

Duncan blickt mir forschend ins Gesicht. »Wonach suchst du hier?«

»Ich versuche nur, alles für mich zu sortieren.«

»Ich kann nicht mit dir über laufende …«

»Ja, weiß ich.«

Es dauert einen langen Moment, dann sagt er: »Ich habe ihn in ihr Auto verfrachtet, und sie ist mit ihm heimgefahren.«

»Dann ist also sie die Letzte, die ihn gesehen hat? Macht sie das nicht zur Hauptverdächtigen?«

»Doch.«

»Oh. Und was hat sie dir erzählt?«

Er spreizt die Finger. »Nur, dass sie mit ihm nach Hause gefahren ist und sie dann beide schlafen gegangen sind, und morgens, als sie aufwachte, war er weg. Sie hat gedacht, er arbeitet irgendwo draußen, aber dann ist er nicht nach Hause gekommen.«

Verdammt. Wenn Lainey die Wahrheit sagt, ändert das alles. Es hieße, dass ich immer noch keinen Hinweis darauf habe, wie, wann und warum Stuart in diesen Teil des Waldes gekommen ist.

Natürlich kann sie auch gelogen haben. Genau wie Duncan. Wahrscheinlich wäre es sogar denkbar, dass sie sich gemeinsam auf diese Version der Geschichte geeinigt haben.

»Schläfst du noch mit ihr?«, frage ich. Von allen möglichen Fragen habe ich ausgerechnet die gestellt, auf die ich eigentlich gar keine Antwort will.

Ich spüre seine Anspannung. »Nein«, sagt er. »Nicht mehr seit dir.«

Wie sehr ich ihm das glauben möchte. Und dann auch wieder nicht, weil ich einen guten, tragfähigen Grund brauche, ihm zu misstrauen, anstatt dieses gähnenden Schlunds der Unsicherheit.

»Liebst du sie noch?«, frage ich, leiser jetzt.

»Inti, was …«

»Das hast du doch mal, stimmt's? Als du jünger warst. Und es muss immer noch Liebe da sein, wenn du den ganzen Aufwand betreibst, eine Affäre mit ihr zu haben. Sonst könntest du ja auch eine Unverheiratete ficken.« Ich werde jetzt drastisch und stelle fest, dass ich zudem noch wütend bin.

»Sie bedeutet mir viel«, sagt Duncan mit deutlich mehr Reife, als ich an den Tag lege. »Ich mache mir Sorgen um sie. Ich finde es entsetzlich, was er ihr angetan hat. Aber ich glaube, geliebt habe ich sie schon lange nicht mehr. Dazu bin ich gar nicht mehr fähig, und das ist bestimmt auch besser so. Nach dem, was passiert war, hatte sie Angst vor mir. Das ging allen so. Der Tod dringt einem in die Poren, man trägt ihn immer mit sich herum. Das spüren die Leute.«

Wir wollen schon aufgeben. Um uns herum fährt klagend ein kalter Wind durch die Bäume. Die Rotwildherde verweilt jetzt schon lange auf der Lichtung, die Tiere kauen eifrig, fressen all die kleinen Triebe und Schösslinge von Bäumen und anderen Pflanzen, bevor die auch nur Gelegenheit zum Wachsen haben. So wird aus dieser Lichtung nie wieder Wald. Gerade denke ich, jetzt könnten die Wölfe aber allmählich mal den Hintern hochkriegen und ihren Job machen, als ich eine Bewegung wahrnehme. Erst scheint es noch, als wäre es nichts weiter. Aber dann verändert sich die Beschaffenheit des Lichts zwischen den Bäumen.

Ich fasse Duncan am Arm, signalisiere ihm, sich nicht zu rühren.

Aus dem Schatten löst sich ein helles Vorderbein. Dann folgt eine Schnauze mit schwarzer Spitze. Aufgestellte Ohren. Es ist eine weiße Wölfin.

Ich lenke Duncans Blick zu ihr hin.

Dann deute ich weiter den Wasserlauf hoch. Dorthin, wo der braune Wolf ebenso ruhig von der Baumgrenze aus zusieht. Gegen den Wind, damit man ihn nicht riecht.

»Sie wittern uns«, sage ich leise, »aber sie sind verletzt und hungrig. Und wer weiß, wie lange sie diese Herde schon beobachten.«

»Werden sie angreifen?«

»Möglich. Die Stelle hier ist sehr günstig.«

Die beiden Wölfe, die wir sehen können – Ash und ihr frischgebackener Schwiegersohn Nummer Zwölf –, bleiben ganz still, beobachten. Irgendwo hier muss auch Ashs Tochter Nummer Dreizehn sein, vielleicht pirscht sie sich ja geräuschlos von der Seite an die Herde heran. Und aus sicherer Entfernung schauen bestimmt auch die sechs schlaksigen Wolfswelpen zu, begierig darauf zu lernen. Ich habe Duncan zu dieser Herde geführt, kann unser Glück mit der Sichtung aber trotzdem kaum fassen. Natürlich steht das Rotwild mitten im Revier des Abernethy-Rudels, aber all meinen vorherigen Prahlereien zum Trotz bin ich bisher selten auf Wölfe gestoßen, die ich nicht aktiv über GPS oder Funk gesucht habe.

Was Duncan wohl sieht, wenn er sie betrachtet? Für mich haben sie eine subtile Kraft und endlose Geduld, und sie sind schöner als alles, was ich jemals gesehen habe. Während ich das noch denke, findet eine stumme Verständigung zwischen ihnen statt, und sie brechen aus der Deckung hervor. Fließend, stark, unentrinnbar. Die Herde ergreift die Flucht. Die meisten Tiere laufen nach Norden, in Richtung der Berge. Fünfhundert Stück Rotwild, die gemeinsam losrennen, den Boden mit einem gewaltigen Donnern erschüttern, das ich im ganzen Körper spüre, das von meiner Hand in Duncans Arm dringt, die Erde vibriert von ihrer Kraft, vibriert durch uns hindurch. Zwei Wölfe haben die ganze Welt erschüttert.

Ein Grüppchen Tiere spaltet sich ab, hält auf den Fluss zu. Das ist mitunter eine gute Taktik; Wölfe kommen im Wasser nicht so schnell voran wie Rotwild. Heute allerdings erweist es sich als Fehler, denn da ist Nummer Dreizehn mitsamt allen Welpen, sie bewachen das andere Ufer, so dass die Tiere nicht hinüberkönnen. Panisch straucheln sie im Wasser.

Ash und Nummer Zwölf fahren jetzt zwischen das Rotwild, drängen das Tier ab, für das sie sich längst entschieden haben. Eine kleine Ricke. Wahrscheinlich beobachten sie sie schon seit Tagen. Ash treibt sie ins Wasser, wo sie zwischen ihre Artgenossen gerät, die ihr den Weg versperren. Die anderen Tiere sprengen flussauf- wie flussabwärts davon, Chaos bricht aus, und inmitten dieses Tohuwabohus watet Ash fast beiläufig in den Fluss und schließt ihr Maul und meinen Mund um den Hals der Ricke. »Großer Gott«, haucht Duncan. Das Tier will fliehen, aber Ash hält es einfach fest, ihr Kiefer ist stark und unerschütterlich wie eine Schraubzwinge. Ein paar Schritte lässt sie sich mitziehen, dann kommt die Ricke stolpernd zum Stillstand, sinkt sanft ins Wasser hinab. Beide Tiere werden ganz ruhig und bleiben eine Zeitlang so. Es ist ein Geduldsspiel, und es hat etwas sehr Intimes. Der Rest der Herde ist längst entkommen, jetzt, wo das Rudel es zulässt. Die Wölfe sehen zu, wie ihre Anführerin die letzten Atemzüge ihrer Beute abwartet und das Tier dann zurück auf das Gras zerrt. Ash, Zwölf und Dreizehn machen sich über die Ricke her, Blut befleckt ihr

Fell. Die jüngeren Wölfe streichen um sie herum, schießen manchmal dazwischen, um einen Bissen zu ergattern, aber sie wissen, sie werden bekommen, was übrig bleibt.

Warmer Speichel füllt meinen Mund; ich bin heißhungrig. Für Menschen gibt es nichts, was so einfach, so sicher wäre.

Dann blinzele ich ins schwindende Licht, und erst jetzt wird mir bewusst, dass es bereits dunkel wird. Bald werden wir die schmausenden Wölfe nicht mehr sehen können und auch den Weg zurück nicht mehr finden. Ich merke, dass ich immer noch Duncans Arm umklammert halte, und lasse los.

»Wir müssen gehen«, sage ich.

Er antwortet nicht, dann sagt er: »Das war …« Langsam schüttelt er den Kopf. Im Dämmerlicht sehe ich, dass er Tränen in den Augen hat.

»Ja«, sage ich leise. »Ich weiß.«

Zwischen uns vollzieht sich etwas, eine andere Art Verstehen. Begehren gab es von Anfang an, aber jetzt ist da noch etwas anderes. Die Ruhe, die ich mit ihm empfinde. Die Stille.

Aber viel zu bald wird mir klar, dass ich zu sehr bei der Wölfin war und nicht empfunden habe, was die Ricke spürte. Mein Fleisch wurde nicht zerfetzt, ich wurde nicht gefressen. Da war nur der Geschmack von Blut. Ich wende mich von Duncan ab.

Der Weg zurück zu unseren Autos ist lang. Ich mache mir Sorgen wegen Duncans Bein; er humpelt jetzt stärker, ist ein wenig blass. Ich frage mich, ob er es überhaupt bis zu den Autos schaffen wird, überlege fieberhaft, was ich machen soll, wenn er es nicht schafft. Ich könnte eine Art Trage bauen und ihn damit ziehen. Oder Hilfe holen. Aber er humpelt weiter, macht beharrlich einen Schritt nach dem anderen. Als wir endlich da sind, zittert er, und mir ist ganz schwindelig, ich glaube, überall Gestalten zu sehen, die uns in der Dunkelheit umschleichen.

»Gute Nacht«, sagt Duncan, und ich bin schon erleichtert, dass nichts weiter kommt. Aber dann sagt er: »Ich verstehe ja, warum du das nicht kannst. Aber Vertrauen muss auch geschenkt werden, bevor man es erwidern kann.«

Ich sehe, wie die Baumwipfel sich sanft im Wind wiegen. Ich warte auf das Heulen der Wölfin, aber sie erhebt ihre Stimme nicht, nicht heute. Sie ist zu sehr mit Fressen beschäftigt.

»In der Wildnis gibt es kein Vertrauen«, sage ich kaum hörbar. »Nur Menschen brauchen dieses Wort.«

20

In Alaska vergingen fünf Jahre. Im Großen und Ganzen lebten wir drei nicht schlecht zusammen. Trotzdem nahm ich Veränderungen an meiner Schwester wahr. Sie leuchtete nicht mehr so sehr von innen, erwachte nicht mehr voll freudiger Erwartung auf den neuen Tag. Und sie hatte sich schon seit Ewigkeiten keine neuen Zeichen mehr ausgedacht; ich konnte mich nicht einmal mehr erinnern, wann sie unsere Zeichensprache zuletzt verwendet hatte. Sie gab Sprachkurse an der University of Alaska in Anchorage, und abends ging sie oft aus. Gus und sie stritten ständig, wilde und lautstarke Auseinandersetzungen. Aber weder sie noch er machten je Anstalten zu gehen; offenbar brachte sie das Streiten dazu, sich nur umso heftiger aneinanderzuklammern, auch wenn ich mir nicht vorstellen konnte, wie sie angesichts der Gemeinheiten, die sie so beiläufig aus dem Hut zauberten, und der gegenseitigen Demütigungen, um die sie regelrecht wetteiferten, überhaupt noch Respekt füreinander aufbrachten. Gern hätte ich es für sie beendet, aber ich wusste nicht, wie ich das anstellen sollte; mir war klar, dass nur sie selbst das konnten, trotzdem war mir meine Position als bloße Zuschauerin verhasst, und ich fragte mich, ob ich es nicht irgendwann bereuen würde, nicht aktiv geworden zu sein.

Aber mein Platz blieb der, den ich von jeher gehabt hatte.

Die schweigende Dritte in diesem intimen Verhältnis. Ich sagte mir, dass Aggie doch Kraft besaß, dass sie wusste, was sie tat, was sie wollte und was sie aushalten konnte, und das stimmte auch – sie besaß ungeheure Kraft. Nur wusste ich damals noch nicht, dass jede Kraft auch gebrochen werden kann, wenn man ihr nur genug Widerstand entgegensetzt.

Ich fing an, immer länger zu arbeiten, und übernachtete oft im Projektquartier. Der Gedanke, nach Hause zurückzukehren und dort den keifenden Stimmen zu lauschen, war mir zuwider, und ebenso zuwider war es mir zu sehen, wie sich ihre Lippen berührten, und dabei seinen Mund auf meinem zu spüren, ein erschlichenes Gefühl, ein Begehren, das von brennender Scham begleitet war. Ich vermisste meine Schwester fürchterlich und hasste Gus dafür, dass er zwischen uns getreten war, wie es bis dahin nichts und niemand gekonnt hatte. Vielleicht war ein Teil von mir auch wütend auf Aggie, weil sie ihm das erlaubt hatte.

An einem Sonntagabend zwang ich mich schließlich, doch wieder einmal nach Hause zu fahren, nachdem ich eine Woche lang im Büro geschlafen hatte. Eine Flutwelle der Müdigkeit drohte mich wegzureißen, aber die Stimmen, die aus dem Haus dröhnten, sagten mir, dass ich so schnell keinen Schlaf finden würde. In meinem Wohnzimmer hockte eine Gruppe Männer, Gus' Clique aus befreundeten Chirurgen. Sie grüßten mich höflich und wandten sich dann wieder dem Football-Match im Fernsehen zu. In der Küche stieß ich auf Gus, der gerade Bier aus dem Kühlschrank holte.

»Hallo.«

»Hey, Kleine, hilf mir mal kurz damit.«

Ich stellte meine Tasche ab und nahm einen Armvoll Dosen in Empfang.

»Mein rechtes Ei gäb ich her für ein ordentliches Victoria Bitter.« Gus betrachtete wehmütig das amerikanische Bier, das er in der Hand hielt.

»Wo ist Aggie?«, fragte ich.

»Unterwegs.« Er sagte es beiläufig, schon wieder auf dem Weg ins Wohnzimmer, aber ich sah die Anspannung in seinen Schultern.

Ich folgte ihm, verteilte die Bierdosen an Männer, die sich nicht einmal bedankten. »Und mit wem?«

»Mit den anderen Dozenten.«

»Na gut. Ich gehe dann schlafen, wäre also schön, wenn ihr ein bisschen leiser sein könntet.«

»Alles klar, Prinzessin. Wir wollten eh noch raus.«

Ich ging nach oben, setzte mich auf mein Bett und rief Aggie an.

Eine Männerstimme meldete sich. »Hallo?«

»Wer ist denn da?«, fragte ich.

»Luke.«

Ich atmete erleichtert auf, denn von Luke, einem von Aggies Unikollegen, hatte ich schon gehört. »Hallo, Luke. Kann ich Aggie sprechen?«

»Die ist gerade indisponiert.« Ich hörte das unterdrückte Lachen in seiner Stimme, und mein Ärger flammte auf.

»Was soll das heißen?«

»Soll heißen, sie hat zu viel getrunken und kotzt sich gerade bei mir im Bad die Seele aus dem Leib.«

»Wo wohnst du? Ich hole sie ab.«

»Es geht ihr bestens hier.«

»Das sehe ich anders. Sag mir, wo du wohnst.«

Er musste wohl etwas in meiner Stimme gehört haben, denn er sagte mir die Adresse. Ich schnappte mir den Autoschlüssel und polterte die Treppe hinunter.

»Wo brennt's denn, Kleine?«, rief Gus mir aus der grölenden Gruppe zu, als ich zur Tür rannte.

»Ich gehe Aggie holen.«

Draußen knirschte der Kies unter meinen Schuhen. Es war kalt, mein Atem wurde zu Wölkchen. Gleich darauf folgte mir das Knirschen anderer Schritte, der Atem aus einem weiteren Mund. »Du brauchst nicht mitzukommen, ich hole sie wirklich nur ab«, sagte ich, aber er setzte sich zu mir ins Auto, und wir fuhren schweigend durch die nächtlichen Straßen von Anchorage. Ich kannte mich immer noch nicht sonderlich gut aus in der Stadt, weil ich praktisch nie dort war, aber Gus wies mir den Weg zum richtigen Haus.

Bevor wir hineingingen, sagte ich: »Mach … bitte keine komischen Sachen, ja? Es ist nur ein Kumpel von der Arbeit.«

»Na klar«, sagte er, und ich musste ihm zugutehalten, dass er tatsächlich ganz locker wirkte. Aber dann öffnete Luke, und Gus' Faust landete so schwer in seinem Gesicht, dass er auf der Stelle zu Boden ging.

»Scheiße!« Ich sank auf ein Knie, mir wurde schwindelig, ich konnte nichts mehr sehen. Scheiße-Scheiße-*Scheiße*, tat das weh! Tränende Augen, ein brennendes, pochendes Gesicht. Als ich wieder klar denken konnte, zählte ich durch den Schmerz hindurch, ein Atemzug, zwei Atemzüge, drei vier fünf. Das Pochen in Nase, Augen und Schädel wurde schwächer. Ich blinzelte die Punkte weg, die vor meinen Augen tanzten, richtete mich auf und folgte Gus ins Haus, blieb nur kurz bei Luke stehen, um mich zu überzeugen, dass ihm nichts Schlimmeres passiert war. Er hielt sich stöhnend die blutende Nase, und als ich das sah, fasste ich mir instinktiv an die eigene Nase, um das herausfließende Blut zu stillen, Blut, das gar nicht da war, das ich aber ganz warm und glitschig im Gesicht spürte, zwischen den Fingern, am Mund. »Tut mir leid«, sagte ich. »Alles okay?«

»Schaff sie einfach nur hier raus«, nuschelte Luke.

Gus stand bereits in der Badezimmertür. Aggie lag auf den Fliesen, die Arme um die Toilettenschüssel geschlungen, in die sie sich eben erst erbrochen hatte. Sie war kaum richtig bei Bewusstsein, und mir wurde ganz schwummerig, als ich sie so sah. Gus betrachtete sie mit einer gewissen Kälte.

Ich hockte mich auf den Boden, zog meine Schwester in meine Arme, strich ihr das Haar aus dem Gesicht. Gus brachte die Geistesgegenwart auf, die Toilettenspülung zu drücken.

»Aggie, hey, alles okay?«

Sie schlug die Augen auf und lächelte, als sie mich sah. »Hallo, du«, sagte sie und lachte. »Hallo, ich.«

»Kannst du aufstehen?«

»Klar«, verkündete sie, was sich aber nur als die halbe Wahrheit erwies. Gus und ich mussten sie stützen, während sie auf unsicheren Fohlenbeinen zum Auto stakste.

»Liebling«, sagte sie zu ihrem Mann, als der sie auf den Rücksitz bugsieren wollte. »Warte mal.«

»Steig ein, Aggie«, sagte er.

»Bist du böse auf mich, Liebster?«

»Dreimal darfst du raten.«

Sie lachte. »Ist ja komisch.«

»Halt einfach die Klappe«, fuhr er sie an, und in mir zuckte etwas auf, eine Wachsamkeit.

»Ich hab das nicht gewollt«, sagte sie.

»Bullshit!«

»Kapierst du denn nicht?«, sagte Aggie. »Ich bin nicht dein Eigentum.«

Gus schubste sie ruppig auf den Sitz. Sie kippte um, schlug sich um ein Haar den Kopf an. Ich stolperte, das Gefühl brachte mich aus dem Gleichgewicht.

»Hey!«, rief ich, aber Gus war schon dabei, Aggie den Sicherheitsgurt anzulegen, und machte das viel zu grob, so dass sie sich gegen ihn stemmte, und dann knurrte er irgendetwas und packte sie an der Kehle, damit sie stillhielt, und während seine Finger mir die Luft abdrückten, ballte ich die Faust und schlug ihm ungelenk gegen den Hinterkopf, schlug mir selbst ungelenk gegen den Hinterkopf.

Gus fuhr herum, hielt sich den Kopf und starrte mich mit wildem Blick an. »Was zum Geier? Ich will sie doch nur ins Auto bringen!«

»Fass sie nicht so an«, brachte ich benommen heraus.

Er lachte. »Ach du Schande! Du machst dir wohl keine Vorstellung, was, Kleine? Sie liebt das große Drama, Scheiße nochmal – sie sorgt sogar selbst dafür. Sie lässt sich gern hart anfassen.«

»Hör auf, Gus.«

»Und damit ist sie nicht die Einzige. Du mochtest es auch ein bisschen härter, wenn ich mich richtig erinnere.«

Ich schob ihn beiseite und beugte mich in den Wagen. Vom Adrenalin brummte mir der Kopf. Aggie hatte den Widerstand aufgegeben und versuchte jetzt selbst verzweifelt, den Gurt zu befestigen. Ich griff über sie hinweg, ließ den Gurt sanft einrasten und drückte ihr die Hand. »Alles in Ordnung?«

»Klar«, sagte sie, und dabei klang sie so müde, viel müder, als ein Mensch jemals sein dürfte. Sanft fuhr sie sich mit dem Finger von der Stirn bis zur Wange und berührte damit liebevoll mein Gesicht, auch eine unserer Geheimsprachen. »Bei dir auch, Inti?«

»Bestens. Und jetzt fahren wir nach Hause.«

Sie schlief, als wir ankamen. Gus trug sie ins Haus. Unser beider Fieber hatte nachgelassen. Es lag kein Zorn mehr in der Luft, nur Müdigkeit, nur Trauer. Ich stellte Aggie Wasser und Schmerztabletten auf den Nachttisch, dann ging ich wieder hinunter ins Wohnzimmer, wo er auf dem verlassenen Sofa saß. Seine Chirurgenkumpel waren längst gegangen, er hatte nicht einmal Licht gemacht.

Ich setzte mich neben ihn, bebend, alle Sinne wie ausgewrungen. »Das war zu viel«, sagte ich. »Viel zu viel.«

»Ich weiß.«

»Sie hat doch nichts falsch gemacht.«

»Findest du es nicht falsch, wenn sie sich bei einem anderen zu Hause volllaufen lässt?«

»Sie sind nur Freunde. Sie darf doch wohl Freunde haben, und sie darf sich auch volllaufen lassen.«

Sein steinernes Schweigen war Widerspruch genug.

Ich stand auf; ich hatte die Nase voll von ihm. »Werd endlich erwachsen, Gus.«

»Ich wusste gar nicht, dass so was in dir steckt, Inti«, sagte er, und ich hielt inne.

»Was denn?«

»Der Schlag. Ich dachte immer, für so was bist du viel zu nett.«

Ich wandte mich ihm zu, damit er mein Gesicht sehen konnte. Dann sagte ich: »Wenn es um meine Schwester geht, kann ich alles sein, was nötig ist. Vergiss das mal lieber nicht.«

Als Gus am nächsten Morgen zur Arbeit aufgebrochen war, setzte ich mich auf seine Betthälfte. Aggie war blass und hohläugig, nahm aber mit dankbarem Lächeln einen Kaffee entgegen und setzte sich auf, um ihn genussvoll zu trinken.

»Sonst bist du jetzt doch längst weg«, sagte sie.

»Ich gehe heute später. Wir müssen reden.«

»Das weiß ich doch schon, Inti.«

»Ich werde es trotzdem sagen, zu meiner eigenen Beruhigung.« Ich fuhr mir mit der Zunge über die Lippen, schaute durch das Fenster auf die sonnengetränkte Straße hinaus. »Ich hätte es schon vor Ewigkeiten sagen sollen. Ich wollte nur nicht … Ich wollte mich nicht einmischen, aber das muss aufhören. Du musst Gus verlassen.«

»Ich weiß.«

»Er ist kein guter Mensch.«

»Dann ist er doch perfekt für mich. Ich bin der letzte Dreck.«

Ich sah meine Schwester an. »Es macht mir Angst, wenn du so von dir redest.«

»Was bin ich denn? Nur ein blasser Abklatsch von dir. Was mache ich schon anderes, als dir durchs Leben zu folgen? Ohne dich bin ich nur ein Nichts.«

Mir blieb der Mund offen stehen. »Genauso geht es mir mit dir.«

Aggie lachte leise. »Und wer von uns hat dann recht?«

»Keine Ahnung.«

»Du hast mir gefehlt«, sagte ich.

»Du mir auch«, sagte sie.

»Ich packe unsere Sachen. Wir können heute noch verschwinden.«

Sie schüttelte den Kopf, und ich wusste, dass es erst richtig schlimm kommen musste, damit sie das überhaupt in Erwägung zog. Dann sagte sie etwas, das mich erschreckte: »Pack nur deine Sachen. Zieh woandershin. Wo du vielleicht auch näher an der Arbeit bist.«

Ich konnte es nicht fassen. »Wie meinst du das denn?«

»Du hast keinen Grund, dir unseren ganzen Mist anzutun. Diese ständigen Streitereien. Das ist schrecklich, und ich merke dir doch an, wie furchtbar du es findest.«

»Ich verlasse dich doch nicht.«

»Wer redet denn von *verlassen*?« Sie verdrehte die Augen. »Mach kein Drama draus. Du suchst dir einfach eine Wohnung näher an der Arbeit. Wo du für dich sein kannst.«

Es war kein unvernünftiger Vorschlag, aber wir hatten

noch nie getrennt gelebt und das auch nie gewollt, und die Gewissheit, die wir beide immer dabei empfunden hatten, sorgte dafür, dass in meinem Kopf die Alarmglocken schrillten. Er stellte sich zwischen uns, und sie ließ es zu, und daran war alles entsetzlich falsch.

So nahm eine Idee in mir Gestalt an.

21

Donnerstagabend, vor dem Wollladen. Ich bleibe ein Weilchen draußen in der Kälte stehen und versuche, die Energie zusammenzukratzen, um hineinzugehen. Was mache ich da eigentlich? Ich will doch gar keine neuen Kontakte, warum zum Geier bin ich also hier?

Schließlich fasse ich mir ein Herz und trete durch die Tür. Das Glöckchen bimmelt, und mehrere Gesichter blicken mir entgegen.

»Da ist sie ja«, ruft Douglas. »Immer rein mit Ihnen, mein Mädchen!« Trotz seines Alters steht er auf, bietet mir seinen Stuhl an und zieht sich selbst einen anderen heran.

»Danke schön«, sage ich und setze mich neben Mrs. Doyle, die Duncan fast täglich besucht und bei der ich den Schwangerschaftstest gekauft habe. Ein paar Gesichter in diesem Kreis kenne ich – Holly und Bonnie sind da und winken mir beide zu –, aber es sind auch ein paar Unbekannte dabei, keineswegs nur Frauen, sondern auch der ein oder andere Mann.

Holly setzt sich auf der anderen Seite neben mich und hält mir ein Glas hin.

»Was ist das?«

»Brennnesselwein«, antwortet sie. »Douglas macht ihn selbst.«

»Das war ja klar.« Ich probiere einen Schluck und stoße einen langen Pfiff aus.

»Ja, reines Benzin, ich weiß, aber wir haben keine andere Wahl – er zwingt uns, das Zeug zu trinken«, sagt Holly.

»Wo ist denn Ihr Strickzeug, Liebes?«, will Mrs. Doyle wissen, aber wegen ihres breiten Akzents verstehe ich sie nicht gleich, und sie muss es wiederholen.

»Ich habe leider keins. Ich habe noch nie gestrickt.«

»Du liebe Güte!«, ruft sie aus. »Aber das ist ja nicht weiter schlimm, Liebes, ich bring's Ihnen bei.« Auch das muss sie wiederholen, bis sie schließlich lacht und sagt: »Und ich dachte, *ich* werde taub.« Holly übersetzt es mir, und wir lachen alle mit.

Während Mrs. Doyle mir das Stricken beibringt, mit den riesigen Nadeln und der extradicken Wolle, mit denen sie normalerweise wohl Kinder beschäftigen, plaudert Holly fröhlich mit mir – wie sich herausstellt, haben Amelia und sie zwei Töchter, Zwillinge, die ihnen den letzten Nerv rauben. Als sie erfährt, dass ich auch mal ein halbwüchsiger Zwilling war und meiner Mutter den letzten Nerv geraubt habe, quietscht sie vor Begeisterung.

»Hilf mir, Inti, ich flehe dich an! Sie flüstern die ganze Zeit miteinander und lachen über uns!«

Ich sehe betreten zu, wie Mrs. Doyle meinen kläglichen Versuch wieder aufribbelt, wozu man wissen muss, dass sie sechsundsiebzig ist, an Arthritis leidet und ihre Hände kaum noch bewegen kann, aber selbst sie schafft es noch besser als ich, ein paar Maschen zu stricken, ohne dass sich alles verknotet.

Zu Holly sage ich: »Das wird aber kaum das sein, was du hören willst.«

»Komm, gib's mir.«

»Ihr werdet ihnen nie so nahekommen, wie sie einander sind, am besten gebt ihr das also gleich auf.«

Holly sackt auf ihrem Stuhl zusammen. »Großer Gott! Die nimmt ja wirklich kein Blatt vor den Mund, was, Mrs. Doyle?«

»Nicht den Namen des Herrn missbrauchen, Liebes«, sagt Mrs. Doyle, ohne aufzusehen.

»Entschuldigung, Mrs. Doyle.«

Das Gespräch wendet sich jetzt dem Dundreggan Estate zu, der ein Stück westlich von hier liegt, in der Nähe des Loch Ness; er ist das Vorzeigerenaturierungsprojekt der Non-Profit-Organisation Trees for Life. Mrs. Doyle entpuppt sich als langjährige ehrenamtliche Helferin; morgen will sie wieder hinfahren, um die nächste Phase des Bäumepflanzens in Angriff zu nehmen.

»Wie lange arbeiten Sie denn dort schon mit?«, frage ich.

»Ach, seit Jahren. Hier in der Gegend haben die allermeisten schon Bäume gepflanzt. Wir müssen uns ja schließlich um unser Zuhause kümmern, stimmt's?«

Langsam, damit ich ihr auch folgen kann, erzählt sie mir von den viertausend Hektar Grund, die aktuell renaturiert werden, von den vielen Millionen Bäumen, die sie dort pflanzen, aber auch von den Schwierigkeiten, auf die sie gestoßen sind. »Jedes Jahr ist der Boden übersät mit Birkensamen, Zigtausenden, heißt es immer, aber dann kommt das

Rotwild und frisst alle Schösslinge weg, es kann gar nichts wachsen. Wir kämpfen hier schon seit so vielen Jahren mit dieser Rotwildplage, Liebes, da waren Sie noch gar nicht auf der Welt. Und da draußen haben sie auch nicht so viel Glück wie wir – es gibt dort keine Wölfe, die das Rotwild weitertreiben.«

»Vielleicht finden die Wölfe ja auch dorthin«, sage ich leise. »Irgendwann, wenn es nicht mehr so gefährlich für sie ist, ihren Radius zu erweitern.«

»Ach, das will ich doch wirklich hoffen! Aber soll ich Ihnen mal erzählen, was wir einstweilen tun, um das Rotwild wegzukriegen?«

»Was denn?«

Sie deutet zu Douglas hinüber und schnauft vor Lachen. »Manchmal fährt Mr. McRae mit mir hin, und dann geht er abends mit ein paar von den jungen Burschen raus, und sie tröten auf ihren Dudelsäcken. Die Guten, es gibt kein scheußlicheres Geräusch auf Erden, und die frechen Landplagen treibt es weg wie nichts.«

Ich lache mit, und Douglas setzt sich aufrechter hin. »Sie haben doch nicht etwa gerade mein Dudelsackspiel beleidigt, Mrs. Doyle!«

»Aber nein, Mr. McRae. Ich war sogar noch vergleichsweise nachsichtig.«

Douglas hält sich den Bauch vor Lachen, und wenig später lacht der ganze Strickkreis mit uns. Ich habe das Gefühl, dass da ein kleiner Flirt zwischen den beiden im Gange ist.

»Was wird denn sonst noch für die Renaturierung von

Schottland getan?«, frage ich Mrs. Doyle. Ich möchte noch mehr von ihr hören, bin ganz beglückt, sie gefunden zu haben.

»Ach, eine Menge, Liebes. Anfangs lief es ja ein bisschen unglücklich, wenn Sie mich fragen, als uns klarwurde, dass wir durch die vielen Rodungen nur noch ein paar armselige Kiefernwäldchen übrig haben. Anstatt einheimische Bäume zu pflanzen, hat unsere Forstverwaltung doch allen Ernstes Koniferen gepflanzt! Was für ein Irrsinn! Eine Katastrophe für die heimische Tierwelt. Na, seither haben wir immerhin auf den richtigen Weg gefunden, wir pflanzen jetzt nur noch Einheimisches an und siedeln die armen verschwundenen Tiere wieder an. Angefangen hat es mit den Bibern. Ich höre, im Süden zahlen die Grundbesitzer inzwischen dafür, die Viecher auf ihren Ländereien zu haben, weil sie so begeistert davon sind. Und demnächst fahren wir auch ganz nach Norden, ins Flow Country.«

»Was ist denn das Flow Country?«

»Das Moine Mhòr, Liebes. Das größte Torfmoor der Welt. Es speichert viele Millionen Tonnen Kohlendioxid. Mehr als jeder Wald, würde ich sagen.«

»Im Ernst?«

»Und die wollen dort eine Raumfahrtstation bauen! Ausgerechnet! Diese Schwachköpfe. Wissen Sie, was mit Torf passiert, wenn er auch nur einen Funken abkriegt? In Flammen geht er auf und brennt und brennt und setzt das ganze gespeicherte Kohlendioxid frei. Das Zeug ist hochempfindlich. Und die wollen darauf Raketen hochjagen! Die Dummheit der Reichen, kann ich da nur sagen.«

Ich nicke entsetzt. »Und wieso fahren Sie dorthin?«

»Na, zum Demonstrieren natürlich!«

Ich sehe sie bewundernd an. »Ich hoffe, Sie nehmen mir das nicht übel, aber ich bin noch nicht oft Menschen in Ihrem Alter begegnet, die so offen für den Naturschutz sind.«

»Ach, Mumpitz. Hier sind wir doch, zwischen all den anderen Krachmachern. Wir sind hier.«

Angesichts der Leidenschaft in ihrer Stimme regt sich Hoffnung in meiner Brust.

»Und wissen Sie, was das Geheimnis ist, Liebes?«

»Nein.«

»Tja, Sie brauchen gar nicht in großem Stil zu renaturieren. Sie können ganz klein anfangen, im eigenen Garten. Bei mir wachsen seit Jahren nur noch Wildblumen – und ach, was bei mir alles für kleine Tierchen zu Besuch kommen!«

»Wie wunderbar!«, hauche ich. »Darf ich Sie mal irgendwann besuchen kommen?«

»Aber ja, Liebes, es wäre mir eine Ehre, wenn Sie vorbeikommen. Es ist so viel einfacher, als die meisten Leute es sich vorstellen«, setzt Mrs. Doyle noch hinzu. »Aber es stimmt schon«, räumt sie nach einer kurzen Pause ein. »Veränderung macht vielen auch Angst. Und wenn man sein Herz dafür öffnet, die Natur wieder wilder werden zu lassen, öffnet man sein Herz natürlich auch dafür, selbst wilder zu werden.«

Zwei Stunden fliegen nur so vorbei, ich plaudere mit fast allen Mitgliedern des Strickkränzchens, Douglas erzählt zahllose schlechte Witze, über die wir gemeinsam kichern, und wir essen köstlichen Käse; aber als ich mir etwas von dem weichen Brie nehmen möchte, sagt Mrs. Doyle leise zu mir: »Den besser nicht, Liebes«, und als wir schon beim Aufräumen sind, kommt mir der Gedanke, dass das doch die perfekte Gelegenheit ist, etwas mehr über Duncan zu erfahren.

»Mrs. Doyle?«, sage ich, während ich versuche, die übriggebliebene Wolle so aufzurollen, wie sie es macht.

»Ja, Liebes?«

»Mir ist aufgefallen, dass Duncan Sie häufig besucht …«

»Ach, der Gute!« Ihr Lächeln strahlt nur so. »Wir alle lieben unseren Duncan.«

Ich weiß nicht recht, was ich eigentlich fragen will, und am Ende sage ich nur: »Er macht einen sehr freundlichen Eindruck.«

»Ach ja, das ist er auch. Ein wirklich freundlicher Mensch. Darum haben wir ihn auch so oft bei uns, den Armen.«

»Wie meinen Sie das denn?«

»Der Junge braucht einfach ein bisschen Liebe. Er braucht eine Familie.«

Ich starre sie fassungslos an. Es ist mir gar nicht in den Sinn gekommen, dass eigentlich sie sich um ihn kümmern. Dass eigentlich Duncan der Einsame ist.

Nach dem Strickkränzchen schaue ich noch im Snow Goose vorbei. Mitten im überfüllten Pub sitzt Lainey. Sie hat ihre Brüder und Fergus dabei und trinkt einen Weißwein. Ich möchte sie nicht in die Enge treiben, aber vielleicht ist sie in der Öffentlichkeit ja eher bereit, mit mir zu reden. Ich gehe zu ihrem Tisch hinüber, die Männer nicken mir zu, aber von Lainey kommt nichts. Sie funkelt mich an, wortlos, abwartend. Sie wirkt ausgelaugt und sieht älter aus, als sie tatsächlich ist. Sie ist jetzt allein für einen verschuldeten Hof verantwortlich. Aber zumindest muss sie nicht mehr um ihr Leben fürchten.

»Inti«, begrüßt mich Fergus. »Setzt du dich zu uns?«

»Kann ich euch Lainey mal kurz entführen?«, frage ich.

Lainey zögert erst, dann steht sie auf.

»Was trinken Sie?«

»Chardonnay.«

Ich deute auf einen ruhigeren Ecktisch gleich am Kamin, dann gehe ich zur Theke. Ich will schon zwei Gläser Weißwein bestellen, entscheide mich dann aber doch um und ordere für mich nur ein Mineralwasser.

Dann zwänge ich mich auf meinen Platz, direkt hinter einer gemauerten Wand. Hier sind wir für uns. Keiner wird uns belauschen. »Wie geht es Ihnen?«

»Ganz gut, danke.«

Ich schlucke, dann gestehe ich ihr: »Ich habe mir Sorgen um Sie gemacht. Ich war ein-, zweimal da …«

»Danke für den Wein und das Essen. Worüber wollten Sie denn mit mir reden?«

»Erst mal möchte ich Ihnen mein Beileid wegen Stuart aussprechen. Es tut mir sehr leid.«

»Wieso das denn? Sie haben doch sehr klargemacht, was Sie von ihm halten.«

Habe ich das? Ich fand eigentlich, ich habe mich noch extrem zusammengerissen. »Wie kommt seine Familie mit dem Verlust zurecht? Seine Eltern leben doch hier im Ort, oder?«

Sie nickt, und ihre zu Fäusten geballten Hände lockern sich ein wenig. »Sie fragen mich ständig, wo er ist.«

»Und was sagen Sie ihnen?«

»Dass ich es nicht weiß.«

Ich will schon etwas erwidern, da setzt sie hinzu: »Aber das ist gelogen.«

Die Worte ersterben mir auf der Zunge.

Sie sieht mich an, mustert mich genauso prüfend wie ich sie. Meine Finger bewegen sich unruhig.

»Was ist an dem Abend noch passiert?«, frage ich. »Nachdem Sie ihn bei der Polizei abgeholt haben.«

»Ich bin mit ihm nach Hause gefahren, und wir sind schlafen gegangen. Als ich aufgewacht bin, war er weg. Das erzähle ich den Leuten.«

»Und was ist die Wahrheit?«

»Stu war richtig schwer vermöbelt worden. Er hatte scheußliche Blutergüsse, an den Rippen, am Bauch. Als wir schon fast zu Hause waren, meinte er, Duncan wäre auf ihn los, er hätte so richtig stinkwütend gewirkt. Das hätte ihn zum Nachdenken gebracht, auf der Heimfahrt. Er fand es komisch, dass sich jemand so prügelt, wenn es nicht um etwas geht. Und dann hat er mich gefragt, ob ich weiß, worum es gehen könnte.« Lainey trinkt einen großen Schluck. Sie spricht ruhig, bedacht, aber mir scheint, sie braucht den Wein. »Ich habe nein gesagt«, fährt sie fort. »Ich wollte mir gar nicht ausmalen, was passieren würde, wenn er die Wahrheit wüsste. Ich war entschlossen, weiter zu lügen und diese Lüge mit ins Grab zu nehmen. Aber wahrscheinlich hat er es trotzdem gewusst. Vielleicht hat er es sich auch schon seit längerem gedacht. Er war immer noch wacklig, trotzdem hat er mich gezwungen umzudrehen. Wo wir hinwollen, hat er mir nicht gesagt, aber er war ganz still. Da wusste ich, es ist was richtig Schlimmes im Gang, weil er seine Wut nicht an mir ausgelassen hat – er hat sie sich aufgespart. Sie wachsen lassen.«

Mit einem Mal bin ich nervös. Ich begreife nicht, warum sie mir das erzählt. Klar, ich wollte, dass sie es tut, aber ich hätte nicht gedacht, dass es so leicht ist. Mein Kopf signalisiert Gefahr.

»Dann waren wir an der Abzweigung zu Duncans Haus«, sagt Lainey. »Ich hielt an. Er meinte, ich soll weiterfahren, aber das habe ich nicht fertiggebracht. Stu ist dann ausgestiegen und zu Fuß weiter.«

»Wann war das? Um wie viel Uhr?«

Sie schüttelt den Kopf, weiß es nicht, hat sich ganz in der Erinnerung verloren. Die Ereignisse, die sie schildert, sind wie einzelne Punkte auf einer Liste, sie muss sie viele tausend Male im Kopf durchgegangen sein. »Ich bin zurück nach Hause gefahren. Habe Duncan angerufen. Ihn gewarnt, dass Stu zu ihm will und dass er das mit uns weiß. Ich dachte mir, scheiß auf Stu. Scheiß auf ihn, soll er doch machen, was er will, vielleicht kriegt er endlich doch mal so richtig Ärger, wenn er den Polizeichef angreift. Aber er war dermaßen geladen … So hatte ich ihn noch nie erlebt. Da konnte ich einfach nicht … Ich weiß auch nicht. Ich musste zurückfahren. Vielleicht dachte ich, ich kann ihn doch noch von irgendwas abhalten.« Sie trinkt wieder, leert das Glas fast komplett. »An der Abzweigung konnte ich ihn nicht mehr finden und bin weitergefahren. An Ihrem Haus vorbei. Zwischen die Bäume. Und da habe ich Sie gesehen.«

Mein Mund wird trocken.

»Ich habe gesehen, was Sie mit ihm gemacht haben«, sagt Lainey. »Sie waren direkt an der Straße. Wussten Sie denn nicht, dass Sie direkt an der Straße sind?«

Das stimmt. Ich war viel zu nah. Aber das hatte ich mir ja nun nicht ausgesucht.

Ein Kellner kommt, um Laineys Glas abzuräumen. Sie bestellt noch einen Wein.

»Für mich auch«, sage ich schwach.

Als wir wieder allein sind, schiebe ich meinen Stuhl so weit zurück, wie es geht; ich habe kaum noch Luft zum Atmen in dieser Ecke. »Haben Sie es Duncan erzählt? War es das, worüber Sie mit ihm geredet haben, an dem Abend bei ihm?«

Sie schüttelt den Kopf. »Ich habe ihm nicht erzählt, was ich gesehen habe, ich wollte nur wissen, warum er nicht in der Gegend gesucht hat – er wusste doch, dass Stu zu ihm will. Warum hat er also nicht dort gesucht?«

»Und was hat er gesagt?«

»Dass er gesucht hat. Er wäre dort überall gewesen und hätte nichts gefunden. Er meinte, das ergibt doch keinen Sinn, Stuart müsste wohl doch woanders hingewollt haben.«

Es wird still.

Lainey hätte ihm die genaue Stelle zeigen können, wo ich Stuart vergraben habe. Aber das hat sie nicht, und ich komme zu dem Schluss, dass sie es deshalb nicht getan hat, weil auch sie unsicher ist, ob Duncan ihn nicht doch getötet hat.

Anders kann ich mir das alles nicht erklären. Er hat niemandem von Laineys Anruf erzählt, um sich zu schützen. Denn damit wäre Stuart zuletzt in der Nähe seines Hauses gewesen und er selbst dort im Wald, genau zu der Zeit, als der Mord geschah.

Als Lainey Duncan angerufen hat, um ihn zu warnen, lag er mit mir im Bett. Er muss Stuart im Dunkeln entgegengegangen sein. Vielleicht ist ja wieder ein Kampf entbrannt. Duncan hat ihn getötet. Womöglich wurde er dabei unterbrochen, weil ich durchs Dunkel gestolpert kam. Und ist abgehauen. Hat er sich irgendwo im Schatten versteckt gehalten und beobachtet, wie ich Stuarts Leiche vergraben habe, so wie Lainey von der Straße aus? Oder ist er ganz verschwunden und weiß gar nicht, dass ich dort war? Aber er muss es doch geahnt haben, als er nach Hause kam und ich nicht mehr in seinem Bett lag.

Allein die Vorstellung, dass wir alle vier dort durch den Wald geirrt sind, aneinander vorbei, wie Gespenster im Mondlicht.

Mir wird speiübel.

Zumindest – und das ist ein kleiner Trost – kann Duncan, sollte er doch wissen, was ich getan habe, mich nicht festnehmen, ohne sich selbst das größere Verbrechen anzulasten. Aber Lainey hatte ja nichts damit zu tun. Sie kann sich immer noch melden und uns beide beschuldigen.

»Was haben Sie jetzt vor?«, frage ich.

»Ich könnte Ihnen dieses Glas ins Gesicht schleudern«,

sagt sie so ruhig, dass mir eiskalt wird. »Ich glaube, das würde mir guttun.«

»Ja. Wahrscheinlich.«

»Wer sind Sie?«, fragt sie. »Wo kommen Sie her? Wie konnten Sie … Wie kommt man überhaupt auf so was?«

»Ganz ehrlich, Lainey? Die Frage stelle ich mir selbst jede verdammte Nacht.«

Unser Wein kommt, und wir trinken beide gierig davon. Es ist mir egal, dass ich das eigentlich nicht sollte. Im Moment ist mir das wirklich völlig egal.

»Haben Sie sich nie ausgemalt, ihm etwas anzutun?«, frage ich sie. »So viel, wie er Ihnen angetan hat?«

»Klar. Ich habe mir das ständig vorgestellt. Mir überlegt, ob ich es fertigbrächte. Wie ich es machen würde.«

»Das habe ich mir auch überlegt. Als ich Sie beide kennenlernte und gemerkt habe, was er mit Ihnen macht. Ich konnte an nichts anderes mehr denken.«

Lainey starrt mich an.

»Aber es ist ein Unterschied, sich etwas vorzustellen oder es wirklich zu tun, und dieser Unterschied ist so weit wie ein gottverdammtes Meer.«

Sie runzelt die Stirn. »Was reden Sie denn da?«

»Wenn Sie mich anzeigen wollen«, sage ich, »kann ich Ihnen das nicht zum Vorwurf machen. Wenn Ihnen das ermöglicht, ihn ordentlich zu begraben. Das ist bestimmt das Beste für Ihre Familie. Also tun Sie es, wenn Sie das brauchen.«

Sie beugt sich vor, fixiert mich. »Glauben Sie etwa, dafür brauche ich Ihre Erlaubnis? Wenn ich Sie anzeigen wollte, hätte ich das doch längst gemacht. Scheiß auf Sie, Inti. Scheiß auf Sie, weil Sie mich zwingen, in Ihrer Schuld zu stehen. Ich stehe nämlich in Ihrer Schuld, und das ist total beschissen, weil man für so was niemandem dankbar sein müssen sollte.« Lainey hebt eine Hand an die Augen, und ich sehe, wie sehr sie zittert. Ohne Vorwarnung springt sie so heftig auf, dass ihr Stuhl mit einem Rums umkippt. »Wir reden noch, okay?«, sagt sie. »Wir reden wieder. Aber jetzt … Ich sollte hier einen netten Abend mit meinen Brüdern verbringen, ich kann das jetzt nicht.«

»Sicher, wie Sie wollen. Es tut mir wirklich leid.« Dann sage ich: »Sind Sie … Lainey, sind Sie froh, dass er tot ist?«

Die Antwort darauf ist viel zu wichtig.

Sie starrt mich an. »Das wollen Sie wirklich wissen?«

Ich nicke.

Sie fährt sich mit einer Hand übers Gesicht. Dann sagt sie: »Er war mein bester Freund, ich habe ihn geliebt, und ich bin seit Jahren nur noch ein Gespenst. Klar bin ich froh, dass er tot ist.«

Draußen geraten all meine Überzeugungen ins Wanken. Ihre Worte haben mich zutiefst erschüttert.

Ich lege mich zu meiner Schwester ins Bett. Sie ist wach und dreht sich zu mir um. Im Dunkeln sehen wir einander an.

»Bist du echt?«, flüstere ich.

Sie gibt keinen Laut von sich, zeigt keine Regung.

»Oder bist du doch tot?«

Aggie fasst sich ans Gesicht, ihre Finger wandern über

ihre Wangen, meine Wangen, ihre Stirn, meine Stirn, ihre Lippen, meine Lippen.

»Ich konnte dich nie loslassen«, beharre ich. Ich spüre ihre Berührungen so deutlich, aber will mein Kopf mich nicht nur wieder täuschen? Rede ich mir eine Wahrheit ein, wo keine ist?

»Bist du ein Gespenst?«, frage ich sie.

Aggie drückt mir so fest die Hand, dass es schmerzt, so fest, dass meine Knochen beinahe brechen. Sie will mir offensichtlich weh tun. Dann macht sie ein Zeichen mit der Hand. Eines der ersten, die sie erfunden hat.

Ich weiß es nicht.

22

In den abgesteckten Quadranten wachsen keine neuen Triebe. Ich betrete das Gebiet, das Evan mir gezeigt hat, als wir hier ganz am Anfang standen, das Studiengebiet der Botaniker, das genauestens überwacht wird, aber da ist nichts in diesem Tal, das bis auf den Erdboden abgegrast wurde. Nichts grünt zwischen all dem Braun, nichts bahnt sich seinen Weg an die Sonne. Es ist auch noch zu früh, das weiß ich selbst, und zudem die falsche Jahreszeit, wir müssen dem Experiment Zeit geben, seine Wirkung zu entfalten, den Wölfen die Chance lassen, ihre Zauberkräfte unter Beweis zu stellen. Ich weiß das alles, und doch wandere ich durch dieses Gebiet, wie um mich selbst zu strafen. Ständig steht mir Red mit seinem Gewehr vor Augen. Er ist noch sehr viel ungeduldiger als ich.

Aggie hat mir eine Zeichnung gemacht, nur ein flüchtig hingeworfener Kreis, unter den sie ein paar Worte gekritzelt hat. *Eine Grapefruit. Und jetzt hört sie auch deine Stimme.*

Diese Woche ist sie schon so lang wie eine Zucchini. Vielleicht ist sie auch gar keine Sie, trotzdem hat sie in meinem

Kopf ihre ganz eigene Gestalt angenommen, ohne dass ich da etwas entschieden hätte. Mein Körper tut sein Werk, und ich warte. Wird heute der Tag sein, an dem Lainey sich umentscheidet?

Explodierende Herbstfarben lassen den Wald leuchten. Hyazinthrot, die Farbe der roten Flecken der Feuerwanze. Holländisches Orange, wie die Brust des Wintergoldhähnchens. Das Zitronengelb der Großen Wespe oder Hornisse. So lebhaft sind diese Farben, dass sie die Luft ringsum liebkosen und diesen Landstrich in eine andere Welt verwandeln. Das Laub glitzert, wenn die frischen Winde an den Zweigen rütteln. Im Ort sagen die meisten, der Winter werde in diesem Jahr früh und heftig hereinbrechen. Es ist erst Oktober, aber wir spüren ihn bereits in der Luft.

Nummer Acht hat ihre Welpen längst bekommen, der neue Glenshee-Wurf ist jetzt vierzehn Wochen alt. Die Welpen sind aus ihrer Höhle gekommen und fressen schon Fleisch; anders als die Abernethy-Welpen haben sie ein intaktes Rudel, das für sie jagt. Allmählich werden ihre Augen golden. Sie werden zu Raubtieren.

Und Little One ist jetzt eine Aubergine.

Es beginnt mit einer Kuh, die auf einem Hof in der Nähe von Glen Tromie gerissen wurde. Die Gegend ist karg, dort im mittleren Westen des Nationalparks. Schroffes Moorland, auf dem fast nichts mehr lebt und das doch übersät ist mit zotteligen Kühen. Nutzvieh, wohin man blickt. Ein grauer Niederschlag, irgendwo zwischen Regen und Nebel. Mit so etwas haben wir insgeheim schon lange gerechnet. Es war eine gewisse Stille eingekehrt, aber damit ist es jetzt vorbei: Es wird laut werden.

Evan und ich fahren in das Tal, um den Kadaver zu begutachten und zu bestätigen, dass die Kuh von einem Wolf gerissen wurde. Sie wurde fast komplett zerfetzt, und es besteht kein Zweifel, dass nur ein großes Raubtier mit enormer Kraft in den Kiefern solchen Schaden anrichten kann. Ein Fuchs kann es keinesfalls gewesen sein, nicht bei einer Kuh, nicht auf so gnadenlosem Gelände und auch nicht mit so viel Kraft.

Den Hof betreibt ein älteres Paar, Seamus und Claire. Seamus ist untröstlich – die Kuh war eines seiner besten Zuchttiere, nicht mehr ganz jung, er hat sie seit vielen Jahren. Sie hinterlässt ein Kalb, das nun mit der Flasche aufgezogen werden muss. Mir scheint, dass er bei jeder seiner Kühe ähnlich verzweifelt wäre, wenn sie zu Tode kämen.

»Ist das Ihr Land hier?«, frage ich und blicke über das windgepeitschte Gras hinweg.

»Unser Grundstück endet ein Stück weiter westlich«, gesteht Seamus.

»Gibt es hier irgendwo Zäune?«

»Natürlich nicht, das Land gehört ja keinem.«

Ich sehe ihn an. »Darf ich Ihnen einen Rat geben? Bringen Sie Ihre Rinder auf Ihr eigenes Land, und ziehen Sie einen

Zaun darum. Seit Monaten warnen wir immer wieder davor, dass so etwas passieren kann. Und jetzt soll der Wolf Trust Ihnen das Tier ersetzen?« Kopfschüttelnd gehe ich zum Wagen zurück. Hinter mir höre ich, wie Evan sich entschuldigt und die vorbeugenden Maßnahmen erläutert – zum x-ten Mal. Mein Ausbruch tut mir bereits leid; der arme Mann hat ein geliebtes Tier verloren. Aber er hätte es verhindern können und hat es nicht mal versucht.

Auf dem Weg sehe ich Duncans Laster heranrumpeln und beeile mich, meinen Wagen zu erreichen, bevor er da ist. Als ich gerade den Motor starten will, klopft er ans Fenster. Widerwillig lasse ich die Scheibe herunter und bin mir sehr bewusst, wie dick mein Bauch inzwischen aussehen muss. Ich kann nur hoffen, dass mein Mantel das verbirgt. »Hallo.«

»Ein Wolf?«, fragt er.

»Ja.«

»Und was machen wir jetzt damit?«

»Womit?«

»Mit dem Wolf.«

Ich runzele die Stirn. »Nichts, Duncan. Es war eine Kuh. Sie wird den Leuten ersetzt. Es wird noch weitere tote Tiere geben. Vielleicht sorgst du besser dafür, dass deine Leute sich an diesen Gedanken gewöhnen, anstatt ihnen Hoffnung auf Auswege zu machen.«

Damit lasse ich die Scheibe wieder hoch.

Die Nachricht von der Kuh verbreitet sich schnell. Praktisch sofort. Und wie in einem Krieg wird das Gegenfeuer umgehend eröffnet. Mit der Stille ist es vorbei.

Ich rieche es schon, bevor ich es sehe. Dieses ganz spezielle Molekül, das mich abstoßen soll, zugleich aber Raubtiere anlockt. Mir ist klar, dass es eine rein chemische Reaktion ist, trotzdem schießt mir das Adrenalin durch den Körper, und ich will nichts lieber, als umkehren und in die entgegengesetzte Richtung fliehen. Stattdessen gehe ich weiter, und dann sehe ich es.

Unser Quartier ist in Blutrot gehüllt. Die Spritzer verteilen sich auf eine Weise über Wände und Fenster, die sich nur mit Freude an der Grausamkeit beschreiben lässt. Es macht mir Angst, das soll es ja auch, und es macht mich zornig, wie inzwischen das allermeiste.

Ich greife nach meinem Smartphone, obwohl es gerade erst langsam hell wird. Kein Netz. Nie hat man hier Netz. Ich muss weit auf das Feld hinausgehen, bis ich überhaupt telefonieren kann, und selbst dann dringt Duncans Stimme nur abgehackt und blechern zu mir. Ich schaffe es, ihm mitzuteilen, dass er herkommen soll.

Noch halb verschlafen rückt er an. Ich habe nicht daran gedacht, ihm zu sagen, er soll Fingal zu Hause lassen; jetzt springt der Hund bebend vor Begeisterung von Schliere zu Schliere.

»Da haben sie ja ganze Arbeit geleistet«, brummt Duncan. Ich warte, während er um das kleine Haus herumhumpelt und mit dem Smartphone Fotos macht. »Ist jemand eingebrochen?«

»Nein.«

»Ganz sicher? Hast du drinnen nachgesehen und dich überzeugt, dass nichts gestohlen wurde?«

»Da wurde nichts gestohlen. Die Tür ist noch abgeschlossen.«

»Die wollen euch nur Angst machen.«

»Sag bloß, Duncan.«

»Überlass das mir. Bist du so weit okay?«

Ich nicke, und er steigt wieder ins Auto. Fingal reagiert nicht auf Rufe, schleckt nur außer sich vor Verzückung das Tierblut ab, ich laufe zu ihm und ziehe ihn am Halsband sanft weg. »Komm schon, du Rabenaas.« Er winselt aufgeregt, springt aber doch auf die Ladefläche des Lasters.

»Ich rufe dich an, sobald ich etwas weiß«, sagt Duncan. Er sieht mich direkt an, und ich muss mich aktiv davon abhalten, mir an den gerundeten Bauch zu fassen. Es hat lang gedauert, bis sich überhaupt etwas gezeigt hat. Nackt sehe ich inzwischen sehr offensichtlich schwanger aus. Aber mit dickem Wollpulli und weitem Mantel bin ich mir einigermaßen sicher, dass es nicht auffällt. Ich sehe nur ein bisschen verlottert aus, aber das ist bei mir nichts Ungewöhnliches.

»Danke«, sage ich.

Als das Team eintrifft, habe ich gerade mal die Haustür sauber geschrubbt, der Schweiß läuft mir in Strömen runter.

»Was soll denn die Scheiße?«, ruft Zoe. »Ich glaub, mir wird schlecht.«

»Wer war das?«, will Evan wissen.

»Damit haben wir ja schon gerechnet«, sagt Niels.

»Äh, hätte mich da vielleicht mal jemand warnen können?«, meint Zoe.

»Also, nicht genau damit.«

»War hier irgendwo ein Tier?«, fragt Zoe.

»Du meinst, außer ... « Evan deutet auf das Blut.

»Ja, ein lebendes Tier.«

»Duncans Hund war hier«, sage ich.

Zoe stöhnt auf und kratzt sich an den Armen. »Wusste ich's doch, ich kriege schon meinen Ausschlag. Ich bin echt nicht gemacht für diesen ganzen Wildnismist.« Sie rennt ins Haus, vermutlich, um etwas gegen ihre Tierhaarallergie einzunehmen. Dann ruft sie zu uns nach draußen: »Ich komme erst wieder raus, wenn alles sauber ist. Oder vielleicht auch dann nicht. Ich ziehe jetzt hier ein.«

»Dann ist doch alles wie immer«, brummt Evan. Dann tritt er näher an mich heran. »Lass mich das machen, Boss. Niels und ich kümmern uns darum, und du gehst rein und legst schon mal los mit der Arbeit.«

Ich schüttele nur den Kopf und schrubbe weiter.

Leiser sagt er: »Ist vielleicht nicht das Beste in deinem Zustand.«

Ich erstarre. »Was?«

»Sonst weiß es keiner. Aber ich habe drei Schwestern und einen ganzen Haufen Nichten und Neffen.«

Es ist gar nicht so, dass ich ein großes Geheimnis daraus machen will; ich versuche nur selbst nach Kräften, nicht darüber nachzudenken, und das bedeutet auch, nicht darüber zu reden. Und so weiß es niemand, außer Mrs. Doyle – und jetzt Evan. Ich drücke ihm meinen Schwamm in die Hand und gehe ohne ein weiteres Wort nach drinnen. Für einen Moment halte ich inne, eine Hand auf dem Bauch, auf der festen, runden Kugel dort. Darin eine ganze Welt.

Als unser Häuschen wieder einigermaßen sauber ist, schicke ich Evan und Niels los, um die Rudel zu suchen und ihre neuesten GPS-Daten herunterzuladen. Wir müssen herausfinden, welcher Wolf die Kuh gerissen hat. Das Tanar-Rudel ist vollauf damit beschäftigt, die Sikahirsche mit ihren gewaltigen Geweihen zu jagen, und sowieso viel zu weit weg von Seamus' und Claires Hof. Ich bezweifele sehr, dass sie es waren. Das Glenshee-Rudel ist am nächsten dran, hält sich aber, solange die Welpen noch klein sind, hauptsächlich im Umkreis der Höhle auf und wird dort wohl auch noch die kommenden Monate verbringen. Irgendwann müssen wir uns Gedanken darüber machen, wie wir die Welpen mit Halsbändern ausstatten können. Nummer Zehns Bewegungsdaten zeigen, dass sie bei ihrem Rudel geblieben ist, womit ich tatsächlich nicht gerechnet habe. Von allen Wölfen hätte ich am ehesten auf sie gewettet. Derweil hat sich das Abernethy-Rudel die ganze Zeit friedlich in seinem Wald im Norden herumgetrieben. Und ich stehe ohne Erklärung da.

Der nächste Angriff ist um vieles schlimmer als der erste.

Halloween steht vor der Tür. Die Straßen sind mit Lichterketten und Spinnweben geschmückt. Vor allen Türen und an allen Ecken stehen geschnitzte Kürbisfratzen mit Lichtern darin. Schaurige Geister spähen aus den Fenstern, knochige Finger recken sich aus ihren Gräbern. In Schottland sind Gruselgeschichten sehr beliebt; hier weiß man das Makabre noch zu schätzen.

Ich fahre gerade durch den Ort, als mich eine Menschenmenge auf der Straße zum Halten zwingt. Mein erster Gedanke ist, dass es sich um ein weiteres Straßenfest handeln muss. Aber als sich die Menge teilt, um mich durchzulassen, sehe ich, dass am Ortseingangsschild etwas hängt, das ganz anders ist als der übrige Schnickschnack. Ein Fleck aus Grau. Eine baumelnde Zunge. Mein Magen sackt weg.

Nummer Vierzehn, der alte Grauwolf, der alle denkbaren Bedrohungen überstanden, seine Familie hinaus aus dem Gehege an einen sicheren Ort geführt hat. Sein abgeschlagener Kopf hängt an einem Galgenstrick, alle vier Pfoten wurden ihm abgeschnitten und an den vier Ecken des Schildes drapiert.

Und ich bin keine Frau mehr, kein Mensch, kein Tier, was immer ich gewesen sein mag. Ich bin fleischgewordener Zorn.

Heute Nacht strömen sie herbei, die hungrigen Geister, sie kommen von den Feldern herein und suchen Schutz vor dem kommenden Winter. Man muss ihnen Nahrung schenken und ein warmes Plätzchen, um ihren Rachedurst zu stillen. Die Grenze zwischen dieser und der Anderwelt ist schmal. So lautet der uralte Glaube über Samhain, das gälische Erntefest, das den Beginn der dunklen Jahreshälfte markiert, die Ankunft der Kälte. Bei Einbruch der Dämmerung wird auf einem Feld jenseits der Ortsgrenze ein gewaltiges Feuer entzündet. Überall aus den Cairngorms strömen gruselig kostümierte Menschen herbei. In früheren Zeiten hätten sie eine Kuh geschlachtet; fast meine ich, den ursprünglich heidnischen Geruch von Blut in der Luft zu riechen. Ich schiebe mich zwischen den verkleideten Gestalten durch und folge meinem eigenen Hunger.

Die Bestie, die ich suche, erweist sich als ziemlich dumm. Der Mann hat Vierzehns Körper behalten, sei es, um verbotenerweise sein Fell zu verkaufen, sei es als Trophäe, und er hat auch das Funkhalsband aufbewahrt, das der Wolf trug. Vielleicht hat er es auseinandergerissen, vielleicht auch im Wasser versenkt und sich gedacht, das würde schon reichen. Aber die Dinger sind praktisch unkaputtbar, deshalb hat es sein Sterbesignal immer weiter an unser System gesendet, und so habe ich ihn gefunden.

Er heißt Colm McClellan. Er ist einunddreißig, geschieden und hat zwei Kinder, die nicht dauerhaft bei ihm wohnen. Er ist noch nicht mal Bauer – er jagt einfach nur gern. Ich bin ihm bis zu seinem Haus gefolgt, habe mir angeschaut, wie er seine Kinder durch die Festivitäten führt, sie mit Süßigkeiten vollstopft und sie um das prasselnde Feuer laufen lässt.

Er trägt eine Wolfsmaske.

Methoden, einen Menschen umzubringen: ihn unbeobachtet ins Feuer schubsen.

Jemand streift mich in der Menge. Eine Hand greift nach meiner, lenkt mich ab. Ich löse den Blick von Colm und sehe im Halbschatten Duncans Gesicht.

»Alles in Ordnung?«, fragt er mich.

Ich will mich an ihm vorbeidrängen, aber er hält mich fest.

»Inti. Es tut mir so leid, was passiert ist.«

Ich sehe ihn an. »Ach ja? Ich dachte, du willst die Wölfe auch weghaben, so wie alle hier.«

»Sag das nicht. Du weißt doch, dass ich geschwankt habe. Du hast mich schwanken lassen. Ich war mir nicht sicher, aber jetzt bin ich es.«

»Worüber?«

»Dass alles, was du uns gebracht hast, gut ist.«

Das lässt mich innehalten. »Was hat dich denn da so sicher werden lassen?«

»Du«, sagt er.

Dann lässt er meine Hand los und streicht stattdessen mit dem Finger über sein Gesicht. Ich erschauere; er weiß, dass ich es spüre. Seine Fingerspitze schickt ein Fieber von meiner Stirn über die Wange bis zu den Lippen. Es fühlt sich gar nicht an wie eine Täuschung; der Abstand zwischen unseren Körpern ist die eigentliche Täuschung, denn wir teilen ja dieselbe Haut, dieselben Muskeln, dieselben Knochen mitsamt dem Mark darin. So leicht könnte ich mich davonspülen lassen von dieser Flutwelle, die mich mit sich reißen will. Für den Bruchteil einer Sekunde ist er alles, er ist die ganze Welt, und Little One ist ein Universum in mir, ein Universum für uns beide, aber ich habe mich ja schon vor langer Zeit einem Universum verschrieben, das nur meine Schwester und mich umfasst, und ich weiß nicht, wie ich das überleben soll. Ich glaube, Duncan sieht etwas in mir, was gar nicht vorhanden ist.

»Weißt du schon, wer es getan hat?«, frage ich.

»Noch nicht. Aber das finde ich noch heraus.« Duncan beugt sich ganz nah an mein Gesicht. »Ich kriege ihn.«

Aber das wird er nicht. Denn ich werde ihn mir vorher schnappen.

Colm liefert seine Kinder bei deren Mutter ab und macht sich auf den Heimweg. Mit ein paar Autolängen Abstand folge ich ihm. Er wohnt am Ortsrand. Und obwohl er einen großen Gartenschuppen hat, lässt er den Wagen in der Einfahrt stehen und geht ins Haus.

Ich habe eine Brechstange dabei. Die habe ich mir im Eisenwarenladen besorgt.

Im Dunkeln schleiche ich mich zu seinem Wagen und lasse die Brechstange auf die Windschutzscheibe niedergehen. Immer und immer wieder. Anschließend schlage ich, eins nach dem anderen, die Fenster ein und auch die Heckscheibe. Jetzt kommt er nach draußen. Brüllt mich an. Während er mich noch mit allen möglichen Schimpfwörtern belegt, schlage ich nach seinem Bein, spüre seine Kniescheibe splittern. Colm schreit, ich schreie. Fast falle ich hin, der Schmerz explodiert wie Blitze vor meinen Augen. Aber ich atme tief und stütze mich auf die Brechstange, und als das Gefühl von gebrochenen Knochen vergeht, spüre ich noch etwas anderes. Das Wissen um das, was ich ihm zugefügt habe, ist wie ein Rausch, schwindelerregend, verstörend. Ich könnte noch weitermachen, aber stattdessen gehe ich an ihm vorbei in den Garten. Mit Hilfe der Brechstange stemme ich die schlecht verschlossene Tür des Schuppens auf, entdecke dort aber keine Überreste von Vierzehn. Nur das Funkhalsband finde ich, es liegt zusammen mit anderem Abfall in einem Eimer.

Ich rufe Duncan an.

»Ich habe eine Anschrift für dich. Und einen Namen.«

»Inti, bitte sag mir, dass du nicht …«

Ich gebe ihm alle Informationen durch, dann beende ich das Gespräch, wische meine Fingerabdrücke von der

Brechstange – obwohl ich im Grunde nicht weiß, was das noch nützen soll –, werfe sie zu Boden, wo sie scheppernd landet, und steige in meinen Wagen. »Du Schlampe!«, brüllt Colm mir nach. Im Rückspiegel sehe ich ihn, hingestreckt in seinem Vorgarten, wie er immer kleiner und kleiner wird.

Zu Hause hole ich mir eine Flasche Wein aus dem Schrank und gehe zu unserer Koppel hinüber. Ich trinke ein paar Schlucke, lege mich rücklings ins kalte Gras, um den riesigen Vollmond über mir zu betrachten. Der Himmel ist so klar, so grenzenlos, dass ich darin versinke.

Tränen tröpfeln in meine Haare.

Ich höre Schritte auf dem Gras, spüre jemanden neben mir. Meine Schwester nimmt mir die Weinflasche aus der Hand, trinkt daraus, stellt sie dann so, dass ich nicht mehr drankomme, und legt sich im Dunkeln neben mich.

Unsere Finger verschränken sich. Irgendwo, nicht weit von uns, ist das leise Schnauben eines Pferdes zu hören, das sich langsam nähert.

»Glaubst du, wir können irgendwie steuern, was wir sind?«, frage ich.

Sie zieht ihre Hand nicht weg, um mir zu antworten, sondern lässt sie in meiner.

»Ich glaube, der größte Teil von mir ist irgendwie in Dads Wald zurückgeblieben. Und jetzt bestehe ich nur noch aus Dingen, die mir verhasst sind.«

Ich schließe die Augen, mein Haar ist nass vom Salz, ich bestehe nur noch daraus.

Jetzt bewegt sich ihre Hand doch, sehr schnell. *Nein*, sagt die Hand. Und macht das Zeichen gleich noch einmal: *Nein*.

Ich drehe mich zu ihr, rolle mich ganz klein zusammen. Das Gift strömt aus mir heraus, seit es passiert ist, habe ich nicht mehr so geweint, denn ich hatte ja kein Recht zu weinen, schließlich ist das alles meiner Schwester passiert, und nicht mal sie konnte weinen.

Aggie hält mich, sie hält mich so fest, drückt die Lippen an meine Schläfe, küsst mich wieder und wieder, und als ihre Finger einen Rhythmus auf meinen Rücken klopfen, führt mich das zurück in unsere Kinderkörper, damals in Dads Schuppen, als sie mich das allererste Mal zurück in die Gegenwart holte, so, wie sie es auch jetzt tut.

Dann keucht sie, hebt mein Kinn an, und wir schauen beide empor und sehen, was der Himmel macht, wie er in Grün, Lila und Blau tanzt, Farben, die viel zu leuchtend sind, um in Werners Nomenklatur aufzutauchen, und ich weine immer noch, aber jetzt weine ich wegen der Schönheit dieser Welt und ihres sanften Sogs, wegen ihres rätselhaften Timings, ihres tiefen, tiefen Wissens; so nah stand ich am Abgrund, aber ich bin zurückgekehrt, und ich frage mich, ob auch Aggie das jedes Mal sieht, wenn sie zu mir zurückkommt.

23

Ich bekomme eine Anzeige wegen Körperverletzung und mutwilliger Sachbeschädigung. Colm bekommt eine Anzeige wegen der Tötung von Wolf Nummer Vierzehn. Weder er noch ich müssen auch nur eine Nacht im Gefängnis verbringen, kriegen aber saftige Geldstrafen aufgebrummt.

Im Lauf der nächsten Wochen kommt eine ganze Reihe weiterer Nutztiere ums Leben. Fast jeden Morgen werde ich von Bonnies Anrufen geweckt, die mich zum nächsten Hof schickt, um den nächsten halb aufgefressenen Kadaver eines Schafs oder einer Kuh zu begutachten, oder Anne Barrie ruft mich an.

»Bring das in Ordnung, Inti«, sagt Anne. »Und zwar schleunigst, sonst sind wir alle bald unsere Jobs los.«

Genauso gut könnte ich auch den Raben zu den gerissenen Tieren folgen; sie kommen in großen Schwärmen an, bevölkern den Himmel über dem toten Nutzvieh. Und mit jedem neuen Riss wächst meine Angst. Der Wolf, welcher es auch sein mag, hat jetzt gelernt, dass er sich von Nutztieren ernähren kann. Wölfe fressen Weidetiere an sich nur ungern, sie bevorzugen Wildfleisch und erjagen es am liebsten selbst. Man nennt das ihr Beuteschema. Schafe und Rinder mögen grundsätzlich angreifbar sein, gehören aber eigentlich nicht in dieses Muster. Sie bilden den letzten Ausweg für einen hungernden Wolf. Ich muss also herausfinden, wessen Hunger so gewaltig ist, dass er ihn zur Missachtung der eigenen Instinkte treibt, und welchen Grund das hat.

Ich glaube, ich weiß bereits, welches Tier es ist. Ich bin mir sicher. Und sobald wir den Beweis haben, werden wir die Wölfin töten müssen.

Heute hat sich das Tanar-Rudel auf den Weg gemacht, es ist nach Osten aufgebrochen und nähert sich der Grenze von Reds Grundstück, was wohl der denkbar ungünstigste Aufenthaltsort für es ist. Wenn die Menschen aus dem Ort entschlossen sind, das hier zu einem Krieg zu erklären, muss ich zumindest darauf achten, ihnen keine zusätzliche Munition zu liefern, und die Wölfe befördern ihre eigene Sache nicht, wenn sie sich so nah an Reds Grund und Boden herumtreiben. Ich biege nicht in die Einfahrt ab, sondern parke am Zaun seiner vorderen Koppel. Ich habe das Gewehr aus dem gesicherten Waffenschrank mitgenommen, das hole ich jetzt aus dem Kofferraum und betrete McRaes Land. An der Stelle, wo Neun getötet wurde, komme ich nicht vorbei, aber ich denke an ihn. Ich durchquere Gatter, bücke mich, um Tore zu öffnen und sie danach wieder hinter mir zu schließen. Aus der Zeit in Dads Wald habe ich eine wichtige Lektion mitgenommen: Schließe nie ein Tor, das du offen vorfindest, und lasse nie eines offen, das geschlossen war. Ich weiß nicht, wo Reds Schafe heute sind, aber schließlich entdecke ich sie auf einer Koppel im Osten, hinter schweren Zäunen und so weit von der Baumgrenze weg, wie sein Grundstücksverlauf es zulässt. Ich zolle ihm Anerkennung dafür, dass er sie so schützt, im Gegensatz zu vielen anderen Bauern hier, die sich immer noch weigern, ihre Herden einzuzäunen. Aus Trotz, nehme ich an. Auch eine Art, sich ins eigene Fleisch zu schneiden.

Ich gehe ganz nah heran an die schlafende Herde, wollige Körper, dicht an dicht, um die Lämmer vor der Kälte zu schützen, und setze mich ins Gras. Den Blick auf den Waldrand gerichtet, das Gewehr schussbereit im Schoß. Sollten Wölfe auftauchen, die es auf diese Schafe abgesehen haben, dann werden sie dort zwischen den Bäumen hervorkommen, und ich werde sie erwarten.

Wolfsvater Nummer Zwei, der Anführer des Tanar-Rudels und jetzt der stärkste Alphawolf unter den von uns freigelassenen Tieren, ist nach Werners Nomenklatur samtschwarz. Der Farbton des Obsidians. Der einzige schwarze Wolf in Schottland. Es ist ein Schwarz, das einen verschluckt; das schwärzeste Schwarz der tiefsten Nacht. Er ist ein gewaltiges Tier und mit fast neunzig Kilo so groß, dass man ihn beinahe der verwandten Unterart, den größeren Mackenzie-Wölfen, zurechnen könnte. Seine fließenden Bewegungen strotzen vor Kraft. Er ist der Inbegriff animalischer Stärke.

Nacht für Nacht bin ich hergekommen, und heute, bei meinem fünften Einsatz als Schafhüterin, sehe ich seine goldenen, unbewegten Augen, und ich weiß, dass er es ist.

Er steht im Schutz des Waldes und beobachtet uns.

Beobachtet mich.

Wartet auf den richtigen Moment.

Hinter ihm wird sich wohl sein Rudel versammelt haben, bereit zum Vorstoß, sobald er das Signal gibt. Drei hungrige, ausgewachsene Wölfe, die diese Tiere riechen, ihr pulsierendes, warmes Blut, und sie noch nicht von anderen unterscheiden können. Sie werden ausschwärmen, uns von allen Seiten umzingeln und rasch und lautlos vorstoßen, um eins der Tiere am Rand der Herde zu reißen. Wenn sie wollten, könnten sie sich auch jeder eines schnappen und auch die übrigen töten, es wäre ein Leichtes für sie. Gegen die Natur dieser Raubtiere haben die arglosen und trägen Herdentiere keine Chance.

Mich hat die Misere der Raubtiere immer schon mehr bedrückt als die ihrer Opfer. Raubtiere, Beutegreifer, bringen ihr Leben damit zu, in Zeitlupe zu verhungern. Jede Jagd kann ihre letzte sein. Ginge es hier also nur nach mir, ich würde den Wölfen ihr Festmahl gönnen. Aber diese Welt wurde von Menschen erschaffen. Wenn die Wölfe das falsche Tier zum Festmahl machen, bedeutet das ihren Tod. Und so lege ich mein Gewehr an, das nicht mit Betäubungspfeilen, sondern mit echter Munition geladen ist, und ziele damit auf Nummer Zwei.

Der Schuss zerreißt die Nacht, er hallt von den Hügeln wider. Schon sind seine mondhellen Augen verschwunden. Er hat, wie ich hoffe, mitsamt seiner Familie die Flucht ergriffen, um an einem weniger gefährlichen Ort zu jagen, verschreckt von dem Schuss, den ich über ihn hinweg abgefeuert habe. Ich bleibe trotzdem, wo ich bin, für alle Fälle.

Die Schafe sind jetzt wach und in Bewegung. Sie streben in ungeordneter Formation zum Zaun, kauern sich dort zusammen, blöken ihre Empörung heraus, fragen sich, was zum Teufel hier eigentlich los ist.

Fünf Minuten später braust ein Quad über die Koppel heran. »Was zum Geier machen Sie hier?« Red stellt den Motor ab und steigt herunter. »Was haben Sie da erschossen?«

»Nichts«, sage ich.

»Keine Ausflüchte, Mädchen.«

»Ich habe auf einen Fuchs geschossen.«

Im Dunkeln starrt er mich an, bemüht, mich zu begreifen. Und mein Gewehr. Wir sind beide nicht viel mehr als Umrisse. »Sie haben sie bewacht?«

Ich nicke.

Die Spannung weicht aus seinen Schultern. Er brummt etwas in sich hinein, das ich beim besten Willen nicht verstehen kann. Dann fragt er: »Warum?«

»Weil mir genauso wenig an toten Schafen gelegen ist wie Ihnen«, sage ich.

Red reibt sich die Augen. »Das überlassen Sie jetzt besser mal mir. Sie sollten um die Zeit nicht mehr hier draußen sein, Kindchen, erst recht nicht in Ihrem Zustand.«

Ich wende mich ab. Hätte er nur nichts von meiner Schwangerschaft gemerkt! Ich fühle mich bloßgestellt.

»Haben Sie ihn denn erwischt?«, fragt Red.

»Wen?«

»Den Fuchs.«

»Nein, Sir. Aber er weiß jetzt, dass er sich besser fernhält.«

»Und woher wissen Sie, dass er das weiß?«

Ich werfe ihm einen Blick zu. »Tiere lernen ihre Lektionen. In der Hinsicht sind sie klüger als Menschen.«

Am nächsten Morgen mache ich mich zum Glenshee-Rudel auf. Wo sich das Tanar-Rudel aufhält, weiß ich jetzt, nachdem es letzte Nacht an den Grenzen zu Reds Hof vorbeigekommen ist. Auch das Abernethy-Rudel habe ich gesucht, und gestern habe ich es endlich entdeckt. Ashs Welpen sind mit ihren sechs Monaten enorm gewachsen. Sie sehen schon fast wie große Wölfe aus, ein bisschen magerer vielleicht, und ihre Pfoten sind immer noch ein wenig groß für den restlichen Körper. Der Kümmerling – Nummer Zwanzig – ist nach wie vor kleiner als seine Geschwister, hat sie aber alle unter der Fuchtel. Je größer die kleine Wölfin wird, desto weißer wird sie, sogar noch heller als ihre Mutter. Während ich ihr dabei zusehe, wie sie ihren größeren Bruder mit raschem Schnappen nach seiner Schnauze, mit raschem Schnappen nach meinem Mund, zur Räson bringt, staune ich erneut darüber, wie komplex die Machtverhältnisse unter Wölfen sind. Sie können Charaktereigenschaften erkennen, wissen, dass innere Stärke genauso viel Macht verleiht wie körperliche Kraft. Dominanz hat oft rein gar nichts mit Größe oder aggressivem Verhalten zu tun.

Es ist kalt heute. Ich bin froh, im Unterstand zu sitzen. Um mich herum fegt der Wind durch die kahlen Berge und rüttelt an der kleinen, versteckten Hütte. Ohne diesen Schutzraum könnte ich bei dem stürmischen Wetter gar nicht draußen sein: Es würde mich von den Füßen wehen.

Ich hebe das Fernglas an die Augen, um das Glenshee-Rudel zu beobachten.

Bilde ich mir die Trauer in ihrer Körperhaltung nur ein, vermenschliche ich sie zu sehr? Aber es stimmt ja, Wölfe betrauern ihre Artgenossen. Ich glaube also nicht, dass ich mir ihren Schmerz um Nummer Vierzehn, den sie verloren haben, nur einbilde. Sie wirken irgendwie gedämpft; niemand spielt. Sogar die Welpen scheinen bedrückt. Und nicht nur Vierzehn fehlt. Auch Nummer Zehn kann ich nicht entdecken. Ihren Daten zufolge ist sie dort oder war es zumindest bis kürzlich noch. Aber als ich mein Fernglas scharfstelle, sehe ich einen ungewöhnlichen Gegenstand im Gras und erkenne Zehns Funkhalsband. Sie hat sich davon freigebissen. Sie kann sonst wo sein.

»Nein«, seufze ich tonlos. Da ist er, der Beweis, den ich so gefürchtet habe.

War ja klar, dass du es bist.

Die Wölfin, die nichts und niemanden fürchtet, nicht einmal Menschen.

Ich träume von Rothirschen, die im Wald brunften; von den Geräuschen, die ich bei meinen Wanderungen am frühen Morgen höre, diesem gewaltigen *Klonk*, das kilometerweit durch den Nebel hallt.

Klonk, machen ihre Geweihe, wenn sie aufeinander losstürzen. *Klonk*.

Ich schrecke hoch.

Klonk.

Das sind keine Hirschgeweihe, da schlägt etwas ans

Fenster. Etwas Feuchtes. Wie ein Sack wird es gegen die Scheibe geschleudert, das Geräusch ähnelt eher einem satten Schmatzen.

Was in aller Welt?

Da draußen ist jemand. Ich stürze zu meiner Schwester ins Zimmer und zerre sie aus dem Bett. Drücke sie flach zu Boden, damit man uns durch das Fenster nicht sieht.

Jetzt sind auch Stimmen zu hören, mehrere, sie heulen wie die Wölfe.

»Scheißescheißescheiße. Bleib hier und rühr dich nicht.«

Auf allen vieren krabbele ich in mein Zimmer zurück und schnappe mir mein Telefon. Die Gestalten haben das Haus jetzt umringt, ich höre, wie sie an Türen und Fenster klopfen, versuchen einzudringen. Einer von ihnen humpelt stark, ich kann seinen Umriss erkennen, und neinneinnein, das kann nicht er sein, auf keinen Fall, bitte lass ihn das nicht sein. Während ich noch hinsehe, fällt das Mondlicht auf sein Gesicht, und es ist nicht Duncan, es ist Colm McClellan, dessen Humpeln ich selbst verursacht habe.

Mein gottverdammtes Telefon hat natürlich kein Netz, und vor lauter Frust würde ich es am liebsten an die Scheibe pfeffern. Ich hole meine Schwester aus ihrem Zimmer, zusammen eilen wir gebückt ins Bad und flüchten uns in die Badewanne. Hier, in der äußersten Ecke, zeigt sich oft zumindest ein Balken Netz, und ich halte das Telefon ruhig, bis es ihn gefunden hat. Ich will schon den Notruf wählen, halte aber im letzten Moment inne und wähle stattdessen Duncans Nummer. Er kann schneller da sein.

»Inti?« Er klingt benommen.

»Er ist hier«, flüstere ich. »Colm. Er hat ein paar Männer dabei und versucht, ins Haus zu kommen.«

»Bin schon unterwegs.«

Aggie krabbelt Richtung Küche. »Warte!« Ich haste ihr hinterher. Sie greift sich ein Messer aus der Schublade, was keine schlechte Idee ist, und ich nehme mir ebenfalls eins. Wir kauern uns auf den Küchenboden, und mir wird klar, dass ich sie erst kürzlich in genau dieser Haltung hier vorgefunden habe, als sie glaubte, sie habe draußen jemanden gehört, und ich sie für verrückt erklärte. Aber bei Gott, vielleicht hatte sie ja recht?

Oder aber wir sind beide verrückt.

Über uns zersplittert die Fensterscheibe und lässt Scherben auf uns niederregnen. Ich halte mir den Mund zu. Aggies Augen sind viel zu weit aufgerissen. Meine auch, vermute ich.

Da heult ein Motor auf. Ein paar Gestalten ergreifen die Flucht, aber einige bleiben zurück. Ich rappele mich hoch, um durch die kaputte Scheibe zu schauen. Duncan ist da. Er ist unbewaffnet.

»Du bist verhaftet, Colm«, sagt er. »Und ihr anderen auch. Rein in den Wagen.«

»Leck mich doch, verdammter Ökoverräter!«, brüllt Colm und stürzt auf ihn los, trotz Krücke und kaputtem Knie, und ich denke mir, er muss wohl eine Art psychotischen Schub haben, denn das ist schlicht und einfach Wahnsinn. Ich lasse mich wieder zu Boden sinken, damit ich nicht sehen muss, was passiert. Meine Schwester und ich halten einander umschlungen, und ich habe genug, wirklich und wahrhaftig mehr als genug von Gewalt, für dieses und tausend weitere Leben.

Die Haustür wird geöffnet, jemand kommt herein – es ist Duncan, aber ich weiß nicht, wie er das fertiggebracht hat, bis ich sehe, dass der Glaseinsatz der Tür ebenfalls kaputt ist und er einfach hindurchgegriffen hat, um den Riegel aufzuschieben. Selbst das treibt meinen Puls in die Höhe, denn jetzt kann jeder reinkommen.

Als Duncan uns entdeckt, will er auf uns zukommen. Ich weiß nicht, was da draußen geschehen ist, aber irgendwie hat er die Männer wohl überwältigt. Mein Körper reagiert, fürchtet ihn. »Nicht!«, sage ich, und er bleibt stehen. Ich begreife diese Angst nicht, könnte sie niemandem erklären, nicht einmal mir selbst, aber sie ist unüberhörbar, und ich will ihn hier nicht haben.

»Alles in Ordnung?«

»Geh einfach, Duncan, bitte.«

»Ich muss euch ins Krankenhaus bringen, zum Durchchecken, Liebes.«

»Uns geht's gut, es ist nichts passiert. Bitte!«

Ständig sehe ich ihn und Stuart, ich kann es nicht abstellen, wie seine Fäuste Stuart im Licht der Straßenlaterne fast zu Tode prügeln. Ständig sehe ich ihn in jener Nacht im Wald, und ich will das nicht mehr in meinem Kopf. Ich will ihn nicht mehr in meinem Raum, nicht mehr in meinem Leben haben.

Sein Blick wandert auf das, was ich nicht mehr verbergen kann, nicht einmal jetzt, wo ich auf dem Boden kauere. Meinen dicken Bauch. Er sieht, erkennt, und jetzt kommt er wieder auf uns zu, und ich bin nicht mehr nur alarmiert, ich bäume mich auf vor Angst.

»Bleib weg!«, rufe ich.

Verblüfft bleibt Duncan stehen. »Entschuldige.«

Aggie schiebt sich schützend zwischen uns, streckt den Arm aus, um ihn abzuwehren, und ich denke mir, da ist meine Schwester, und weil auch er sie ansieht, denke ich außerdem: Gott sei Dank, sie ist echt, sie lebt, ich bin nicht verrückt.

»Bitte habt keine Angst vor mir«, sagt Duncan. »Beide. Ich will euch nur helfen. Es ist alles schon erledigt. Die Wichser da draußen sitzen eingesperrt im Laster. Sie hätten euch sowieso nichts getan, sie wollten euch nur Angst machen.«

Was ihnen ja auch bestens gelungen ist.

Sein Blick wandert immer wieder zu meinem Bauch. »Ist das …?«

»Raus, Duncan!«, brülle ich.

Ich bin vollkommen reglos, bis auf den bebenden Kern tief in mir. Ob er wohl wieder versuchen wird, zu mir zu gelangen? Ob mir dann Zeit genug bleibt, das Messer zu packen?

Fast dringt die Verzweiflung in seiner Miene durch meine feste Überzeugung, in Gefahr zu sein. »Schon gut, ich gehe«, sagt er. »Ihr seid in Sicherheit.« Und damit geht er wirklich.

Aggie und ich umarmen uns. Ist sie wirklich so wild entschlossen, wie sie wirkt? In meinen Armen fühlt sie sich so echt an wie schon seit Jahren nicht mehr.

Sie löst sich von mir, und ihre Hände sagen: *Er ist der Vater.*

Ich nicke.

Lass ihn nicht noch mal rein.

Ich sehe sie an. Immer habe ich ihre Angst für Wahnsinn gehalten, aber es ist nichts Wahnsinniges daran, aus den eigenen Erfahrungen zu lernen. Womöglich ist ihre Wachsamkeit das Gesündeste in unserem Leben.

»Nein«, verspreche ich ihr.

Später erfahre ich, dass der Sack, mit dem unsere Scheiben eingeschlagen wurden, mit den sterblichen Überresten von Vierzehn gefüllt war.

24

Ich hatte einen Plan, einen verzweifelten Plan. Wenn Aggie es nicht schaffen würde, ihren Mann zu verlassen, dann würde ich ihren Platz einnehmen, ich würde unser altes Spiel spielen und mich als sie verkleiden, und ich würde diese toxische Ehe für sie beenden, ihn an ihrer Stelle verlassen. Und es ihr erst erzählen, wenn es schon geschehen war, damit sie nicht versuchen würde, mich aufzuhalten.

Ich verbrachte den Tag mit Aggie, rief mir in Erinnerung, wie es war, in ihre Haut zu schlüpfen, die Welt mit ihren Augen zu sehen. Mit jeder Menge Leidenschaft und einem übermütig flackernden Temperament. Ich hatte sie oft genug mit Gus erlebt, um zu begreifen, dass es zwischen ihnen ständig um Machtspiele ging, einen nicht enden wollenden, flirtähnlichen Wettkampf darum, wer dem anderen überlegen war, einen Tanz auf Messers Schneide zwischen Zorn und Begehren.

Als es so weit war, zog ich Kleider von Aggie an und frisierte und schminkte mich so wie sie. Es war ein Kostüm, eine Rüstung, und wenn ich ehrlich war, dann war mir nie etwas leichter gefallen, als wieder zu Aggie zu werden. Irgendwie fühlte ich mich in ihr zu Hause.

Von Aggies Handy schickte ich Gus eine Nachricht und

verabredete mich nach der Arbeit in der Stadt mit ihm. Wir wollten in einer Bar etwas trinken, und ich gab all meinen Bewegungen, dem, worauf mein Blick fiel, und der Art, wie ich mein Mienenspiel beherrschte, etwas Planvolles, denn so war Aggie. Gefasst – fast schon gelangweilt –, bis sie es urplötzlich nicht mehr war. Gus wirkte müde und gestresst, aber ich merkte ihm an, dass er ganz auf mich konzentriert war. Mich prüfend musterte. Ich ließ mich davon nicht nervös machen; stattdessen genoss ich es, wie Aggie es getan hätte, in dem Wissen, dass sie die Zügel in der Hand hielt. Ich genoss es, begehrt zu werden, genoss den eigentlich verbotenen Schauer der Lust auf meiner Haut, dem ich vor langer Zeit entsagt hatte, dem ich mich jetzt aber voll und ganz hingeben durfte.

Ich wusste nicht, wie ich das Thema taktvoll ansprechen, es langsam vorbereiten sollte, und so platzte es im schummrigen Licht der Bar einfach aus mir heraus: »Inti und ich werden ausziehen.«

Er starrte mich an, und etwas blitzte in seinen Augen auf, aber er blieb so lange reglos und stumm, dass ich allmählich den Boden unter den Füßen verlor.

»Ich dachte«, sagte er schließlich ganz langsam, »ich hätte mich klar ausgedrückt.« Seine Hand wanderte an meinem Oberschenkel hinauf, drückte etwas härter als nötig zu und dann noch härter. »Wenn du je versuchst, mich zu verlassen, werde ich euch finden und deine Schwester umbringen.«

Ich meinte, mich verhört zu haben.

Und dann war die Wahrheit auf einmal sonnenklar, so grauenhaft, dass ich niemals darauf gekommen wäre. Es gab kein Spiel zwischen ihnen. Nur echte Bedrohung. Nur diese Bestie, die sich hinter dem attraktiven Gesicht eines Mannes verbarg. Und ich war blind dafür gewesen.

»Komm, wir fahren heim und nehmen ein Bad, entspannen uns ein bisschen, es war ein langer Tag.«

Ich zitterte so sehr, dass ich mich kaum auf den Beinen halten konnte, aber er führte mich hinaus aus der Bar, und mir wurde klar, wie lächerlich ich mich machte, wenn ich glaubte, ich oder Aggie hätten auch nur ein Fitzelchen Kontrolle. Die Macht lag allein bei ihm, und er nutzte sie, um Aggie als Geisel zu halten. Jetzt begriff ich, warum sie wollte, dass ich ging.

Er fuhr uns nach Hause, und während er von der Arbeit erzählte, konnte ich nur daran denken, dass ich aus diesem Auto rausmusste, ich musste die Tür aufreißen und mich rücklings auf die Straße fallen lassen, und dann musste ich losrennen, einfach nur rennen, denn es war klar, dass ich das nicht durchziehen konnte, nicht ohne Aggie.

Er führte mich ins Schlafzimmer. Ich war wie erstarrt. Ich musste reden, ihm sagen, dass ich es war, aber bis auf ein trockenes Krächzen bekam ich einfach nichts heraus. Er schloss die Tür, und ich war immer noch erstarrt. Nie hatte ich eine solche Angst erlebt, so zäh, so heiß. Und dann legte er die Hände um meinen Hals und drückte zu, drückte mir die Luft ab. Das also machte er mit ihr. Machte er das jeden Abend? Hier in diesem Zimmer, nur durch eine Wand von meinem getrennt?

»Ich dachte, du hättest begriffen«, sagte er und würgte mich weiter, »wie verdammt ich dich liebe.«

Er war wahnsinnig. Und er würde uns umbringen.

»Stopp«, stieß ich keuchend hervor, aber er machte weiter.

Da flog die Tür auf, Aggie stand im Zimmer, und Gus löste die Hände von meiner Kehle, so dass ich zitternd Luft holen und von ihm wegtaumeln konnte.

»Was zum Geier?«, rief er.

»Reingefallen«, sagte sie und grinste.

»Ihr habt getauscht?« Etwas Fiebriges trat in seinen Blick, und das Herz sprang mir schier aus der Brust, wir mussten weg, er würde durchdrehen. Aber dann brach er in schallendes Gelächter aus. Er brüllte regelrecht vor Lachen. »Zugegeben, das war mal richtig gut. Ich habe nichts gemerkt.«

Als wäre das alles nur ein großer Witz gewesen.

»Du hast mich echt gefoppt, Inti«, sagte er zu mir.

»Damit hätten wir wohl den Beweis geführt, dass du uns nicht auseinanderhalten kannst«, sagte Aggie, und mir schwirrte der Kopf. Was ging hier eigentlich vor? Es war, als würden sie sich beide köstlich amüsieren, aber dann sah ich Aggies Hand, die mir hinter dem Rücken ein Zeichen machte. Seit Jahren hatten ihre Hände nicht mehr gesprochen.

Geh.

Sie wollte mich schützen. Sie hatte sich genug von dem zusammengereimt, was ich da versuchte, und wollte die Situation entschärfen. Aber wie konnte ich sie in diesem Zimmer mit ihm allein lassen? Wie konnte ich sie jemals wieder mit ihm allein lassen?

Aggie küsste ihren Mann, und ich war es, die ihn küsste,

und mir wurde ganz schlecht davon. Ihre Hände sprachen wieder. *Vertrau mir.*

Und so ging ich, feige, wie ich war. Ich ging ins Bad, und dort wurde mir tatsächlich schlecht, ich erbrach mich, bis nichts mehr in mir war. Danach saß ich, steif wie ein Brett, am Fußende meines Bettes und lauschte auf jedes Geräusch, das durch die Wand drang. Ich saß da und lauschte, bis es allmählich hell wurde.

25

Andy Oakes, der Bürgermeister, hat für den Abend eine Versammlung wegen der toten Nutztiere in der Aula einberufen, zu der wir Wolfsleute nicht geladen sind. Ich will mir gar nicht ausmalen, was sie über uns sagen, wenn wir nicht dabei sind.

Ich will die allgemeine Ablenkung nutzen, um unsere Lebensmittelvorräte aufzufüllen, und die Gänge im Supermarkt sind wie erhofft leer. Ich wandere ziellos herum, bin zerstreut und muss ständig noch einmal umkehren, weil ich etwas vergessen habe. Das Personal beäugt mich misstrauisch und flüstert miteinander. Das irritiert mich so, dass ich mit dem Einkaufswagen versehentlich einen hohen Stapel Hundefutterdosen ramme, die lärmend umstürzen und nach allen Seiten davonrollen.

Ich lasse mich umständlich auf die Knie nieder, um sie einzusammeln, und die beiden jungen Angestellten eilen herbei, um mir zu helfen. Ein Junge und ein Mädchen, sicher nicht älter als fünfzehn.

»Tut mir so leid«, sage ich.

»Kein Problem, wir machen das schon«, sagt das Mädchen freundlich.

»Echt, Ma'am, ruhen Sie sich mal besser aus«, sagt der Junge.

Ich gebe auf und lasse mich auf den Hintern plumpsen. Auf allen vieren herumzukrabbeln ist nicht gerade leicht, wenn der eigene Bauch sich dabei vorwölbt wie eine Bowlingkugel. Es kommt mir vor, als würde er inzwischen immer schneller wachsen, während meine Energie zeitgleich in den Keller sackt und mir ständig der Rücken weh tut. Heute früh habe ich zum ersten Mal gegoogelt, ob das alles normal ist, und konnte feststellen, dass mein Bauch tatsächlich kleiner ist als der Durchschnitt. Aggie meinte, das Baby sei jetzt so groß wie eine Honigmelone. Und ich legte, von eisiger Panik ergriffen, das Smartphone weg, als es anfing, mir zu erzählen, das Baby könne jetzt Licht erkennen, es würde husten, Schluckauf bekommen und allen Ernstes *träumen*.

»Sind Sie die Wolfsfrau?«, fragt das Mädchen.

Ich nicke und rechne schon mit irgendeiner … ich weiß auch nicht, Rüge vielleicht? Aber die beiden jungen Leute unterbrechen das Dosenaufsammeln und sehen mich beide begeistert an.

»Wie sind die denn?«, fragt das Mädchen. »Haben Sie schon mal einen angefasst?«

Wir sind im letzten Gang, sonst ist niemand da. Ich lehne mich an das Regal. »Viele.«

»Babys oder Erwachsene?«

»Beides.«

Das bereitet ihnen unwahrscheinliche Freude. Sie rücken dichter an mich heran.

»Und hat Sie auch mal einer gebissen?«

»Nein, zumindest nicht richtig. Wenn sie klein sind, knabbern und schnappen sie manchmal, aber nur zum Spaß.«

»Und haben die Sie irgendwann erkannt?«

»Aber ja. Wölfe sind Gemeinschaftstiere. Wenn man sie aufzieht, bleiben sie einem treu, bis man sie freilässt.« Und manchmal auch darüber hinaus.

»Und warum haben Sie keinen behalten?«

»Dafür sind sie viel zu wild.«

»Die Wölfe hier«, will das Mädchen wissen. »Sind die wirklich so gefährlich? Neulich nachts habe ich nämlich mal einen gesehen, und er ist gleich weggelaufen, so schnell, dass man's kaum mitbekommen hat.«

Ich wähle meine Worte mit Bedacht. »Wenn ihr auf Abstand bleibt, braucht ihr keine Angst vor ihnen zu haben. Aber ihr solltet nie versuchen, einen Wolf anzufassen oder zu füttern.«

»Und wenn er ganz nah ist?«, fragt der Junge. »Also, wenn wir beispielsweise wandern gehen und plötzlich einer vor uns steht.«

»Wenn ihr einem Wolf im Wald begegnet und er nicht vor euch Reißaus nimmt, dann müsst ihr euch eines merken. Ihr dürft auf keinen Fall vor ihm weglaufen. Wenn ihr einem Wolf entgegentretet, hat er Angst vor euch. Wenn ihr vor ihm weglauft, wird er euch jagen.«

Sie sehen mich verzückt an. Ich kann nur hoffen, dass sie nicht versuchen, diesen Ratschlag auszutesten.

»Der, den ich gesehen habe …«, sagt das Mädchen leise, »der war wunderschön.«

Ich nicke.

»Sorry, dass die Leute hier so scheiße sind«, sagt der Junge. »Aber das gilt nicht für alle. Es gibt ganz viele, die finden es toll, dass es wieder Wölfe in Schottland geben soll. So, wie es früher war.«

Ich lächele ihn an. »Danke. Das ist wirklich gut zu hören.«

Dann lasse ich mir von ihnen auf die Beine helfen.

Als ich nach draußen komme, schneit es, und ich habe vergessen, auch nur irgendetwas zu kaufen. Ich blicke zum Himmel hinauf, sehe die Flocken gemächlich herabschaukeln. Echter, weicher Schnee, der fast nichts wiegt und im Mondlicht schimmert.

Mein Wagen ist der einzige hier auf dem Parkplatz, und jemand lehnt daran. Für den Bruchteil einer Sekunde ist es Gus, seine große, breite Gestalt, aber dann dreht er sich um und ist Duncan. Ich atme tief ein, um meinen Pulsschlag zu beruhigen, der sich aber nicht beruhigen will.

Ein paar Schritte vor ihm bleibe ich stehen. Er versperrt mir den Zugang zur Fahrertür. Macht er das mit Absicht, damit ich nicht wegkann? Herrgott, ich muss mich wirklich in den Griff kriegen.

»Ich muss dich das fragen …« Duncan fährt sich mit der Hand durchs Haar, das länger geworden ist, zerzauster, grauer. Im Neonlicht des Supermarkts sieht er kränklich aus, hohläugig. Ein Schwall Besorgnis erfüllt mich.

»Ist es meins?«, fragt Duncan.

Mit dieser Frage habe ich wohl gerechnet, sie gefürchtet. Ein wenig kränkt sie mich auch – ich weiß ja nicht, was er glaubt, mit wie vielen Männern ich so schlafe.

»Nein«, sage ich. »Insofern, als es auch nicht meins ist. Ich werde es weggeben.«

»Willst du mir damit auf deine Weise sagen, dass es von mir ist? Dass du und ich … dass wir es zusammen gezeugt haben?«

Ich antworte ihm nicht.

»Darf ich … ich möchte dir helfen, Inti. Du musst das nicht allein machen.«

»Du willst doch keine Kinder«, sage ich. »Das hast du mir selbst gesagt.«

Er seufzt auf, es klingt fast wie ein Lachen. »Das stimmte auch, bevor ich dir begegnet bin. Aber es war schon gelogen, als ich es dir erzählt habe.«

O Gott.

»Du brauchst es nicht wegzugeben«, sagt er.

Ich bekomme die Worte kaum heraus. »Will ich aber.«

»Warum?«, fragt er.

Ich schließe die Augen, mir ist schwindelig. »Weil in mir nichts Gutes mehr ist, Duncan. Ich bin nur noch zornig, sonst nichts.«

»Das ist doch ein Riesenblödsinn«, faucht er.

Ich gehe an ihm vorbei zum Wagen und fasse nach dem Türgriff, bekomme meine Hand aber nicht dazu, ihn auch zu betätigen. Ich stehe einfach da, versuche, intakt zu bleiben.

»Ich habe Stuart nicht umgebracht«, sagt er unvermittelt. »Ich hätte nicht gedacht, dass ich das überhaupt sagen muss, aber anscheinend muss es sein.«

Ich sehe ihn an. »Ich weiß nicht, ob ich dir das glaube.« Nichts sonst ergibt Sinn. »Du warst doch da draußen«, sage ich, unfähig, noch länger zu verbergen, was ich weiß. »Lainey hat dich angerufen und dir gesagt, wo Stuart ist. Und du bist los, um ihn zu suchen.«

»Vergeblich«, sagt Duncan. »Ich habe ihn nicht gefunden.«

»Warum hast du ihren Anruf dann verschwiegen? Wozu der Aufwand, wenn du dich nicht selbst schützen wolltest?«

»Ich wollte *dich* schützen!«, ruft er. »Ich habe in dieser Nacht nichts gefunden, Inti, aber du schon, stimmt's? Du warst auch da draußen. Wenn du von mir zu dir gelaufen bist, dann warst du zur selben Zeit dort wie er.«

Schneeflocken hängen in seinen Wimpern, auch in meinen hängen sie und machen die Welt weicher. Mir fallen keine Worte mehr ein.

»Ich stelle mir immer wieder dieselbe Frage«, gesteht er mir. »Wenn du es warst, wäre das überhaupt wichtig für mich? Es widerspricht allem, woran ich mich bisher gehalten habe.«

»Natürlich wäre es wichtig. Ist es doch schon«, sage ich. »Der Tod dringt einem in die Poren, man trägt ihn immer mit sich herum. Das hast du selbst gesagt.«

Da kratzt es mich, das Persönchen in mir, *kratz-kratz* machen die winzigen Fingernägel. *Nicht jetzt*, flehe ich sie an. *Bitte, kleine Melone, nicht jetzt.*

»Für mich spielt nur eins eine Rolle, meine Schwester zu schützen. Und ich kann nicht darauf vertrauen, dass du uns nichts tun wirst«, sage ich brüsk zu ihm. »Ich vertraue niemandem.«

»Ich habe das schon erlebt, Inti.«

»Das weiß ich, und so was geht nie mehr weg.«

»Da liegst du falsch«, sagt er. »Es wird weggehen, wenn wir es nur lassen. Ich habe Platz für dich freigeräumt.«

»Glaubst du wirklich, dass Liebe so wichtig ist?«, frage ich. »Liebe macht alles doch nur noch gefährlicher.« Ich steige in den Wagen.

»Inti.«

Meine Scheibenwischer kämpfen mit den wirbelnden Schneeflocken, als ich vom Parkplatz fahre. Aber schon nach kurzer Zeit muss ich am Straßenrand anhalten, weil ich nicht weiß, ob ich weiterfahren kann. Im Scheinwerferlicht sehe ich dem fallenden Schnee zu.

Das Persönchen in mir bewegt sich wieder, dreht sich mit so viel Kraft, dass ich nach Luft ringe. Ich drücke die Hand darauf, spüre, wie eine Hand den Druck erwidert, und einfach so hat sie nach mir gegriffen, vorbei an allem, was ich weiß, an allen Schutzschilden, die ich aufgerichtet habe, sie hat mich gefunden, sie hat mich gesehen, und mit dem Verstecken ist es jetzt ein für alle Mal vorbei.

26

Die Fahrt vom Denali-Nationalpark nach Anchorage war lang, und ich machte sie immer seltener. Aber an diesem Abend hatte ich Sehnsucht nach meinem Bett, und so nahm ich die Fahrt auf mich, nur um erneut mehrere Männer im Haus vorzufinden. Das war inzwischen an der Tagesordnung. Gus war unglücklich und wütend auf seine Frau, die ihrerseits Angst vor ihm hatte und nur versuchte, irgendwie durch den Tag zu kommen, ohne ihn zu »provozieren«. Aber natürlich wollte er sie genauso unglücklich machen, wie er es war, und mich gleich mit. Deshalb holte er regelmäßig Männer ins Haus, die soffen, aus dem fast trotzigen Bedürfnis heraus, sich volllaufen zu lassen. Ich fand das furchtbar und flüchtete mich meistens wieder zur Arbeit. Aber an diesem Abend war ich einfach zu müde, der Tag hatte mich ausgelaugt, ich wollte nur noch schlafen.

James, Gus' Cousin, war aus Sydney zu Besuch. Er hasste mich rückhaltlos, weil ich das Verbrechen begangen hatte, einmal mit ihm zu schlafen und dann nie wieder, und obwohl er in meinem Haus wohnte, hatte er die ganze Woche kaum etwas zu mir gesagt. Die anderen waren teils Australier, teils Chirurgenkollegen, die Gus aus dem Krankenhaus kannte. Zwischen den Amerikanern und den Australiern herrschte ein seltsamer Wettstreit, beide Gruppen versuchten zu beweisen, dass sie noch mehr trinken und sich noch schlechter benehmen konnten. Die Australier gewannen jedes Mal, und dieses spezielle Grüppchen aus Gus' aktiver Rugby-Zeit war besonders versiert darin, sich als Arschlöcher zu erweisen.

Ich wollte mich unbemerkt vorbeischleichen, aber sie riefen mich wie üblich herein, um ein Bier mit ihnen zu trinken, nur eins, woraus grundsätzlich mehrere wurden, bevor ich wieder loskam. An diesem Abend fehlte mir die Energie, mich zu widersetzen, also ließ ich mich neben einen gewissen Robbo aufs Sofa sinken und nahm die Bierdose entgegen.

Bald folgte die nächste Runde Bier, danach Tequila und schließlich Koks.

Ich brauchte eigentlich nichts davon, um mich betrunken, aufgeheizt, schwummerig zu fühlen. Ich brauchte nur neben ihnen zu sitzen und zuzusehen. Verzweifelt wünschte ich mir, dass Aggie endlich heimkommen würde. Ich fühlte mich viel zu alt für so was, als wäre ich aus meinem richtigen Leben in einen verdrehten, vergifteten Teenagertraum geraten. Warum teilte ich mein Haus mit einem Mann, dem das solchen Spaß machte? Warum war meine Schwester sogar mit ihm verheiratet?

Es war die Angst, die mich so weit erniedrigte, dass ich sitzen blieb, den Alkohol trank, den sie mir aufdrängten, und zu allem lächelte, während mein Kopf die ganze Zeit überwach blieb, im Eiltempo Strategien durchging, wie ich mich aus dieser Lage befreien konnte, ohne jemandem auf die Füße zu treten.

Ich sah mir an, wie Gus einen Tequila nach dem anderen

kippte. Er beachtete mich gar nicht. Es würde schon gutgehen. Irgendwann würden sie so betrunken sein, dass sie einschliefen, und ich konnte endlich ins Bett. James saß auf der anderen Seite neben mir und drängte sich an mich. Sein Atem stank, seine Bewegungen wirkten unkoordiniert. Ich sah mir an, wie die Männer um mich herum sich gegenseitig aufstachelten, schnaubende Stiere, die mit den Hufen scharrten, und ich hielt ganz still, wählte den Weg des geringsten Widerstands. Einfach aussitzen, bloß keinen Aufstand machen. Auf keinen Fall wollte ich irgendeine Art von Szene provozieren. Sie hatten so etwas Unberechenbares, schienen ganz versessen darauf, sich selbst zu verlieren und Zerstörung zu verbreiten, und wenn es so weit war, wollte ich nicht in ihrem Blickfeld sein.

Die Haustür ging auf, und da stand meine Schwester. Erleichterung durchflutete mich mit solcher Macht, dass ich um ein Haar in Tränen ausgebrochen wäre. Mit einem Blick hatte sie die Situation erfasst, meine Miene registriert und wandte sich an ihren Mann. »Und, Schatz, was wird hier gespielt? Weih mich ein.« Dann griff sie nach meiner Hand und zog mich vom Sofa hoch.

James ergriff mein anderes Handgelenk. »Komm schon, Aggie. Sei kein Spielverderber. Sie hat doch Spaß.«

»Ich muss nur kurz mit ihr reden, dann kommen wir zurück und spielen mit.«

Inmitten der wummernden Musik, des Gelächters und der dröhnenden Stimmen konnte ich sie kaum verstehen. James ließ mich los, und ich verzog mich rasch mit Aggie in die Küche.

»Wie viel hast du getrunken?«, fragte sie mich. »Kannst du noch fahren?«

Ich schüttelte den Kopf.

»Geh nach oben und schließ dich ins Zimmer ein.«

»Komm mit mir.«

Sie nickte, und wir wollten gerade aufstehen, da kam Gus herein. »Zwei zum Preis von einer«, sagte er. Seine Pupillen waren große schwarze Löcher.

»Wir gehen jetzt schlafen«, sagte Aggie.

»Nein, tut ihr nicht. Ihr spielt doch so gern. Also spielen wir.«

Gus und sie wechselten einen langen Blick.

Ich beschwor mich, ruhig zu bleiben, ganz ruhig, so schlimm war das doch alles nicht, es war ja nichts passiert. Es waren noch andere Leute da. Vor anderen konnte doch nichts passieren.

Aggie zog ihren Mann zurück ins Wohnzimmer, damit er mich wieder vergaß, sich nicht mehr dafür interessierte, dass ich auch noch da war, damit ich nach oben entkommen konnte, solange es noch ging. Ich schloss meine Zimmertür ab und rief die Polizei, beschwerte mich über den Lärm; dann wartete ich, bis sie kamen. Es dauerte etwa zwanzig Minuten, dann streckte ich den Kopf aus dem Fenster und hörte, wie Gus zur Tür ging und den Beamten versprach, dass sie leiser sein würden. Die Polizisten fuhren wieder. Und die Party ging weiter.

Ich rief noch einmal an, diesmal erzählte ich, es sei ein Streit ausgebrochen, Menschen seien in Gefahr, aber als sie wieder vor der Tür standen, sahen sie natürlich, dass keinerlei Streit im Gange war, und was sollte ich sonst tun? Was konnte ich ihnen beim nächsten Anruf noch sagen? Es war ja nichts passiert. Vielleicht hatte Aggie da unten sogar ihren Spaß. Vielleicht wusste sie, wie sie mit einer solchen Situation umgehen musste. Aber Mum hatte uns die Warnzeichen eingeschärft, und davon gab es mehr als genug. Mein Leben lang hatte ich sie dafür verabscheut, dass sie immer nur das Schlechte im Menschen sah, aber als ich jetzt in meinem Zimmer stand und dem Lärmen von unten lauschte, wurde mir klar, wie naiv ich gewesen war zu glauben, ich würde die Untiefen dessen durchschauen, wozu Menschen fähig sind.

Wenn man die Warnzeichen sieht, sollte man gehen, aber was tat man, wenn das nicht möglich war? Wenn jemand so gefährlich war, dass man ihn einfach nicht verlassen konnte? Wenn die eigene Schwester glaubte, einen zu schützen, indem sie blieb? Wenn sie sogar recht damit hatte und wir ihn nur auf diese Weise überleben würden? Indem wir das Risiko möglichst klein hielten?

Draußen polterte es. Ich schloss meine Tür auf. Gus brachte Aggie hinauf ins Schlafzimmer. James folgte ihnen. Sie war schon halb weggetreten, aber der Blick, den sie mir zuwarf, bevor sie hinter der Tür verschwand, sprach nicht von Selbstsicherheit, sondern von Angst.

Alle Zweifel schwanden. Ich wusste jetzt absolut sicher, dass Bleiben keine Option mehr war. Dass es nichts mehr zu deeskalieren gab. Es würde etwas Schreckliches passieren, und meine Schwester brauchte Hilfe.

Ich stürzte vor. »Hey!«

Gus sah zu mir hin. »Halt dich da raus, Kleine.«

»Alles okay, Inti, geh schlafen«, rief Aggie von drinnen.

»Du kannst aber auch mitmachen, wenn du Lust hast«, schlug James vor.

»Das macht ihr nicht. Ich rufe die Polizei.«

»Herrgott, mach dich mal locker«, sagte James, dann verdrehte er mir das Handgelenk, bis mir das Handy runterfiel. Er zertrat es mit dem Stiefelabsatz. Lachend. Dann sagte er noch einmal, ich solle mich locker machen, sie würden sich nur ein bisschen amüsieren. Und verschwand im Schlafzimmer meiner Schwester und schloss die Tür.

Ich warf mich dagegen. »Lasst sie raus, ihr kranken Scheißkerle!«

Als sie nicht reagierten, rannte ich nach unten und sagte den Männern dort, dass Aggie Hilfe bräuchte, dass Gus und James sich mit ihr im Schlafzimmer eingeschlossen hätten, aber anstatt zu helfen, lachten sie nur und wandten sich ab, und keiner war bereit, mir sein Handy zu leihen.

Ich rannte zurück nach oben, trat gegen die Tür, versuchte, das Schloss aufzukriegen, warf mich immer und immer wieder mit der Schulter gegen das Holz. Ich würde diese Tür aufbekommen, und wenn ich sie mit Zähnen und Klauen in Stücke reißen musste und selbst dabei draufgehen würde.

»Krieg die Zicke mal in den Griff, ja?«, hörte ich James drinnen sagen.

Die Tür ging auf, und Gus stand vor mir, zu groß, um an ihm vorbeizukommen, zu stark, um etwas gegen ihn zu unternehmen. »Du willst also wirklich rein?«, fragte er, und ich wusste nicht, was er mich da fragte, ich wusste nur, dass ich es wollte. »Du willst das wirklich sehen?« Was in diesem Zimmer geschah, würde geschehen, egal, wie sehr ich es auch verhindern wollte. Ich konnte nichts weiter tun, ich kam nicht an gegen ihre Größe, gegen ihre Kraft, wenn mir von unten keiner zu Hilfe kam, wenn mein Handy kaputt war.

Ich konnte, so schien mir, nichts weiter tun, als meiner Schwester beizustehen, damit sie nicht allein sein musste.

Er ließ mich herein, und Aggie lag auf dem Bett, nackt und völlig weggetreten, betrunken, high oder sonst was, James hielt sie am Hals fest, er hielt *mich* am Hals fest, und als Aggie mich sah, wollte sie sich aufrichten, sie schrie, sie sollten mich rausbringen, sollten sie loslassen, sie schrie sie an, aufzuhören, flehte sie an, aufzuhören, bis James mit der Faust ausholte und ihr so fest ins Gesicht schlug, dass sie ohnmächtig wurde.

Als ich die Augen aufschlug, lag ich auf dem Bettrand, das Bett wackelte.

Ich trug noch all meine Kleider, niemand fasste mich an.

Und doch. Ich wandte den Kopf.

Das Gesicht meiner Schwester war auf gleicher Höhe mit meinem. Sie hatte die Augen geschlossen.

»Aggie«, sagte ich, und sie schlug die Augen auf.

Ich nahm ihre Hand und drückte sie so fest, wie ich nur konnte, und ich war entsetzt von all dem Hass, den Gus in sich haben musste, all der Schmach, all der Wut. Wie hatte ich ihm das bloß nicht ansehen können? Aber ich hatte es ja gesehen. Ich hatte es gesehen, und trotzdem hatte ich darauf vertraut, dass es so schlimm schon nicht werden würde, denn das war unvorstellbar. Ich dachte an all die vielen Augenblicke, die uns bis hierher geführt hatten, und wusste, es hatte Tausende gegeben, die nur ein bisschen anders hätten verlaufen müssen, schon hätte ich uns davor retten können. All die vielen Augenblicke, in denen ich erkannt hatte, was er war, in denen ich die Bestie gesehen und trotzdem nichts unternommen hatte, selbst vorhin noch, als ich auf dem Sofa saß und bei mir dachte, was für eine gefährliche Situation das war, und mich doch nicht daraus befreit hatte, weil ich keinen verdammten Aufstand machen wollte. Und jetzt stand alles in mir in Flammen, und ich würde nie mehr aufhören zu brennen. Ich wollte ihn töten und James, alle beide, auf die brutalste Weise, aber ich konnte nicht aufstehen und kämpfen, weil sie uns beide auf dem Bett festhielten, und ich spürte das Trauma, das sie ihrem Körper zufügten, wie sie sich abwechselten, einer nach dem anderen und offenbar immer bemüht, möglichst viel Schaden zu verursachen, bemüht, kaputt zu machen, zu demütigen. Ich konnte nicht aufstehen und kämpfen, weil ich falsch gebaut, weil ich schwach war. Ich konnte sie nicht so beschützen, wie sie mich immer beschützt hatte, unser ganzes Leben lang. Sie hatte mich vor dem hier bewahrt, aber ich konnte sie nicht davor bewahren. Und während ich ihren Blick hielt, während ich mit allem, was ich hatte, alles hielt, was sie war, kam ich gegen diese Flutwelle doch nicht an, ich konnte sie nicht festhalten, sie entglitt mir, sie war fort.

Ich sitze unter der Dusche und will verschwinden. Aber da ist ja noch Little One, sie zappelt in mir und schickt mich zurück zum Schlimmsten, was meine Haut jemals erlebt hat, zurück in jene Nacht, immer und immer wieder, zu dem wackelnden Bett und zu meiner eigenen, unverzeihlichen Reglosigkeit. Die Erinnerungen leben in meinem Körper.

Als sie fort waren, James und die anderen Männer, saß Gus auf dem Boden, den Kopf in den Händen vergraben. Er rührte keinen Finger, um seiner blutenden Frau zu helfen. Ich richtete mich mühsam auf, benommen, aber unverletzt, und rief mit dem Handy meiner Schwester einen Krankenwagen, und dann tat ich für sie, was ich konnte, was aber letztlich nur hieß, ihr übers Haar zu streichen, wie sie es mochte, immer und immer wieder, obwohl ich glaube, sie hat es gar nicht gespürt.

Ihr Körper überlebte nur knapp. Und als sie aufwachte, war sie anderswo und hatte alles mitgenommen, was stark an ihr war. Sogar ihre Stimme.

27

Seit zwei Wochen suchen wir schon nach Nummer Zehn, da kommt Evan schließlich ins Projektquartier und verkündet: »Wir haben sie gesichtet.«

»Halleluja!«, ruft Zoe.

Ich hatte mich mit Fergus in die Luft erhoben, um Zehn zu finden. Der Winter ist jetzt richtig hereingebrochen, ungewohnt früh, so wie es alle vorhergesagt haben. Es ist Ende November, und die ganze Welt ist weiß. Ohne ihr GPS-Halsband ist Zehn für unsere technische Ausrüstung praktisch unauffindbar, und auch die tagelange Suche per Flugzeug hat kein Ergebnis gebracht. Inzwischen kennt sie das Geräusch des Flugzeugs auch und ist klug genug, sich versteckt zu halten. Schließlich habe ich Evan und Niels losgeschickt, um sie zu Fuß aufzuspüren; am liebsten wäre ich selbst da draußen unterwegs gewesen, aber mein Bauch ist inzwischen so dick, dass ich nur hinderlich wäre. Ich bin jetzt in der sechsunddreißigsten Schwangerschaftswoche, und Little One will offensichtlich die verlorene Zeit aufholen und wächst in atemberaubendem Tempo. In einem Monat, am ersten Weihnachtstag, ist es so weit.

In dem tiefen Schnee da draußen kommt man so oder so schwer voran, ob nun schwanger oder nicht. Das Fährtenlesen ist zwar leichter – auch die Wölfe kommen langsamer voran, und ihre Spuren sind klarer zu erkennen. Aber sie sind wilde Kreaturen und wir zahmere Zeitgenossen. Wir haben vergessen, wie man sich in der Wildnis bewegt, als ob man dorthin gehörte. Das ist Nummer Zehns Welt, wir sind nur Eindringlinge. Mit jedem weiteren Tag schwindet meine Hoffnung, sie noch zu finden, aber wenn ich mit Bonnie rede, sage ich ihr immer wieder, wir seien nah dran, sie müsse die Jäger nur noch ein klein bisschen länger zurückhalten, damit wir uns selbst um die Sache kümmern können. Auch wenn mir bei dem Gedanken ganz schlecht wird, habe ich ihr versichert, dass wir Nummer Zehn unschädlich machen werden, sobald wir sie eingefangen haben: Das, und nur das, wird die übrigen Wölfe vor Red und seinen Kumpanen schützen. Der bösartige Einzelwolf muss eliminiert werden, um den Fortbestand der ganzen Art zu sichern.

Jetzt frage ich: »Wo?«

»Am Fuß des Cairn Gorm.«

»Warum habt ihr sie nicht mitgebracht?«

»Ich hab's versucht. Aber ich habe sie verfehlt. Sie ist entwischt, und danach haben wir sie nicht wiedergefunden.«

»Machst du Witze? Warum seid ihr nicht ihren Spuren gefolgt?«

»Da oben tobt ein Schneesturm!«, verteidigt er sich. »Da war nichts mit Spuren!«

Mein Ärger legt sich, als mir auffällt, wie erschöpft und verfroren Evan aussieht. Niels und er sind seit Tagen da draußen unterwegs. »Entschuldige«, sage ich. »Es ist ja gut, dass ihr sie überhaupt gefunden habt. Geh heim, unter die Dusche. Schlaf dich ein bisschen aus.«

Während Evan hinausstapft, bitte ich Zoe, seine Standorte herunterzuladen, damit ich mir ansehen kann, wo genau er Zehn entdeckt hat. Es ist tatsächlich sehr weit weg. Mitten im wilden Herzen der Highlands, von dem ich von Anfang an vermutet habe, es würde die Wölfe anziehen. Bei diesem unwirtlichen Wetter würde allein der Ritt dorthin mehrere Tage dauern. Ich glaube nicht, dass ich Evan morgen wieder losschicken kann, er ist am Limit, und Niels ist selbst ohne Schneesturm ein katastrophaler Fährtenleser. Außerdem sind alle unsere Pferde erschöpft, und womöglich ist Zehn auch längst wieder weg, bis es irgendwer dorthin schafft.

»Was für ein gottverdammter Albtraum«, sagt Zoe, die meine letzte Hoffnung davontreiben sieht.

»Schon gut. Wird alles werden. Ich telefoniere ein bisschen herum, schaue, ob ich ein paar Kollegen von früher als Unterstützung anwerben kann. Wir brauchen einfach nur mehr Leute. Das Gebirge kann Zehn bei dieser Witterung unmöglich überqueren, ich würde also vermuten, sie kommt nach Süden zurück, wo ihr Rudel ist. Mit mehr Leuten können wir sie hier in der Nähe abfangen, wo die Voraussetzungen besser sind.«

Als ich nach dem Telefon greife, sehe ich zwei verpasste Anrufe von Duncan. Seltsam, aber mit ihm kann ich mich jetzt nicht auch noch befassen. Ich muss mich mit Bonnie auf die Wölfe konzentrieren, was immer er also mit mir besprechen will, kann warten. Ich hänge mich ans Handy, um einige frühere Kollegen aus dem Denali-Nationalpark aufzutreiben, die so schnell wie möglich einfliegen können.

Die meisten stecken selbst mitten in der Arbeit und kommen nicht weg, aber ein paar bieten bereitwillig ihre Hilfe an und erzählen mir, dass sie die Fortschritte des Projekts schon seit Monaten in den Nachrichten verfolgen.

Auf dem Heimweg schaue ich bei den Pferdeställen vorbei. Wir haben Gall für den Winter hier einquartiert, weil wir zu Hause keinen Stall haben, wo sie es warm genug hätte. Ich füttere sie mit Äpfeln, ebenso die anderen Pferde, die erschöpft sind, weil sie seit Wochen durchs halbe Land traben. Jedes wird gestriegelt, ich überprüfe bei allen die Hufe, dann kehre ich zu Gall zurück und streichele ihr den Hals. »Am liebsten würde ich dich wieder mit heimnehmen«, sage ich leise zu ihr. »Aggie vermisst dich schon.« Sie drückt die Nüstern an meine Wange, und ich schließe die Augen, atme ihren warmen Duft ein.

Über vereiste Straßen fahre ich zurück nach Hause.

Aggie reagiert nicht auf meine Ankunft. Ich vermute, dass sie im Bett ist, den ganzen Tag dort verbracht hat, und anstatt sie zu überreden, herauszukommen und etwas zu essen, lasse ich sie in Ruhe; heute halte ich ihr Schweigen einfach nicht aus. So viel zu der Hoffnung, sie könnte vielleicht doch noch die Kurve kriegen. Colms Attacke hat sie tief in ihr Loch gestürzt, und wenn ich ehrlich bin, ist mir dieses Loch auch selbst nicht mehr ganz fremd.

Ich bin gerade dabei, mich aus meinen Wintersachen zu schälen, da klopft es hinter mir an die Tür. Bonnie ist grau im Gesicht. »Komm doch rein.« Ich ziehe sie ins Warme. »Alles in Ordnung? Was ist passiert?«

»Ich muss dich etwas fragen.«

»Okay.«

Die nervöse Energie, die von ihr ausgeht, verstört mich.

»Setz dich doch. Kann ich dir was anbieten?«

»Nein, vielen Dank.«

»Ist es wegen Colm?«

»Nein. Wir überwachen ihn weiterhin, aber du musst dir keine Sorgen wegen ihm machen.«

Ich setze mich in den Sessel ihr gegenüber. Meine Schwester kommt nicht aus ihrem Zimmer. Schnell wie ein kleiner Vogel schießt der Gedanke vorbei: Und das liegt daran, dass sie gar nicht hier ist. Sie ist tot.

Nein, ist sie nicht. Duncan hat sie gesehen. Er hat sie gesehen.

»Red McRae war bei mir«, sagt Bonnie.

»Aha.«

»Er sagte, du hättest ihn besucht und dabei etwas gesagt, was ihm seither nicht mehr aus dem Kopf geht.«

Ich versuche, mich an das Gespräch zu erinnern.

»Anscheinend meintest du, Duncan hätte etwas mit Stuarts Tod zu tun.«

»Was?«

»Die Nacht, in der er verschwunden ist. Die hast du doch mit Duncan verbracht.«

»Ja …«

»Du hast gesagt, du wärst die ganze Nacht dort gewesen. Aber jetzt ist mir klargeworden, dass ich dich nie gefragt habe, ob auch Duncan die ganze Nacht dort war.«

Ich spüre meinen heftigen Herzschlag bis in die Fingerspitzen und Zehen.

»War Duncan die ganze Zeit bei dir, nachdem ihr den Pub verlassen habt, bis zum nächsten Morgen, als es hell wurde?«

Ich sage nichts, weil ich nicht weiß, was ich sagen soll.

Und dann, irgendwie, weiß ich es doch. Er hat mir gesagt, dass er Stuart nicht umgebracht hat. Und auch wenn es mich zur allerletzten Idiotin macht, nach allem, was Aggie und ich erleben mussten, nach all den Lektionen, die dagegensprechen, habe ich jetzt doch das Gefühl, dass ich ihm endlich glaube. »Ja«, antworte ich.

»Oh.« Sie seufzt, und ich sehe ihr an, wie viel diese Unterredung sie gekostet hat. »Aber warum hast du dann geglaubt, Duncan könnte etwas damit zu tun haben?«

Ich atme aus. Genau das wollte ich doch – herausfinden, was wirklich mit Stuart geschehen ist, damit ich es jemandem erzählen und die Wölfe von den Vorwürfen entlasten kann. Nur deshalb habe ich getan, was ich getan habe, und ihn einfach so dort vergraben. Und jetzt, wo jemand vor mir sitzt und mir zuhört, kann ich an nichts anderes mehr denken, als möglichst überzeugend zu lügen. So wenig, wie ich die Wölfe daran zugrunde gehen lassen kann, so wenig kann ich die Schuld auf einen Unschuldigen abwälzen.

Ich schüttele den Kopf. »Ich war sauer auf ihn. Ich bin schon eine ganze Weile sauer. Er hat mir nicht erzählt, dass er was mit Lainey hatte, und ich habe mich irgendwie benutzt gefühlt. Als ich bei Red war, ist es ein bisschen mit mir durchgegangen. Aber so gern ich ihm auch einen Dämpfer verpassen würde, Duncan war die ganze Nacht bei mir in seinem Bett. Mehr kann ich nicht sagen. Tut mir leid, wenn ich dir damit deine Zeit geraubt habe.«

Eine ganze Weile sagt sie nichts. Mustert mich nur. Es ist ein verstörend direkter Blick, und ich denke mir, dass sie auf diese Weise häufig jemandem ein Geständnis entlockt, weil man einfach nur diesem Blick entkommen will. Ich halte stand.

Bonnie steht auf. »Na gut, Inti, danke dir. Ich wollte das einfach nur geklärt haben.«

»Klar, ich danke dir.«

Als Bonnie fort ist, weiß ich nicht, was ich machen soll. Sie hat mir nicht geglaubt, da bin ich sicher. Ihr Polizistinneninstinkt hat Witterung aufgenommen, und sie wird dieser Spur weiter nachgehen, ganz gleich, was ich sage.

Ich ziehe Mantel, Mütze und Schal wieder an. »Bin bald wieder da, Aggie«, rufe ich schon im Gehen. Vielleicht hat er ja deswegen heute versucht, mich zu erreichen; jetzt habe ich ein schlechtes Gewissen, dass ich ihn nicht zurückgerufen habe, als ich gerade mal Netz hatte. Ich muss ihm zumindest sagen, dass ich ihn wieder zum Verdächtigen gemacht habe. Ihn warnen, dass Bonnie ihn womöglich auf dem Kieker hat.

Anstatt mit meinen schmerzenden Füßen durch die Kälte zu stapfen, fahre ich den kurzen Weg bis zu Duncans Haus. Bei ihm brennt Licht, sein Laster steht vor der Tür. Aber als ich klopfe, macht niemand auf. Ich klopfe noch ein paarmal, dann merke ich, dass die Tür gar nicht abgeschlossen ist. Drinnen rufe ich nach ihm, rechne fest damit, dass Fingal mir entgegenspringt.

Aber nein. Es ist niemand da.

Seltsam.

Im Holzofen prasselt es, als hätte er vor kurzem erst

Scheite nachgelegt, und das würde Duncan nie machen, wenn er noch fortwill, auch den Rauchfang würde er nicht offen lassen, um nicht das ganze Haus abzufackeln. Auf dem Couchtisch liegen seine Brieftasche und die Autoschlüssel. Der Wagen steht draußen. Ich bleibe im Wohnzimmer stehen, versuche, mir klarzuwerden, wo er ist, wie es sein kann, dass er nicht neben mir steht. Ist er vielleicht kurz mit dem Hund raus? Und hat alles so gelassen, wie es ist?

Ich gehe durch die Hintertür, bleibe im Dunkeln stehen. »Duncan?«, rufe ich.

Stille.

Dann ein Winseln.

Ich erstarre.

Ich ziehe mein Smartphone aus der Tasche und schalte die Taschenlampe ein. Dann trete ich, ganz langsam, in die Dunkelheit. Vor mir ist der Schnee weiß, unberührt, dann sehe ich Spuren darin und gleich darauf rote Schlieren.

Die Farbe von Kirschen und vom Kopf des männlichen Stieglitzes. Arterienblutrot.

Fingal sehe ich zuerst. Sein Bauch aufgeschlitzt. Seine Lungenflügel bewegen sich rasch, denn wie durch ein Wunder ist er noch am Leben. Die Augen sind offen, sie schauen zu mir empor, als ich an ihm vorbeigehe; es schmerzt mich, ich möchte stehen bleiben, und doch zieht es mich zu der anderen Gestalt, der größeren, menschlichen, die ein kleines Stück weiter liegt.

Duncan.

Seine Kehle klafft. Sein ganzes Blut scheint freigelassen, es fließt in den Schnee. Und meines mit.

Ich fasse mir an die Kehle, um sie zuzuhalten, ich kann nicht hinsehen, aber ich muss. Ich werde hinsehen, werde alles spüren, was ich spüren muss, denn das kann nicht das letzte Mal sein, dass ich ihn ansehe.

Zitternd falle ich auf die Knie. Fasse nach seinem Gesicht. Und sehe hin. Er öffnet die Augen, und das erschreckt mich so sehr, dass ich aufschreie.

Kein Laut kommt aus Duncans Mund, aber ich habe ja mein Leben damit verbracht, stumme Sprachen zu verstehen. In seinen Augen liegen Worte der Angst, des Flehens, der Liebe.

»Alles gut«, sage ich. »Es ist alles gut« – wie abwegig, das jemandem zu sagen, der derart blutet, aber es ist egal, ohne nachzudenken greife ich ihm an die Kehle, um sie wieder zu schließen, häufe Schnee auf die Wunde, drücke ihn fest. Es schmerzt, ich bekomme kaum noch Luft, aber ich werde mich nicht von meinem Syndrom beherrschen lassen, nicht hier und nicht jetzt.

Mein Hund, sagen seine Augen.

»Fingal geht es gut«, sage ich. »Er lebt.«

Duncans Griff ist voller Kraft. Er schüttelt mich.

»Ich verstehe schon«, sage ich. »Ich lasse ihn nicht zurück.« Denn er muss versucht haben, Duncan zu schützen.

Meine Hände sind glitschig von seinem Blut, der betäubende Geruch umgibt mich. Ich will einen Krankenwagen rufen, aber ich habe keinen Empfang. Ich kriege kein Netz, erneut, dieser abgelegene Ort, seine isolierte Lage wird uns noch alle umbringen.

»Ich bringe dich ins Krankenhaus, Duncan.«

Mein Hund, sagen seine Augen.

»Ich lasse ihn nicht zurück. Kannst du aufstehen?« Natürlich kann er nicht aufstehen, verdammt, mit dieser klaffenden Kehle. »Ich muss dich ziehen, in Ordnung?« Mit meinen glitschigen Händen fasse ich ihn unter den Achseln, halte ihn so fest, wie es geht, und ziehe ihn, sein ganzes Gewicht, über den Schnee. Das wäre schon schwierig, wenn ich nicht im achten Monat schwanger wäre, jetzt aber protestieren meine Muskeln lautstark. Es ist zu viel für mich, es ist unmöglich. Und auch wieder nicht. Es geht darum, einen Menschen in Sicherheit zu bringen. Ich kann das. Da ist Fingal, wir kommen an ihm vorbei, und ich sage: »Schau nicht hin, Duncan, schau nicht hin«, aber er schaut natürlich trotzdem, und etwas in ihm bricht entzwei, als er seinen Hund dort liegen und nach Atem ringen sieht. Ich sage: »Er lebt«, aber das ist ein schwacher Trost, denn wir wissen beide, dass nichts und niemand überleben kann, wenn ihm ein Wolf den Leib aufgerissen hat. Stumm schreit Duncan den Schmerz seiner Trauer heraus, aber ich ziehe ihn weiter, ich muss ihn weiterziehen. Er ist so schwer, und meine Hände sind so glitschig, ständig entgleitet er mir, aber ich hebe ihn jedes Mal wieder auf und ziehe ihn weiter, wenn nötig, werde ich ihn ewig weiterziehen, denn mit jedem schwankenden Schritt weiß ich eines aus ganzer Seele: dass ich falschlag, dass er Stuart nicht getötet hat, und auch, dass es sowieso nicht wichtig wäre, denn in mir ist ein noch viel gewaltigeres Wissen, das Wissen um die Größe und Tiefe meiner Liebe zu ihm.

Ich schaue in sein Gesicht und sehe, dass seine Augen

geschlossen sind, er ist bewusstlos. Ein Schluchzer entfährt mir, aber als ich an seinem Handgelenk nach dem Puls taste, finde ich noch einen schwachen Widerhall. Irgendwie atmet er weiter, schlägt sein Herz noch. Schließlich sind wir am Wagen. Ich öffne die Tür zum Rücksitz. Klettere hinein, drehe mich ungelenk wie ein gestrandeter Wal um und greife wieder nach unten, nach ihm. Mein Rücken, Gott, tut das weh, als ich ihn auf den Rücksitz bugsiere. Ich habe mir auf die Zunge gebissen, schmecke Eisen. Vor meinen Augen tanzen Punkte, und seine Kehle ist meine, aber allmählich setzt eine gewisse Taubheit ein, die Spürerschöpfung schaltet mich aus, und dann ist er endlich im Auto, ich habe es geschafft.

Gerade will ich mich ans Steuer setzen, da …

Mein Hund, haben seine Augen gesagt.

Ich mache kehrt, um Fingal zu holen. Ich werde ihn nicht zurücklassen. Immerhin hat er gekämpft, um Duncan das Leben zu retten, und ist bei dem Versuch gestorben, und ist es nicht das, was Tiere tun – einem das Herz brechen mit ihrem Mut, ihrer Liebe? Ich hebe ihn auf und drücke ihn an die Brust. Er ist leichter, als ich gedacht hätte. Ein zartes Tier unter all dem Fell. Seine Augen sind immer noch offen, und ich sehe ihn an, während ich zurück zum Auto haste. »Guter Junge«, sage ich, immer und immer wieder, »lieber Junge«, während er mir entschwindet.

Sanft bette ich ihn auf den Beifahrersitz. Seine Augen sind jetzt geschlossen. Der keuchende Atem verstummt.

Ich rase über die schwarze Straße Richtung Ort. Ich fahre viel zu schnell, aber längst nicht so schnell, wie der Wagen fahren kann, denn die Straße ist kurvenreich und im Dunkeln sehr gefährlich, und ich weiß, dass ich Duncan nicht retten werde, wenn ich einen Unfall baue.

Vor dem Eingang des Krankenhauses rufe ich laut um Hilfe; Menschen kommen, sie heben Duncan auf eine Krankentrage und rollen ihn weg, bis ich ihn nicht mehr sehen kann. Ich sinke im Wartebereich auf einen der Plastikstühle, bis eine Krankenschwester kommt und mich durch die Türen hineinführt. Ich glaube schon, sie bringt mich zu Duncan, aber dann setzt sie mich auf ein Bett, fühlt mir den Puls und horcht auch nach dem Herzschlag des Babys. Kurz darauf kommt ein Arzt und macht einen Ultraschall, und als ich ihm gestehe, dass ich bisher bei keinem Arzt war, zumindest nicht, seit ich schwanger bin, ist er entsetzt und macht mir Vorwürfe wegen meines unverantwortlichen Handelns, erklärt mir, was alles hätte schiefgehen können. Ich habe innerlich längst abgeschaltet und höre ihn gar nicht mehr. Ich schaue zur Decke und denke an Wölfe.

Es ergab einfach alles keinen Sinn – wer sollte Stuart umgebracht haben? Wenn es Lainey nicht war, wenn ich es nicht war und Duncan nicht, wer hatte es dann getan? Wer konnte es getan haben?

Die Antwort lag die ganze Zeit offen da, alle hier im Ort haben es erkannt, nur ich habe mich geweigert. Ich war zu stur, vorsätzlich blind, eher bereit, den Mann zu beschuldigen, den ich liebe, als den Wölfen die Schuld zu geben, die ich hergebracht habe. Und das, obwohl ich wusste, dass unter ihnen ein Tier war, das keine Angst vor Menschen hat, ein Tier, das aggressiver war als die anderen, ein Tier, das sich nicht einsperren lassen wollte. Und nun muss Duncan für mein Leugnen büßen.

Man sagt mir, er werde operiert. Dass es sehr lange dauern werde und an ein Wunder grenze, wenn er die Nacht überlebt.

Als Erstes fahre ich ins Projektquartier, um die alten Daten durchzugehen. Nachdem Nummer Zehn aus dem Gehege entkommen war, hatten wir sie eine ganze Zeit verloren. Sie war nach Norden gelaufen. In unsere Richtung. Das wussten wir. Warum also bin ich nicht auf die Idee gekommen, das zu überprüfen? Weil ich es nicht sehen wollte.

Aber jetzt überprüfe ich es. Ich sehe mir die Signale der fraglichen Tage an, und obwohl wir ihren Standort in der Nacht, in der Stuart zu Tode gekommen ist, nicht nachweisen können, gibt es zwei flankierende Signale, so nah, dass sie ihn in dem blinden Fleck dazwischen problemlos hätte erreichen können.

Zu Hause treffe ich Vorkehrungen. Red und seine Jäger werden das Gleiche tun, sobald die Nachricht sie erreicht. Der Funke, der das Feuer entfacht. Weitere Beweise brauchen sie nicht, jetzt, da zwei Menschen zerfleischt worden sind. Sie werden die Wölfe jagen, jeden einzelnen. Aber das ist nicht mein einziger Grund, aktiv zu werden. Und auch nicht der wahre. Der wahre Grund ist, dass ich schon einmal stillgehalten habe. Ich habe etwas Entsetzliches geschehen lassen und es nicht wiedergutgemacht. Ich war nicht stark genug dafür. Also packe ich jetzt Ausrüstung in einen Rucksack: Proviant, Wasser und Streichhölzer, mehrere Paar Socken, ein zusätzliches Paar Handschuhe. Einen Schlafsack für Minusgrade. Eine Schachtel mit Munition. Ich ziehe so viele Schichten Kleidung an wie möglich, obwohl ich längst nicht mehr so viele wie früher brauche, seit der kleine Ofen in meinem Bauch mich warm hält. Schneestiefel, Mütze, Handschuhe.

Als ich eben loswill, steht Aggie im Schlafanzug in der Tür. Aus dem Augenwinkel sehe ich sie Zeichen machen.

Wo willst du hin?

Schon an der Tür, drehe ich mich noch einmal zu ihr um.

»Ich muss eine Wölfin töten.«

28

Vom Beginn der Ermittlungen bis zum Gerichtsverfahren blieb Gus auf freiem Fuß und konnte tun, was er wollte, und er hatte sich in den Kopf gesetzt, unbedingt seine Frau im Krankenhaus besuchen zu wollen. Ich wartete also ab, bis er das nächste Mal an den Sicherheitskräften scheiterte, dann folgte ich ihm nach Hause. Vom Wagen aus beobachtete ich, wie er ins Haus ging, sah seinen Umriss hinter dem Schlafzimmerfenster. Ich holte mir ein Messer aus der Küche. Meine Hände waren so feucht, dass ich es kaum richtig halten konnte. Mein Mund war wie ausgetrocknet. Ich war mir nicht sicher, ob ich es schaffen würde, dieses Zimmer noch einmal zu betreten, aber dann ging es vorbei, und ich trat ein. Bewegte mich rasch. Bisher hatte ich nie getötet, weil ich es nicht wollte, aber diesmal war es etwas anderes. Für diese Kreatur empfand ich kein Mitgefühl, und ich hatte auch keine Angst, mich selbst dabei gleich mit umzubringen.

Er lag auf dem Bett. Die Augen geschlossen. Später am Abend sollte die Polizei kommen und ihn festnehmen, aber für den Augenblick lag er da, ungebunden und ungestraft.

Ich war über ihm, lag unter mir, drückte ihm und mir selbst die Klinge an die Kehle.

Gus machte die Augen auf.

Er hatte Angst, das sah ich ganz deutlich. Ein gutes Gefühl. Er hatte mich zu etwas gemacht, das sich an seiner Angst erfreute. Ich gab etwas Druck auf das Messer, bis es durch seine Haut drang; es brannte, ein Tropfen Blut rann mir am Hals entlang.

»Inti«, sagte er.

»Sei still.«

»Es tut mir leid.«

»*Ruhe!*« Es klang wie ein Knurren, ein Grollen aus den Tiefen meines Bauchs, das durch die Zähne entwich.

Ich würde ihn töten.

Er sah es und fing an zu weinen.

Es war abstoßend. »Ruhe«, sagte ich noch einmal. Ich drückte fester mit der Klinge zu, ein glatter Schnitt quer über seine Kehle, und es tat weh, es tat wirklich weh und narrte mich mit diesem Schmerz, schnürte mir den ganzen Hals vor Panik zu.

»Sie kann keine Kinder mehr bekommen, hast du das schon gehört? Sie hat seither kein Wort mehr gesagt, womöglich wird sie nie wieder ein Wort sagen. Du hast ihr etwas viel Schlimmeres angetan, als sie zu töten. Du hast sie gefoltert, du hast sie erniedrigt, und du hast sie am Leben gelassen, damit sie sich immer daran erinnert.«

Und da war sie dann doch, die Frage, auf die ich mir keine Antwort vorstellen konnte, die Frage, die ich mir noch ewig in schlaflosen Nächten stellen sollte.

»*Warum?*«

Aber er antwortete nicht, er sollte mir niemals antworten, weil er es vielleicht selbst nicht wusste, und vielleicht war das ja das wahrhaft Entsetzliche, dass es nie eine plausible Erklärung für all das geben würde. Er hörte auf zu weinen, und ich sah, wie er sich in seine kalte Innenwelt zurückzog, und erkannte darin seine Methode der Bewältigung, die er nun auch an seine Frau weitergegeben hatte. Könnte ich ihn doch nur mehr als einmal töten!

Aber als ich ihm die Kehle durchschneiden wollte, rührte meine Hand sich nicht.

Und ich wusste mit absoluter Klarheit, dass ich es nicht konnte. Nicht einmal jetzt war ich mutig genug. Ich war nicht meine Schwester, die ihr Leben lang grausamen Jungs gewichtige Bücher auf die Nase schlug, um mich zu verteidigen, die den Abzug drückte, damit ich es nicht tun musste.

»Hast du sie jemals geliebt?«, fragte ich.

Er gab keine Antwort, und ich war froh darüber, denn die Frage hatte keine Bedeutung mehr für mich. Es war nicht wichtig, so oder so.

Ist ja nur Fleisch. Alles nur gottverdammtes Fleisch.

»Wir werden dich nie mehr wiedersehen«, sagte ich zu ihm. »Denn wenn ich dich noch einmal irgendwo zu Gesicht kriege, und sei es nur eine Sekunde lang, dann bringe ich dich um. *Hast du das kapiert?*«

Er nickte knapp.

Ich ließ das Messer sinken.

Ich brauche ein Pferd. Zehn ist in den Bergen, dort, wo alle Straßen enden. Keines unserer Tiere ist ausgeruht, keines, bis auf Gall. Während ich sie sattele und Rucksack und Gewehr befestige, merke ich, dass ich nervös bin. Seit dem Tag unserer ersten Begegnung auf dem Eis habe ich sie nicht mehr geritten. Das war der Tag, an dem sie sich das Bein gebrochen hat, an dem ihr Geist gebrochen wurde, und mir ist nur allzu klar, dass nicht ich es war, die sie wieder so weit gezähmt hat, um sie reitbar zu machen. Aber Aggie hat sie oft geritten, und Gall ist mit jedem Tag ruhiger und vertrauensvoller geworden. Ich will Little One nicht gefährden, aber ich denke mir, wenn Duncan recht hatte, was Vertrauen betrifft, dann müssten Tiere doch auch so reagieren. Womöglich braucht es diese Stute ja, dass ich ihr vertraue. Oder aber ich werde abgeworfen.

Ich denke daran, wie sie sich von mir auf das Eis legen ließ, wie sie mir erlaubte, mich an sie zu schmiegen, wie sie dann aufgestanden ist und trotz ihrer Verletzung das steile Flussufer erklommen hat, und meine Hände wandern zu ihren Nüstern, wie sie es schon tausendmal getan haben, ich spüre, wie sie unter meinen Handflächen vor Eifer bebt, spüre meine Handfläche an dem warmen, pochenden Puls ihres und meines Halses, und ich weiß, wir haben beide das Bedürfnis, uns in die Freiheit zu stürzen.

Ich steige auf. Sie schnaubt nicht, stampft auch nicht, zeigt kein Zeichen der Unruhe. Mit den Schenkeln federe ich ihr Schaukeln ab, treibe sie sanft voran und passe meine Bewegungen den ihren an. Da ist ein Fließen zwischen uns, für das ich meinem Vater dankbar bin, ich bin ihm dankbar für all die Jahre auf dem Pferderücken und dafür, dass er die Liebe begriffen hat, die zwischen einer Reiterin und ihrem

Tier entstehen kann. Und dann sind wir unterwegs, verschmelzen mit dem mondhellen Wald.

Am Horizont schaut schon die Morgendämmerung hervor, als wir das Gebiet rund um die Geburtshöhle des Glenshee-Rudels erreichen. Die Nacht war lang und kalt, unser Ritt frustrierend langsam, während es mit dem Auto maximal zwei Stunden gewesen wären, aber ich hatte keine Möglichkeit, Gall zu transportieren, und ohne sie komme ich von hier aus nicht weiter. Die Sonne lässt den weißen Boden funkeln, ihre Wärme füllt meine Muskeln mit neuer Energie. Ich bezweifle sehr, dass Zehn noch hier ist, aber nachsehen muss ich trotzdem. Vom Unterstand aus beobachte ich, wie die Welpen sich am Morgenlicht freuen, und es schmerzt mich in der Brust, sie so fröhlich spielen zu sehen. Ich spüre ihre Zähnchen an der Haut, ihre Zungen im Gesicht, ihre Pfoten, die mich in den Schnee schubsen. Ich spüre ganz deutlich, wie sich ihr Fell an mich drückt, spüre ihre Wärme, ihre Kraft; ihre Sicherheit ist auch meine. So zu Hause sein können im eigenen Körper! So entspannt, so kraftvoll! Ein Schauer des Begehrens durchfährt mich, und ich bin beinahe dort, ich glaube, ich kann sie spüren, ihre Kraft, ihre Gemeinschaft, die Familie. Little One tritt, ihr Fuß ist stärker, als ich es mir je hätte ausmalen können, und ich glaube, sie spürt das alles auch.

Ich muss hier weg. Die Versuchung zu bleiben ist groß, mein Gefühl für die Tiere geht so tief. Ich fühle mich wölfisch; ich bin dabei, mich selbst zu vergessen.

Von Zehn ist nichts zu sehen, ich muss wohl weiter nach

Norden, hin zu dem Berg, wo sie zuletzt gesehen wurde. Bisher bestand ihr Muster darin, von der Mitte des Nationalparks aus zu ihren Beutezügen aufzubrechen und anschließend wieder zurückzukehren. Vielleicht fühlt sie sich dort ja freier, ganz ohne Straßen, Häuser und Menschen. Vielleicht ist sie auch schlauer, als wir glauben, und begreift, dass sie dort besonders sicher ist, wo wir sie nicht erreichen können.

Gall und ich folgen lange Zeit den Tälern und Anhöhen durch trostlose, windumtoste Berge, bergab, bergauf und dann noch höher hinauf. Wir suchen die Höhenzüge ab, und während wir den einen erklimmen und den nächsten hinuntersteigen, finden wir nirgends Schutz, keine Zuflucht vor dem eisigen Graupel, den schneidenden Winden. Dann wird es wieder Nacht, die geisterhaften Stunden, die ich so fürchte. Regelmäßig machen wir halt, um etwas zu essen und zu trinken und uns auszuruhen. Diese Pausen in der Gleichförmigkeit des Ritts halten die Schatten in Schach. Im Dunkeln habe ich ohnehin keine Chance, Spuren oder Kot oder die Reste gerissener Beute zu entdecken, und als wir ein schneefreies Stück erreichen, zünde ich ein Feuer an, lasse Gall sich hinlegen und schmiege mich zum Schlafen an ihren Körper, damit wir es alle drei wärmer haben.

Ich denke an Duncan, und meine Wut treibt mich um. Ich bin wütend auf Zehn, aber das ist natürlich Unsinn, und am Ende wird mir klar, dass ich vor allem wütend auf mich selbst bin. Weil ich mich nicht früher mit ihr befasst habe. Weil ich die Angriffe nicht als Hinweis auf das drohende Unheil verstanden habe. Wir haben sie aus ihrer Heimat geholt und sie in ein fremdes Land verfrachtet, wir haben von ihr erwartet, dass sie sich anpasst, aber ich glaube, das war zu viel verlangt. Vielleicht ist sie ja genauso wütend wie ich.

Der Morgen des zweiten Tages bricht an, und mit ihm finde ich Spuren, die auf eine Herde Damhirsche hindeuten.

Die Worte meines Vaters klingen mir noch im Ohr. *Wölfe kannst du nicht aufspüren. Die sind nämlich viel schlauer als wir. Stattdessen folgst du der Fährte ihrer Beute.*

Hier und da, und auch nur, weil ich im Lauf der Jahre so viele davon gesehen habe, glaube ich, inmitten der Hirschspuren ganz schwache Abdrücke von Wolfspfoten zu entdecken. Darin liegt der Unterschied zwischen Wolf und Hund oder auch zwischen Wölfen und den allermeisten anderen Tieren. Wie elegant und effizient, über den Schnee zu laufen, den andere Tiere bereits mühevoll festgetreten haben – eine schlaue Möglichkeit, den eigenen Energieaufwand zu reduzieren. Aber jetzt bin ich ihr auf der Spur.

Nach einiger Zeit führen uns die Hirschspuren an einem vereisten Fluss entlang, bis ans Ufer eines großen, zugefrorenen Sees. Er glitzert blau und weiß im Sonnenschein. Hier teilen sich die Spuren, sie führen zu beiden Seiten um den See herum.

Und am anderen Ufer, einfach so, steht die Wölfin.

Sie sieht mich an. Ein Fleck aus hellem Braun. Ich vermute, dass sie mich herausfordert. Dann spaziert sie gemächlich aus meinem Blickfeld.

Ganz gleich, wie dringend ich an sie herankommen will, ich bin nicht so dumm, das Pferd auf einen zugefrorenen See zu führen, wenn ich nicht weiß, wie fest das Eis ist. Ich treibe Gall an, und wir machen uns, weiterhin im Schritttempo, auf den Weg um den See herum. Ich werde mich nicht zum Trab oder Galopp verleiten lassen; ich bin mir absolut sicher, dass es keinen Grund zur Eile gibt. Ich habe sie jetzt. Und mit Geduld werde ich sie am Ende töten.

Ich nehme die Spur von Nummer Zehn auf. Im Schnee sind ihre Trittsiegel klar erkennbar. Wir folgen ihnen mühelos bis an den Fuß des Berges. Sie muss meinen Geruch wahrnehmen. Wissen, dass ich ihr auf den Fersen bin. Aber ich sehe auch, dass sie nicht rennt, sie bewegt sich ebenso bedächtig wie wir. Etwas Uraltes erwacht in mir, während wir immer weiter vorankommen. Ich löse das Gewehr vom Sattel und lade es mit einer Kugel, entsichere es aber nicht und halte den Lauf himmelwärts. Galls Schritte werden zu meinen, die rhythmischen Bewegungen ihres Körpers hämmern mir im Takt meines Pulsschlags durch die Adern.

Die Kreatur, der wir folgen, lässt ein Heulen hören.

Es ist die Sprache aller Reviertiere auf Erden, als Warnung an mich, umzukehren oder auf eigene Gefahr weiter vorzudringen.

Sie heult wieder und wieder, allmählich eher Spott als Warnung.

Gall legt die Ohren an, geht aber ruhig weiter. Mein Zorn kennt keine solche Gelassenheit. Die Wölfin peitscht ihn auf zur Raserei. Ich spüre die Bereitschaft zur Gewalt in mir, meine Hände beben vom Verlangen, in irgendeiner Form Kontrolle auszuüben, Widerstand zu leisten, und sollte Rachedurst dabei sein für alles, was mir genommen wurde, dann meinetwegen auch das. Ich bin es leid, zur Beute zu werden. Ich werde endlich ein Beutegreifer sein. Ich werde die Mauern und den Selbstschutz vergessen, ich werde zu dem werden, was ich jage, und alles spüren.

Es fängt wieder an zu schneien; bald werden alle Spuren bedeckt sein. Aber das ist egal. Vor uns liegt eine Lichtung, und auf der anderen Seite steht sie. Im beginnenden Schneesturm sehe ich sie kaum, aber sie ist da, reglos und wachsam. Ich steige von meinem Pferd, das unruhig wird, jetzt, da der Wolf so nahe ist. Ich darf nicht riskieren, dass ich abgeworfen werde.

Ich trete Nummer Zehn entgegen, wie schon einmal, aber da war sie noch im Käfig, und von diesem Käfig sind wir jetzt sehr weit entfernt. Damals schon ist sie nicht vor mir zurückgewichen. Diesmal habe ich das Gewehr angelegt und ziele auf ihre Brust. Diesmal bin ich vorbereitet, warte auf ihren Angriff. Sie hat Geliebtes aus dieser Welt genommen. Es mir genommen. Einst war ich nicht stark genug, die Dinge wieder zu richten, aber jetzt bin ich es, jetzt werde ich es sein.

Ich löse die Sicherung.

Sie macht sich nicht zum Angriff bereit. Sieht mich nur an.

Mein Finger am Abzug hält inne.

Die Flutwelle versiegt.

Sie ist kein Mensch, der zwischen Gut und Böse unterscheiden könnte. Man kann auf ein Tier nicht zornig sein, es nicht hassen, keine Rache an ihm üben. Das ist völlig sinnlos. Sie hat nicht getötet, weil sie grausam wäre. Sie hat getötet, weil ihr Körper über Instinkte verfügt, die es ihr befehlen, um sie vor Bedrohungen zu schützen, zu überleben, sich selbst zu erhalten, weiter zu existieren.

Mit einem Mal fällt alles von mir ab, zurück bleibt nur abgrundtiefe Traurigkeit.

Ich drücke den Abzug.

Weil es egal ist, was ich empfinde, weil es egal ist, ob ich sie liebe oder hasse – sie hat trotzdem zwei Menschen angefallen. Weil alle sterben müssen, wenn sie nicht stirbt. Und weil es Teil meines Berufs ist, ein grauenhafter Teil davon. Aber nicht, weil sie Strafe verdient hätte, nicht, weil ich mich rächen will.

Ich halte die Augen geschlossen. Wenn ich sie wieder öffne, werde ich weniger sein.

Ganz still bleibe ich stehen, versuche zu begreifen, auf wie viele Weisen ich das alles hätte verhindern können. Mir wird schlagartig klar, was ich von Anfang an hätte tun sollen: die Bauern in diesen Prozess einbeziehen, mit ihnen zusammenarbeiten, anstatt sie wie Feinde zu behandeln. Vielleicht wären sie mir auch dann noch feindselig begegnet, aber so hoch, wie der Einsatz war, hätte ich einfach darüberstehen, auf eine Zusammenarbeit hinwirken müssen, darauf, uns diese Erde zu teilen. Niemand kann Vertrauen erwidern, wenn man ihm keines schenkt.

Zehn atmet noch. Ich gehe über die Lichtung zu ihr hin. Die Kugel hat sie am Hals getroffen; ich spüre sie an meinem, ein stechender, sich ausbreitender Schmerz.

Ich sinke zu Boden, lege ihr die Hand an die Stirn, streichele ihr weiches Fell. »Es tut mir leid«, flüstere ich. »Es tut mir so schrecklich leid.« Ihre Augen blicken zu mir auf, und ich öffne mich ihr ganz, lege alles ab, damit sie mich sieht, und das tut sie und stirbt.

Jedes Lebewesen weiß, was Liebe ist.

Noch lange sitze ich da und streichele sie.

Am Ende ist es die Kälte, die mich wieder in Bewegung bringt. Nicht der Wunsch, sie zu verlassen. Das will ich nicht, niemals. Ich habe eine Plane dabei, um sie darin einzuwickeln. Sobald sie auf diese Weise geschützt ist, lasse ich Gall auf die Knie gehen und hieve ihr die tote Wölfin auf den Rücken. Ich spüre einen fernen Hauch von Staunen darüber, dass sie bereit ist, diese Last zu tragen, aber sie war schon immer ein mutiges Tier. Die Wölfin ist längst nicht so schwer, wie sie aussieht, ein schönes Tier, schlank und wendig. Jetzt, da ihr die Wildheit genommen, gestohlen wurde, wirkt sie beinahe zierlich. Und nicht zum ersten Mal verabscheue ich meinen Beruf, den Aspekt des Menschenhaften daran. Am liebsten würde ich sie hierlassen, wo sie andere Tiere und den Boden nähren könnte, aber ich muss sie ja Red und den anderen Jägern präsentieren, als Beweis, dass sie tot ist, und außerdem bin ich beruflich dazu verpflichtet, ihren Kadaver zu untersuchen.

Ich schwinge mich wieder auf Galls Rücken, setze mich direkt vor die Wölfin, um ihre schwindende Wärme am unteren Rücken zu spüren. Und da kommt der Krampf.

Ich hatte früher schon Krämpfe. Dieser ist … lauter.

Little One presst sich von innen gegen mich. Ich spüre Druck und Unwohlsein, dann ist es wieder vorbei. Ich mache mich auf den Ritt nach Hause, mit einem Gedanken im Hinterkopf und dem lauteren Gedanken, nein, dafür ist es doch viel zu früh. So viel Pech kann ich unmöglich haben.

Es sei denn, ich bin selbst schuld daran. Mein Körper in Bewegung, mein Herz in Aufruhr. Habe ich damit etwas vor der Zeit heraufbeschworen?

Nicht jetzt, Little One, sage ich zu ihr. *Halt noch ein bisschen durch.*

Aber die Krämpfe lassen nicht nach, sie werden heftiger und häufiger, bis ich mir schließlich nichts mehr vormachen kann, es passiert tatsächlich. Die einzige Frage ist, ob ich es rechtzeitig nach Hause schaffe. Hieß es nicht immer, dass es Stunden dauert? Manchmal sogar Tage?

Der Heimweg ist kürzer als der Hinweg. Wir haben uns kreisförmig angenähert, und jetzt kann ich direkt durch den Abernethy Forest abkürzen, zu meinem Haus und dann weiter in den Ort, in das Krankenhaus, wo Duncan liegt. Es ist die letzte Etappe, aber sie ist trotzdem lang. Der Wald erstreckt sich weit, dennoch bin ich unendlich dankbar, als ich seinen Schutz erreiche.

Die Bäume flüstern.

Halt durch.

Nur noch ein kleines Stück.

Der Druck wird zu viel, ich muss vom Pferd steigen. Mich bewegen. Keuchend und fluchend laufe ich im Kreis. Es ist verwirrend und unangenehm, so unangenehm, dass ich mir nicht vorstellen kann, wie mein Körper dieses Gefühl aushalten soll, aber er hält es aus, und ich kann keinen vernünftigen Gedanken mehr fassen, schließe einen Pakt nach dem anderen mit dem Himmel und mit den Wurzeln, kann mir beim besten Willen nicht vorstellen, was ich machen, wie ich dafür sorgen soll, dass es aufhört, aber aufhören muss es unbedingt.

Ich merke, dass Gall nervös wird, aber darüber kann ich mir jetzt einfach keine Gedanken machen. Bis mir ein langes, tiefes Stöhnen entfährt, das Stöhnen einer Kuh, und bei diesem Geräusch fährt die Stute erschrocken auf, und weg ist sie, trabt davon und lässt mich hier zurück – und ganz sicher muss ich mir darüber jetzt doch Gedanken machen.

So gehe ich eben zu Fuß weiter. Zwischen den Wehen, so weit, wie ich komme, bis die nächste über mich hereinbricht. Meine Haut fühlt sich wund an, sogar die Kleider schmerzen, ich würde alles darum geben, sie von mir zu werfen, bin aber noch genügend bei mir, um zu wissen, wie dumm das wäre. Ich muss endlich anfangen, an dieses Baby zu denken. Die ganze Zeit war ich so stur. Ich bin feige. Ich habe mein Kind in Gefahr gebracht, weil ich solche Angst davor hatte, wie sehr ich es lieben, wie sehr ich mich von ihm verschlingen lassen könnte, und ich konnte doch nicht zulassen, mich so grauenvoll verletzlich zu machen; stattdessen habe ich mein Kind verletzlich gemacht, und das ist unverzeihlich.

Während ich durch den Schnee stapfe, spreche ich mit ihr. Ich sage all das, was ich ihr in den vergangenen acht Monaten hätte sagen sollen, wenn ich nur den Mut dazu gehabt hätte. Ich beschwöre sie, am Leben zu bleiben, und finde das gleich wieder absurd, denn es ist ja ihr Lebenswille, der meinen Körper alle paar Minuten packt, ihre Kraft, trotz all meiner Versuche, sie nicht zu beachten. Und als ich schließlich auf alle viere in den Schnee sinke, ist mir klar, dass ich so ruhig bleiben muss, wie ich kann, nach einer Kraft suchen muss, die ihrer würdig ist.

Ich weiß nicht, wie viel Zeit vergangen ist, bis ich dann doch die Hose ausziehen muss. Ich will nicht pressen, ich weiß nicht, wie das gehen soll, und doch kann ich es nicht vermeiden, ich muss. Nie im Leben hatte ich mehr Angst. Nie war ich ruhiger.

Ich ziehe Stiefel, Hose und Unterhose aus; die Socken lasse ich an und mache mir mit meinem Mantel ein Lager auf dem Boden. Über mir und ringsherum sind Bäume. Sie rauschen. Hier bin ich zu Hause, und ich bin so froh. Es ist doch richtig, dass ich hier bin. Es war immer klar, dass es hier passieren wird.

Der Schmerz übernimmt das Kommando, er schwillt in mir an und entlädt sich in gewaltigem Gebrüll, das die Vögel aus den Zweigen schreckt. Sie kämpft sich durch mich hindurch, und alles zieht sich so fest zusammen, dass ich das Atmen vergesse, Flecken tanzen vor meinen Augen, und ich denke mir, der menschliche Körper ist doch ein Fehler der Evolution, nicht dafür gemacht, so etwas auszuhalten, wir haben die falsche Form, die falschen Fähigkeiten, und doch stehen täglich zahllose Frauen das durch und überleben es, und das werde ich auch, ich werde es durchstehen und es überleben, denn anschließend muss ich das Baby in Sicherheit bringen.

Mit den Fingern taste ich nach ihrem Kopf, da ist auf jeden Fall etwas Hartes, Feuchtes, aber wie soll ich wissen, ob das ihr Schädel ist, ich kann nur hoffen. Ich rutsche immer noch herum, schaffe es nicht, die richtige Haltung zu finden, auf dem Rücken ist es entsetzlich, aber auf allen vieren kann ich sie nicht auffangen, und so stelle ich mich schließlich hin und lehne die Stirn an einen Baum. Er hält mich aufrecht, und ich gehe in die Knie und strecke die Arme nach unten, um sie in Empfang zu nehmen. In mir ist eine Gewissheit, wie ich sie nie gekannt habe. Das hier ist mein Schmerz. Keine Täuschung, kein gestohlenes Gefühl; er gehört niemandem sonst, nur mir. Das hier ist mein Körper, mein Kind. Ich spüre sie, und sie gehört mir allein, und diese Wahrheit verleiht mir in diesem Augenblick solche Kraft, dass ich schließlich doch mit aller Macht presse. Ihr Kopf und ihre Schultern bahnen sich den Weg nach draußen, dann rutscht sie ganz hinterher, ich erwische sie am Bein und hebe sie hoch in meine Arme. Sie ist rotblau und ganz bedeckt von einer blutig weißlichen Schmiere, und ich bringe die Lippen an ihr Gesicht und sauge ihr die Atemwege frei. Tief holt sie Luft, atmet in meine Lunge, diese Lunge, die wir teilen, und ich habe mein Syndrom immer als Täuschung betrachtet, als Fluch, als Bürde, die ich zu tragen habe, aber in diesem Augenblick ist sie ein echtes Geschenk. Mein Kind schlägt die Augen auf.

Und sieht mich an.

Und ich bin zugleich halbiert und verdoppelt.

Ich sinke hinunter auf mein improvisiertes Bett und lege sie mir an die Brust, an meine Haut, führe ihr den Mund, damit sie trinken kann. Sie tut es gleich, ohne großen Widerstand. Am Rande registriere ich, wie die Plazenta aus mir herausgleitet, aber ich bin viel zu sehr mit diesem Gesichtchen beschäftigt, um das groß zur Kenntnis zu nehmen. Wie klein sie ist. Ob sie wohl etwas aus meiner unvorbereiteten Brust herausbekommt? Ich beiße die Nabelschnur durch, dann wickele ich Little One in mein dickes Thermounterhemd. Ich ertrage es kaum, sie abzulegen, sie auch nur eine Sekunde loszulassen, aber ich muss mich wieder anziehen, sonst erfriere ich. Und so lege ich sie hin, streife ungelenk meine Sachen über und drücke sie dann unter dem warmen Mantel wieder an die Brust. Ich habe überhaupt keine Kraft mehr, meine Beine sind vor Schwäche wie gelähmt. Ich blute ziemlich stark, das macht mir Angst, aber zum Ausruhen bleibt keine Zeit, ich muss sie irgendwie ins Warme bringen, irgendwohin, wo man sich um sie kümmern kann. Und so kratze ich das letzte bisschen Kraft zusammen, rappele mich auf und gehe los.

Es schläft in meinen Armen, dieses kleine Wesen. Jede von uns beruhigt der Geruch der anderen. Ich gebe ihr alle Wärme, die ich habe. Und ziehe eine rote Spur hinter mir her.

Irgendwann wird mir klar, dass ich die ganze Zeit einem Menschen vor mir folge, meine Schrittgeschwindigkeit der seinen anpasse.

»Dad«, rufe ich, und er bleibt stehen. Dreht sich um.

»Meine Mädchen«, sagt er, so voller Liebe.

»Wo bist du gewesen?«, frage ich.

»Im Wald.«

Ich schlucke das, was so in mir schmerzt. »Hat er auf dich aufgepasst?«

Dad lächelt. »Aber ja.«

Ich schließe die Augen.

»Wie schön sie ist.« Er steht jetzt neben mir. »Weitergehen, Schatz.«

»Ich bin so müde.«

»Ich weiß. Aber ich zeige dir den Weg.«

Und ich folge meinem Vater durch die Bäume, bis er schließlich ganz vom Schneetreiben verschluckt wird.

Als es dunkel wird, muss ich anhalten. Ich gehe viel zu langsam, ich bin nicht weit genug gekommen, und jetzt ist es zu kalt, um mich überhaupt noch zu bewegen: Mein Körper gehorcht mir nicht mehr. Ich versuche, uns ein Feuer zu machen, aber Gall hat meine Streichhölzer mitgenommen, und meine Hände zittern und sind so steifgefroren, dass meine Finger zu nichts nutze sind. Und so hocke ich mich einfach unter einen Baum und schlinge mich mit meiner Körperwärme um meine Tochter. Aus ihrer Ruhe schöpfe ich meinen Mut.

»Sobald es heller wird, gehen wir weiter«, flüstere ich ihr zu. »Wenn nötig, gehen wir ewig weiter. Ich werde niemals aufgeben. Du bist in Sicherheit, Little One.«

Ich blute jetzt noch mehr, aber bald werde ich wieder aufstehen.

Ihr Geruch dringt als Erstes zu mir. Im Dunkel der frühen Morgenstunden zeugt eine flaumweiche Moschusnote von ihrer Ankunft. Das hier ist ihr Wald, sie müssen für jeden Geruch wachsam bleiben, der Spur folgen, die ich hinterlassen habe. Ich schlage die Augen auf. Geschlafen habe ich nicht, ich lag nur in einer Art eisigem Schwebezustand, glitt hinein und wieder heraus.

Mein erster bewusster Gedanke seit Stunden ist: Diese Nacht ist viel zu kalt, um sie zu überleben. Wir werden hier sterben.

Und der zweite ist: Die Wölfe sind da.

Mein Kampfgeist ist gewaltig. Ich werde aufstehen und auf sie zustürmen, sie verschrecken. Und wenn sie sich nicht verschrecken lassen, werde ich mit Zähnen und Klauen gegen sie kämpfen. Ich werde sie in Stücke reißen, meinen Körper zum Schutzschild machen, ich werde alles tun. Niemals werde ich zulassen, dass sie sie anrühren.

Aber auch so ein gewaltiger Geist ist nichts im Vergleich zum Körper. Der Körper beherrscht uns, und es gibt Grenzen für das, was wir ihm abverlangen können. Ich will aufstehen, aber nichts geschieht. Ich will schreien, bringe aber nur ein Krächzen heraus. Die Kälte sitzt schon zu tief, ich habe zu viel Blut verloren.

Die Wölfe lösen sich aus dem Schutz der Bäume. Mondlicht spiegelt sich in ihren Augen.

Ich drehe mich weg, schirme meine Tochter mit meinem Körper ab und schaue auf sie hinab in ihrem kleinen Kokon. *Bleib am Leben*, beschwöre ich sie.

Der Atem stockt mir in der Lunge.

Aber sie fällt mich nicht an, die kleinste Wölfin von allen, inzwischen fast erwachsen und immer noch so weiß wie an dem Tag, als ich sie im Arm hielt. Sie schmiegt ihren Körper an meinen. Und während das übrige Rudel ihr nachfolgt, uns mit seiner Wärme umgibt und uns vor der Kälte rettet, lege ich das Gesicht an ihren weißen Hals und weine.

29

Als ich in der Morgendämmerung aufwache, sind sie fort und lassen mich mit der Frage zurück, ob sie wirklich da waren. Das ewige Rätsel der Wölfe. Fiebernd und wacklig erhebe ich mich. Little One schläft jetzt schon sehr lange.

Ich gehe. Immer einen qualvollen Schritt nach dem anderen. Ich staune, dass ich überhaupt noch Blut im Körper habe.

Bald schon höre ich ein Geräusch. Ein Geräusch, das ich kenne. Ein Pferd. Ich sinke zu Boden, und diesmal werde ich nicht mehr aufstehen.

Aber das ist nicht wichtig. Sie hat uns ja gefunden.

Habe ich sie mir nur eingebildet?

Sie springt von Galls Rücken und eilt zu mir, und da ist sie, meine Schwester ist hier, und es ist nicht mehr wichtig, dass ich nicht wieder aufstehen kann. Nie im Leben wird sie zulassen, dass der Kleinen etwas geschieht. Sie ist ein Mensch, der beschützt.

Aggie küsst mich auf die Wangen, auf die Stirn, nimmt mir das Baby aus den Armen. Ihr einer Ärmel ist blutgetränkt. Ich bin verwirrt, begreife nicht, wo das Blut herkommt.

Aber dann sagt sie zu meiner Tochter, mit ihrer Stimme: »Little One«, und schon weine ich wieder und sie auch.

»Nimm sie mit«, sage ich.

Aggie blickt mir in die Augen, und wir brauchen keine Worte. Sie weiß, was in mir ist, bis hinein in meine allertiefsten Tiefen. Ich kann nicht aufs Pferd steigen, nicht mit diesen Blutungen, und selbst wenn ich könnte, käme es doch zu langsam voran, wenn es uns alle auf einmal tragen müsste. Jetzt muss es vor allem schnell gehen. Es geht um Little One, sie hat sich lang nicht mehr gerührt, viel zu lang. Und so nickt Aggie, sie legt mir ihren Mantel um, küsst mich noch einmal und sagt: »Ich komme wieder und hole dich. Halt einfach durch.«

Ich habe ihre Stimme noch im Ohr, als sie längst mit meiner Tochter fortgeritten ist.

Im Traum sitze ich vor Duncans Kamin, und Fingal hat mir den Kopf in den Schoß gelegt. Überall stehen schiefe Möbel herum. Und er streicht mir mit seiner großen Hand übers Haar, sanft und liebevoll, drückt die Lippen an meine Schläfe.

»Du weißt doch, was passiert ist«, flüstert er, kaum mehr als ein Hauch an meinem Ohr.

O ja.

Jetzt, endlich, weiß auch ich es.

»Ho!«

Der Ruf kommt aus weiter Ferne. Womöglich eine ganze Welt weit weg. Seit Stunden schon schaukle ich zwischen zwei Welten; der Schleier ist dünn wie Papier.

Ich widerstehe dem Ruf, bin ganz zufrieden da, wo ich bin. Das Feuer wärmt mich. Duncans Berührungen sind alles, was es gibt.

»Da vorn!«

Inti, sagt er, und ich sage: *Duncan*, und dann sagen wir beide: *Geh nicht*, aber es ist schon zu spät, ich bin fort, zurück in der Kälte.

Wie lange bin ich schon hier draußen? Wie lange ist es her, seit Aggie fortgeritten ist? Hat sie es rechtzeitig geschafft? Der Himmel dreht sich über mir. Die Schneewolken beschreiben Kreise. Flocken fallen auf mein Gesicht, auf meine Wimpern, auf meinen Mund. Ich spüre ihren Geschmack auf der Zunge.

Ein Gesicht taucht vor mir auf.

Red McRae.

Meine Hoffnung kommt stotternd zum Erliegen. Schon glaube ich, er wird mich hierlassen. Dann wären all seine Probleme gelöst. Aber er hebt mich auf und sagt: »Alles gut, Liebes, Sie sind in Sicherheit«, und ich halte mich an ihm fest, während er mich nach Hause trägt, und denke bei mir, dass ich nichts von Hass und Liebe weiß, nichts von Grausamkeit und Güte. Ich weiß gar nichts.

30

Als ich aufwache, liegt meine Schwester neben mir im Bett und zwischen uns ein Baby.

Aggie hat über uns gewacht, während wir schliefen. Unsere Finger sind verschränkt, ihre Hand ist so warm. Jetzt lächelt sie mich an, und ich erwidere ihr Lächeln.

Später, als ich wieder bei Sinnen bin, zieht sie in den Sessel um, damit ich genug Platz habe, mich am Stillen zu versuchen. Ich bin genäht worden, habe eine Bluttransfusion bekommen und hänge noch am Tropf. Mein Körper schmerzt, vor allem aber bin ich einfach nur erschöpft. Little One hat Flüssigkeit und Wärme bekommen und wurde untersucht, sie hat leichte Gelbsucht, und ich bringe noch nicht viel Muttermilch für sie zustande, und trotzdem ist sie, wie durch ein Wunder, insgesamt recht gesund.

Sie ist winzig, hat dichtes dunkles Haar und das hübscheste Gesichtchen, das ich jemals gesehen habe, und sie wird sehr geliebt.

Aggie erzählt, sie habe nach mir Ausschau gehalten, als Gall plötzlich aufgetaucht sei, mitsamt ihrer Last. Sie nahm der Stute den Wolf vom Rücken, stieg selber auf und ließ sie umkehren, folgte ihren Spuren bis zu mir, sehr viel schneller, als ich zu Fuß vorankommen konnte. Es ist so seltsam, sie sprechen zu hören. Ich bin noch nicht wieder daran gewöhnt, und gleichzeitig kommt es mir vor, als hätte sie nie damit aufgehört.

Eine Zeitlang schweigen wir, lauschen dem Piepsen der Geräte, das vom Flur hereindringt, und ich staune darüber, wie es sich anfühlt zu stillen, wie intim das ist, auch wenn noch nicht viel Milch kommt. Das soll besser werden, wenn man es immer wieder versucht.

»Was ist mit deinem Arm passiert?«, frage ich Aggie.

»Ein Hund«, antwortet sie.

Ich sehe sie stirnrunzelnd an. »Was?«

Sie sagt nichts weiter, und ich denke an meinen Traum und weiß Bescheid.

Die Geschichte erreicht mich häppchenweise, so viel, wie Aggie jeweils sagen kann. Neben ihrer Stimme verwendet sie auch Zeichen, denn diese Gewohnheit kann sie nicht in ein paar Tagen ablegen. Vielleicht wird sie das auch nie tun.

Und so ist es also gewesen.

Nachdem Lainey Stuart oben an der Straße abgesetzt hat, glaubt sie, er wolle Duncan auflauern. Aber stattdessen geht er weiter zu meinem Haus. Ich bin es ja, die ihn in aller Öffentlichkeit beschuldigt hat, seine Frau zu misshandeln. Ich bin die Verletzliche; Duncan ist viel zu stark, als dass Stuart es in seinem tief gedemütigten Zorn mit ihm aufnehmen könnte.

Aggie erwacht mitten in der Nacht, weil es wie wild an die Tür hämmert. Für sie steht zweifelsfrei fest, dass nun passiert, womit sie immer gerechnet hat: Gus hat sie gefunden. Sie holt ein scharfes Messer aus der Küche, so wie sie es schon mehrfach getan hat, in ebendieser Küche, wenn es nötig war, dann schaut sie aus dem Fenster und sieht einen Mann. Ihren Ehemann, der gekommen ist, um ihr den Garaus zu machen. Sie beschließt, ihm zuvorzukommen. Sie spürt Aufregung. Ein Verlangen. Und die Angst, die alles andere auslöscht, es mit Stumpf und Stiel verschluckt.

Der Mann brüllt. Er ruft den Namen ihrer Schwester, spuckt Unflätigkeiten. Wie ich es wagen könne, mich in seine Angelegenheiten zu mischen.

In Aggies Kopf schieben sich die widerstreitenden Wahrnehmungen übereinander, während sich das Gesicht des Mannes vor ihren Augen verändert. Ihr Ehemann ist es nicht, aber es ist trotzdem ein Ehemann, und zwar einer, der seine Frau geschlagen hat. Ich habe ihr schließlich von ihm erzählt. Ununterbrochen habe ich erzählt, vor einer Frau, von der ich glaubte, sie könne mich gar nicht hören, dabei hat sie, wie sich jetzt herausstellt, die ganze Zeit zugehört, und was sie über Stuart Burns hörte, gefiel ihr gar nicht. So wie ich hatte auch sie gesehen, wie er dicht vor der Grenze unseres Grundstücks im Auto saß, uns beobachtete.

Als der Mann schließlich aufgibt und im Wald verschwindet, folgt Aggie ihm. Sie hat große Angst, hier draußen noch umso mehr, aber sie nimmt all ihren Mut zusammen. Früher war sie doch einmal energisch. Und mit Zorn konnte sie immer schon viel besser umgehen als ich.

»Stuart«, ruft sie.

Er dreht sich um und fragt: »Was denn?« Als wäre es ganz normal, hier draußen, mitten in der Nacht, beim Namen gerufen zu werden. Er erkennt sie, glaubt, dass ich es bin. Stürzt auf sie los, um mir die Abreibung zu verpassen, wegen der er hergekommen ist. Aber noch ehe er Aggie berühren kann, lässt irgendein Instinkt ihren Arm vorschnellen. Sie sticht zu, zerfleischt ihn mit dem scharfen Sägemesser.

Dann dreht sie sich um und kehrt nach Hause zurück. Einfach so.

Weder mir noch ihr war klar, dass jemand von der Straße aus alles beobachtet und sie für mich gehalten hat.

Es bleibt lange still, während wir beide wieder aus diesem nächtlichen Wald zurückkehren, seine Gespenster vertreiben. Ich spüre, wie ich zittere, kann nicht fassen, dass ich nicht früher darauf gekommen bin. Little One ist eingeschlafen, vom Trinken müde.

»Versprich mir, dass du nie jemandem davon erzählst«, sage ich zu Aggie. »Falls er jemals gefunden wird, lassen wir sie in dem Glauben, dass Nummer Zehn ihn getötet hat, und ich gebe zu, dass ich ihn dort vergraben habe, um meine Wölfe zu schützen.«

Aggie sieht mich lange an, erwidert aber nichts. *Und Duncan?*, möchte ich fragen. Aber ich kenne die Antwort ja schon und kann es nicht ertragen, sie laut ausgesprochen zu hören. Etwas in mir wird mit ihm zugrunde gehen, wenn ich mit Gewissheit weiß, dass er tot ist und dass sie es getan hat.

Ich kann mir schon ausmalen, wie es passiert sein muss.

Aggie sieht, dass ich Angst vor ihm habe, mehr braucht es nicht. Es ist die bewährte Vorgehensweise in ihrem Leben. Sie nimmt noch einmal denselben Weg durch den Wald, aber diesmal geht sie weiter. Das Messer hat sie bei sich. Sie wartet vor dem Haus, bis er herauskommt. Vielleicht lässt er den Hund vorauslaufen. Fingal bellt, er riecht, dass da jemand zwischen den Bäumen ist. Duncan folgt ihm, um nachzusehen, warum er so einen Aufstand macht. Möglich, dass Aggie ihm eigentlich nur drohen wollte, damit er sich von mir fernhält, aber vielleicht versetzt der Hund sie auch in Panik, und der Mann kommt auf sie zu, und so hebt sie das Messer und schlitzt Duncan die Kehle auf. Der Hund fällt sie an, gräbt seine Zähne in ihren Arm. Da muss sie auch ihn zerfleischen. Dann rennt sie davon, lässt beide dort zurück, wo sie liegen. Meine Schattenschwester.

»Ich war so müde davon, immer Angst zu haben«, sagt Aggie, und es stimmt, sie klingt unendlich müde. »Ich wollte nicht, dass du auch in dieses Gefängnis gerätst.«

Das verstehe ich. Darum habe ich ihr ja erzählt, ich hätte Gus getötet. Um sie daraus zu befreien.

»Warum an dem Abend?«, frage ich. »Was hat dich dazu gebracht, gerade an diesem Abend zu Duncan zu gehen?«

»Er war bei uns am Haus«, sagt sie. »Früher am Tag. Du warst arbeiten, ich habe nicht aufgemacht. Immer wieder hat er geklopft und meinen Namen gerufen, er hat gesagt, er wolle mit mir reden, und da habe ich … Ich wusste, er wird immer weiter versuchen, dich zu kriegen, und nie damit aufhören. Es sei denn, ich sorge dafür.«

Ach, Aggie.

»Ich liebe ihn«, sage ich.

Sie stutzt, und ihre Lippen formen ein tonloses, überraschtes Oh! *Nein*, sagen Aggies Hände. Eine Verweigerung.

»Doch. Er hat nie etwas getan, womit er diese Angst verdient hätte. Das hat nur Gus getan.«

Aggie schließt die Augen. Ein entsetzlicher Schmerz fährt durch sie hindurch. *Ich dachte, es wiederholt sich.*

Ich auch, antworte ich in Zeichensprache. Aber wie wir jetzt wissen, waren wir es, denen man nicht vertrauen konnte.

Es klopft. Ich drehe mich im Bett um und sehe Red und Douglas McRae, die vorsichtig ins Zimmer lugen. »Ist Ihnen ein Besuch recht?«

»Ja, kommen Sie ruhig herein.«

Zögernd treten die beiden Männer ein. Douglas hält einen Strauß Blumen in der Hand, den er auf meinen Nachttisch legt und dabei das Wasserglas umwirft. »Nun sieh sich einer das kleine Mäuschen an«, sagt er, nimmt mir meine Tochter ab und hält sie mit großer Selbstverständlichkeit in den Armen. Ich bin etwas verblüfft. Na dann.

Red schaut zwischen mir und meiner Schwester hin und her. »Sie gibt's ja zweimal.«

Ich stelle die beiden einander vor, und Red nickt Aggie höflich zu. Sie mustert ihn von Kopf bis Fuß, kühl und abschätzig.

»Es heißt, Sie haben die Wölfin selbst erschossen«, sagt Red, an mich gewandt.

Für das Verbrechen, zwei Menschen angefallen zu haben, ein Verbrechen, das sie nicht begangen hat. Diesen Fehler werde ich mir nie verzeihen, aber letztlich hätte Zehn ohnehin sterben müssen, denn sie hat eine Spur toter Nutztiere durchs Land gezogen, und der Zorn der Menschen ist unerbittlich.

»Sie ist bei uns zu Hause«, sage ich. »Sie können gern hingehen und sich selbst überzeugen, falls Sie Beweise brauchen.«

Er schüttelt den Kopf. »Ich glaube Ihnen. Ich habe die Jagd abgeblasen.«

»Danke.«

Red tritt etwas unbehaglich von einem Fuß auf den anderen, und ich warte darauf zu hören, was er auf dem Herzen hat. »Hat sie …« Er zögert kurz. »Hat sie Angst gezeigt, als es zu Ende ging?«

Die Frage überrascht mich, ich blicke ihm prüfend ins Gesicht. »Nein.« Ich spüre ein leises Brennen in der Kehle. »Sie war ganz ruhig.«

»Meiner auch«, sagt er. »Der große Rüde.« Und dann gesteht er, ganz leise: »Ich wusste in dem Moment, als ich den Abzug drückte, dass ich etwas Böses tue.«

Ich schließe die Augen. Das Bett wackelt ein wenig, als meine Schwester sich zu mir setzt und meine Hand nimmt.

»So wie ich das sehe«, sagt Red schroff, »haben wir einiges zu bereden, Sie und ich. Wenn wir nicht reden, wird das alles nicht funktionieren.«

Eine große Last hebt sich von meiner Brust. »Da bin ich ganz und gar Ihrer Meinung, Red.«

Später, nachdem ich ein Weilchen geschlafen habe, betrachte ich meine Schwester, die am Fenster sitzt und sanft das Baby wiegt.

»Es tut mir leid, Aggie«, sage ich. So lang ist das schon überfällig.

Sie sieht mich an.

»Es tut mir leid, dass ich sie nicht abgehalten habe. Es tut mir so leid, dass ich mich nicht gewehrt habe.«

»Das konntest du doch nicht. Sie haben es auch dir angetan.«

Ich schüttele den Kopf. »Aber das war nicht echt.«

Meine Schwester erwidert meinen Blick. »Du bist hereingekommen, um bei mir zu sein. Sie haben es auch dir angetan.«

»Du warst so weit fort.«

»Und du warst mit mir dort. Du bist immer bei mir.«

Ich sage: »Ich habe Gus nicht getötet.«

Aggie lässt das sacken. Müde atmet sie aus, senkt den Kopf und drückt ihre Wange an Little Ones Gesicht. »Okay. Das ist logisch.«

»Ich habe es versucht, Aggie. Es tut mir leid.« Ich hasse ihn so sehr für das, was er getan hat, was er ihr genommen hat. Und auch mir. So viel Zeit, die dafür draufgegangen ist, uns vor anderen Menschen zu fürchten.

»Ich liebe dich«, sagt sie zu mir.

»Ich liebe dich auch.«

Ich betrachte meine Tochter, sie macht es leichter, mich zu wappnen.

»Ist Duncan …?«

Und Aggie sagt: »Er erwartet dich.«

Im Rollstuhl, mit Little One im Arm, schiebt meine Schwester mich in sein Zimmer. Es liegt auf einem anderen Stockwerk. Er ist an Geräte und an einen Tropf angeschlossen. Um den Hals hat er einen dicken Verband. Seine Augen sind geschlossen, sein Gesicht ist blass. Aggie schiebt mich so nah an sein Bett, wie es geht, dann lässt sie uns allein.

Die Sonne wandert vor das Fenster und taucht uns in ihr warmes Abendlicht. Wir warten darauf, dass er aufwacht. Vielleicht sind es ja die leisen Laute, die Little One von sich gibt, denn er öffnet schon bald die Augen. Als er uns sieht, laufen ihm Tränen über die Wangen.

Auf seinem Nachttisch liegen Notizblock und Stift. Er schreibt etwas auf und hält es hoch. *Du hast mir das Leben gerettet.*

In mir breitet sich das Wissen aus, dass er recht hatte. Er hatte ja so recht. Er hätte auch sein Vater werden können, hat sich aber stattdessen entschieden, seine Mutter zu werden. Diese Wahl können wir alle treffen, und die meisten tun das auch. Es gibt viel Grausamkeit, die wir überstehen, gegen die wir ankämpfen müssen, aber vor allem gibt es auch Sachtheit, unsere Wurzeln reichen tief und sind miteinander verflochten. Das tragen wir in uns, das nehmen wir immer mit, diese Art, wie wir uns umeinander kümmern. Ich betrachte Little One, dann sage ich zu Duncan: »Du mir auch.«

Die sagen, ich kann vielleicht nie wieder sprechen, schreibt er.

Ich lächele ihn an. »Es gibt auch Sprachen, die keine Worte, keine Stimme brauchen. Ich bringe sie dir bei.«

Als er sie nimmt, sind seine Hände so zärtlich, dass sie zittern.

»Sachte«, sage ich.

31

Wir sind wieder zu Hause. Es gibt viel Verworrenes zwischen uns, aber wir müssen vor allem an Little One denken. Ich weiß noch nicht, wo wir unseren Platz in unserer jeweiligen Umlaufbahn finden werden, denn jetzt sind wir nicht mehr nur zu zweit, sondern zu viert.

Duncan hat schriftlich ausgesagt, er sei von einem Wolf angefallen worden, so wie es ohnehin alle glauben. Man schaut sich gar nicht mehr genauer an, was für Wunden er davongetragen hat – eine scharfe Messerklinge statt Tierzähnen, ein Schnitt statt eines Risses. Niemand zweifelt an ihm, weil er der Polizeichef ist und weil dieses Ergebnis alle am meisten überzeugt, ein Verbrechen, das bereits bestraft wurde. Ich habe die Bestie schließlich zur Strecke gebracht. Nummer Zehn liegt auf einer Lüge begraben. Auf meinem Fehler. Sie wird zur Legende werden, und die Wölfe werden darunter leiden, denn es waren ja gar nicht sie, die hergekommen sind und so viel Blut vergossen haben. Das waren meine Schwester und ich.

Und Duncan hat es als Erster begriffen. Seit er von ihr erfahren hatte, seit er wusste, wie ähnlich wir uns sehen und wie schlecht es ihr ging, war er ins Nachdenken gekommen. Fergus hat ihn als Bluthund bezeichnet, und das ist er auch, er hat alles erraten und doch immer noch sein Bestes getan, um uns zu beschützen, und das werde ich ihm so schnell nicht vergessen.

Heute Abend sitzen Duncan und ich vor dem Kamin, während Aggie Little One badet, er streicht mir mit der Hand durchs Haar, und mein Traum ist zum Leben erwacht.

Auf seinen Block schreibt er: *Sie muss in eine Einrichtung. Womöglich ist sie immer noch eine Gefahr für andere.*

Ich sehe ihm in die dunklen Augen. »Ich kann das nicht, Duncan.«

Er legt den Stift beiseite, aber ich weiß, dass dieses Gespräch noch nicht beendet ist. Es ist der Polizist in ihm. Er ist ein Mensch, der beschützt. In dieser Hinsicht ist er genau wie sie.

Ich rufe Mum an, ohne zu wissen, wie ich all das, was geschehen ist, in Worte fassen soll; ich weiß nur, dass ich es muss.

Sie meldet sich rasch. »Da bist du ja, meine Süße. Ich habe es schon so oft bei euch versucht. Ich muss euch etwas erzählen.«

Das überrascht mich, und so halte ich mich mit meinem eigenen Tohuwabohu zurück.

»Jim und ich werden heiraten.«

Ich lache auf. »Wie ist das denn gekommen, Mum?«

»Tja, die Frage habe ich mir auch schon gestellt, und dabei bin ich auf einen interessanten Gedanken gestoßen. Weißt du noch, was ich dir über den zeitlichen Ablauf erzählt habe? Dass man ihn genau rekonstruieren muss, um einen Mordfall aufzuklären?«

»Ja.«

»Meine Überlegungen gehen in die gleiche Richtung. Ja, Menschen tun einander schreckliche Dinge an. Und diese Geschichten prägen sich uns ein, der Schmerz bleibt uns in Erinnerung, aber das liegt daran, weil er heraussticht. Er ist die Auffälligkeit im zeitlichen Ablauf, das, was nicht passt, und das wiederum liegt daran, dass der übrige Verlauf, im Grunde also unser ganzes Leben, aus Freundlichem besteht. Das ist das Normale, und es ist so normal, dass wir es gar nicht mehr bemerken.«

Ich muss lächeln.

»Mum«, sage ich. »Kommst du zu uns nach Schottland?«

»Ich dachte schon, du fragst nie.«

Aggie und ich führen Gall über die Koppel, während Duncan, unsere Tochter im Tragetuch vor der Brust, das Abendessen macht. Wir blicken beide in den Himmel hinauf, um noch einmal die Lichter zu sehen, aber sie kehren nicht zu uns zurück, heute nicht. Die Sterne und der Mond bleiben dort oben allein.

Nach geraumer Zeit unterbreche ich die Stille.

»Ich habe Dad gesehen«, erzähle ich leise. »Als ich im Wald war.«

Aggie mustert mich prüfend. »Wie war er denn?«

Ich lächele. »Er war Dad.«

»Er ruft dich nach wie vor, oder? Der Wald?«

»Immer.« Aber mein Blick ruht auf dem warmen, blauen Häuschen und allem, was es birgt. »Aber nicht mehr so laut.«

»Ich glaube, jetzt habe ich es endlich auch begriffen«, sagt

Aggie mit einem Lächeln. »Dass du dorthin gehörst. Wir alle beide.«

Du wachst früh auf. Der Nebel ist dicht. Deine Stute erwartet dich, so wie sie es immer tut. Du führst sie hinaus, hin zu den Bergen.

Es ging dir gut, während du dich um unsere kleine Familie gekümmert hast – auch um Duncan, obwohl etwas unwiderruflich Schweres zwischen euch steht. Du hast ihm etwas Kostbares geraubt, und natürlich weiß er, dass du krank warst, aber dennoch. Das Leben ist nun einmal seltsam, wir tun alle unser Bestes. Er ist sehr gut im Vergeben, das hat er früh gelernt. Du warst glücklich, das weiß ich genau. Es gibt jetzt ein Ziel, und wir haben Gus endlich ziehen lassen. Warum also?

Du gehst bergan, einen Bergkamm entlang, um zu sehen, wie die Sonne golden aufgeht. Galls warmes Schnauben, ihr Maul kitzelt dich an der Handfläche. Hier oben ist es wunderschön – so weit. Mit der erwachenden Welt zu deinen Füßen bist du frei.

Vielleicht sind es ja die Schuldgefühle wegen der Gewalttaten. Vielleicht leben sie auf eine Weise in dir fort, die du nicht ignorieren kannst.

Vielleicht denkst du auch, du könntest zwischen uns stehen, oder willst einfach Platz machen für etwas Neues. Oder es ist, weil der Schmerz nicht weggeht, weil er niemals weggeht, nicht einmal inmitten dieses neuen Lebens.

Vielleicht ist es aber auch, weil du endlich sicher sein kannst, dass ich auch ohne dich zurechtkomme.

Ich weiß es wirklich nicht. Aber eines Morgens wache ich auf, und du bist fort.

Auf dem Tisch hast du eine Nachricht zurückgelassen.

Sie lautet ganz schlicht: *Bin nach Hause. Kuss.*

Und du hast Gall mitgenommen.

Ich lasse Little One bei Duncan zurück und mache mich auf die Suche. Ich folge allen Fährten, die ich finde, aber die Spur verliert sich bald. Mit vor Trauer brechender Stimme rufe ich deinen Namen, aber ich habe das ja schon einmal getan, und ich weiß, wie es ausgehen wird. Du bist den gleichen Weg gegangen wie Dad, wie die Tiere. Du bist hinaus in die Wildnis gegangen, zum Sterben.

Vielleicht aber auch zum Leben.

EPILOG

In einer kalten Nacht letzten Monat hat sich Ash, die Leitwölfin des Abernethy-Rudels, zum Schlafen hingelegt und ist nicht mehr aufgewacht. Ihre Familie umringte sie und hielt sie warm, während sie verschied. Sie war neun Jahre alt. Die Erste, die in dieser neuen Welt ein Rudel begründet hat, die Erste, die Welpen geboren und sie ganz allein vor allen möglichen Gefahren beschützt hat. Sie hat sie durch dieses Gelände geführt und sie das Überleben gelehrt. Nach dem Tod von Nummer Neun hat sie sich keinen neuen Gefährten mehr gesucht. Sie hat nur diesen einen Wurf Welpen bekommen, von denen sich alle als stark und mutig erwiesen haben, und sie hat ein sanfteres Ende gefunden, als es den meisten anderen Wölfen vergönnt ist.

Das Abernethy-Rudel hat jetzt eine neue Anführerin. Sie ist ebenso weiß wie ihre Mutter, kleiner und sogar noch stärker, falls das überhaupt möglich ist. Ich liebe sie mit jedem Partikel meines Seins, und vielleicht erwidert sie meine Liebe ja, irgendwo in einer tief verborgenen Welt, die wir nicht kennen, an einem Ort, der schöner ist, als wir ahnen können. Einst hat sie uns gerettet. Und niemand könnte behaupten, dass ein Wolf keine Geheimnisse in sich trägt.

Letzten Winter bin ich mit meinen Betäubungspfeilen

losgezogen und habe alle Funkhalsbänder entfernt, damit die Wölfe wahrhaft frei sein können.

Jetzt ist Frühling, und die Berge ändern ihre Farbe. Das Rotwild zieht durchs Land. Alles sprießt wieder. Die Wölfe sind angekommen. Und wie durch ein Wunder gewöhnen die Menschen in diesem Landstrich sich allmählich an sie, vielleicht ist es aber auch der natürliche Lauf der Dinge. Seit Nummer Zehns Tod gab es keine weiteren Vorfälle mehr, etwas wie Ruhe hat sich über die Highlands gebreitet, und wenn ich sehe, wie die Einheimischen mit ihren Ferngläsern geduldig auf eine Sichtung warten, vermute ich fast, dass die Wölfe dabei sind, die schottischen Herzen zu erobern.

Meine Tochter zappelt im Tragetuch auf meinem Rücken. Sie würde lieber laufen, aber ich möchte den Berg ganz erklommen haben, bevor ich sie auf Entdeckungsreise gehen lasse. Der Himmel ist grau vom Regen, aber das ist meistens so, hier im Norden der Welt. Es macht den Boden üppig, regt das Wachstum an.

Wir sind bei dem Studiengebiet angekommen, das ich vor Jahren erstmals inspiziert habe, diesem Hang, den ich immer und immer wieder abgegangen bin, in der Hoffnung, dort etwas Neues wachsen zu sehen. Ich hebe Little One aus dem Tragetuch, damit sie durchs Heidekraut laufen kann. Sie lacht, genauso verliebt in die Wildnis, wie ich es immer war. Sie ist hier geboren, tief damit verbunden. Selbst wenn wir einmal fortgehen – es gibt noch andere Wälder zu retten, andere Wölfe nach Hause zu bringen, der zitternde Riese ruft mich immer lauter –, wird ein Teil von ihr doch immer hierhergehören.

Ich habe etwas entdeckt und hocke mich hin, um es zu betrachten.

»Komm mal gucken«, rufe ich, und sie kommt angerannt, fährt mit dem Finger über die tapferen neuen Triebe, auf die wir schon so lange warten. »Weiden und Erlen«, sage ich. Dann zeige ich ihr, wie sie das Ohr an den Boden legen kann. »Hör gut hin«, flüstere ich. »Hörst du ihr Herz schlagen?«

DANKSAGUNG

Ich habe dieses Buch aus dem tiefen Schmerz heraus geschrieben, dass unsere Natur uns verlorengeht. Ich wollte mir die mühevolle Renaturierung eines Landstrichs ausmalen, wie sie tapfere Naturschützerinnen und Naturschützer überall auf der Welt immer wieder in Angriff nehmen. Ihnen gilt mein aufrichtiger Dank für den Mut, den es braucht, zumindest den Versuch zu machen, das Blatt noch zu wenden.

Ganz besonders möchte ich mich bei dem außergewöhnlichen Team des Nationalparks Yellowstone bedanken. Nach siebzig Jahren ganz ohne Wölfe hat es 1995 die praktisch unmögliche Großtat vollbracht, diese unentbehrlichen Beutegreifer in einer krisengeschüttelten Umgebung wieder heimisch zu machen, und dem Land damit neues Leben eingehaucht. Diese Frauen und Männer waren eine große Inspiration für mich, noch mehr waren es allerdings die Wölfe selbst und ihre unfassbaren Geschichten.

Unendlicher Dank gilt meiner Agentin Sharon Pelletier. Du bist mein Fels in der Brandung, unterstützt mich jederzeit großzügig und einfühlsam. Ich schätze mich wirklich glücklich, dich an meiner Seite zu haben.

Ein riesiger Dank geht auch an meine wunderbare, unermüdliche Lektorin Caroline Bleeke. Du bist eine wahre Wunderfrau. Du hast ein kleines, scheues, zaghaftes Etwas unter deine Fittiche genommen und Wege gefunden, ihm zum Blühen zu verhelfen, und ich bin dir so dankbar für deine Klugheit, Freundlichkeit und Ehrlichkeit. Deine Hingabe macht mich demütig, du bist so unfassbar gut in dem, was du tust.

Tausend Dank auch an Amelia Possanza, eine echte Ausnahmepressefrau! Im Ernst, AP, du vollbringst Wunder! Und auch an die gesamte Belegschaft bei Flatiron – Katherine Turro, Keith Hayes, Jordan Forney, Marta Fleming, Nancy Trypuc, Kerry Nordling, Cristina Gilbert, Megan Lynch und Bob Miller: Mit euch zu arbeiten ist ein absoluter Traum, ich kann euch gar nicht genug dafür danken, dass ihr euch auch auf diesen zweiten Ritt mit mir eingelassen habt.

Ich danke der wunderbaren Nikki Christer, meiner australischen Verlegerin, Karen Reid von der Presseabteilung und der ganzen Belegschaft bei Penguin Random House Australia. Ihr alle habt Unglaubliches für mich geleistet, und ich könnte mich kaum glücklicher schätzen oder dankbarer dafür sein, dass dieses Buch bei euch eine Heimat gefunden hat. Nikki, ich danke dir, dass du dich so unermüdlich für meine Bücher einsetzt und für die Botschaft, die sie vermitteln wollen. Es ist ein großes Glück für mich, dich zu haben.

Ich danke Charlotte Humphery und ihrem Team bei Chatto & Windus für die großartige Arbeit in Großbritannien. Du hast ein echtes Adlerauge, CH, und ich bin dir sehr dankbar dafür.

Und ich danke Teresa Pütz und ihrem Team bei S. Fischer, die meinen Büchern und mir eine so phantastische Heimat in Deutschland bieten.

Ein großer, großer Dank geht an Addison Duff, meine Film- und Fernsehagentin bei UTA, für den unermüdlichen Einsatz, meine Romane auch auf dem Bildschirm zum Leben zu erwecken. Es war ein ungeheuer aufregender Weg für mich und ein wahr gewordener Traum – tausend Dank dafür!

Ich danke meinen Freundinnen Sarah Houlahan, Charlie Cox, Rhia Parker, Caitlin Collins, Anita Jankovic, Raechel Whitty und meinen wunderbaren Buchclubdamen – was für ein Glück ich doch habe, von so großherzigen, klugen, lustigen, starken und gütigen Menschen umgeben zu sein! Ihr habt mich allesamt umgehauen, jede Einzelne von euch. Danke dafür, dass ihr ihr seid!

Auch meinem Vater Hughen möchte ich danken, weil sein Hof ein Paradebeispiel für nachhaltige Landwirtschaft frei von jeder Tierquälerei ist und seine Grundhaltung darauf abzielt, das Land zu nähren und zu teilen. Das ist genau die Richtung, in die es gehen muss, und es macht mich so stolz, das zu erleben, Dad. Ich danke dir, Zoe, Nina, Hamish und Minna für eure Liebe und Unterstützung, die so unerschöpflich ist wie mein Dank. Ich danke meinem Bruder Liam, meiner Großmutter Ouma und meiner Mutter Cathryn; das kann ich gar nicht oft genug tun, weil ich das Ausmaß meiner Dankbarkeit nicht in Worte fassen kann. Ohne euch würde ich das alles nicht machen. Ich glaube, ich hätte gar nicht den Mut dazu.

Und ich danke dir, Morgan. Du bist mein Zuhause. Ich liebe dich.

Und ganz zum Schluss muss ich noch einmal die wilden

Tiere und die wilden Orte dieser Welt würdigen, die jedes einzelne Wort dieses Romans inspiriert haben. Die Sachtheit, die sie uns gegenüber an den Tag gelegt haben, übersteigt bei weitem alles, womit wir uns revanchieren. Obwohl in Schottland bisher noch kein Programm zur Wiederansiedelung von Wölfen beschlossen wurde, ist es doch meine Hoffnung, dass man sich dort – zusammen mit dem Rest der Welt und vor allem meiner Heimat Australien – der grundlegenden Arbeit der Renaturierung auch weiter widmen wird. Vielleicht können wir im Zuge dessen auch das Wilde in uns ein wenig wiederentdecken.